Stefan Nink

Sonntags im Maskierten Waschbär

Das Buch

»Zum Maskierte Waschbär« ist ein leicht skurriler Waschsalon in New Orleans. Zum Inventar gehören ein kauziger Jazzpianist, etliche Flaschen Pfälzer Wein – und neuerdings auch Siebeneisen und seine beiden Freunde Wipperfürth und Schatten. Die drei haben eine Agentur gegründet, die sich auf das Auffinden unauffindbarer Gegenstände spezialisiert hat. Durch Zufall stoßen sie in den Notizheften eines bayerischen Cowboys auf einen spektakulären Hinweis: Anscheinend wusste dieser Alois Moosbichler, wo die Mumie des letzten Inkaherrschers versteckt wurde! Wipperfürth und Schatten sind natürlich sofort Feuer und Flamme – dieser Fund wäre die größte archäologische Sensation seit Tutanchamun! Leider werden die beiden kurz darauf verhaftet. Also muss Siebeneisen erneut los, wer denn auch sonst, und natürlich muss er sich auch dieses Mal wieder mit allen möglichen Hindernissen herumschlagen.

Der Autor

Stefan Nink fliegt, fährt und läuft für Magazine, Radiostationen und Verlage über den Planeten. Seine Reportagen wurden vielfach ausgezeichnet, u.a. fünf Mal mit dem Deutschen Reisejournalistenpreis. Er hat über dreißig Reisebücher veröffentlicht; sein erster Roman *Donnerstags im Fetten Hecht* wurde 2013 mit dem ITB-Award in der Sparte Humor prämiert. Nach *Freitags in der Faulen Kobra* ist *Sonntags im Maskierten Waschbär* das dritte Abenteuer seines unfreiwilligen Helden Siebeneisen.

Stefan Nink

Sonntags im Maskierten Waschbär

Roman

blanvalet

Der Verlag weist ausdrücklich darauf hin, dass im Text enthaltene externe Links vom Verlag nur bis zum Zeitpunkt der Buchveröffentlichung eingesehen werden konnten. Auf spätere Veränderungen hat der Verlag keinerlei Einfluss. Eine Haftung des Verlags ist daher ausgeschlossen.

MIX
Papier aus verantwortungsvollen Quellen
FSC® C014496

Verlagsgruppe Random House FSC® N001967

1. Auflage
Taschenbuchausgabe November 2016 bei Blanvalet,
einem Unternehmen der Verlagsgruppe Random House GmbH,
Neumarkter Str. 28, 81673 München

Umschlaggestaltung und -motiv: www.buerosued.de
Herstellung: wag
Satz: Uhl+Massopust, Aalen
Druck und Bindung: GGP Media GmbH, Pößneck
Printed in Germany
ISBN 978-3-7341-0385-8

www.blanvalet.de

Für Wiebke

»Wir sind nur der Sterne Tennisbälle,
aufgespielt,
Gewechselt, wie es ihnen paßt.«

(JOHN WEBSTER, »DIE HERZOGIN VON MALFI«)

»It ain't over until the fat lady sings.«

(AMERIKANISCHES SPRICHWORT)

0

New York, Lower East Side.

Das Steinchen würde haften bleiben, er wusste es, noch bevor er die Lücke sah. Zach löste das blaue Quadrat von der Sohle seines Schuhs und setzte es zurück an seinen Platz im Fußboden. Er trat erneut fest auf, wartete einen Moment und sah unter die Sohle, unter der jetzt ein gelber Stein hing. Irgendetwas stimmte da nicht. Das Mosaik sollte eigentlich bombenfest halten, aber seit ein paar Tagen gab es Probleme. Zuerst hatten sich nur ganz vereinzelt kleine Quadrate gelockert, mal eins vor dem Tresen, mal ein anderes gleich hinter der Tür. Mittlerweile lösten sie sich überall im Raum. Und manche Steinchen saßen eben so lose, dass sie an den Kreppsohlen der Arbeitsschuhe kleben blieben. Ging man einmal quer durch den Raum, hatte man einen verdammten Steinbruch unter den Schuhen.

»Die blöden Steinchen halten nicht, was, Boss?« Serg hatte Zach zugesehen.

»Ach ja? Hast du das auch schon festgestellt? Du bist ja ein ganz Schneller! Ich habe gerade noch überlegt, ob die Steinchen möglicherweise nicht halten.«

Zum wiederholten Mal fragte sich Zach, wieso er solche Mitarbeiter angeheuert hatte. Der eine besaß einen IQ, der nur knapp über der Raumtemperatur lag. Der andere war auch nicht viel smarter und außerdem langsamer als eine altersschwache Weinbergschnecke. Er sah zu Razzo hinüber, der seit gefühlten zwei Stunden an der Platte eines Tisches herumwischte. Insgesamt gab es davon etwa dreißig. Wenn Razzo in diesem Tempo weitermachte, würde er in etwa sieben Wochen fertig sein. Und damit knapp sieben Wochen nach der Eröffnung des San Pio. Die war für Sonntag geplant. Und Sonntag war morgen.

»Razzo? Kannst du dein Gewiener mal kurz unterbrechen?« Zach hatte beschlossen, etwas zu unternehmen. Und zwar sofort. Wenn Frank sah, dass sich sein heißgeliebtes Mosaik am Eröffnungsabend unter den Füßen seiner Gäste auflöste, wäre der Teufel los. Mit Frank musste man aufpassen. Frank war Mafioso. Ein Capo, einer aus der zweiten Führungsebene, in der Hierarchie gleich unter den großen Bossen. Er hatte zwar keinen Tropfen italienisches Blut in den Adern, tat aber so, als reiche sein Stammbaum zurück bis in die Zeit der Medici. Ständig philosophierte er über Renaissance-Kunst, zitierte Petrarca und schwärmte von Pasta und Pizza. Neulich hatte er eine Reise nach Rom unternommen, mit Vatikan-Abstecher und allem Pipapo. Sogar eine Antiquität hatte er mitgebracht, einen Ring, der angeblich irgendeinem alten Römer gehört hatte und um den Frank ein Bohei machte, als handele es sich um einen Dreikaräter. Das Ding sah aus wie etwas, das man aus einem Kaugummiautomaten ziehen konnte. Frank hatte es in Kunstharz gießen lassen und in eine Art Schrein hinter der Bar des neuen Restaurants platziert.

Zach arbeitete seit etlichen Jahren für Frank. Er wusste, wie unberechenbar der Typ sein konnte. Ein Choleriker. Zach hatte mehrmals mitbekommen, wie Frank seine Handlanger auf Leute losgelassen hatte, die ihm quergekommen waren. Oder etwas nicht so erledigt hatten, wie gewünscht. Meistens passten die Opferbeschreibungen in den Polizeiberichten der *New York*

Post ein paar Tage später exakt auf diese Leute. Auch deswegen mussten sie sich um die Steinchen kümmern. Frank hatte einen Mosaikfußboden in seinem neuen Restaurant gewollt, und sie hatten ihn verlegt. Zwei endlos heiße Monate lang hatten sie ihn verlegt. Drei Mann auf Knien, mit Putzeimern voller Steinchen. Die sich jetzt lösten.

»Ja, Boss?« Razzo reagierte mit der für ihn üblichen Verzögerung. In seinem schwarzen Vollbart hingen noch Reste des Sandwichs vom Frühstück. Eigentlich hieß er Dwight, Dwight Durham, wurde aber überall nur Razzo genannt. Was die Abkürzung für Abrazzo war, Abrazzo wie der dunkle Schwamm, mit dem man Töpfe säubern konnte. Das, was Razzo im Gesicht trug, sah sehr ähnlich aus.

»Ich will, dass du Kleber kaufen gehst. Keramikkleber. Ein paar Tuben.«

Razzo faltete sein Poliertuch zusammen, als bastele er eine Origamifigur. »Ist ok, Boss. Mach ich. Mach ich sofort.«

Was immer sofort bei dir heißt, dachte Zach. Bei Razzo konnte er sich immerhin darauf verlassen, dass keine grenzdebilen Nachfragen kamen wie bei Serg. Razzo tat, was man ihm auftrug. Er machte es halt nur langsamer als andere.

»Boss?«

»Ja, was ist?«

»Wo bekomm ich den denn? Da muss ich rüber nach Brooklyn, oder?«

»Ja.« Zach ahnte, dass das mit dem Kleber eine längere Sache werden würde. Wenn es ums Einkaufen ging, war Manhattans Lower East Side verlorenes Terrain. Natürlich gab es Geschäfte – aber lediglich solche, in denen man T-Shirts für hundert Dollar kaufen konnte oder Kapuzenpullis, auf denen Dinge wie *»Get high on the Low Side«* gedruckt waren. Wenn man wusste, wo man suchen musste, konnte man auch noch einen oder zwei kleine Lebensmittelläden in diesem Teil New Yorks finden. Die alteingesessenen Handwerksläden aber, die es früher hier an jeder Ecke gegeben hatte, waren längst verschwunden.

»Ja, Brooklyn. Fahr raus zu Workman Pro. Die haben so was.« Zach überlegte. »Und nimm die Subway. Die F. Bis zum Fort Hamilton Parkway. Taxi dauert zu lange.« Zach holte drei zerknitterte Zwanzig-Dollar-Noten aus seiner Hosentasche und gab sie Razzo.

»Ist gut, Boss. Ich beeile mich.« Razzo schlurfte Richtung Ausgang.

Besser wär's, dachte Zach, besser wär's. Er drückte seinen rechten Fuß auf den Boden und hob ihn nach einigen Sekunden wieder hoch. An der Sohle hing ein grünes Mosaiksteinchen.

Dass die Subway-Station am East Broadway geschlossen war, konnte man schon von weitem an den heruntergelassenen Gittern sehen: Bauarbeiten, Umleitungen, das komplette Wochenende lang, bis Montag. Razzo studierte die ausgehängten Hinweiszettel. Es schien, als würden die Gleise repariert, irgendwo auf der Strecke unter dem East River. Er betrachtete den Streckennetzplan. Wenn da »bis Montag« stand – würde die Subway dann tatsächlich schon kurz nach Mitternacht wieder fahren? Also unmittelbar nach Sonntag? Musste wohl so sein, dachte er, sonst würde da ja »bis Montag 6:00 Uhr« stehen oder so etwas. Aber warum schrieben die Leute von der U-Bahn dann nicht »bis Montag, 0:01 Uhr«? So war das ziemlich verwirrend, befand Razzo. Er fischte einen Kaugummi aus der Tasche seines Overalls, wickelte ihn aus dem Papier und sah sich nach einem Abfalleimer um. Sein Handy klingelte. Razzo unterbrach die Suche nach einem Abfalleimer und versuchte, die Nummer auf dem Display des Telefons zuzuordnen: Zach. Wahrscheinlich wollte der Boss fragen, ob er den Kleber schon hatte. Der

Boss wusste ja auch nichts von den Subway-Reparaturen. Razzo drückte den Anruf weg.

Als Nächstes überlegte er, was ein Taxi hinüber nach Brooklyn kosten würde: 30 Dollar? 35? Auf jeden Fall würde er dann nicht mehr genug Geld für den Kleber haben, und wieder zur Baustelle musste er ja auch noch. Razzo ging zurück zum Eingang der Subway und betrachtete den Plan mit dem Streckennetz. Die nächste Station für die Linie F war an der Delancey Street: Das waren zwanzig Minuten zu Fuß, mindestens. Und wahrscheinlich würde die Station dort ebenfalls gesperrt sein. Blöd, dachte Razzo. Er kaute seinen Kaugummi. Und sah sich um.

Die Lower East Side an einem Samstagvormittag war der reinste Horror. Seit die Uptown-Typen glaubten, so ein kleiner Ausflug hinunter in den Süden der Insel sei genau das Richtige für den Auftakt ins Wochenende, wimmelte es hier von diesen Schnöseln und ihren Familien. Razzo beobachtete zwei Frauen, die ein paar Schritte entfernt mit ihren Kinderwagen den kompletten Bürgersteig blockierten. Während die anderen Passanten versuchten, irgendwie an dieser Barriere vorbeizukommen, unterhielten sich die beiden lautstark über irgendwelche neue Läden auf der West Side, und wie toll man dort Strampelanzüge kaufen könne, »ganz ohne Schadstoffe, weißt du? Und von Nokita Nokino, der entwirft ja jetzt auch Kinderkollektionen!« Herr im Himmel, dachte Razzo. Schadstofffreie Strampelanzüge! Von irgend so einem Modefuzzi! Bei ihm oben in der Bronx wussten die Leute nicht, wie sie die nächste Miete bezahlen sollten, und ein paar Meilen weiter südlich wurde über schadstofffreie Strampelanzüge diskutiert.

Razzo mochte diesen Teil Manhattans nicht. Alles, was südlich der 241. Straße lag, war ihm suspekt. Es machte ihn nervös.

In der Bronx war die Welt zumindest noch halbwegs in Ordnung, dachte er, da würden Tussen wie die beiden da vorne aus dem Weg geschoben. Und die Subway-Stationen wurden auch nicht einfach so an einem Samstag geschlossen. Jenn würde denen gehörig die Meinung sagen. Razzos Laune verdüsterte sich, als er an seine Freundin dachte. In den letzten Wochen hatten sie sich kaum gesehen. Jenn arbeitete im Bronx Zoo, als Magnetbahnführerin. Sie saß vorne in einer Art Zug, mit dem die Besucher über die großen Gehege fahren konnten, um Giraffen und Zebras und solchen Viechern auf die Köpfe zu gucken. Jenn fuhr mit ihnen hin und her und erzählte über eine Lautsprecheranlage, was man gerade sehen konnte. Jetzt im Sommer machte sie ständig Überstunden. Wenn sie im Zoo fertig war, ging sie nach Hause an ihren Computer und studierte Geschichte, an einer dieser Online-Universitäten. Jeden Abend. Sagte sie. Razzo vermutete, dass Jenn ihm etwas verheimlichte. Er hatte keine Beweise. Aber so ein Gefühl.

Sein Telefon klingelte. Razzo drückte Zachs Anruf erneut weg. Er überlegte gerade, ob er zu Fuß über die Brücke rüber nach Brooklyn gehen und dort in die Subway steigen sollte, als er den großen Zettel an der Haustür auf der anderen Straßenseite entdeckte. Er wartete, bis sich eine Lücke zwischen den Autos ergab, und überquerte die Straße. »Haushaltsräumung!« stand auf dem Zettel, »Heute! Bei Clark, vierter Stock!« Razzo studierte die Worte lange. Dann öffnete er die Tür. Vielleicht würde er was für Jenn finden, die hatte nächste Woche Geburtstag. Obwohl sich Razzo nicht sicher war, ob sie ein Geschenk verdiente.

Die Frau, die ihren Haushalt auflöste, sah aus, als würde sie in einer Vampirband singen. Sie schrieb gerade etwas auf einen mit Klebeband umwickelten Schuhkarton und nickte Razzo zu, als er die Wohnung betrat. Ein älterer Mann mit einem Stapel *Nati-*

onal-Geographic-Magazine in den Händen unterhielt sich mit ihr. Razzo ging an den beiden vorbei, um sich umzusehen. Offenbar wollte die Frau nach Europa, er schnappte ein paar Worte auf, »Venedig«, »all die Jahrhunderte«, »Wiege der Kunst«. Noch so eine Verrückte, dachte Razzo, zuerst die zwei mit ihren Strampelanzügen – und jetzt ne Museumstussi. Kunst! Europa! Venedig! Mit so was sollte Jenn bloß nicht anfangen! Razzo betrachtete die Sachen, die die Frau verkaufen wollte und auf mehreren Tapeziertischen ausgebreitet hatte. Bücher. Viele Bücher. Kunstmagazine. *National-Geographic*-Hefte. Er sah sich weiter um. Auf dem nächsten Tisch standen ein paar Töpfe und Pfannen, auf dem übernächsten lagen diese komischen Federmasken, die sie bei den Mardi-Gras-Umzügen in New Orleans aufsetzen. Es gab noch mehr dieser mit Klebeband verschlossenen Schuhkartons, die mit merkwürdig wirren Mustern und Farben bemalt waren. Wahrscheinlich von den Künstlerfreunden der Verkäuferin, dachte Razzo. »Wunderkisten« stand auf den Kartons. Hinter ihnen an der Wand lehnte ein gerahmtes Schwarzweißfoto, auf dem ein festgefrorenes Schiff im Eis zu sehen war. Die Matrosen hatten den Segler verlassen und spielten im Vordergrund Fußball. Er hätte sich das sparen können, dachte Razzo, wenn er sofort über die Brücke gegangen wäre, könnte er schon fast in Brooklyn sein. Er hatte gerade beschlossen, sich auf den Weg zu machen, als sein Blick auf einen großen Karton mit alten Badezimmerfliesen fiel. Und auf die Tuben, die zwischen den Fliesen lagen. Er nahm eine der Tuben in die Hand. »Was soll denn der Keramikkleber kosten?«, hörte er sich fragen.

Drei Minuten später war Razzo zurück in der Gluthitze der Lower East Side und konnte sein Glück kaum fassen. Er musste nicht mehr über die Brücke, und hinüber zu Workman Pro und wieder zurück musste er auch nicht. Unter diesen Umständen war es ihm auch völlig egal, dass die Verkäuferin kein Kleingeld gehabt hatte. In der rechten Hand hielt Razzo die Tüte mit fünf Tuben Keramikkleber. Und unter dem Arm einen der zugeklebten Schuhkartons, den ihm die Frau statt der fünf Dollar Wechselgeld mitgegeben hatte.

1

Sonntags im Maskierten Waschbär, New Orleans.

Als der Flugsaurier das nächste Mal wimmerte, beschloss Siebeneisen, das Geräusch zu ignorieren. Er las weiter und wartete auf den heißen Luftzug, der sich jedes Mal in den klimatisierten Raum drückte, wenn ein Tourist die Tür öffnete. Sonntags um diese Uhrzeit waren es immer Touristen, Siebeneisen musste gar nicht erst hinüber zum Eingang schauen. Die richtige Kundschaft rückte später an. Irgendwann im Laufe des Abends, wenn die Folgen der Samstagnacht mehr oder weniger erfolgreich bekämpft worden waren. Tagsüber kamen ausschließlich Touristen, und die traten fast niemals ein. Stattdessen blieben sie endlos lange im Eingangsbereich stehen, die Tür in der Hand, und die Tropenhitze strömte an ihnen vorbei in den Raum, als hantiere da draußen jemand mit einem überdimensionierten Fön. Siebeneisen konnte sich vorstellen, was in ihnen vorging: Ach, so sieht das aus, ist ja gar niemand da, hörte sich sowieso komisch an, lass uns doch mal weiterschauen, vielleicht finden wir noch was Netteres. Dann machten sie kehrt und verschwanden. Irgendwann tauchten die Nächsten auf, die nach einer halben Minute ebenfalls wieder umdrehten. Das ging jetzt schon mehrere Monate lang so. Siebeneisen hatte den Eindruck, dass nach und nach immer mehr Neugierige vorbeischauten, offenbar hatte sich das mit Mortimer herumgesprochen. Und jedes

Mal gaben die Scharniere der Tür ein Geräusch von sich, das wie ein Flugsaurier mit Zahnschmerzen klang.

Er vertiefte sich in seine Unterlagen. Das Päckchen war am Vortag in der Post gewesen. Kopierte Briefe, Urkunden, Zeitungsausschnitte und juristische Korrespondenz, zusammen mit einem Anschreiben in theatralischem Tonfall. Die Anfrage stammte von einer Frau in San Francisco. Sie hatte herausgefunden, dass einer ihrer Vorfahren im Besitz eines Trinkbechers gewesen war, der angeblich einst Jesus gehört hatte. Der Mann war in den Wirren der Französischen Revolution ums Leben gekommen, hatte seine wichtigsten Besitztümer aber vorher verstecken können. Irgendwo in Paris. Die Kundin hoffte nun, dass NIU diese Dinge finden könnte. Vor allem den Becher. Siebeneisen wiederum hoffte, dass die Kundin sich nie wieder melden würde. Den Heiligen Gral hatten schon unzählige andere gesucht, Schatzgräber und Grabräuber, Idealisten und Phantasten, und keiner von denen war der Wahrheit oder dem Becher auch nur nahe gekommen. Was möglicherweise daran lag, dass so ein Teil niemals existiert hatte. Und wenn doch, und wenn er durch eine Reihe unwahrscheinlichster Zufälle zweitausend Jahre überstanden hätte – dann wäre es am Ende doch nicht viel mehr als ein Becher eben. Nein, dachte Siebeneisen, das war kein Job für NIU. Es sei denn, sie wollten sich mit Vatikan und Mossad gleichzeitig anlegen.

NIU war das Kürzel für »Nichts ist unmöglich«. Sie hatten die Agentur vor gut fünf Jahren gegründet. Kurz davor war es Siebeneisen und seinen Freunden Wipperfürth und Schatten gelungen, für einen indischen Maharadscha die Einzelteile einer angeblich magischen Ganesha-Statue aufzuspüren, die James Cook 250 Jahre zuvor an den entlegensten Ecken der Welt versteckt hatte. Die drei waren mehr oder weniger ohne ihr Zutun in die Sache hineingezogen worden. Der Fund hatte dann für ziemlichen Wirbel gesorgt. Vor allem, weil sich eine krakelige Zeichnung auf dem Rücken der Elefantengottfigur als Wegweiser zu einem Schatz entpuppt hatte, der dann auf dem Gelände des Maharadschapalastes gefunden worden war. Zuerst hatten nur die indischen Zeitungen über den Fall berichtet, dann auch die europäischen, dann auch die amerikanischen. Das *TIME Magazin* hatte die drei Jäger des verlorenen Schatzes sogar auf sein Cover gehoben. Schließlich war die Story auch noch von Bollywood verfilmt worden. *Sukravara alasi kobara* hatte sich zum Blockbuster entwickelt. Auch wegen Wipperfürth und Schatten, die sich in der Verfilmung selbst gespielt hatten. Oder trotz ihnen.

Ebenfalls ohne ihr Zutun waren Siebeneisen und seine Freunde dann damals kurzzeitig zu Berühmtheiten geworden. Die Fachwelt mochte sie für glückliche Amateure gehalten haben, die durch puren Zufall und gegen jede Wahrscheinlichkeit eine verborgene Schatzkammer entdeckt hatten – den Redaktionen der Talkshows, Vorabendmagazine und Jahresrückblicke war eine solch reservierte Haltung aber völlig egal. Monatelang waren Wipperfürth und Schatten durch das Abendprogramm getingelt und hatten über eine Schatzsuche schwadroniert, die sie eigentlich bloß als Zuschauer aus einem indischen Teehaus verfolgt hatten. Siebeneisen dagegen, der von den beiden über den halben Globus geschickt worden war, um die Statuenteile aufzutreiben, hatte im Medienrummel um den »Wunderschatz von Jodphur« meist bloß eine Nebenrolle gespielt. Was ihm nur recht gewesen war.

Die drei kannten sich seit einer Ewigkeit. Früher hatten sie sich jeden Donnerstagabend getroffen, in ihrer Stammkneipe in Oer-Erkenschwick, dem Fetten Hecht, zum Tipp-Kick-Spielen. Dann hatte Schatten zusammen mit seinen Cousins und Cousinen ein Vermögen geerbt, und im Zusammenhang mit der Suche nach den Miterben der Millionen waren sie in Indien in die Sache mit der Elefantengottstatue hineingeraten. Tja, dachte Siebeneisen, während er die Kopien und Briefe zurück in den Umschlag steckte, so schnell konnte sich alles ändern: Du nimmst dir ein paar Tage frei, und plötzlich ist dein geregeltes Leben vorbei. Spätestens, wenn du dann eine Frau kennenlernst und diese Frau aus New Orleans stammt.

Lawn war der Grund, weshalb sie NIU in Louisiana gegründet hatten, nicht in Oer-Erkenschwick. Siebeneisen konnte sich noch ziemlich exakt daran erinnern, wie er seinen Freunden an einem Donnerstag im Fetten Hecht mitteilen wollte, dass er seinen Job in der Lokalredaktion des *Tagesboten* endgültig aufgeben und zu Lawn in die USA ziehen würde. Bevor er gewusst hatte, wie ihm geschah, hatten Wipperfürth und Schatten ebenfalls Umzugsabsichten geäußert, und überhaupt, man könnte doch, und wäre es nicht wunderbar, sie alle gemeinsam? Als draußen der Morgen dämmerte, stand fest, dass Siebeneisen den Kontinent nicht allein wechseln würde. Wipperfürth wollte sich um die Logistik kümmern. Um die Arbeitsvisa. Die Schiffscontainer. Und um sonstige Kleinigkeiten.

Das Flugsaurierwimmern riss ihn aus seinen Gedanken. In der Tür standen zwei ältere Damen, die irritiert in den Raum blickten. Wahrscheinlich hatten sie etwas anderes erwartet. Ausgefallene Gäste. Mortimer am Klavier. Halbnackte Typen mit Waschbrettbäuchen und verwegenen Tattoos vor den Maschinen. Die Geburtstagsparty für Schatten, die für diesen Abend geplant war und von der Wipperfürth wahrscheinlich überall herumerzählt hatte. Oder vielleicht einfach auch nur mehr Menschen als einen unscheinbaren Mann, der an einem Tisch saß und in irgendwelchen Unterlagen blätterte. Die beiden lächelten Siebeneisen verlegen zu. Natürlich konnten sie nicht wissen, dass er nur deshalb hier saß, weil der Chef mal wieder Besseres zu tun hatte und jemanden brauchte, der kurz auf den Laden aufpasste. Eine holte einen Stadtplan aus der Handtasche und faltete ihn aufwändig auseinander. Sie steckten die Köpfe zusammen. Dann wimmerte der Flugsaurier, und sie waren verschwunden. Siebeneisen schrieb »Absagen!!« auf den Umschlag der Gralsucherin und stand auf, um sich einen Espresso zu holen.

Ein großer Raum, dessen hohe Decke von mehreren dorischen Säulen gestützt wurde, der Boden mit Fliesen im Schachbrettmuster ausgelegt, der hintere Bereich wegen dreier Treppenstufen wie eine Art Galerie: Der Maskierte Waschbär war ein Waschsalon, wie es ihn wahrscheinlich kein zweites Mal gab. Frampton, der Besitzer, hatte das alte Haus am Rande des French Quarters von seinem Onkel vermacht bekommen und das leerstehende Erdgeschoss sogleich als unternehmerische Herausforderung verstanden. Frampton war BWL-Student. Schon etwas länger. Genau genommen seit jenem Tag, an dem eine Säge seinem ursprünglichen Berufswunsch einen Strich durch die Rechnung gemacht hatte – achtfingrige Hobbysaxofonisten hatten in einer von zehnfingrigen Profimusikern bevölkerten Stadt wie New Orleans keine wirklich guten Job-Perspektiven. Frampton jedenfalls war also BWL-Student, und sehr bald würde er seinen Abschluss machen, er war sozusagen soeben auf der Zielgeraden, als die unerwartete Erbschaft kam und er all seine Kenntnisse in der Praxis anwenden konnte.

Zuerst waren fast alle der früher hier gestapelten Möbel auf dem Sperrmüll gelandet. Bis auf ein altes Klavier, das nun zwischen den Waschmaschinen und Trocknern stand, die Frampton bei der Insolvenz eines Waschsalon in Baton Rouge ersteigert hatte. Auf den erhöht liegenden Bereich des Raumes hatte er eine Theke setzen lassen. Dann folgten Tische und Stühle, ein großer Kühlschrank mit gläserner Tür sowie ein italienischer Kaffeeautomat, der in jedem Museum für historische Industriemaschinen eine Sonderausstellung gerechtfertigt hätte.

Und der Wein natürlich. Ein großes Regal voller Flaschen. Frampton hatte ein erstaunliches Händchen, wenn es darum ging, ziemlich gute Weine zu kleinen Preisen zu kaufen. In New Orleans war das ein seltenes Talent. In den traditionsreichen Gourmettempeln des French Quarter bekamen Gäste zwar voluminöse Weinkarten an den Tisch geschleppt, doch deren Auswahl war mit viel gutem Willen allenfalls als bieder zu bezeichnen: Rothschilds aus Frankreich, massenkompatible Shiraz' aus Australien sowie die zwei oder drei üblichen Verdächtigen aus Kalifornien, deren Produkte ihren Weg auch bis in die deutschen Discounterregale fanden. Weine wie Frampton schien in New Orleans bisher niemand sonst zu kennen.

Vielleicht auch deswegen mochten die Leute aus der Nachbarschaft seine eher eigenwillige Kombination aus Waschsalon und Vinothek. Zuerst hatten sich manche einen offenen Riesling einschenken lassen, während sie spätabends auf ihre Waschmaschinenladung warteten. Dann waren allmählich die ersten Besucher ohne Wäschesack eingetrudelt, und dann Leute aus anderen Vierteln, und plötzlich, ein paar Monate nach seiner Eröffnung, galt der Waschsalon als Geheimtipp für einen Absacker auf dem Weg nach Hause. Framptons Nichte hatte das Firmenlogo entworfen. Die *Corporate Identity*, wie er es nannte. Einen Waschbär hatte er in Auftrag gegeben, und seine Nichte war mit einem Comicgeschöpf aus dem Atelier gekommen, das aussah wie ein übergewichtiges Frettchen mit Zorrobrille. Manche Unternehmen gelangen eben auf eher ungewöhnliche Weise an ihren Namen. Der Maskierte Waschbär gehörte dazu.

»Achtung! Vorsicht!«

Siebeneisen sah zur Tür: Frampton. Zumindest klang es nach ihm. Zu sehen war er nicht, oder nur halb, der obere Teil war hinter drei übereinandergestapelten Holzkisten verschwunden, die ihr Träger kaum halten konnte.

»Du lieber Gott!« Siebeneisen stand auf, um zu helfen. Als er ihm die oberste Kiste abnahm, geriet Frampton durch den plötzlichen Eingriff aus dem Gleichgewicht und wankte hin und her, wobei sich der Turm in seinen Armen zuerst bedenklich nach links und gleich anschließend in die andere Richtung neigte. Gemeinsam gelang es ihnen, die Kisten auf einer der Waschmaschinen abzustellen.

»Ist das für heute Abend? Wollte er nicht eine Cateringfirma buchen?« Ein paar Wochen zuvor hatte Schatten verkündet, seinen runden Geburtstag im Maskierten Waschbär zu feiern. Wipperfürth wollte alles organisieren. Dass Siebeneisen seit dieser Verlautbarung nie wieder etwas darüber gehört hatte, war ihm die ganze Zeit schon seltsam vorgekommen.

»Angeblich hat Wipperfürth alles vorbereitet. Zumindest hat er mir gesagt, dass ich mich um nichts kümmern müsse. Auch nicht um die Musik.«

»Aha.« Siebeneisen ahnte, was das bedeutete, sagte aber nichts weiter dazu. Stattdessen klopfte er mit den Fingerknöcheln gegen eine der Kisten. »Und was ist hier drin?«

»Es ist unfassbar, was mein Onkel an Gerümpel gelagert hat!« Frampton wischte sich die Hände an der Hose ab. Wie immer trug er Klamotten, die in den Dreißiger- oder Vierzigerjahren modern gewesen waren: Hosenträger, Hemd mit Manschettenknöpfen, Weste und Hut. Auf seiner markanten Nase saß eine altmodische Brille.

»Räumst du immer noch aus?« Seit sie in New Orleans angekommen waren, schien Frampton mit der Entrümpelung des geerbten Hauses beschäftigt zu sein.

»Mittlerweile bin ich beim Speicher. Da konnte ich nicht früher dran, weil meine Nichte ihre Sachen dort zwischengelagert hatte.« Frampton nahm eine Flasche Weißwein aus dem Kühlschrank. Er goss einen kleinen Schluck in ein Glas und trank genießerisch.

»Deine Nichte?« Siebeneisen erinnerte sich an die junge Frau, die er an manchen Abenden im Maskierten Waschbär gesehen hatte. Das war Monate her. »Aber die ist doch schon vor Ewigkeiten umgezogen, oder nicht?«

Frampton sah ihn an, als sei Siebeneisen Lehrbeauftragter an der örtlichen Tulane University und habe ihn gerade wegen Trödelns im Studium gemaßregelt. »Ich kann mich auch nicht zerteilen. Immer eins nach dem anderen.« Frampton nahm einen Lappen von der Spüle bei der Kaffeemaschine und wischte großzügig über eine der Kisten. Dann öffnete er sie. »Wirf doch hier mal einen Blick rein. Könnte sein, dass du damit was anfangen kannst.« Er griff in die Kiste und holte mehrere abgegriffene Pappkladden heraus.

»Was ist denn das? Die Schulzeugnisse deines verstorbenen Onkels?«

»Nein. Irgendwas anderes. Sieh es dir mal an, ich kann das Meiste nicht lesen. Auch das nicht, was außen draufsteht.«

Siebeneisen nahm die oberste der Kladden. Ein Zettel klebte in der Mitte des Deckels, vergilbt, mit zwei Zeilen in einer krakeligen Handschrift. Frampton sah neugierig zu ihm hinüber. »Und? Das ist doch Deutsch, oder? Was heißt denn das?«

Siebeneisen wischte mit der Hand über die Schrift.

»Scheint ein Tagebuch zu sein. Oder etwas in der Art. *Aufzeichnungen eines bayerischen Cowboys.*«

»Hä? Bayerischer Cowboy? Habt ihr Cowboys in Deutschland? Wer soll denn das gewesen sein?«

»Alois Moosbichler.« Siebeneisen hatte den Namen entziffert. »Alois Moosbichler. So steht das hier zumindest.«

»Hab mir schon gedacht, dass du damit was anfangen kannst. Sonst hätte ich das ganze Zeug gleich entsorgt.« Frampton öffnete die beiden anderen Kisten. »Da sind noch mehr drin. Kladden. Und solche Dinger hier.« Er nahm einen Stoß Schreibhefte in die Hand und legte sie Siebeneisen hin. Alle Hefte hatten die gleiche Art Aufkleber, auf allen stand *Aufzeichnungen eines bayerischen Cowboys*. Von Alois Moosbichler. »Auf dem Speicher sind noch ein paar dieser Kisten. Ebenfalls randvoll. Der Mann hatte offenbar ein ziemliches Mitteilungsbedürfnis.«

Siebeneisen hatte die Kladde zur Seite gelegt und blätterte in den Notizheften. Jede Seite war eng beschrieben, von oben bis unten und von Rand zu Rand. Stellenweise war die Schrift klar und deutlich, anderswo sah sie aus, als seien Ameisen zuerst durch eine Tintenpfütze und anschließend über das Papier gelaufen. Hin und wieder war der Text durch kleine Zeichnungen unterbrochen. Außerdem gab es Skizzen, die wie Landkarten aussahen. An einigen Stellen war die Tinte nass geworden und verschmiert.

»Die sind alt, oder?« Frampton hatte zugesehen, wie Siebeneisen fasziniert in den Heften blätterte.

»Ja, die sind alt. Zumindest nach euren Vorstellungen.« Siebeneisen wusste, dass in Amerika andere Maßstäbe galten. Wenn hier etwas älter als fünfzig oder sechzig Jahre war, ein Haus zum Beispiel oder ein Bild, dann war das eine kleine Sensation. »Ich kann leider nirgendwo ein Datum entdecken. Aber der Schrift nach werden die schon so um die hundert Jahre herum sein, denke ich.« Siebeneisen nahm eine Handvoll weiterer Hefte aus einer der Kisten. Die Seiten in ihnen waren vergilbt, die Tinte deutlich blasser als in den anderen. »Die hier scheinen noch älter zu sein.«

»Älter als hundert Jahre?« Frampton sah ihn entgeistert an. »Das ist ja dann antik! Was steht denn da drin? Sieht komisch aus.«

»Der hatte auch eine sehr eigenwillige Handschrift, das ist kaum zu entziffern. Sieh mal, hier …« Siebeneisen legte das Heft so auf den Tisch, dass Frampton die Stelle sehen konnte, auf die er seinen Zeigefinger gelegt hatte, »… hier geht es um ein Nachtlager am … Moment … Red Fork River, wo immer das sein soll. *Cody hatte die erste Wache, ich löste ihn um drei in der Frühe ab*, steht da. Also auf Deutsch steht das da.«

»Cody?«

»Ja. Cody. Steht hier.« Siebeneisen überflog die aufgeschlagene Seite. »Der Name kommt öfter vor. Muss man den kennen?«

»Möglicherweise. Wenn er William Frederick mit Vornamen hieß, schon.«

»Aha. Und wieso?«

»Weil William F. Cody ziemlich berühmt war. Unter seinem Künstlernamen.«

»Unter seinem Künstlernamen? Und der lautete wie?«

Frampton war schon auf dem Weg zur Tür. »Buffalo Bill.«

»Oh.« Siebeneisen nahm einen weiteren Stoß Hefte aus einer der Kisten. »Dann kannte der wohl interessante Leute, dieser Alois Moosbichler.«

2

»Cody hatte die erste Wache, ich löste ihn um drei in der Früh ab. Es war bitterkalt. Der Schnee lag so hoch das die Maultiehre nur mühsam foran kamen. Trotz der beschwerlichen Wietterung war Cody den ganzen Tag über, weit foraus um nach Spuren Ausschau zu halten. Er hat vermutet das die Cheyenne sich in ein geschütztes Tal weiter im Süden zurück gezogen hatten. Zum Glück mussten wir keinen Hunger leiden. Cody hatte Büffelfleisch organisiert. Und in einem der Planwagen war noch Bwllr.«

Bwllr? Siebeneisen setzte die Brille ab und hielt sich das Notizheft vor die Augen. Dieser Moosbichler war kein Freund von Rechtschreibung und Zeichensetzung, das war bereits nach den ersten Zeilen klar, aber auch seine Handschrift war an manchen Stellen kaum zu entziffern. Beziehungsweise erst dann, wenn man sich die entsprechende Stelle dicht vor die Augen hielt: Bwllr war Bier. Na, das wird bestimmt eine schöne Nachtwache werden, dachte Siebeneisen. Er blätterte um und las weiter.

»Elizabeth wollte nicht das ich die Stadt verlasse. Geweint hat sie die ganze Nacht. Uns ginge es doch so gut. Nein sie werde mich nicht gehen lassen, hat sie immer wieder gesagt. Ich versuchte, sie zu beruhigen und erklärte ihr das ich sicherlich bald zurüggkehren würde. Das hat sie nicht geglaubt. Ich war sehr erleichtert als ich mich, am Morgen davon stehlen konnte. Nach St. Lewis wollte ich, und dann weiter nach, Westen so weit es ging!«

Siebeneisen blätterte eine Seite zurück. Er versuchte, den Zusammenhang zwischen der Nachtwache mit dem Bwllr und der weinenden Elizabeth auf der nächsten Seite zu verstehen, aber offensichtlich gab es einfach keinen. Fehlten da Seiten? Oder verstand man das erst im Zusammenhang? Er las weiter.

»Ich erinnere mich mit Weemut an jene Woche als der General mich auf der Ranch besuchen kam. Er hatte eine Kutsche genommen, reiten konnte er längst nicht mehr auch mir ist das ja zu beschwehrlich geworden. Da saßen wir dann in unseren Schaukkelstühlen auf der Weranda und plauderten über die alten Zeihten. In Eurohpa redeten sie von Krieg und wir redeten über Selbbsgebrannten und Apfelkuchen.«

Siebeneisen setzte seine Brille ab. Das war kein Tagebuch – das war ein Sammelsurium. Moosbichler hatte seine Erlebnisse offenbar nicht jeden Tag aufgeschrieben, sondern so, wie sie ihm später irgendwann in Erinnerung gekommen waren. Anders ließ sich kaum erklären, dass die Beschreibung eines Camps während eines Indianerfeldzugs vor der Abschiedsszene aus der Stadt stand und es gleich darauf um ein Kaffeekränzchen von zwei alten Männern ging. Moosbichler schien allerdings ein interessanter Typ gewesen zu sein. Siebeneisen wusste natürlich, dass im 19. Jahrhundert zehntausende Deutsche nach Amerika ausgewandert waren. Er hatte sich aber nie Gedanken darüber gemacht, was all diese Menschen anschließend in ihrer neuen Heimat getrieben hatten. Der Autor der Notizhefte jedenfalls schien ein abenteuerliches Leben geführt zu haben. Wer konnte schon von sich behaupten, mit Buffalo Bill unterwegs gewesen zu sein? Und im Rentenalter mit einem General auf der Veranda über Apfelkuchen philosophiert zu haben?

Siebeneisen nahm einen weiteren Stapel aus einer der Kisten. Viele Einträge waren auf Deutsch verfasst, etliche andere auf Englisch. Beim Blättern blieb sein Blick an einzelnen Passagen hängen, in denen es um Begegnungen mit Indianern, den Kauf einer Ranch und eine Schiffsfahrt ging. Kleine Skizzen zeigten die »Black Hills«, ein »Indian Territory« und den Verlauf eines Flusses, der »Little Bighorn« hieß. Siebeneisen klappte das Heft zu und strich gedankenverloren über das Etikett auf dem Deckel. Wenn er mal viel Zeit hätte, würde er die *Aufzeichnungen eines bayerischen Cowboys* lesen. Vielleicht ließ sich all das ja auch in eine chronologische Ordnung bringen.

Der Flugsaurier wimmerte. Wipperfürth und Schatten betraten den Waschsalon. Für einen Moment sahen ihre Umrisse im Gegenlicht aus wie die von Stan Laurel und Oliver Hardy. Siebeneisen verstaute die Notizhefte in den Kisten. Mit der Ruhe würde es jetzt vorbei sein.

»Na, Männer – alles vorbereitet für die große Party heute Abend?«

»Aber selbstredend! Was glaubst denn du?« Wipperfürth legte mehrere Tragetüten auf eine der Waschmaschinen. Einige Rollen Luftschlangen rutschten heraus. Und etwas, das nach einem großen Beutel Konfetti aussah.

Schatten ließ sich schwer atmend auf einen der Stühle fallen und wischte sich mit einem großen weißen Tuch den Schweiß von der Stirn.

Irgendwann wird es ihn umhauen, dachte Siebeneisen. Sein Freund hatte mindestens fünfzig Kilo Übergewicht und bewegte sich grundsätzlich schnaufend durch die Welt. Bei der kleinsten Anstrengung kam er ins Schwitzen. Das Klima in New Orleans tat ihm nicht gut. In sieben von zwölf Monaten war es hier so heiß und so feucht, dass man genauso gut mit einem Frotteehandtuch um den Kopf gewickelt hätte herumlaufen können, das man zuvor in heißes Wasser gelegt hatte. Siebeneisen vermutete, dass Schatten auf seinen kurzen Gängen durch das French Quarter jedes Mal mehrere Liter Flüssigkeit verlor. Jetzt stand er auf und wankte Richtung Toilette. Wahrscheinlich, um einen Hunderterpack Papiertücher zu organisieren.

»Jetzt kann ich dir ein bisschen was verraten!« Wipperfürth wartete, bis Schatten die Tür hinter sich geschlossen hatte. Seine Augen glänzten. »Das wird ein ganz großes Fest, das kann ich dir sagen! Ich habe keine Kosten und Mühen gescheut. So eine Geburtstagsparty ist doch ein Klacks für jemanden wie mich, das weißt du ja besser als jeder andere!«

Oh ja, dachte Siebeneisen, ganz bestimmt. Spontan konnte er sich an kein einziges Ereignis erinnern, das sein Freund jemals auf die Beine gestellt hätte, ohne dass alles im Fiasko geendet hätte. An dem dann natürlich nicht er, sondern alle anderen schuld gewesen waren. Wipperfürth hielt sich für einen begnadeten Planer. Schon immer. Er habe das im Blut, behauptete er gerne, alles gelinge ihm ganz von selbst, möglicherweise sei das vererbt, wer wisse das schon? In Wirklichkeit hatte er von Logistik so viel Ahnung wie eine Kuh vom Frisbeespielen. Zwei Mal in den vergangenen Jahren hatte er Siebeneisen rund um den Globus gescheucht: Einmal, um Schattens Miterben aufzutreiben; anschließend wegen besagter Elefantengottstatue. Auf beiden Reisen war Siebeneisen sich vorgekommen, als nehme er an einer niemals endenden Sonderausgabe von *Versteckte Kamera* teil. Was nicht nur an Wipperfürths haarsträubender Planung gelegen hatte, sondern auch an seinem unglaublichen Geiz. Um 9,90€ zu sparen, buchte Wipperfürth grundsätzlich Flüge, die siebzehn Stunden länger dauerten als die geringfügig teureren. Das gleiche Prinzip galt für Busverbindungen, Zugtickets, Hotelzimmer und alles andere. Reisen, die Wipperfürth organisierte, waren Überlebenskämpfe. Siebeneisen mochte sich lieber gar nicht vorstellen, was sein Freund für die Party geplant hatte. Wipperfürth wollte ihm das aber leider gerne erzählen.

»Also: Das Essen habe ich bei der Heilsarmee geordert. Die kommen nachher und bringen alles mit, was wir brauchen. Nur das Beste natürlich!«

»Du hast das Essen für den 50. Geburtstag deines Freundes wo bestellt? Bei der Heilsarmee? Du hast sie doch nicht mehr alle am Christbaum! Warum hast du nicht gleich bei einer fahrbaren Suppenküche für Obdachlose nachgefragt? Bei der auf dem LKW-Parkplatz unten am Mississippi?«

»Hab ich doch! Die konnten aber nicht. Oder wollten nicht. Ist aber doch auch egal. Die Heilsarmee ist ja für ihre ausgezeichnete Küche bekannt, das weiß ja jeder, der sich mal für einige Zeit mit dem Thema Catering auseinandergesetzt hat.« Wipperfürth sah Siebeneisen vorwurfsvoll an. Er schüttelte demonstrativ den Kopf. »Die Materie ist viel komplexer, als man gemeinhin glaubt. Catering ist nichts anderes als Logistik mit Nahrungsmitteln, das kann ich dir sagen. Da geht es um die ideale Kombination von Arbeitskraft, Lebensmitteln und Infrastruktur. Ich bin schon sehr gespannt, was die alles zaubern werden!«

»Zaubern? An Essen? Die Heilsarmee? Glaubst du, dass es von denen etwas anderes gibt als Rote Bohnen mit Reis und ein paar Tabletts voller *Po'Boys*?« Während seine Freunde die belegten Brote in New Orleans noch immer Sandwiches nannten, mochte Siebeneisen die lokale Bezeichnung: *Po'Boys,* arme Jungen. Jedes Mal, wenn sie ihm in den Sinn kamen, musste er an die Armen Ritter denken, die seine Großmutter zu Hause in Oer-Erkenschwick immer für ihn gemacht hatte, als er ein Kind war.

»Das will ich aber meinen! Es gibt bestimmt noch eine nahrhafte Suppe.« Wipperfürth hob den Zeigefinger der rechten

Hand, wie immer, wenn ihm noch etwas Wichtiges einfiel. »Und das Kulturprogramm wird ebenfalls klasse.«

»Das Kulturprogramm? Was denn für ein Kulturprogramm? Ich dachte, wir wollten feiern?«

»Werden wir doch auch! Mortimer wird kommen und singen! Als ich ihm von meinen Planungen berichtet habe, hat er sofort zugesagt.«

»Der ist doch sowieso jeden Tag hier!« Je länger Wipperfürth erzählte, desto weniger freute sich Siebeneisen auf den Abend. Mortimer war der einzige Stammgast im Maskierten Waschbär, ein steinalter Kauz, der ein wenig wie Louis Armstrong aussah, wenn Louis Armstrong denn 93 geworden wäre. Er behauptete, einst ein gefeierter Star gewesen und mit sämtlichen Jazzgrößen aufgetreten zu sein. Siebeneisen bezweifelte das. Vielmehr war er sicher, dass Mortimer einen Tick hatte. Sobald er den Waschsalon betrat, setzte er sich an das alte Klavier, klimperte vor sich hin und summte irgendwelche Melodien. Wenn etwas seine Aufmerksamkeit weckte, begann er ohne Vorwarnung laut zu singen, fasste das Geschehen um ihn herum in selbst verfasste Verse oder intonierte Lieder, die darauf anspielten. Mortimer war der Grund, weshalb immer wieder Touristen im Maskierten Waschbär vorbeischauten. Einen Waschsalon mit einem verschrumpelten Pianisten, der Lieder über eingelaufene Kleidungsstücke oder zu Hause vergessenen Weichspüler sang, gab es schließlich nicht überall.

»Und eine Überraschung habe ich auch noch organisiert! Und auch noch ein Geschenk!« Wipperfürth schaute zur Toilettentür, die sich gerade öffnete. Er zwinkerte Siebeneisen verschwörerisch zu. »Das erzähle ich dir dann aber besser später.«

»Ich will das gar nicht wissen, glaube ich. Wann soll es denn losgehen?«

»Das Essen kommt gegen sieben. Bis dahin müssen wir noch

Einiges erledigen. Du hilfst mir doch beim Dekorieren, oder?« Wipperfürth nickte in Richtung der Tüten mit den Luftschlangen. Dann tat er so, als habe er über ein ganz anderes Thema gesprochen. »Wie gesagt, die Akten dazu schauen wir uns dann nochmals an.« Er nickte Schatten aufmunternd zu. »Das Geburtstagskind und ich müssen nämlich jetzt noch mal ins Büro.«

Die freie Wohnung im ersten Stock hatten Wipperfürth und Schatten unmittelbar nach ihrer Ankunft in New Orleans bezogen. Lawns Haus lag um die Ecke in der Dauphine Street, und wenn es nach den beiden gegangen wäre, würden sie nun als Untermieter dort wohnen. Mehr durch Zufall hatte Siebeneisen von Wipperfürths Plan erfahren, der in Lawns historischem Stadthäuschen nicht nur das Agenturbüro, sondern gleich auch noch zwei Zimmer für sich und Schatten hatte in Beschlag nehmen wollen. Die beiden hatten lautstark protestiert, als Siebeneisen ihnen den Einzug verwehrte. Zum Glück hatte der kurz zuvor den Besitzer eines Waschsalons um die Ecke kennengelernt, als er seine Umzugsklamotten waschen wollte. Dass Frampton damals gerade mit der Entrümpelung des ersten Stocks fertig geworden war, hatte sich als ausgesprochener Glücksfall erwiesen. Auch, weil die freie Etage groß genug war, um zwei Zimmer für das Büro von NIU abzuzweigen.

In den Jahren seit der Unternehmensgründung hatten die drei erstaunliche Erfolge erzielt. Dass sie die verschollene Enkelin eines schottischen Burgenbesitzers ausfindig gemacht hatten, war ein gelungener Startschuss gewesen. Es folgte der Fund einer wertvollen Renaissanceflöte für einen japanischen Sammler, dem das Instrument zuvor gestohlen worden war. Anschließend hatten sie eine mittelalterliche Schenkungsurkunde ausfindig gemacht, die einem Hartz IV-Empfänger aus Mecklenburg-Vorpommern ein Grundstück zusicherte, das er postwendend an eine saudische Investorengruppe verkaufen konnte.

All das hatte sich in gewissen Kreisen herumgesprochen. Plötzlich erhielt das NIU-Team die merkwürdigsten Auftragsangebote. Den Nibelungenschatz sollten sie finden, das Schwert Karls des Großen und Robin Hoods Original-Flitzebogen. Zum Glück war es jedes Mal Siebeneisen gewesen, dem die entsprechenden Anfragen aufgefallen waren, bevor Schatten oder Wipperfürth sie hatten entdecken können. Wenn er sich frühmorgens an den Geschäftscomputer setzte, waren die Mails aus Europa wegen des Zeitunterschiedes in der Regel schon im Posteingang. Anfragen aus den USA aber trudelten natürlich erst im Laufe des Tages ein. Da ließ es sich nicht verhindern, dass Schatten oder Wipperfürth ihm hin und wieder zuvorkamen. Wie neulich bei der aus Dallas. Ein Auftraggeber aus der Ölbranche wollte sie auf die Suche nach dem Eisernen Thron aus *Game of Thrones* schicken. Wipperfürth hatte das gelesen und sofort eine begeisterte Zusage geschickt, die in dem Hinweis gipfelte, dass sich der mächtige Thron mit Sicherheit prima in der Lobby des Firmensitzes machen werde, »damit sich Ihre Kunden wie Könige fühlen«. Anschließend konnte Siebeneisen den schwerreichen Ölmagnaten dann nur mit viel Mühe davon überzeugen, dass es sich bei besagtem Thron lediglich um ein Ausstattungsstück einer erfolgreichen Fernsehserie handelte und nicht um einen echten, historischen Gegenstand. (Obwohl es ihn in den Fingern juckte, verzichtete er bei den Telefonaten mit dem Mann auf den Hinweis, dass es sich bei der Handlung der Serie ebenfalls nicht um echte geschichtlich verbürgte Ereignisse handelte, vor allem nicht bei jenen Folgen, in denen Drachen mitspielten.) Als Nächstes würde dann wahrscheinlich jemand auf die Idee kommen, sie auf die Suche nach dem Grab von Aragorn aus *Der Herr der Ringe* zu schicken, dachte er, während er sich an Framptons Maschine einen Espresso machte.

Das Wimmern des Flugsauriers riss ihn aus seinen Gedanken. In der Tür stand die größte Frau, die Siebeneisen je in seinem Leben gesehen hatte. Möglicherweise auch die dickste – die größte aber auf jeden Fall. Was auch an ihrem Hut lag, einer waghalsigen Konstruktion in changierenden Grüntönen, die wie ein explodierter Kopf Riesenbrokkoli aussah.

»Mein Name ist Juanita Corazon«, sagte die Frau in die Stille des Raums hinein. Unter ihrem rechten Arm klemmte eine Handtasche.

»Kann ich Ihnen helfen?« Siebeneisen wurde wieder einmal schlagartig bewusst, dass er eigentlich überhaupt nichts mit diesem Waschsalon zu tun hatte, dafür aber ziemlich oft der Einzige im Laden war. Er würde unbedingt mit Frampton reden müssen. Es war ja ok, hin und wieder auf den Maskierten Waschbär aufzupassen, wenn der Chef unterwegs war – zum Inventar aber wollte er nun wirklich nicht werden. »Waschmittel gibt's an dem Automaten in der Ecke. Für alle Maschinen brauchen sie Quartermünzen. Hinten an der Wand hängt ein Wechselautomat.« Er nickte in Richtung Toilettentür. Die Brokkolifrau sah ihn indigniert an.

»Ich soll hier auftreten.«

Siebeneisen verschluckte sich fast an seinem Espresso. Frau Corazon betrachtete ihn, als wisse sie nicht genau, ob sie ihn mit der Handtasche oder ihrem Gemüsehut traktieren wollte.

»Sie sollen hier auftreten? Im Waschsalon?«

»Davon hat man mir nichts gesagt. Dass ich in einem Waschsalon singen soll. Das hat der Herr, der mich engagiert hat, nicht erwähnt.« Juanita Corazon ließ einen finsteren Blick durch den Raum schweifen. In ihrem Gesicht spiegelte sich eine Mischung aus Überraschung und Abscheu. »Wo ist denn die Künstlergarderobe?«

Siebeneisen ahnte, wer der Herr war, der die Frau engagiert hatte. Besagter Herr hatte sich rechtzeitig nach oben abgesetzt und ihn hier unten allein gelassen.

»Ich fürchte, so etwas gibt es nicht. Sie können aber gerne die Damentoilette benutzen.« Er bemerkte, dass diese Information den Ausdruck auf dem Gesicht der Frau eher verstärkte. »Ich meine, äh, außer Ihnen befindet sich gerade keine andere Dame im Haus, da können Sie gerne… also… «

»Das sehe ich sehr wohl.« Juanita Corazon ließ ihren Blick erneut abschätzig durch den Raum schweifen, bis er an den schmutzigen Tassen und Gläsern auf der Theke hängen blieb. »Es scheint in letzter Zeit auch keine hier gewesen zu sein. Wo ist die Damentoilette?«

Siebeneisen zeigte zu einer der Türen zwischen den Waschmaschinen. Für einen kurzen Moment war er erleichtert, als die Frau strammen Schrittes durch den Raum marschierte. Dann war dieser Moment vorbei, weil sie abrupt stehen blieb.

»Und wo befindet sich die Bühne? Ich sehe überhaupt keine Bühne!«

»Die Bühne? Der Herr, mit dem Sie gesprochen haben, hat versprochen, noch eine zu bauen. Das bekommt er mit Sicherheit hin. Er hat für solche Aktionen ein gewisses Talent.« Siebeneisen antwortete, ohne nachzudenken. »Ganz bestimmt hat er alles organisiert.« Er überlegte einen Moment lang. »Darf ich Sie fragen, in welchem Bereich Sie tätig sind? Ich meine: Was Sie aufführen werden? Mir sagt hier ja niemand etwas, wissen Sie?«

»Mein Name ist Juanita Corazon«, sagte Juanita Corazon. Siebeneisen wiederum sagte nichts, weil er über diese Information ja bereits verfügte. Die Brokkolifrau sah ihn abwartend an, als könne es nicht sein, dass jemand ihren Namen nicht augenblicklich mit einem Beruf in Verbindung brachte.

»Mein Name ist Juanita Corazon«, sagte sie nun zum dritten Mal. »Ich bin Opernsängerin.«

3

New Orleans ist aus vielerlei Gründen ein besonderer Ort. Die meisten Menschen denken bei der Stadt am Mississippi natürlich sofort an den Jazz, schließlich ist die wichtigste amerikanische Kulturform hier entstanden. Andere wiederum lieben die Stadt wegen ihrer Architektur. Dann gibt es natürlich die, die wegen der Schriftsteller nach New Orleans kommen, wegen Tennessee Williams und James Faulkner und Anne Rice. Und die Gourmet-Touristen. Die Foodies. Die reisen wegen des Essens an. Und der Restaurants. Ähnlich wie die Musik ist auch die Küche von New Orleans aus dem Verschmelzen verschiedener Kulturen hervorgegangen. Und ähnlich wie bei der Musik wird auch am Herd sehr auf Traditionen geachtet. Im French Quarter, dem ältesten Viertel der Stadt, gibt es Restaurants, deren Speisenkarte sich in den letzten hundert Jahren kaum verändert hat. Die meisten Gerichte zeichnen sich deshalb durch einen nahezu grotesken Kaloriengehalt aus und stehen immer wieder mal im Zentrum von Kampagnen, mit denen Organisationen wie die American Heart Association übergewichtigen Amerikanern einen gesunden Lebensstil näherbringen möchte. Was der Beliebtheit von frittiertem Wels, Crawfish Étouffée und Bananas Foster bislang aber überhaupt nicht geschadet hat. Weil frittierter Wels, Crawfish Étouffée und Bananas Foster in New Orleans nämlich schmecken, als habe der Küchengott einen seiner begabtesten Engel hinunter zu den gottesfürchtigen Menschen an den Mississippi geschickt und ihn beauftragt, die ganze

Mannschaft, vom Sternekoch bis zur Imbissbudenbesitzerin, mit einem schier unglaublichen Talent auszustatten. (Was der Engel dann auch prompt befolgte, überall probierte und seitdem wegen seines Speckrings aufpassen muss, dass er nicht durch die Wolke fällt.) Anders gesagt: Man kann kaum etwas falsch machen beim Essen in New Orleans.

Es sei denn, man ordert es bei der Heilsarmee.

»Das ist eine außergewöhnliche Gumbo!« Wipperfürth schnüffelte an einem Löffel Eintopf und betrachtete ihn aus verschiedenen Blickwinkeln. Schlürfend zog er die Flüssigkeit in den Mund. Dort schwenkte er sie hin und her, als wolle er als Nächstes mit ihr gurgeln.

»Deshalb musst du aber keine außergewöhnliche Geräuschkulisse erzeugen, wenn du sie isst!« Schatten wischte sich sein Gesicht mit einer Serviette ab. Überall blieben kleine brombeerfarbene Papierkrümel kleben.

»Wie du weißt, bin ich Connaisseur. Und wenn du wie ich damals den VHS-Kurs zum Thema ›Der menschliche Geschmack im Wandel der Zeit‹ besucht hättest, wüsstest du: Es braucht Sauerstoff, damit sich die unterschiedlichen Geschmackskomponenten im Mund entfalten können.« Wipperfürth nahm einen weiteren Löffel. Es gluckerte, als würden die letzten Wasserreste aus einer Badewanne abfließen. »Nur so zollt man einem mit Liebe zubereiteten Gericht Respekt. Nur so.«

»Aha.« Schatten legte die Serviette auf seinen leeren Teller. Er drehte sich schwerfällig zur Seite, bis er den Tapeziertisch im Blick hatte, den die Heilsarmee vor den Waschmaschinen aufgebaut hatte. Auf den Tabletts lagen nur noch Krümel. »Ich will ja nicht unhöflich sein, aber: Kommt da noch was? Was zu essen, meine ich?«

»Aber ja!« Wipperfürth sah seinen Freund tadelnd an. »Natürlich kommt da noch was! Was denkst du denn? Immerhin ist das deine Geburtstagsfeier. Glaubst du, ich hätte für all die Leute nur zwei Tabletts mit Sandwiches und ein bisschen Eintopf bestellt?« Er zeigte in die Runde. »All die Leute« waren etwa fünfzehn Personen. Die meisten wohnten in der Nachbarschaft und waren sowieso regelmäßig im Maskierten Waschbär. Jetzt standen sie mit leeren Tellern in kleinen Gruppen zusammen oder hatten sich auf die Waschmaschinen gesetzt. Jeder trank Wein. Frampton hatte Schatten zum Geburtstag zwei Kisten Riesling aus Deutschland geschenkt, die Wipperfürth sofort für die Gäste freigegeben hatte, als der Jubilar kurz auf Papiertaschentuchsuche war. Mortimer saß am Klavier und spielte leise Jazzläufe. Er hatte die Augen geschlossen und schien mit sich selbst zu sprechen.

»Und kommt das, was noch kommt, noch heute Abend?« Siebeneisen hatte das Gespräch mitbekommen. Er setzte sich zu den beiden. »Nicht, dass die Gäste wieder gehen, weil sie bei uns verhungern würden. Wenn man keines der Sandwiches abbekommen hat, könnte das nach dieser Suppe ja durchaus sein.«

»Jetzt wartet doch erst einmal ab!« Wipperfürth schlürfte theatralisch. »Ich weiß auch gar nicht, was du gegen diese wunderbare Gumbo hast! Die ist doch sensationell gewürzt! So etwas bekommt man nur hin, wenn man jahrelange Erfahrung am Herd hat. Und dazu besonderes Talent.«

»So was bekommt man hin, wenn man in eine eigentlich gute Gumbo schnell noch fünf Liter heißes Wasser kippt. Dann bekommt man das hin.« Siebeneisen ahnte, dass Wipperfürth der Heilsarmee ein sehr knappes Budget bewilligt hatte. Denen war wahrscheinlich gar nichts anderes übriggeblieben, als den Eintopf zu strecken. Er sah zu den Waschmaschinen, von denen seltsame Klopfgeräusche zu kommen schienen. Er hatte das in den letzten Stunden schon mehrmals registriert, obwohl keine der Maschinen benutzt worden war. Vermutlich stimmte mit der Wasserzufuhr etwas nicht. Möglicherweise waren auch die Leitungen verkalkt. Er nahm sich vor, Frampton darauf aufmerksam zu machen. Es reichte schon, dass er ständig Stallwache in diesem Laden hielt. Auf gar keinen Fall wollte er sich in den nächsten Tagen auch noch um einen Wasserrohrbruch kümmern müssen.

»Ihr habt doch keine Ahnung!« Wipperfürth sah zu Lawn auf, die mit einer Flasche Wein an den Tisch kam. »Spring du mir doch wenigstens bei! Du bist von hier – sag diesen Unwissenden doch bitte, dass es sich bei dieser Suppe um ein ausgezeichnetes Gericht handelt!«

»Prost!« Lawn hielt ihr Weinglas in die Tischmitte. »Auf unser Geburtstagskind!«

Sie stießen miteinander an. Siebeneisen bewunderte das Talent seiner Freundin, mit solchen Situationen umzugehen. Lawn begegnete Wipperfürths besserwisserischer Art mit einem Südstaatencharme, der so bezaubernd wie unwiderstehlich war. Während Siebeneisen und Schatten sich fast immer auf end- und hoffnungslose Diskussionen mit ihrem Freund einließen, beendete Lawn solche rhetorischen Scharmützel bereits beim ersten Aufflackern. Sie nannte Wipperfürth dann »Wippilein« oder »Darling«, legte ihm eine Hand auf den Arm oder nahm kurz seine Hände in ihre. Das wirkte Wunder: Fast immer brach er die Diskussion augenblicklich ab. Und wenn sie ahnte, dass das alles nicht ziehen würde, wechselte Lawn einfach das Thema. So wie jetzt.

»Ist die Damentoilette eigentlich kaputt? Oder wieso ist die den ganzen Abend abgeschlossen? Die kann doch nicht ständig besetzt sein. Weißt du da was, Wippilein?« Lawn lächelte Wipperfürth an. Sie stand auf. »Warte, ich sehe noch mal nach.«

Wipperfürth schaute Lawn fragend hinterher. Er sah aus, als

überlege er, ob seine meisterliche Logistik für die Geburtstagsfeier an irgendeiner Stelle eine verschlossene Damentoilettentür vorsah. Siebeneisen dagegen wurde es abwechselnd heiß und kalt. Er hatte das den Abend über verdrängt, aber jetzt fiel es ihm wieder ein. Bevor er allerdings etwas sagen konnte, legte Mortimer am Piano plötzlich los. Er war aufgestanden, stand breitbeinig vor dem Instrument und hämmerte auf die Tastatur, als sei er eigentlich lieber Jerry Lee Lewis geworden. Er brummelte jetzt auch nicht mehr leise vor sich hin, sondern schmetterte selbstgereimte Verse in den Waschsalon:

»Welcome to a party full of surprises
as the sun goes down and a full moon rises
We're all in to make some real good noise –
now listen, y'all – here comes The Voice!«

Mortimer spielte eine pompöse Folge an Schlussakkorden, und dann flog die Tür der Damentoilette auf, und Juanita Corazon stolzierte in den Waschsalon. Die Opernsängerin war fast nicht wiederzuerkennen. Die letzten zwei oder drei Stunden hatte sie damit verbracht, sich in eine asiatische Wuchtbrumme zu verwandeln. Sie trug eine Art Kimono und hatte ihr Haar zu einer Pagode aufgetürmt, in der chinesische Essstäbchen steckten. Ein grelles, üppig aufgetragenes Make-up ließ sie wie die völlig überdimensionierte Version einer Geisha aussehen. Mit einem Fächer wedelte sie sich Luft zu.

»Da sind Sie ja!« Wipperfürth war aufgesprungen. Alle anderen Gäste starrten sprachlos zu der Erscheinung hinüber, die sich wie aus dem Nichts im Maskierten Waschbär materialisiert zu haben schien. Siebeneisen sank tief in seinen Stuhl hinein. Schatten erlitt einen Schweißausbruch. Vor Angst wahrscheinlich.

»Mein lieber Schatten!« Wipperfürth stand jetzt neben Juanita

Corazon. Er war über einen Kopf kleiner als die Sängerin und etwa ein Drittel so schwer. »Wie du im Laufe des Abends bestimmt schon bemerkt hast, habe ich keine Kosten und Mühen gescheut, dir dieses wundervolle Fest zu organisieren.«

Schatten sah Wipperfürth an, als könne er nicht glauben, was er da sehe. Sein Mund stand halb offen, auf seiner Stirn hatten mehrere Schweißtropfen offenbar beschlossen, ein kleines Wettrennen zu absolvieren. Siebeneisen warf Wipperfürth einen vernichtenden Blick zu. Den Wipperfürth natürlich ignorierte.

»Jetzt ist Zeit für Geschenke! Da zu so einem runden Wiegenfest natürlich auch die passende musikalische Unterhaltung gehört und du ja die Oper liebst, habe ich meine liebe Freundin Juanita gebeten, dir heute Abend einen bunten Strauß deiner absoluten Lieblingsmelodien darzubieten!«

Wipperfürth verbeugte sich, als erwarte er tosenden Applaus. Der natürlich nicht kam. Sämtliche Anwesenden schienen traumatisiert. Oder waren mit ihren eigenen Gedanken beschäftigt. Siebeneisen zum Beispiel überlegte, ob Schatten in seinem Leben auch nur ein einziges Mal in der Oper gewesen war. Höchstwahrscheinlich nicht. Vermutlich konnte der Jubilar noch nicht einmal Verdi von Wagner unterscheiden. Er sah zu Schatten hinüber, der wiederum Wipperfürth anstarrte, wie er da neben dieser gewaltigen Pseudo-Chinesin stand. Nein, dachte Siebeneisen, Schatten weiß selbst nicht, wie ihm geschieht.

»Und wie bezaubernd sie aussieht an diesem besonderen Abend!« Wipperfürth lächelte gönnerhaft und versuchte, seinen Arm um die Taille der Opernsängerin zu legen. Der Arm erwies sich als zu kurz. »Aber was rede ich da nur die ganze Zeit?« Er breitete die Arme aus, als wolle er den kompletten Raum erfassen. »Liebe Freunde, hier kommt sie: Freut euch auf Madama Butterfly!«

Wie die meisten anderen Opern hat auch Puccinis populärstes Werk alles, was zu einem großen Drama gehört. Es geht um Leidenschaft und Verrat, um Hoffnungen und Enttäuschungen und vergebliche Liebe, kurz: Es geht um das pralle, volle Leben. Madama Butterfly gilt als leicht verständliche Oper, die Handlung nachvollziehbar, die Musik mitreißend. Allerdings klingen auch Puccinis Arien gewöhnungsbedürftig, wenn man sie ihres Kontextes beraubt und auf das Orchester verzichtet. Vor allem, wenn sie von einer Sängerin geschmettert werden, deren Lungenvolumen es mit dem eines Tiefseetauchers aufnehmen konnte. Juanita Corazon sang, als habe man sie an ein Hochleistungsaggregat angeschlossen. *»Eines Tages werden wir sehen, wie eine Rauchsäule auf dem Meer aufsteigt«*, schmetterte sie, *»am fernen Horizont, und es erscheint ein Schiff!«* Noch bei den ersten Worten bahnte sie sich zwischen den Stühlen einen Weg hinüber zu Schatten und donnerte ihm ihr *Un bel di vedremo* ins Gesicht, als säße er nicht unmittelbar vor ihr, sondern in einem Sumpfgebiet 32 Meilen den Mississippi hinauf.

Innerhalb weniger Sekunden schienen sämtliche Anwesenden in sich zusammenzuschrumpfen. Wer stand, bewegte sich zentimeterweise von der Sängerin weg, ganz vorsichtig, als wolle er auf gar keinen Fall auf sich aufmerksam machen. Wer saß, drückte sich in seinen Stuhl. Wie Schatten, der zaghaft zu lächeln versuchte, während ihm der Schweiß weiter über die Stirn strömte. Bloß Wipperfürth schien sich wohlzufühlen. Er hatte die Augen geschlossen und tat so, als singe er stumm mit, wobei er den Oberkörper verträumt hin und her wiegte. Auf seinen Lippen lag ein zufriedenes Lächeln.

Dann war die Arie zu Ende gesungen, und Juanita Corazon verneigte sich tief, und die Geburtstagsgäste applaudierten zaghaft, für vielleicht drei oder vier Sekunden. Bis auf Wipperfürth. Der war aufgesprungen, klatschte frenetisch und rief immerzu

»Brava!«, »Bellissima!« und »Da capo! Da capo!«. Mit Handbewegungen und aufmunterndem Nicken versuchte er, die anderen zu weiterem Beifall zu animieren. Es gelang ihm nicht. Stattdessen folgte eine allumfassende Stille. Eine Stille, die entsteht, wenn niemand weiß, was als Nächstes passieren soll oder würde oder könnte – und ob von einem erwartet wird, dabei irgendetwas zu tun. Es regnete, von draußen klang das Rauschen der vorbeifahrenden Autos hinein. Siebeneisen hörte wieder das Geräusch von den Waschmaschinen, dieses Mal lauter als vorher. Aber da klimperte Mortimer auch schon wieder los, und die Corazon setzte erneut an, *Con onor muore*, die zweite weibliche Arie der Oper. Sie schmetterte sie nicht ganz so laut wie die erste, sondern zaghafter, leiser, romantischer. Dabei verzog sie das Gesicht in gespielter Tragik und klimperte vor dem versteinerten Schatten übertrieben mit den Augen.

Und dann war auch dieses Lied vorbei. Die Gäste applaudierten. Dieses Mal klang es erleichtert. Frampton öffnete nacheinander mehrere Flaschen Winzersekt, importiert aus dem Rheingau. Er füllte Gläser für alle und begann, sie zu verteilen. Nur an Wipperfürth und die Sängerin kam er nicht heran, weil Wipperfürth um sie herumschwirrte und auf sie einredete. Und die Corazon? Sah über seinen Kopf hinweg zu Schatten, der sich die Stirn mit den brombeerfarbenen Servietten abtrocknete. Sie lächelte. Ihre Augen strahlten.

»Und jetzt, mein lieber Freund, jetzt sollst du noch ein Geschenk bekommen!« Offenbar hatte Wipperfürth beschlossen, dass nun genug gesungen worden sei. »Geselle dich doch bitte zu mir!«

Schatten erhob sich beschwerlich von seinem Stuhl. Wipperfürth gab Mortimer ein Zeichen, der daraufhin eine perlende Akkordfolge spielte, die Siebeneisen als Intro zu »Rocky

Racoon« von den Beatles erkannte. Wipperfürth hob den Zeigefinger in die Luft und strahlte Schatten vielsagend an.

»Na, mein Bester – hast du schon eine Idee, was es sein könnte? Da kommst du nie drauf, da bin ich mir sicher!«

»Dann muss ich ja auch nicht raten.« Schatten schwitzte noch immer. Er sah aus wie jemand, der genau in diesem Moment seines Lebens zum allerersten Mal an ebenjenem Leben zu zweifeln begann. Oder besser: Er sah aus wie jemand, der sich fragte, welche schicksalhafte Fügung ihm einen Freund wie Wipperfürth beschert hatte.

»Musst du auch nicht, musst du auch nicht!« Wipperfürth klopfte Schatten auf die Schulter. Er ging, nein: Er schritt hinüber zu den Waschmaschinen. Mit ausgestrecktem Zeigefinger lief er an der Reihe der Trommeln vorbei, als könne er sich nicht entscheiden, welches Modell er Schatten wohl schenken wolle. Dann blieb er an einer der Maschinen stehen. Er öffnete die Waschtrommel, sah hinein, schüttelte den Kopf und schloss den Deckel wieder. Nach einer kurzen Bedenkzeit sah er in einer anderen Maschine nach, die ebenfalls leer zu sein schien. Theatralisch tippte er sich an die Stirn. Siebeneisen musste an eine Comicfigur denken, Goofy hatte das öfter gemacht oder Calimero aus dem Ei. Wahrscheinlich gab es in der ganzen Stadt keinen schlechteren Schauspieler als Wipperfürth, dachte er.

Er war gespannt, was ihr Kumpel da gleich aus der Trommel holen würde. Wahrscheinlich hatte er noch eine Fertigtorte für Schatten organisiert. Oder ein Dessert aus dem Supermarkt oder irgendetwas anderes, das nicht viel gekostet hatte. Siebeneisen kannte keinen geizigeren Menschen als Wipperfürth. Doch, Schatten. Der war noch ein Stück knausriger. Neben den chaotischen Planungen seiner Freunde war es vor allem der Geiz der beiden gewesen, der Siebeneisens erste Reisen in nervenaufreibende Odysseen verwandelt hatte. Er bemerkte, wie sich wie auf ein geheimes Kommando diverse Details dieser Reisen aus den untersten Regionen seiner Erinnerung ans Tageslicht buddeln wollten. Zum Glück gelang es ihm, die Gedanken an die surrealen Trips der Vergangenheit zurückzudrängen, noch bevor sie zu deutlich werden konnten.

Wipperfürth sah gerade in der nächsten Waschmaschine nach. Er hatte den Kopf in die Trommel gesteckt und sprach etwas in sie hinein, das blechern herausechote, »na, dich habe ich gesucht ... ist ja schon gut, du darfst ja jetzt ... nun hab doch einen Moment Geduld ...«. Dann sah man zwei Pfoten, und dann quetschte sich etwas an Wipperfürths in der Trommel steckendem Oberkörper vorbei, und von sämtlichen Partygästen kamen Dinge wie »Ooooh!« oder »Achje!« oder »Nein!!«. Und dann stand ein Waschbär vor der Maschine und blickte sich verwundert um.

Das Tier sah dem Maskottchen auf dem Firmenlogo verblüffend ähnlich. Der Waschbär hatte ein spitzbübisches Gesicht, saubere Seitenstreifen und über der Augenpartie ein Band dunkles Fell, das ihn wie einen maskierten Einbrecher aussehen ließ. Für einen kurzen Moment glaubte Siebeneisen an ein Missverständnis. Beziehungsweise: Er glaubte, dass der Waschbär nur versehentlich in der Maschine gelandet war und Wipperfürth das Geschenk für Schatten jetzt erst noch herausholen würde, was für ein Zufall, wie kommt der denn da hinein, macht doch mal schnell die Tür auf, damit er raus kann – bevor ihm schlagartig bewusst wurde, dass das da genau das war, was es war. Das da war das Geschenk für Schatten.

Das Tier stand noch immer vor der Maschine, in deren Trommel es die letzten Stunden verbracht und Geräusche fabriziert hatte, die wie ein drohender Leitungsdefekt geklungen hatten. Es schaute neugierig in die Runde, als wolle es ganz genau wissen, wo um alles in der Welt es denn da gelandet war. Und bei wem. Der Waschbär nieste. Er schüttelte kurz den Kopf. Er putzte sich mit dem rechten Vorderlauf das Gesicht. Dann lief er in gerader Linie hinüber zu Schatten und schmiegte sich an dessen Bein.

Drei Stunden später ging das Geburtstagsfest allmählich seinem Ende entgegen. Die Gäste hockten müde auf den Waschmaschinen und hörten Mortimer zu, der am Piano vor sich hin klimperte. Die meisten fühlten sich nicht sehr wohl. Die Leute von der Heilsarmee hatten zum Dessert noch Baiser ausgepackt, Wipperfürths »Natürlich kommt da noch was!«-Gang. Das Schaumgebäck war offenbar schon etwas älter; man musste es mehrere Minuten im Mund aufweichen, wenn man seine Zähne nicht riskieren wollte. Außerdem war es schrecklich süß und vertrug sich auch nicht wirklich gut mit Framptons Weinen. Siebeneisen vermutete, dass die Heilsarmee einen günstigen Überschussposten ergattert und ihn Wipperfürth angeboten hatte. Möglicherweise war einem Auszubildenden in einer French-Quarter-Patisserie auch ein Fehler beim Mischungsverhältnis unterlaufen. Wenn das stimmte, fehlte dort jetzt etwa ein Fass Zucker.

Nur Bandito war putzmunter. Die Corazon hatte dem Waschbären gleich einen Namen verpasst. »*Oh, mi bandito pequeño*!«, hatte sie gerufen, als sie den kleinen Banditen vom Boden gehoben und ihn vor ihrem Gesicht hin und her geschüttelt hatte, als albere sie mit dem fünfzehn Monate alten Kind einer Cousine. Der Waschbär hatte sich das gefallen lassen. Möglicherweise war er auch bloß hypnotisiert von der Aufmachung der Opernsängerin, deren pseudoasiatisches Make-up er interessiert beschnupperte. Wipperfürth hatte dem völlig konsternierten Schatten ein Hundeleibchen mit Leine aus einem Second-Hand-Laden in die Hand gedrückt (die Aufschrift »*Killa from da Ghetto!*« bezog sich auf den ehemaligen Träger der Kombination, einen Pudel, der bereits das Zeitliche gesegnet hatte). In dem kletterte Bandito jetzt auf den Trocknern herum, untersuchte ausgiebig Framptons Weinregal und schnüffelte an Baiser-Krümeln, die auf dem Boden lagen, über die er verärgert schnaubte. Auf seinen Erkundungsrunden hielt er immer wieder an und schaute hinüber zu Schatten, der eingeschlafen war. Wenn er besonders laut schnarchte, unterbrach der Waschbär seine Runde, tippelte zu Schatten hinüber, sprang auf dessen Schoß und betrachtete ihn besorgt. Als Siebeneisen und Lawn aufbrachen, versuchte Bandito gerade, auf den Kopf seines Herrchens zu klettern. Mit dem gestreiften Schweif des Tieres über seiner Glatze sah das Geburtstagskind ein wenig aus wie Lederstrumpf.

4

NEW YORK, LOWER EAST SIDE.

Sein Portemonnaie, Herrgott, wo war diese verdammte Brieftasche? Zum dritten oder vierten Mal untersuchte Zach den Inhalt seiner Hosentaschen. Nichts. In seiner Jacke auch nicht. Zach klopfte sämtliche Taschen noch einmal von außen ab. Das konnte doch alles nicht wahr sein! Er sah zu Razzo hinüber, der auf einem Stuhl an der Tür hockte und durch das Schlüsselloch spähte.

»Sitzt er noch an seinem Tisch, Razzo?«

»Ja, Boss. Sitzt noch. Die sind alle noch da.«

»Und? Was machen sie?«

»Na, sie sitzen da. Am Tisch. Mr. Frank und die Frauen.«

»Das hast du mir schon erzählt, dass die da sitzen!« Zach zog die Lederjacke aus, knallte sie zwischen Olivenölkanister und Parmesanlaibe auf den Tisch und begann, das Innenfutter abzutasten. »Was machen sie? Reden sie? Knutschen sie?«

Er überlegte, ob er zur Tür gehen und selbst nachsehen sollte. Gleich. Zuerst musste er diese verfluchte Brieftasche finden.

»Behalt sie im Auge, Razzo! Wenn dir irgendetwas auffällt, sagst du sofort Bescheid. Sofort. Klar?«

»Ok, Boss. Mach ich. Ich sage Bescheid. Sobald mir etwas auffällt.«

Zach klopfte weiter auf der schwarzen Jacke herum, als bearbeite er ein zähes Stück Fleisch. Nichts. Wenn etwas schiefläuft, läuft natürlich gleich alles schief, dachte er. »Hat Serg eigentlich gesagt, wie lange er brauchen wird? Der ist doch jetzt schon Ewigkeiten unterwegs!«

»Serg? Keine Ahnung. Mir hat er nichts gesagt.« Razzo richtete sich unendlich langsam auf seinem Stuhl auf. Wenn man nicht wusste, dass er kerngesund war, hätte man ihn für einen Gichtpatienten halten können. »Boss? Da sind jetzt zwei Männer. Am Tisch von Mr. Frank sind jetzt zwei Männer.«

»Was? Bei Frank?«

»Ja, Boss. Bei Mr. Frank. Er redet mit ihnen.«

Zach zog die Jacke wieder an. Der Rücken war voller Parmesankrümel.

»Scheiße. Wo bleibt denn dieser Idiot? Hier brennt gleich die Luft.«

Die Vorratskammer des Restaurants war größer als ein Durchschnittsappartement in Manhattan. Wahrscheinlich war sie auch aufgeräumter als ein Durchschnittsappartement in Manhattan. In den vergangenen Wochen hatten Zach, Serg und Razzo an drei Backsteinwände des Raums massive Metallregale gedübelt, die anschließend von diversen Zulieferern mit Lebensmitteln und Getränken gefüllt worden waren. Auf dem Metalltisch in der Mitte des Raumes lagen Messer und Scheren zum Öffnen von Kartons und Plastikverpackungen, unter einem gleißenden Licht, das eine Reihe Neonröhren unter der Decke verströmte. Eine Tür führte über einen Gang zur Küche und zum Hinterausgang, durch die zweite konnte man direkt ins Restaurant gelangen. Oder, falls man sie nicht öffnen wollte, durchs Schlüsselloch direkt ins Restaurant sehen. Genau zu jenem Tisch, an dem ihr Auftraggeber gerade mit zwei Männern sprach.

Zach kannte die beiden nicht. Wahrscheinlich zwei von Franks Leuten fürs Grobe. Er hatte Razzos Position am Schlüsselloch eingenommen und versuchte, die Stimmung am Tisch aus Mimik und Gebärden zu deuten. Zu verstehen war nichts, der Lärm der Gäste übertönte sämtliche Worte. Frank gestikulierte wild, aber das tat er neuerdings immer. Zach war das schon aufgefallen. Er vermutete, dass sein Auftraggeber irgendwelche italienischen Vorbilder imitierte, um südländischer zu wirken. Die beiden Männer schienen allerdings Schwierigkeiten zu haben, sich auf Franks Gefuchtel zu konzentrieren. Stattdessen starrten sie immer wieder zu Franks Begleiterinnen.

Das wunderte Zach nicht. Die drei waren vielleicht Mitte Zwanzig und steckten in hautengen Cocktailkleidern, unter denen sich jedes Details abzeichnete. Zach merkte, wie er auf das rechte Bein der Frau starrte, die an der Seite des Tisches saß. Ihr Kleid war hochgerutscht. Sie trug Strapse und Seidenstrümpfe. Auch das noch, dachte Zach. Er riss sich los, blickte wieder zu Frank und sah, wie der eine Faust über den Tisch hielt und sie öffnete. Die beiden Männer am Tisch schauten überrascht. Dann ließ Frank eine Handvoll Mosaiksteinchen auf den Tisch fallen. Gelbe und blaue und rote und grüne, ganz langsam, eins nach dem anderen.

Zach, Razzo und Serg hatten die vergangenen 48 Stunden durchgearbeitet. Um neun am Sonntagabend wollte Frank die halbe Stadt zur Eröffnungsfeier seines neuen Restaurants begrüßen, aber Zach hatte bereits befürchtet, dass ihr Auftraggeber früher erscheinen würde. Die komplette Nacht und die meisten Stunden des Sonntags hatte er deshalb auf Knien verbracht. Hatte lockere Steinchen aufgespürt, sie aus dem Boden gebosselt, mit einem Klecks Kleber versehen und wieder an ihre Position zurückgesteckt. Weil sich Razzo in seiner Blödheit drüben bei Workman Pro uralte Tuben hatte andrehen lassen, deren Haltbarkeitsdatum seit mindestens fünfzehn Jahren überschritten war, konnte man den hart gewordenen Kleber nur millimeterweise herausdrücken. Für die ersten fünf oder sechs Steinchen hatte Razzo über eine Viertelstunde benötigt. Daraufhin war er von Zach mit dem Einsortieren von Flaschen und Gläsern hinter der Bar beauftragt worden, ein Job, den Razzo in zeitlupenhafter Geschwindigkeit, aber sehr sorgfältig anging. Serg hatte den Lieferwagen ausgeladen, der weitere Tische und Stühle gebracht hatte. Und Zach hatte geklebt, ein lockeres Steinchen nach dem anderen, vom Eingang hinüber zur Bar und weiter in den Bereich, in dem später die Tische stehen sollten.

Zwei Stunden vor der offiziellen Eröffnungszeit war er fertig geworden. In seinem Körper gab es keinen Knochen, der nicht schmerzte. Beide Knie waren geschwollen und rot verfärbt, und sein Rücken fühlte sich an, als hätte eine Horde betrunkener Kobolde Trampolinspringen auf ihm veranstaltet. Völlig erschöpft war er an der hinteren Wand des Restaurants zusammengesackt, um sein Werk zu betrachten. Der Fußboden sah toll aus, tausende kleine Mosaiksteinchen in unterschiedlichen Farben. Doch, das musste er Frank lassen: Geschmack hatte der Mann. Zach hatte die Augen geschlossen und die Stille genossen. Eine Stille, die einen Moment später von einem leisen Klicken unterbrochen wurde. Das Klicken stammte von einem Steinchen, das unter Sergs rechtem Schuh hing. Einem roten Steinchen.

Dass es dann schon bei Franks Ankunft beinahe zur Katastrophe gekommen war, hatte allerdings überhaupt nichts mit dem Mosaik zu tun gehabt. Frank war kurz nach sieben aufgetaucht, stilecht, in einer Limousine mit Fahrer. Aus der dann nicht nur er, sondern auch die Frauen ausstiegen. Auf einer Acht-Millionen-Einwohner-Insel wie Manhattan lebten naturgemäß ein paar zehntausend hammermäßige Schönheiten – Franks Begleiterinnen aber sahen aus, als seien sie geradewegs von der Bühne der Miss-Universum-Wahl herabgestiegen. Zach hatte es für einen Moment die Sprache verschlagen. Razzo allerdings nicht. Razzo hatte hinten im Restaurant gestanden, außerhalb jeglicher Gefahrenzone eigentlich, aber seine Freundin erkennt man halt auch aus der Entfernung. Es hatte einen langen Augenblick gedauert, bevor er realisiert hatte, dass Jenn an diesem Abend offenbar nicht für ihre Online-Uni lernte. Und eine weitere halbe Minute, bis er ihren Studiengang ganz generell infrage stellte.

Es war Serg zu verdanken, dass es nicht zum Eklat gekommen war. In jenem Moment, in dem Razzo sein entgeistertes »Was machst du denn hier?« Richtung Ausgang rief, hatte Serg ihn geistesgegenwärtig von hinten umklammert, ihm den Mund zugehalten und den mittlerweile tobenden Razzo in die Vorratskammer gezogen. Serg war es dann auch noch gelungen, die Tür zu schließen, bevor Frank das Getöse aus dem hinteren Bereich seines Restaurants hörte. Irgendwie hatte Serg es anschließend geschafft, Razzo halbwegs zu beruhigen und ihn zu überreden, das mit Jenn besser erst später zu klären, Frank sei zu allem fähig, wenn Razzo ihm den Eröffnungsabend vermasseln würde. Doch, Serg hatte sie gerettet.

Nach diesem Beinahe-GAU hatte Zach längere Zeit die Hoffnung, der Abend werde reibungslos über die Bühne gehen. Die Gäste amüsierten sich prächtig, das Essen schien hervorragend zu sein, die Bedienungen kamen mit den Bestellungen kaum hinterher. Als Frank dann auch noch Champagner für alle orderte und das komplette Restaurant applaudierte, hatte Zach sogar innerlich durchgeatmet, alles cool, Hombre, alles cool, läuft easy, und in ein oder zwei Stunden wird er sich seine kleinen Tussen unter den Arm klemmen und verschwinden. Dann hatte der Barkeeper »Mona Lisa« aufgelegt, die Version von Nat

King Cole, und die Geigen hatten noch nicht richtig zu schluchzen begonnen, da standen Frank und Jenn auch schon zwischen den Tischen und tanzten. Zum Glück war Razzo außer Reich- und Sichtweite. Weniger glücklich war allerdings, dass Jenn mit ihren Stilettoabsätzen irgendwie umknickte. Frank konnte sie nicht halten. Jenn fiel in einen der Tische, riss trotz ihrer allerhöchstens 45 Kilo Gewicht Geschirr und Gläser im Wert von etlichen hundert Dollar mit sich und schrie vor Schmerz, als sie am Boden lag.

Frank ignorierte sie. Frank interessierte sich ausschließlich für das kleine Loch im Fußboden, wegen dem seine Tanzpartnerin gestrauchelt war und das er nun genauer untersuchte. Zach konnte nicht sehen, was sein Arbeitgeber da unten am Boden machte, die Sicht war ihm durch mehrere Gäste verdeckt, die Jenn wieder auf die Beine halfen. Er hielt es aber für besser, Frank von diesem Moment an nicht mehr unter die Augen zu kommen. Diskret hatte er sich zu Razzo und Serg zurückgezogen. Die beiden schaufelten in der Vorratskammer Pasta, die der Küchenchef ihnen zugeschoben hatte. Er hatte Serg losgeschickt, das Auto zu holen. Und Razzo ausgiebig dafür gelobt, dass er sich zusammengerissen habe – alles andere hätte sie in Gefahr gebracht, das hatte selbst Razzo kapiert. Anschließend hatte Zach ihn vor das Schlüsselloch postiert (»Da kannst du Jenn beobachten und sie später mit allem konfrontieren, was du gesehen hast«), wo mittlerweile er selbst hockte. Sie mussten verschwinden, dachte Zach, ganz schnell mussten sie verschwinden. Wenn es nicht anders ging, dann eben ohne Geld und ohne Portemonnaie.

5

Im Maskierten Waschbär, New Orleans.

»Mach zu! Schnell!«

Siebeneisen hörte Schritte, eilige Schritte, dann schlug die Tür zu. Unmittelbar vor seinem Gesicht. Er zuckte zusammen. Der Wein am Vorabend hatte ihm nicht gutgetan. Oder besser: Die Menge hatte ihm nicht gutgetan. Siebeneisen wusste eigentlich, dass man in dieser Stadt vorsichtig sein musste mit dem Alkohol. Ein Kater war in New Orleans kein Kater, sondern eine ausgewachsene Raubkatze. Ein Tiger, der sich auf einen stürzte, sobald man am nächsten Tag die Augen aufschlug. Das lag daran, dass man in diesem Klima vor lauter Durst schnell mal ein Glas zu viel trank. Daran, dass man nachts in dieser Stadt gerne deutlich länger unterwegs war als anderswo. Und wenn man länger unterwegs war, trank man mehr. Am nächsten Tag rächte sich das. Zuerst kam der Tiger. Wenn man dann mittags aus dem Haus auf die Straße trat, fiel auch noch die tropische Hitze von New Orleans über einen her.

Und jetzt hatten sie ihm auch noch die Tür vor der Nase zugeknallt. Siebeneisen unternahm einen zweiten Versuch. Er drehte den Knauf, öffnete die Tür einen Fußbreit und registrierte das Wimmern des Flugsauriers wie auch den kühlen Luftzug, der aus dem Maskierten Waschbär strömte. Er spürte, wie etwas an sein rechtes Bein stieß. Offensichtlich hatte Bandito Lust auf einen kleinen Spaziergang durchs French Quarter.

»Pass auf! Er haut ab!« Wipperfürth stand unmittelbar hinter der Tür und lehnte sich gegen sie.

»Dann halt ihn zurück!« Siebeneisen drückte gegen die Tür. »Du musst ja wissen, wie das geht. Jemand, der seinem besten Kumpel einen Waschbären zum Geburtstag schenkt, kennt sich mit den Tieren ja bestimmt ganz hervorragend aus.«

Natürlich hatte Siebeneisen Wipperfürth während der Party am Vorabend gefragt, wo er den Waschbären herhabe. Von einem Händler? Aus einem Tierheim? Wipperfürth hatte herumgedruckst, bevor er schließlich mit der Wahrheit herausgerückt war. Bandito stammte aus den Bayous, den Sumpfgebieten des Mississippideltas. Er kam von jenem Angler, bei dem Wipperfürth seinen Wels kaufte, den er für sich und Schatten freitags briet (ein Spektakel, bei dem regelmäßig die komplette Nachbarschaft eingenebelt wurde). Der Mann hatte das Tier gefangen, nachdem der Waschbär ihm über Wochen hinweg die Fische aus dem Kühlschrank im Schuppen stibitzt hatte. Weil er es nicht übers Herz brachte, ihn in die ewigen Jagdgründe zu befördern, hatte er den Waschbären am nächsten Tag draußen in den Sümpfen ausgesetzt. Als er abends zurück zu seinem Haus gekommen war, war das Tier gerade mit einem Fisch in der Schnauze aus dem Schuppen stolziert. Das war fünf oder sechs Mal so passiert. Der Angler hatte kein Geld von Wipperfürth haben wollen, im Gegenteil. Er hatte ihm 50 Dollar angeboten, wenn er Bandito nur weit genug mitnahm. Einer wie Wipperfürth machte sogar beim Organisieren von Geburtstagsgeschenken noch Gewinn.

»Jetzt lass mich endlich rein! Hier draußen ist es höllenheiß!« Siebeneisen stemmte die Tür weit genug auf, um sich in den Waschsalon zu drängen. Sofort klammerte sich Bandito an sein Bein. Er hielt sich mit den Krallen fest und zog sich bis auf den

Oberschenkel hinauf, wo er einen verbissenen Zweikampf mit dem Gürtel begann. Siebeneisen versuchte, ihn abzuschütteln. Es gelang ihm nicht. Offenbar wollte der Waschbär überhaupt nicht nach draußen. Er wollte nur auf jemandem herumkraxeln. Siebeneisen packte ihn und setzte ihn auf den Boden. Bandito gab ein enttäuschtes Grunzgeräusch von sich, stellte sich auf die Hinterläufe und streckte die Vorderbeine nach oben aus, als ziele da jemand mit einem geladenen Revolver auf ihn. Dann sprang er mit einem Satz zurück an Siebeneisens Oberschenkel.

Erst jetzt bemerkte Siebeneisen das Chaos. Über Nacht hatte sich der Waschsalon in eine Art implodierte Bibliothek verwandelt. Seine Geschäftspartner hatten die Kisten mit Moosbichlers Kladden und Heften entdeckt und offenbar mit einer systematischen Auswertung begonnen. Beziehungsweise mit etwas, das sie so nennen würden, wenn er sie danach fragte. Die *Aufzeichnungen eines bayerischen Cowboys* lagen im kompletten Waschsalon verteilt. Sie lagen in kleinen Stapeln auf den Waschmaschinen, sie lagen aneinandergereiht auf dem Schachbrettfußboden, sie lagen auf den Stühlen, auf dem Tresen, in Framptons Weinregal, überall. Zwischen den Tagebüchern entdeckte Siebeneisen Landkarten, bekritzelte Blätter und Dutzende Bücher. Und Schatten, der war auch da. Er saß an einem der Tapeziertische, auf denen am Abend zuvor das üppige Partyessen präsentiert worden war. Schatten schwitzte fürchterlich. Während er sich mit einer der brombeerfarbenen Servietten über die Stirn wischte, blätterte er mit der anderen hektisch in einem der Hefte.

»Na, du Fünfzigjähriger? Hat dein neues Haustier über Nacht ein bisschen Unordnung angerichtet?« Siebeneisen ging zu Schatten hinüber, wobei er darauf achtete, nicht gegen die Bücher zu stoßen, die mitten im Raum zu kleinen Türmen gestapelt waren: *How the West was won*, *History of the American Frontier*, *Out-*

laws and Gunslingers, alle irgendwo ausgeliehen, das konnte man an den gelben Etiketten auf den Buchrücken erkennen. Er fragte sich, wer das alles wieder aufräumen sollte. Und was er sagen würde, wenn jetzt Kundschaft oder gar Frampton auftauchte. Und wie er diesen Waschbären von seinem Bein bekommen sollte.

»Einen Moment. Ich erzähle dir gleich alles … Muss mich gerade konzentrieren.« Schatten nahm eine frische Serviette und fuhrwerkte sich damit im Gesicht herum. Als er fertig war, klebte ein großer brombeerfarbener Serviettenkrümel auf seiner Nase. Er sah aus, als habe ihn eine Timaji-Fliege gestochen.

»Mich hat er auch schon zum Schweigen verdonnert!« Wipperfürth war im Türbereich stehen geblieben. Er schnupperte an einer Schüssel mit Gumbo, die die Heilsarmee beim Abräumen auf einer der Waschmaschinen vergessen hatte. »Ich weiß gar nicht, wieso er so tut, als müsse er noch einen weiteren Beleg finden. Die Sache ist doch absolut eindeutig.«

»Absolut eindeutig? Von was sprichst du?« Siebeneisen sah zu Schatten, der in einem der Moosbichler-Hefte las und ihn nicht beachtete. Die kurze Stille wurde von einem schnellen »Klackklackklackklack!« unterbrochen, als der Waschbär Siebeneisens Metallgürtelschnalle entdeckte und sie mit den Krallen seiner Vordertatzen auf ihre akustischen Eigenschaften überprüfte. Das Geräusch schien ihm zu gefallen. Er trommelte weiter.

»Was bitteschön ist absolut eindeutig? Hallo? Kann mir mal jemand antworten?«

»Tja, du musstest ja bis in die Puppen schlafen, während Schatten und ich bereits wieder bis zur Erschöpfung für unser gemeinsames Unternehmen gearbeitet haben.« Wipperfürth hatte einen Löffel aufgetrieben und rührte in der kalten Suppe.

»Dass ihr gearbeitet habt, sieht man dem Raum hier an.« Energisch zog Siebeneisen eine Waschbärenpfote aus seiner Hosentasche. Sein Schädel brummte. Ihm war leicht übel. In diesem Zustand konnte er es erst recht nicht leiden, wenn Antworten in kryptischen Andeutungen gegeben wurden. Und auch nicht, wenn ein Waschbär versuchte, die Knöpfe seines Hemdes aufzuessen. »Und kann mir jetzt vielleicht mal jemand dieses Tier hier abnehmen? Herrgott nochmal!«

»Bandito, komm her!« Schatten ließ sich erschöpft in seinen Stuhl zurücksinken. Der Waschbär sprang von Siebeneisens Hüfte auf Schattens Schoß, mit einem kurzen Zwischenstopp auf dem aufgeschlagenen Notizbuch. Er hinterließ mehrere verschmierte Stellen. Offenbar hatte er feuchte Pfoten.

»Wippi, du hast recht.« Schatten kraulte sein Geburtstagsgeschenk. »Es kann nur so sein.«

»Ganz meine Worte. Du weißt doch, wie mein Verstand arbeitet.« Wipperfürth stellte sich vor den Tapeziertisch, als erwarte er ein Blitzlichtgewitter. »Ich bin eben in der Lage, Zusammenhänge zu begreifen, die andere erst viel später bemerken.«

»Könnt ihr mir jetzt vielleicht mal verraten, von was ihr sprecht? Wir sind hier nicht in einer Quiz… «

Hinter ihnen wimmerte der Flugsaurier. Alle drei sahen gleichzeitig zur Tür. Mortimer schlurfte in den Waschsalon, ohne sie zu beachten. Er zog sein Anzugjackett aus, legte es sorgfältig über einen Stuhl und setzte sich ans Klavier. Ohne ein einziges Wort zu sagen, begann er, vor sich hin zu klimpern. Bandito richtete seine spitzen Waschbärenohren auf. Dann gähnte er und kuschelte sich gegen Schattens Bauch.

»Na, das musst du schon selbst lesen!« Wipperfürth reichte Siebeneisen eines der Notizbücher. »Rechte Seite, der erste Eintrag oben.«

»Auf dem Weg zurück nach Deadwood stiessen wir auf eine kleine Gruppe Büffel die im Schatten, mehrerer Bäume graste. Vor einigen Jahren haben wir noch Herden mit tausend oder zweitausend Tieh-

ren gesehen aber jetzt treffen wir sie nur noch selten an. Der Körnel und die anderen gaben den Pferden dennoch die Spohren und brechten in hohem Tempo auf die verdutzten Tiehre zu. Mir war klar das sie das große Wesspennest nicht gesehen hatten das in einem der Bäume hing. Es war sehr groß. Es war noch größer als das Wesspennest das der Hintergrubner Franz in seinem Birnenbaum hatte. Hat's fast nicht gepackt damals der Franz. Und der war leiser, als der Körnel mit seinen Männern. Mir blieb nur, übrig zuzusehen wie sie plötzlich die Richtung wechselten und schreiend in der Preerie verschwanden.«

»Den ersten Eintrag? Auf der rechten Seite?« Siebeneisen überflog die Zeilen ein zweites Mal. Wespen? Büffel? Der Hintergrubner Franz? Er hatte keine Ahnung, warum er das lesen sollte. Wipperfürth lächelte besserwisserisch.

»Fällt dir nichts auf? Gar nichts?«

»Um ehrlich zu sein: nein. Was soll mir da auffallen? Das mit den Wespen?«

Wipperfürth stutzte. Er setzte die Schüssel mit der Heilsarmee-Suppe ab, die er in den letzten Minuten mit der üblichen Geräuschkulisse geschlürft hatte. Siebeneisen konnte sehen, wie er nachdachte. Wenn man Wipperfürth aus dem Konzept brachte und er zu grübeln begann, verzog er immer leicht das Gesicht. Das war bestimmt bei allen großen Logistikern so.

»Du hast das falsche!« Wipperfürth nahm Siebeneisen Moosbichlers Heft aus der Hand. Er legte es sorgfältig an eine bestimmte Stelle auf dem Fußboden. Von einem Stapel auf einem der Trockner nahm er ein anderes und blätterte in ihm, bevor er es auf einen Stapel auf einem der Stühle drapierte. Acht oder neun Hefte später entspannten sich seine Gesichtszüge plötzlich.

»Hier. Rechte Seite, erster Eintrag.«

»Heute hat mir Zittrige Lanze von einem geheimnisvollen Fremmden erzählt den seine Vorfahren vor langer Zeit vor dem Verduhrsten gerettet haben. Es wahr wohl ein spanischer Konkisstador. Ein Mann der zuvor mit Pizarro das Reich der Inka erobert und sich nun in Amerika verlaufen hatte. Dieser Fremde, hat Zittrige Lanze gesagt, soll seinem Stamm ein Geheimmniss anvertraut haben. Das Vermächtnis des letzten Inka! Der Fremde zeichnete eine Kahrte an die Want des Canyons, wo es zu finden ist. Die Indianer schworen darauff die Ruhe des letzten waaren Inkaherrschers Atahualpa niemals zu stören. Bald will Zittrige Lanze mir mehr darüber berichten.«

Siebeneisen legte das Heft auf einen der Tapeziertische. Ihm war plötzlich leicht schwindelig. Wahrscheinlich, weil er ahnte, was jetzt gleich kommen würde. Ahnte? Er wusste es. Natürlich wusste er es, schließlich kannte er seine beiden Kumpel seit Ewigkeiten. Er wollte es aber nicht hören. Solang gewisse Gedanken nicht ausgesprochen werden, sind sie nichts weiter als Gedanken und nicht sehr bedrohlich. Außerdem dröhnte sein Kopf noch immer fürchterlich. Er musste allmählich mal was essen. Ja, dachte er, gute Idee, du hast heute den ganzen Tag noch keinen Bissen zu dir genommen, organisier dir mal was Herzhaftes. Und geh mal ne Runde um den Block. Geht dir bestimmt besser danach.

»Na? Was denkst du?« Wipperfürth hatte Mühe, sein Lächeln unter Kontrolle zu bringen. Er stand vor Siebeneisen wie ein Schüler, der sonst immer Fünfen nach Hause bringt und seinen Vater gerade mit der ersten Physik-Eins seiner gesamten Schulzeit überrascht hat.

»Ich habe gerade an einen frischen *Po'Boy* gedacht. Von Martha's. Die belegen die immer ziemlich großzügig. Und sie stecken frische Minzblätter dazu. Soll ich euch was mitbringen?«

»Was??« Innerhalb einer Sekunde hatte sich Wipperfürths Gesichtsausdruck von »frohlockend« auf »entsetzt« umgestellt. »Du denkst ans Essen? Jetzt? Wie kannst du denn jetzt ans Essen denken? Wir stehen unmittelbar vor der größten archäologischen Entdeckung des Jahrhunderts!«

»Wir stehen vor was?« Irgendetwas in Siebeneisen hatte beschlossen, Gegenwehr zu leisten. Er hatte solche Gesprächssituationen schon mehrmals erlebt, und immer waren sie die Ouvertüre für ein schon bald folgendes vollkommenes Fiasko gewesen. Die Aufträge, die er selbst für NIU akquiriert hatte, waren allesamt aussichtsreiche und vernünftig abzuwickelnde Jobs gewesen. Wenn aber Wipperfürth und Schatten die Sache in die Hand nahmen, läuteten bei Siebeneisen sämtliche Alarmglocken. Unter ihrer Regie war er von Wilderern entführt und auf einem Oktoberfest in China abgefüllt worden, nur so zum Beispiel. Einmal hatte ihn fast ein Lämmergeier erwischt. Kein Wunder, dass seine Instinkte ihm nun rieten, sich aus dem Staub zu machen. Siebeneisen ging zur Tür des Waschsalons.

»Also, ihr wollt wirklich nichts von Martha's?«

»Du denkst tatsächlich jetzt an Sandwiches? Das Grab des letzten Inkas! Die Mumie Atahualpas! So was hat es seit Tutanchamun nicht mehr gegeben!« Wipperfürth drehte sich zu Schatten um, der immer noch mit dem Waschbären im Schoß hinter seinem Tapeziertisch saß. »Jetzt sag du doch auch mal was!«

»Wippi hat recht. Überleg doch mal! Die Mumie des letzten Inka! Das wäre ein Coup!«

»Die Mumie? An welcher Stelle ist denn von einer Mumie die Rede?« Siebeneisen blieb stehen. »Da steht nur, dass die Ruhe des letzten wahren Herrschers nicht gestört werden soll. Vielleicht haben sie den Guten verbrannt, und es geht nur um ein Töpfchen mit Asche von diesem … wie hieß er noch gleich? Atakalpar?«

»Atahualpa! Atahualpa hieß er! Der letzte wahre Herrscher seines Volkes! Und verstorbene Inkakönige wurden nicht verbrannt. Du hast ja von nichts eine Ahnung. Mumifiziert wurden die! Ganz sorgfältig!« Wipperfürth lief zu einem der Bücherstapel und zog hektisch einen Folianten heraus. Der Rest des Stapels fiel um. Bandito wachte auf, gähnte, reckte sich und schief wieder ein.

»Während du einen Großteil des Tages im Bett verbracht hast, war ich in der Leihbibliothek der Universität. Ich habe der Bibliothekarin die Dringlichkeit unseres Anliegens ausführlich erklärt. Sie hat das natürlich sofort verstanden, deswegen durfte ich die wichtigsten Fachbücher zu unserem Thema mitnehmen. Alle 87.«

»Du hast 87 Bücher ausgeliehen?« Siebeneisen konnte sich gut vorstellen, was die bedauernswerte Frau an der Ausleihe durchgemacht hatte. »Und wann war das? Vor drei Stunden? Und jetzt bist du also Inkaexperte?«

»Schatten und ich arbeiten ja schon länger an der Sache. Seit sieben heute Morgen. Wenn man strukturiert vorgeht, kann man in dieser Zeit Einiges entdecken.«

»Hör uns einfach mal fünf Minuten zu, dann verstehst du, was wir meinen.« Schatten kraulte Bandito. Der Waschbär wachte auf. Er rieb sich mit einer Pfote den Schlaf aus den Augen, entdeckte Siebeneisen am Waschsalonausgang, lief zu ihm hinüber und umklammerte sein Schienbein, als wolle er ihn am Gehen hindern. Mortimer spielte den Refrain eines Jackson-Browne-Klassikers, dessen Titel Siebeneisen nicht einfiel. Er seufzte und setzte sich. Bandito hopste zurück auf Schattens Schoß.

»Atahualpa, auch Atabalipar oder Atawallpa genannt, der letzte souveräne Herrscher der Inka!« Wipperfürth hielt den aufgeschlagenen Folianten in die Höhe und zeigte auf ein gemaltes

Porträt. Er benahm sich, als stehe er in einem Hörsaal und spreche vor 850 Studenten. »Er regierte das Reich, als Pizarro und seine Männer landeten.« Wipperfürth hielt einen Moment inne. Sein Zeigefinger fuhr in die Luft. »Das heißt: Er herrschte über eine Hälfte des Reiches. Die andere hatte sich sein Bruder unter den Nagel gerissen, aber den hat er dann aus dem Weg geschafft. Und dann kam Pizarro, der spanische Eroberer. Zu einem Zeitpunkt, zu dem das Reich der Inka vom Bürgerkrieg geschwächt und das Volk zerstritten war.«

»Den hat er unterschätzt, den Pizarro.« Offenbar wollte auch Schatten einen Arbeitsnachweis erbringen. Wipperfürth warf ihm einen vernichtenden Blick zu. Das war typisch, dachte Siebeneisen – wenn Wipperfürth sich erst einmal eine bestimmte Version eines historischen Ereignisses angeeignet hatte, ließ er nur diese Version gelten.

»Das kann man so nicht sagen! Wie hätte Atahualpa denn wissen können, was eine spanische Muskete ist? Und dass eine normale Erkältung für seine Leute tödlich enden würde?« Wipperfürth sah Schatten und Siebeneisen an, als erwarte er eine Antwort von ihnen. Was er natürlich nicht tat. Es sah nur so aus. In diesem Stadium seiner belehrenden Vorträge stellte Wipperfürth nur rhetorische Fragen und gab sich die Antworten selbst.

»Nein, er hat die Spanier aus Gutmütigkeit und Nächstenliebe freundlich empfangen. Und die haben sofort begonnen, die Inka abzuschlachten, diese armen Geschöpfe!« Wipperfürth hatte die Stimme gesenkt. Für einen Moment schloss er die Augen und neigte den Kopf, als gedenke er jedes einzelnen toten Inka persönlich. Siebeneisen musste an seine Grundschullehrerin denken, die in einer ganz ähnlichen Haltung beim Morgengebet vor dem Holzkreuz im Klassenzimmer gestanden hatte.

»Und dann ging alles so schnell! Ehe man sich versah, lagen fünftausend Krieger tot im Staub! Und ihr Herrscher wurde von den Konquistadoren in Ketten gelegt!« Wipperfürth klemmte die Daumen in die Gürtelschlaufen seiner Hose und lief einige Schritte auf und ab. Bandito sah ihm mit großen Augen dabei zu.

»Der Inka hat Pizarro dann Gold geboten. Was blieb ihm denn auch anderes übrig, der armen Seele! Den ganzen Raum wolle er füllen, bis zur Scheitelhöhe, hat er Pizarro versprochen. Der war so verblüfft, dass unser Atahualpa glaubte, sein Angebot sei nicht gut genug. Da hat er es verdoppelt!« Wipperfürth stand zwischen den Waschmaschinen und breitete die Arme aus. Niemand sagte etwas. Bis auf Wipperfürth. »Habt ihr das verstanden? Er hat ihm angeboten, den Nebenraum ebenfalls füllen zu lassen! Über einen Monat lang haben die Schmelzöfen gebrannt! Doch auch dies war umsonst! Hingerichtet haben sie ihn, den letzten wahren Herrscher dieses stolzen Volkes! Mit der Garrotte! Eine schändlichere Tat gab es nie!« Wipperfürth stand noch immer auf seiner imaginären Bühne. Er fasste sich mit beiden Händen ans Herz, als spiele er beim Casting der Laienspielschar Oer-Erkenschwick Süd vor. »Und dann …«, er legte eine pathetische Pause ein, »dann haben sie unseren Atahualpa beigesetzt.«

»Aber wenn sie ihn begraben haben, konnte er doch gar keine Mumie werden!« Siebeneisen hatte beschlossen, Wipperfürths Theorie zumindest anzufechten. Es gelang ihm keine vier Sekunden lang.

»Seine verbliebenen Untertanen haben ihn natürlich wieder ausgegraben! Glaubst du denn im Ernst, die hätten ihren Herrscher in einem modrigen Friedhofsgrab verrotten lassen?« Wipperfürths Zeigefinger stocherte wieder in der Luft herum. »Wir reden hier von einer Kultur, die selbst ganz normale Menschen in kostbare Tücher gehüllt und in raffiniert belüfteten Felsengräbern beigesetzt hat. Selbstverständlich haben seine Leute Atahualpas Leichnam balsamiert und die Mumie später in Sicherheit gebracht. Pizarro hätte das gute Stück doch sofort aus dem Weg schaffen lassen, wenn er davon erfahren hätte. Eine Märtyrerverehrung musste man doch unbedingt verhindern! Bin Laden haben sie deswegen doch aus dem Hubschrauber geschmissen!«

»Selbst wenn das damals so war, wie du meinst«, sagte Siebeneisen, der Wipperfürths Argumentation mittlerweile durchaus folgen konnte, ohne das zugeben zu wollen, »selbst wenn das so passiert ist – dann hat man die Mumie des letzten Inkaherrschers von mir aus irgendwo versteckt. Aber das war dann vor 500 Jahren! Ehrlich gesagt: Ich schätze die Wahrscheinlichkeit, dass die erhalten geblieben ist, als ziemlich gering ein.«

»Weil du keine Ahnung hast!« Wipperfürth hatte jenen Punkt erreicht, an dem er nicht mehr zu bremsen war. »Selbstverständlich ist eine solche Mumie über all die Jahre sorgsam bewacht worden!« Er sprang aus seiner Dozierhaltung in eine Position, die er wahrscheinlich für die Zweikampfstellung eines keulenschwingenden Inka hielt. Er sah aber eher aus, als hole er Wäsche von der Leine.

»Und selbst, wenn das alles stimmt… wie um alles in der Welt soll denn dann ein Spanier zum Stamm von Zittriger Lanze gekommen sein? Zwischen Peru und dem Wilden Westen liegen doch tausende Kilometer!«

»Nachdem die Spanier in Südamerika Blut geleckt hatten, sind sie schnell in die anderen Ecken der Kontinente aufgebrochen. Kalifornien, da waren sie als Erstes. Und dann sind sie weiter in den Südwesten. Was denkst du, weshalb die Städte da alle spanische Namen haben? Sante Fe? Albuquerque? Na?«

Siebeneisen wollte da gar nicht drüber nachdenken. Er dachte an etwas ganz anderes. Er überlegte fieberhaft, wie er aus der Sache hier wieder herauskommen konnte. Schnell. Bald. Jetzt. Auf jeden Fall, bevor es zu spät war.

Es war bereits zu spät.

»Einmal ganz abgesehen vom Ruhm!«, ergänzte Schatten. Offenbar hatte Siebeneisen in der Zwischenzeit einen Teil des Gesprächs verpasst. »Bislang sind die Herrscher der Inka nur blutleere Gestalten in den Aufzeichnungen der Konquistadoren. Wenn wir die Mumie finden würden, wäre das eine Weltsensation!« Er sah zu Siebeneisen hinüber. Bandito wachte auf. Er sprang von Schatten herunter, lief zu Siebeneisen, hüpfte in dessen Schoß und schlief innerhalb weniger Sekunden wieder ein.

»Aber das ist doch völlig utopisch! Selbst wenn es stimmen sollte, was dieser Indianer dem Moosbichler da erzählt hat – wo wollen wir denn da zu suchen anfangen? Habt ihr eine Ahnung, wie viele Canyons es im Südwesten der USA gibt? Tausende! Mindestens! Sollen wir die alle Quadratmeter für Quadratmeter abklappern? Und hoffen, dass wir irgendwo eine Felsenzeichnung entdecken, über der auf Spanisch ›Karte zum Versteck des letzten Inkakönigs‹ geschrieben steht?« Siebeneisen erinnerte sich an das erste Mal, als er für Schatten in der Welt unterwegs war. Damals hatte er eine entfernte Verwandte seines Freundes suchen müssen, die sich »irgendwo im Outback Australiens« aufhalten sollte, eine Positionsangabe, die ein Gebiet von der Größe Europas einschloss. Da waren ein paar tausend Canyons in New Mexico, Utah, Colorado und Arizona eigentlich vergleichbar konkret.

»Na, das wird sich ja schnell auf einige wenige Bereiche reduzieren lassen.« Wie immer fühlte sich Wipperfürth im Doziermodus wohl. Mittlerweile hatte er die abgestandene und mit Wasser gestreckte Heilsarmeesuppe vom Vortag fast bewältigt. Den letzten Rest schürfte er lautstark. Das abschließende »ahhhhh« ließ darauf schließen, dass er nur selten im Leben etwas Besseres gegessen hatte. »Sobald wir herausgefunden haben, welchem Stamm Zittrige Lanze angehörte, wissen wir, in welchen Canyons wir suchen müssen.«

»Und wie willst du das herausfinden?«

»Indem wir die Notizhefte lesen. Eins nach dem anderen. Der Moosbichler hat doch selbst geschrieben, dass der Indianer ihm mehr erzählen wollte. Frampton war heute Morgen schon hier und hat Nachschub gebracht. Er hat etliche weitere Kisten mit Aufzeichnungen auf seinem Speicher entdeckt. Ich bin mir sicher, dass ihr Verfasser seinen Indianerfreund noch das eine oder andere Mal erwähnt hat. Und schon geht es los! In die Canyons des Südwestens! Dann wird nicht mehr bis mittags im Bett gelegen!«

Siebeneisen reichte es. Wipperfürths Monologe, die ewige Besserwisserei, die ständigen Vorwürfe, bloß, weil er ein einziges Mal später aufgestanden war. Vor allem aber ärgerte er sich, dass wieder einmal über seinen Kopf hinweg entschieden worden war. Noch vor seiner Ankunft im Maskierten Waschbär hatten Wipperfürth und Schatten ausgemacht, nach dieser Mumie zu suchen. Beziehungsweise: Sie hatten entschieden, dass er, Siebeneisen, sie suchen solle. Im Südwesten der USA, jetzt, im August, bei wahrscheinlich über 50 Grad. In diesem Moment beschloss er, in die Offensive zu gehen. Er griff den Waschbären im Nacken und setzte ihn vorsichtig auf die nächste Waschmaschine.

»Ja, klingt logisch. Klingt alles logisch.« Er legte eine kurze Kunstpause ein. »Auch das mit dem Südwesten. Ich vermute mal, dass Zittrige Lanze Apache war. Vielleicht auch Hualapai oder Hopi. Oder Navajo. An eurer Stelle würde ich in Phoenix beginnen. Las Vegas ist vielleicht sogar noch näher. Und dahin gibt es sogar zweimal täglich eine Busverbindung von hier, mit dem Greyhound. Mit dem Bus seid ihr bequem in siebzehn, achtzehn Stunden da.«

»Wir?« Wipperfürth wusste sofort, auf was Siebeneisen hinauswollte. Schatten ebenfalls. Die beiden schienen sich auf diesen Moment vorbereitet zu haben. Jedenfalls klangen ihre Argumente reichlich einstudiert.

»Wir? Wieso wir? Du bist doch unser Mann vor Ort!«

»Genau! Das bist du.«

»Unser Frontschwein!«

»Ein Kämpfer, ein richtiger Kämpfer!«

»Ein Profi!«

»Profi? Eine Legende! Eine lebende Legende!«

»Wippi und ich dagegen sind doch eher die Männer im Hintergrund. Da haben wir ganz klar unsere Stärken.«

»Schatten hat absolut recht. Du weißt doch, wie sich meine logistischen Fähigkeiten entfalten, sobald ich gefordert bin.«

»Und wie fürsorglich wir uns um dich kümmern werden, weißt du doch auch. Ist ja nicht das erste Mal.« Schatten lächelte, als hoffe er, dass er überzeugend klingen würde. Er schwitzte, als wüsste er, dass dem nicht so war.

»Bemüht euch nicht weiter!« Siebeneisen stand auf. »Dieses Mal ändern wir die Besetzungsliste. Ihr beiden macht euch auf den Weg, ich bleibe hier. Dann seht ihr auch noch mal ein bisschen was von der Welt.«

Er nickte Mortimer zu und ging zum Ausgang. Bandito auf seiner Waschmaschine sah ihm mit großen Augen hinterher. Als Siebeneisen die Tür hinter sich zuschlug, fiepte der Waschbär leise.

»Sie geeeeehn' nach Vegas!«, sang Mortimer und klang ein wenig wie Elvis,

»sie geeeeeehn' nach Vegas!
Sie geeeeehn', sie geeeeehn' –
nach Vegaaaaaas!«

6

IRGENDWO WESTLICH VON NEW YORK CITY.

Als Zach das nächste Mal in den Rückspiegel sah, glühte der Himmel hinter ihnen in kitschigen Violett- und Rottönen. Sie waren die Nacht durchgefahren, ohne Pause, zuerst Serg, später er. Razzo auf dem Rücksitz war noch in Manhattan eingeschlafen und die ganze Nacht über nicht aufgewacht. Was musste dieser Mensch für ein Nervenkostüm haben, dachte Zach. Er selbst war noch immer unruhig. Alle drei oder vier Minuten kontrollierte er die Straße hinter ihnen. Hin und wieder bog er in eine Seitenstraße ein, stoppte, wartete eine Zeitlang und fuhr dann wieder zurück auf die Hauptroute. Razzo wachte auch bei diesen Manövern nicht auf. Irgendwann war auch Serg auf dem Beifahrersitz eingeschlafen. Er hatte sich seine Baseballkappe tief ins Gesicht gezogen und den Kopf ans Fenster gelehnt. Jedes Mal, wenn er ausatmete, beschlug die Scheibe vor seinem Mund. Sobald er einatmete, verschwand der Fleck wieder, als würde Serg ihn aufsaugen.

Sie hatten sich im allerletzten Moment aus dem San Pio absetzen können. Weil er auf die Idee mit der Bierbank gekommen war, nur deswegen. Purer Zufall, dachte Zach zum bestimmt dreiundvierzigsten Mal in dieser Nacht. Wenn ihm das mit der Bank nicht im letzten Augenblick eingefallen wäre, und wenn die Sitzfläche der Bank sich nicht so wunderbar hinter die Regale links und rechts der Tür hätte klemmen lassen, sodass die Tür sich keine zwei Zentimeter weit aufdrücken ließ – dann hätten Franks Männer sie erwischt. Und wenn Serg auch nur zwei Minuten später mit dem Auto in der Seitenstraße hinter dem Restaurant vorgefahren wäre… Zach beschloss, nicht länger darüber nachzudenken. Er konnte sich ziemlich genau vorstellen, zu was Frank fähig war. Auf die Thronfolgerposition in der Hierarchie einer Mafiafamilie schaffte man es nicht, wenn man irgendwelche Skrupel besaß.

Sie hatten keinen wirklichen Plan. Weg aus Manhattan, weg aus New York, weg aus der Gefahrenzone, über mehr hatten sie nicht nachgedacht. Zach hatte einen Cousin drüben in Omaha. Das waren 1200 Meilen, schnurstracks geradeaus ins Herz der USA, bis nach Nebraska. Sollte genügen, dachte er. Frank würde niemals auf die Idee kommen, in einer Stadt wie Omaha nach ihnen zu suchen. Nie im Leben. Er würde seine Leute in L.A. oder Chicago kontaktieren, sicher, und ganz bestimmt besaß er auch Verbindungen nach Miami, Dallas und Washington. Aber Omaha? Konnte sich Zach nicht vorstellen. Wahrscheinlich war es das Beste, eine Zeitlang dort zu bleiben, bei seinem Cousin. Einfach abwarten, bis die Lage sich beruhigt hatte. Bis sie wussten, wie es weitergehen würde. Er sah auf sein Handy: kein Netz. Von der nächsten Tankstelle aus würde er seinen Cousin anrufen, beschloss Zach, während sie durch Getreidefelder fuhren, die sich rechts und links bis zum Horizont erstreckten. Motels waren zu unsicher. Bei Motels wusste man nie, ob nicht jemand aus der Putzkolonne sein Gehalt mit Tipps an die örtlichen Ganoven aufbesserte. Und kleine Ganoven vor Ort hatten oft Kontakte zu anderen, nicht mehr ganz so kleinen. Deswegen keine Motels, das hatte Zach schon während der ersten Stunden ihrer Flucht entschieden. Keine Motels, keine italienischen Restaurants, und auch keine Besuche in einschlägigen Kneipen. Sie würden untertauchen. Für eine Weile komplett vom Bildschirm verschwinden.

»Boss?« Razzo war aufgewacht. Er hatte den bunt bemalten Schuhkarton mit ins Fluchtauto gebracht. Den von der Haushaltsauflösung, bei der er den Keramikkleber gekauft hatte, der an ihrer Flucht schuld war. Irgendwie zumindest.

»Ja?«

»Glaubst du, er hat Jenn entführt? Frank? Also… dass er Jenn gekidnappt hat? Was meinst du?«

»Gekidnappt? Warum denn das?«

»Weil… also… Ist ja meine Freundin, die Jenn. Schon seit der Schule. Da waren wir schon ein Paar, die Jenn und ich. Und jetzt… also…«

»Du meinst, er hat sie entführt und dann zum Eröffnungsdinner in sein neues Restaurant geschleift? In diesem Aufzug?« Zach dachte an das Kleid, das Jenn getragen hatte. An die Schuhe. An die Strümpfe. An den perfekten Körper. Er sah in den Rückspiegel. Er sah den ungepflegten Vollbart. Das Holzfällerhemd. Den tumben Gesichtsausdruck.

»Ich weiß gar nicht, wo sie diese Sachen herhat! Boss, ich schwöre, die hab ich bis gestern Abend nie gesehen!«

»Das kann ich mir vorstellen. Die hat sie von Frank, schätze ich.« Er sah in den Rückspiegel und kontrollierte die Straße hinter ihnen: nichts. Auch in Razzos Gesicht herrschte Leere.

»Du meinst, Frank hat ihr diese Sachen geliehen? Aber das würde ja bedeuten, dass er sie schon vor gestern Abend… also… dass er sie schon vor gestern mal getroffen haben muss… Oder, Boss? Das muss er, oder?«

»Ja, das muss er. Das hat er. Bestimmt hat er das.« Es gab Momente, in denen Zach am liebsten ins Lenkrad gebissen hätte. Einfach so ins Lenkrad beißen, dachte er, das wäre was.

»Das heißt, er hat sie gar nicht entführt? Aber wie kam sie denn sonst… also…«

»Razzo, es tut mir leid, wenn ich jetzt zu deutlich zu dir werde, aber: Vergiss das mit deiner Jenn. Hier und jetzt. Vergiss sie.«

»Was? Wieso denn? Wieso denn das? Wieso soll ich das mit Jenn vergessen?«

»Weil deine Jenn eine Affäre mit Frank hat. Oder von mir aus auch mit ihm zusammen ist, was weiß ich. Und zwar nicht erst seit gestern. Ist dir denn nichts aufgefallen in letzter Zeit?« Zach sah in den Rückspiegel zu Razzo, der überlegte, ob ihm etwas aufgefallen war in letzter Zeit. Man konnte sehen, wie er nachdachte, ganz langsam, ganz sorgfältig.

»Du meinst… Boss? Du meinst, Jenn und Frank…?«

»Herrgott nochmal! Natürlich! Das hat man doch gesehen! Wahrscheinlich knallt Frank alle drei. Deine Jenn und die beiden anderen Tussen. Die hatten ja schon beim Abendessen kaum noch was an.«

Zach bemerkte, wie er wütend wurde. Das war nicht gut, dachte er, du darfst dich nicht aufregen, du musst die Lage unter Kontrolle behalten. Sie waren auf der Flucht. Die anderen waren hinter ihnen her. Da konnte er sich nicht darum kümmern, seinem Trottel von Mitarbeiter zu erklären, dass seine rattenscharfe Freundin mit einem schwerreichen und mächtigen Mafioso angebandelt hatte. Um sich abzureagieren, und weil sie ihn die ganze Zeit über schon störte, zog Zach die Brieftasche aus der hinteren Hosentasche und knallte sie ins Handschuhfach. Zumindest seine Kohle hatte er noch gefunden, bevor sie Hals über Kopf abgehauen waren, immerhin das.

Er sah in den Rückspiegel. Razzo starrte teilnahmslos aus dem Fenster. Mittlerweile schien er erkannt zu haben, dass Jenn kein Entführungsopfer war. Auf dem Beifahrersitz begann Serg leise zu schnarchen. Zwei oder drei Minuten sprach niemand ein Wort. Dann lehnte sich Razzo zwischen den Sitzen nach vorne.

»Wenn das stimmt, Boss, wenn das stimmt, was du vermutest, dann hab ich das richtig gemacht. Dann muss ich kein schlechtes Gewissen haben. Nein, Boss, muss ich nicht.«

»Häh? Kein schlechtes Gewissen? Wieso solltest du das denn haben?«

»Wegen dieses Dings, Boss. Dem aus Italien.«

»Welches Dings? Was denn aus Italien?«

»Dieses Glasteil, das Frank von seiner Reise mitgebracht hat. Das hab ich mitgenommen.«

»Du hast was?« Zach trat auf die Bremse. Der Wagen kam schlingernd am Rand der Landstraße zu stehen. Zach starrte aus der Frontscheibe in den frühen Morgen, irgendwo in Ohio, oder Indiana, oder wo immer sie gerade waren. Er hatte Mühe, nicht loszubrüllen.

»Den Ring? Den Ring aus Italien? Bist du komplett wahnsinnig geworden? Du hast den Kunstharzwürfel geklaut? Aus dem Schrein?«

»Ja, Boss, hab ich. Entschuldigung. Ich habe aber kein schlechtes Gewissen. Frank ist ein böser Mann, oder, Boss?«

»Weißt du, was das bedeutet?« Zach brüllte jetzt doch. Sehr laut brüllte er.

»Ich wollte … ich meine … wegen Jenn!«

»Wegen Jenn? Du hast Frank den Ring wegen Jenn geklaut? Weißt du, was er jetzt machen wird? Kannst du dir das vorstellen?«

»Nein, Boss. Nein.«

»Dann lass es mich dir erklären!« Zach hatte sich in seinem Sitz nach hinten gedreht. Irgendwie war es ihm gelungen, Razzo am Bart zu erwischen. Jetzt zog er das Gesicht seines Mitarbeiters nahe an sich heran.

»Die Sache mit diesen verfluchten Mosaiksteinchen war schlimm genug. Das mit diesem scheiß Kleber, den du da angeschleppt hast! Frank hätte uns aber deswegen nicht bis ans Ende der Welt verfolgt. Er hätte das irgendwann vergessen. Aber du Trottel gehst hin und klaust ihm sein Lieblingssouvenir.« Zach begann, Razzo an seinem Bart hin und her zu schütteln. »Das hat er aus Italien!«, schrie er. »Aus Italien! Wahrscheinlich ist er auf Knien durch irgendein mittelalterliches Kaff gerutscht, um an dieses Teil zu kommen!«

Zach atmete tief durch und ließ Razzos Bart los. Er drehte sich nach vorne, inspizierte von dort im Rückspiegel die Straße hinter ihnen und ließ den Motor an. »Jetzt wird er uns jagen, bis er uns hat«, sagte er mehr zu sich selbst als zu Razzo, der mit vor Schreck aufgerissenen Augen auf dem Rücksitz saß. »Und dann gnade uns Gott.«

7

New Orleans, über eine Woche später.

Noch immer nichts. Keine Nachricht, kein Lebenszeichen, nur das Übliche. Siebeneisen überflog die Mails in seinem Postfach. Ein nigerianischer Bankdirektor, der ihn als Erben eines Vermögens ausgemacht hatte und nun *»5000 Dollar only«* wollte, um die Überweisung einer Summe in die Wege zu leiten, die wahrscheinlich das Bruttonationaleinkommen seines Heimatlandes überstieg. Der Bollywood-Newsletter mit einer hymnischen Besprechung von *Sukravara alasi kobara,* der gerade in einer BlueRay-DeLuxe-Sammlerbox erschienen war. Die singenden Seniorinnen aus Australien, die ihm seit Jahren musikalische Grüße schickten, an der Mail hingen dieses Mal unfassbare zwanzig Megabyte MP3-Dateien. Eine grammatikalisch tollkühn formulierte Avance einer russischen (angeblich) Schönheit (angeblich), die Sätze wie »will ich haben dir Foto von damit träumen sinnlich schöner Mann starker!« fabrizierte. Und eine Einladung des Dschinghis-Khan-Mausoleum-&-Museum in der Mongolei, wo man sich auf seine Anwesenheit bei der Vernissage zur Ausstellung »Die Waffen des Weltenherrschers« freute. Nichts von Wipperfürth und Schatten.

Die beiden hatten New Orleans vor über einer Woche verlassen. Nach endlos langen Diskussionen und Debatten. Bis kurz vor ihrer Abreise hatten sie versucht, Siebeneisen davon zu überzeugen, dass er der wesentlich geeignetere Mann für den Außeneinsatz sei. Dass er deswegen zumindest mitkommen müsse, wenn er schon nicht alleine losziehen wolle, zumindest das! Siebeneisen aber war standhaft geblieben. Ein weiteres Mal, hatte er sich geschworen, würde er sich nicht auf diese unglückselige Kombination einlassen, bei der seine beiden Geschäftspartner die Organisation übernahmen und er wie von einem Zufallsgenerator gesteuert durch die Weltgeschichte irrlichterte. Nein. Nein, nein, nein.

Obwohl Schatten energisch protestiert hatte, waren die beiden tatsächlich mit dem Greyhound gefahren. Tagelang hatte Wipperfürth von der »archaischen Schönheit der Landschaften« geschwärmt, die sich bei einer Busreise in den Südwesten bewundern ließe, und wie bequem so eine Fahrt doch sei, und wie ökologisch korrekt. Als Schatten schließlich kapitulierte – um des lieben Friedens willen, wie Siebeneisen vermutete –, hatte Wipperfürth als Nächstes darauf bestanden, zu Fuß zum Terminal der Überlandbusse an der Loyola Avenue zu gehen, um die Taxikosten zu sparen. »Schlendern« war das Wort gewesen, das er verwendet hatte. Also waren sie geschlendert. Im French Quarter von New Orleans war man den Anblick merkwürdiger Gestalten gewohnt, die Straße wurde schließlich beinahe ausschließlich von solchen bevölkert. Zwei Deutsche allerdings, der eine so dick wie der andere hager, die in der schlimmsten Mittagshitze eine riesige, bis zum Bersten gefüllte Reisetasche durch die Sonne Richtung Busbahnhof schleppten und dabei lautstark parlierten – das war dann doch etwas Besonderes. Noch außergewöhnlicher wurde das Schauspiel, als sich an der Tasche der Boden auf einer Seite löste und sie eine Spur aus altertümlichen Kladden und Notizheften hinter sich herzogen. Weil die beiden vehement miteinander stritten, merkten sie nichts davon, und die Rufe anderer Passanten bemerkten sie auch nicht. Erst als man ihnen die Hefte hinterherbrachte, realisierten sie, was passiert war. Sie klemmten sich alles unter die Arme und schlenderten weiter. Schon wieder vehement aufeinander einredend. Oder noch immer.

»Komm, wir gehen mal schauen, was Lawn macht.« Siebeneisen gab Bandito einen sanften Klaps auf den Hintern. Seit Wipperfürth und Schatten abgereist waren, wich ihm der Waschbär nicht von der Seite. Siebeneisen kannte sich in der Psyche von Tieren nicht aus, er hatte aber den Eindruck, als vermisse Bandito sein Herrchen ziemlich. Eben hatte es sogar so gewirkt, als habe er beim Durchsehen der E-Mails mitgelesen. Auf jeden Fall hatte er leise gefiepst, als Siebeneisen das Programm geschlossen hatte, ohne eine Nachricht gefunden zu haben.

Sie gingen nach unten zu Lawn. Das historische Stadthaus, in dem die beiden seit Siebeneisens Umzug aus Oer-Erkenschwick lebten, stammte noch aus der französischen Ära. Wie die meisten Gebäude im French Quarter war es massiv gebaut und hatte sämtliche Wirbelstürme der letzten 300 Jahre mehr oder weniger unbeschadet überstanden. Lawn hatte das Haus zu einem Schnäppchenpreis kaufen können, nachdem seine Vorbesitzer es in großer Eile und weit unter Wert auf den Immobilienmarkt geworfen hatten. Wenn so etwas in New Orleans passierte, steckten meistens paranormale Erscheinungen dahinter. Irgendwann hielten die Bewohner die nächtlichen Schritte und Schemen nicht mehr aus und suchten fluchtartig das Weite. Tatsächlich hatte Lawn mit ihren außergewöhnlichen Wahrnehmungsfähigkeiten in der Dauphine Street ungewöhnliche Aktivitäten registriert und behauptet, ein Soldat der Südstaatenarmee spuke durch die Zimmer. Der Hausgeist (oder was immer es war) war seit Siebeneisens erster Nacht im Haus allerdings nie wieder aufgetaucht.

»Na, ihr zwei? Hunger? Gibt's was Neues?« Lawn hatte Crawfish Étouffée gekocht, einen gedünsteten Eintopf aus kleinen Flusskrebsen, Paprika, Sellerie, Knoblauch und Zwiebeln, den man über einen Teller Reis gibt. Bandito hielt seine Nase schnuppernd in die Luft, stellte sich auf die Hinterläufe und tänzelte vor dem Herd auf und ab.

»Hunger ja, Neues nein. Ich verstehe das nicht. Normalerweise nerven die uns doch jede halbe Stunde. Wipperfürth muss doch jedes noch so kleine Erfolgserlebnis an die große Glocke hängen.«

Siebeneisen stellte drei Teller auf den Tisch, legte Löffel neben zwei und nahm eine Flasche Wein aus dem Kühlschrank, einen Gewürztraminer aus Baden, dem er in Kombination mit dem *Cajun*-Gericht einiges zutraute. »Eigentlich hatte ich erwartet, dass er sich schon nach der Busfahrt meldet und sich damit brüstet, wie reibungslos alles funktioniert hat.«

»An die NIU-Adresse hat er auch nichts geschrieben?«

»Nein. Merkwürdig, oder?«

»Yep, irgendwie schon.« Lawn stellte das Étouffée und den Reis auf den Tisch. Sie setzten sich. Bandito sprang auf den dritten Stuhl und legte seine Vorderpfoten rechts und links neben den Teller. Siebeneisen fand es faszinierend, wie der Waschbär Menschen imitierte. Die ersten ein oder zwei Tage hatten sie ihm sein Fressen in einer Schüssel auf den Boden gestellt, aber offenbar hielt er das für unter seiner Würde. Seitdem aß Bandito mit am Tisch. Manchmal ging das ganz manierlich zu; Erdbeeren zum Beispiel verzehrte der Waschbär mit größter Hingabe und so sorgfältig, als wolle er sich von der Qualität jeder einzelnen Frucht überzeugen. Bei diesem Mittagessen hatte Siebeneisen weniger Hoffnung. Umso überraschter war er, als Bandito mit den Pfoten den ersten kleinen Krebs von seinem Teller fischte, mit den Krallen die Schale öffnete und das Fleisch herauszuppelte. Die leere Schale warf er dann allerdings quer über den Tisch. Anschließend angelte er sich den nächsten Krebs vom Teller.

»Vielleicht sind sie ja von Vegas aus gleich weiter? Dann sind sie jetzt irgendwo in den Canyons und haben keine Möglichkeit, eine Nachricht zu schicken.« Lawn beobachtete den Waschbären, der laut schmatzte. Sie lächelte amüsiert. Bandito schaute beim Essen immer wieder zu ihr und Siebeneisen, als nehme er stumm an der Unterhaltung teil.

»Das kann ich mir nicht vorstellen. Du kennst die beiden doch! Bei denen dauert alles ewig, weil sie vom Hundertsten zum Tausendsten kommen. Mal abgesehen davon, dass sie sich nie einigen können.« Siebeneisen trank einen Schluck Gewürztraminer. Wie erwartet passte er wunderbar zur Schärfe des Mittagessens.

»Vielleicht haben sie ein Kino gefunden, das sich auf Western spezialisiert hat?« Lawn bewegte die rechte Hand mit ausgestrecktem Zeigefinger, als ziehe sie einen Revolver aus der Hüfte. Der Waschbär hörte zu kauen auf und sah sie mit großen Augen und halb offen stehender Schnauze an, aus der ein Krebsbein hing.

»Das wird's sein! *Yeehaw!*« Siebeneisen lachte. In den Tagen vor ihrer Abreise hatten sich Wipperfürth und Schatten in einer Videothek sämtliche Western ausgeliehen, in denen John Wayne jemals mitgespielt hatte. Wipperfürth hatte behauptet, auf diese Weise könne man sich in einen Ort hineinversetzen, bevor man dorthin reise, das werde die Recherche vor Ort dann erheblich effektiver machen. Siebeneisens Bemerkung, dass sie sich aller Wahrscheinlichkeit nach weder auf Postkutschenüberfälle noch auf Duelle in der Mitte staubiger Ortsstraßen vorbereiten müssten, hatte Wipperfürth geflissentlich ignoriert. Und sich mit Schatten zum dritten Mal *Rio Grande* angesehen.

»Jeden normalen Menschen könnte man einfach mal anrufen. Und ihm auf die Mobilbox sprechen, wenn er keinen Empfang hat. Aber selbst das geht bei den beiden ja nicht.« Siebeneisen schöpfte eine weitere Kelle Étouffée aus dem Topf in der Tischmitte. Vorsichtig leerte er sie auf Banditos Teller aus. Der Waschbär trommelte aufgeregt mit seinen Pfoten auf den Tisch. »Der eine hat kein Handy, der andere läuft mit einem herum, mit dem man nicht telefonieren kann.« Bei ihrer gemeinsamen Reise nach Indien hatte sich Wipperfürth auf einem Basar ein Telefon andrehen lassen, in das man keine SIM-Karte stecken und mit dem man deswegen auch nicht telefonieren konnte. Weil das die laufenden Kosten natürlich erheblich reduzierte, hatte er sich mit dem Gerät angefreundet. Er benutzte es ausschließlich an WLAN-Hotspots. Dass man ihn über den Tisch gezogen hatte, hätte Wipperfürth natürlich niemals zugegeben.

»Hast du mal bei Facebook nachgesehen? Da sind die beiden doch auch ab und an aktiv.«

»Hab ich. Da ist nix.«

»Und sie haben dir auch nicht gesagt, in welchem Hotel in Vegas sie übernachten wollten? Vielleicht sind sie ja tatsächlich noch in der Stadt?« Lawn trank von ihrem Wein. »Ich hab übrigens heute Morgen noch ein bisschen in den alten Heften geblättert. Wahnsinn, was dieser Bayer alles erlebt hat.« Sie drehte sich um und griff nach einem von Moosbichlers Notizbüchern, die auf der Anrichte hinter ihr lagen. »Wusstest du, dass Buffalo Bill eine Art Wanderzirkus gegründet hat, mit dem er in Europa unterwegs war? Der ist eine Zeitlang in jedem Herbst mit Cowboys, Indianern und Büffeln über den Atlantik und dann anschließend durch die europäischen Hauptstädte getingelt. Der Moosbichler war da auch dabei. Und dieser Indianer.«

»Tatsächlich?« Siebeneisen räumte die Teller vom Tisch. »Möglicherweise haben die beiden sich dann dort kennengelernt.«

»Hm, kann gut sein. Warte mal … in diesem Heft hier schreibt er davon.« Lawn blätterte zu der Stelle, die sie meinte.

»Die Tage vor unserer Abreise waren voller Aktihvität wie jedes Mal wenn wir in die Alte Wellt zurückkehrten. Auch in diesem Jahr sollten einige Indianer mit von der Partie sein. Cody erklärte ihnen das das große Kanu des Weißen Mannes nicht über das Weite Wasser gerudert werde müsse sondern mit Kohle angetrieben werde. Sie alle hörten ihm mit ausdrucksloser Mine zu. Nur Stampfender Büffel, lächelte als er Cody von der Überfahrt erzählen hörte. Er war schon in St. Lewis und hat dort Dammfschiffe gesehen. Bestimmt wird er seinen Freunden noch davon erzählen. Nach der Besprechung versammelten sich alle Teihlnehmer der Buffalo Bill Roadshow im Innenhof wo wir für einen Photographen Possitur sahsen.«

»Das muss eine seltsame Truppe gewesen sein!« Lawn legte Moosbichlers Heft auf den Tisch. »Was für ein Aufwand. Und im Frühjahr dann wieder zurück in die Prärie.«

»Dieser Cody war bestimmt ein cleverer Geschäftsmann.« Siebeneisen hatte begonnen, die Teller und Töpfe zu spülen. »Wahrscheinlich hat er den Fotografen auch mitgenommen, und in Rom oder London konnten sich die Besucher seiner Show dann mit Stampfender Büffel fotografieren lassen.«

»Bestimmt. Selfies gab's ja damals noch nicht.« Lawn kraulte Bandito, der sich satt und rund auf ihrem Schoß zusammengerollt hatte. »Warte mal …« Sie hielt inne. »Hast du auch mal bei Instagram nachgeschaut? Wegen Wippi und Schatten?«

»Instagram?«

»Das ist so eine Foto-Community im Internet. Nie gehört?«

»Ich glaube, er hat mal davon gesprochen.« Siebeneisen erinnerte sich an einen längeren Monolog seines Freundes. Für einen künstlerisch sensiblen Menschen wie ihn sei eine Online-

Community eine ideale Plattform, sich einem breiteren Publikum zu präsentieren, hatte Wipperfürth doziert. Siebeneisen hatte sich das nicht anhören wollen. Er wusste, wie Wipperfürths Fotos aussahen. Er konnte sich nicht vorstellen, dass es dafür ein breiteres Publikum gab.

»Da stellen Leute Fotos ein, die sie mit dem Handy machen. Wipperfürth ist da ziemlich aktiv, glaube ich.«

»Und was stellt er da ein? Doch nicht etwa das Zeugs, das er im Maskierten Waschbär fotografiert?« Siebeneisen erinnerte sich an Aufnahmen von rotierenden Trocknertrommeln und leeren Waschpulverpackungen, die Wipperfürth mit diversen Filtern bearbeitet hatte.

»Kann sein. Magst du mir mal mein Notebook… steht im Wohnzimmer.«

Siebeneisen holte Lawns Computer und nahm ihr Bandito vom Schoß. Der Waschbär wachte auf. Er begann, spielerisch nach Siebeneisens Hand zu schnappen. Das machte er immer, wenn er fand, dass eine Spielrunde anstand.

»Na also. Da hab ich richtig vermutet.« Lawn drehte sich so, dass Siebeneisen den Monitor sehen konnte. »Warte, wir können uns die chronologisch ansehen.«

Wipperfürth hatte in den vergangenen Tagen offenbar hunderte Fotos auf die Plattform geladen. Auf den ersten dreißig, vierzig waren verschwommene, unscharfe Landschaften zu sehen, das waren die, die er aus dem fahrenden Bus heraus gemacht hatte. Dann folgten Aufnahmen, die eindeutig aus Las Vegas stammten: Verwackelte Neonschriftzüge, völlig überbelichtete Hotelfassaden, schemenhafte Passanten, etwas, das wie ein abbruchreifes Haus aussah, ein Parkplatz, möglicherweise vor besagtem Haus, Leute in Kapuzenpullis, die um eine Tonne standen, ein aufgebocktes Auto, dem die Reifen fehlten.

»Himmel! Wo waren die denn da?« Lawn klickte durch Aufnahmen von einsamen Straßenlaternen und spärlich möblierten Räumen, die aussahen, als seien sie aus einem David-Lynch-Film gefallen.

»Bestimmt ihr Motel. Wipperfürth hat mir erzählt, dass alle Leute glaubten, 40 Dollar für ein Zimmer im Stadtzentrum sei preiswert. Er aber habe da ganz andere Möglichkeiten entdeckt.«

»Ah.« Lawn klickte weiter. Als Nächstes folgten unscharfe Aufnahmen, auf denen Cowboys zu sehen waren, Stiefel, Gürtel mit riesigen Schnallen, hoch aufragende Hüte. Siebeneisen beugte sich näher zum Monitor. Er entdeckte, dass die Cowboys Wipperfürth und Schatten waren. Er seufzte. Lawn klickte weiter zu den nächsten Fotos.

»Die hier sind ja aus einem Casino. Wusste gar nicht, dass man da fotografieren darf.« Es folgte eine endlose Serie, die Wipperfürth und Schatten in Cowboykleidung an verschiedenen Spielautomaten zeigte. An Roulettetischen. Zwischen Pokerspielern. Beim Black Jack. Sämtliche Aufnahmen waren unscharf, die meisten überbelichtet, die Bildausschnitte seltsam. Wipperfürth behauptete immer, er habe eben eine eigene Bildsprache, die nur qualifizierte Artdirektoren auf den ersten Blick verständen. Siebeneisen vermutete, dass er einfach völlig untalentiert war.

Auf dem letzten Foto war nicht viel mehr als eine Hand zu sehen, die sich mit ausgestreckten Fingern dem Objektiv der Kamera entgegenstreckte. Nur bei genauerer Betrachtung konnte man eine blaue Uniform hinter den Fingern erkennen. Und das LVPD-Abzeichen der Polizei von Las Vegas.

»Darling?« Lawn legte Siebeneisen den Arm um die Schulter.

»Ja?«

»Ich glaube, da ist ein bisschen was schiefgelaufen in Vegas. Ich fürchte, du musst da hin.«

8

LAS VEGAS, ZWEI TAGE SPÄTER.

Als Siebeneisen aufwachte, war das Dröhnen so laut, dass es die ganze Welt auszufüllen schien. Zuerst konnte er das Geräusch nicht einordnen, und er wollte schon »Ruhe!« brüllen, als er merkte, dass der Lärm direkt aus seinem Schädel kam. Es fühlte sich an, als sei eine Armee Zwerge dabei, sein Hirn sehr sorgfältig auszukehren. Siebeneisen ließ die Augen geschlossen und stöhnte leise. Er versuchte, sich an die vergangene Nacht zu erinnern. Sekunden später riss er die Augen auf und drehte sich ruckartig zur linken Bettseite, wobei sein komplettes Schädelinneres hin und her zu schwappen schien. 6:05 zeigten die Leuchtdioden des Weckers. So früh noch! Kein Wunder, dass er Kopfschmerzen hatte. Er schloss die Augen. Im Zimmer nebenan brüllten sich zwei Menschen an, im Schädelinnern fegten munter die Zwerge. Dann kehrte die Erinnerung zurück, fetzenweise. Siebeneisen seufzte. Wie hatte das nur alles passieren können?

Nachdem sie die Fotos im Internet entdeckt hatten, waren sich Lawn und er schnell einig gewesen, dass sie etwas unternehmen mussten. Lawn hatte mit der Polizei in Las Vegas telefoniert, die ihr die Verhaftung von Wipperfürth und Schatten bestätigte. Aber nicht erklären wollte, aus welchem Grund die beiden im Gefängnis saßen. Also war Siebeneisen nach Las Vegas geflogen.

Gleich mit der nächsten Maschine. Vom Flughafen hatte er ein Taxi zum Bezirksgefängnis genommen. Er war allerdings zu spät eingetroffen, um noch mit Wipperfürth und Schatten sprechen zu können. Die Besuchszeit, hatte ihm ein strenger Officer erklärt, sei von 12 bis 13 Uhr und nicht dann, wenn Besucher sich entschließen würden vorbeizuschauen. Nein, er könne da keine Ausnahme machen. Auch morgen würden die gleichen Zeiten gelten. 12 bis 13 Uhr.

Sein Hotel war eine Glaspyramide am Rand der Stadt. Am Eingang begrüßten zwei riesige Stoffkamele die Gäste. Sie bewegten ihre Hälse und erzählten sich gegenseitig Witze, es klang, als hätte man Sammy Davis Jr. und Will Smith mit dem Stimmmodul von Darth Vader ausgestattet. Siebeneisen war kurz stehen geblieben, um einen kleinen, vielleicht fünf Jahre alten Jungen zu beobachten, der die brabbelnden Kamele ansah und mit ihnen sprach. Offenbar erwartete er irgendeine Reaktion. Als die Kamele sich stattdessen einen »Kommt ein Mann in eine Bar«-Altherrenwitz erzählten, hatte der Junge einem der beiden mit voller Kraft gegen das Bein getreten.

In seinem Zimmer hatte Siebeneisen lange aus dem Fenster auf den Strip hinausgeschaut. Das war die Hauptschlagader von Las Vegas, ein mehrspuriger Boulevard, eine kerzengerade Linie aus Asphalt, die aus der menschenleeren Wüste in die Stadt hineinschoss und auf der anderen Seite wieder in der Wüste verschwand. Es hatte gedämmert, eine Tageszeit, die in Las Vegas noch eindrucksvoller ausfiel als die Nacht. Wenn es dunkel wird in Las Vegas, verfärbt sich der Himmel über der Wüste im Minutentakt. Aus dem üblichen Strahlendblau wird zuerst Orange und aus dem dann Dunkelgelb, und wenn die Sonne hinter den Horizont geflutscht ist, türmen sich Karmesin und Brombeer und Tintenblau in die Höhe, als wüssten sie ganz genau, welchen umwerfenden Hintergrund sie soeben für die Glitzer- und Neonfassaden der Stadt zusammengebastelt hatten.

Siebeneisen öffnete die Augen und starrte zur Zimmerdecke. Er hätte einfach im Zimmer bleiben sollen, dachte er. Ein bisschen aus dem Fenster schauen, mit Lawn telefonieren, eine Pizza vom Zimmerservice, ein unspektakulärer Abend wäre das geworden. Und es war ja auch nicht so, dass er das Drama nicht hätte voraussehen können. So etwas verschwindet nicht, dachte er, wieso denn auch, so etwas hat man oder man hat es nicht. Und wenn man es hat, ist es immer in einem. Es kann sich still verhalten oder so tun, als schlafe es, jahrelang, aber dann wird es geweckt und reckt sich und streckt sich, und dann kann man sich nicht mehr wehren, dann passiert es wie vergangene Nacht. Er seufzte leise. Die Zwerge in seinem Kopf verstanden das offenbar als Aufmunterung.

Obwohl er deswegen nie einen Psychologen oder Mediziner aufgesucht hatte, wusste Siebeneisen, dass er ein Kandidat für Spielsucht war. Er erinnerte sich an Momente, sechs oder sieben mochte er da gewesen sein, als er Zeter und Mordio geschrien hatte, weil die Eltern nach sechs Stunden Mensch-ärgere-Dich-nicht das Spiel wegpackten. Er hatte Tage mit Tipp-Kick verbracht und Wochenenden mit Monopoly. Als Jugendlicher wäre er fast von der Schule geflogen, weil er in einer nahen Kneipe versucht hatte, den High Score an einer Konsole zu knacken, und dafür eine inflationäre Zahl Chemie-, Physik- und Lateinstunden schwänzte (bei dem Spiel ging es darum, ein mit drei Strichen skizziertes Raumschiff durch Asteroidenschwärme zu steuern). Wenn er spielte, war er wie im Rausch. Wenn er aufhörte, fiel er in ein leeres, dunkles Loch.

Irgendwann hatte er im Fernsehen einen Bericht über Spielsüchtige gesehen – und sich wiedererkannt. Die Erkenntnis war ein Schock gewesen. Ein heilsamer. Seit jenem Abend beobachtete sich Siebeneisen sehr genau, wenn er in die Nähe von Lottoscheinen, Kartenspielen oder Videokonsolen kam. So gut wie immer spürte er dann, dass sich etwas in ihm regte. Bislang war es ihm gelungen, dieses Etwas unter Kontrolle zu halten. Bislang. Bis gestern Abend.

Statt im Zimmer zu bleiben und die Aussicht zu genießen, war er nämlich zu einer kleinen Exkursion aufgebrochen und hatte das Hotel verlassen. Hotels in Vegas tun allerdings sehr viel dafür, das zu verhindern, von Zimmern für 40 Dollar die Nacht kann man ja nicht leben. Deswegen muss jeder Gast an etwa 10.456 Spielautomaten vorbei, bevor er im Freien ist. Siebeneisen war etwa bis Slot Machine Nummer 7.665 gekommen, als es passierte. Was sind schon ein paar Münzen?, hatte eine Stimme in ihm gefragt. Nur ein paar! Komm schon. Mach schon. Mit ein paar Münzen riskierst du doch nichts. Und vielleicht gewinnst du ja. Fühlt sich heute ganz danach an, meinst du nicht? Ein paar Münzen. Komm. Komm. Komm.

Fünf Sekunden später war Siebeneisens Kleingeld in einer der Maschinen verschwunden. Sechs Sekunden später hatten sich vier Rollen mit Obstmotiven in Bewegung gesetzt, Äpfel, Birnen, Kirschen und Melonen, Pfirsiche, Bananen, alles in Siebziger-Jahre-Optik. Noch einmal zehn Sekunden später waren im Sichtfeld vier Melonen nebeneinander zu sehen gewesen. Eine giftgrüne Leuchtanzeige hatte geknattert, lange, sehr lange, und war am Ende bei 400 stehen geblieben. Siebeneisen war noch nicht einmal eine Minute dabei, als sein Kontostand von 85 Cents auf 100,85 Dollar gestiegen war. Und? Und dann? Natürlich hatte er sich einen Hocker herangezogen und sich vor den digitalen Obstladen gesetzt. Natürlich.

Irgendwo hatte er einmal gelesen, dass diese Geräte über einen

Algorithmus gesteuert werden, der große Gewinne gerne unmittelbar nacheinander ausspuckt. Und was war passiert? Genau. Bei der nächsten Runde waren tatsächlich drei Kirschen erschienen und daneben ein kryptisches Symbol, ein Obstkorb oder so etwas. Die giftgrüne Anzeige war auf 650 getickert. Und Siebeneisen hatte sich den Gewinn auszahlen lassen, 162,50 Dollar für gerade mal zwei Minuten.

Eine uralte Frau an der Slot Machine nebenan hatte ihm anerkennend zugelächelt. Sie atmete durch Nasenschläuche, die in einer Art Taucherflasche steckten, und sah aus wie ein verschrumpelter Gecko. Vor dem Spielautomat rechts von ihm hatte mit ernster Miene ein Mann gehockt, der aus einer Familienpackung Kartoffelchips aß. Er hatte nicht gespielt, das Gerät aber so eindringlich taxiert, als könne er dadurch sein Geheimnis ergründen. Wahrscheinlich wird man so, wenn man sich zu lange in dieser Stadt aufhielt, hatte Siebeneisen gedacht. Und war hinaus auf die Straße gegangen.

Vegas nach Einbruch der Dunkelheit ist großartig. Es leuchtet und funkelt, es schimmert und blitzt, auf fassadengroßen Videoleinwänden laufen Werbebotschaften, und weil selbst vorbeifahrende Taxen Lichtreklamen auf dem Dach haben, hat man manchmal den Eindruck, als flögen auch noch ein paar Kometenschweife herum.

Am hellsten leuchten natürlich die Hotels. Überall sonst auf der Welt liegen die ja gerne in der Nähe der Hauptattraktionen – in Vegas aber sind sie das selbst, die Hotels. In Rom geht man vom Colosseum zum Trevi-Brunnen, in New York vom Central Park zum Chrysler Building und in Las Vegas eben vom Mirage zum Vdara. Gerade wurde für etwa 14 Milliarden Dollar renoviert, was in etwa dem Bruttonationaleinkommen von Staaten wie Laos entspricht. Während des Flugs von New Orleans in die

Wüste von Nevada hatte Siebeneisen das *Review-Journal* gelesen, was eigentlich die Tageszeitung der Stadt war, eher aber wie ein täglich neu verfasstes Guinnessbuch der Rekorde daherkam. Auf den ersten Seiten war es beinahe ausschließlich um Zahlen gegangen. Um verkaufte Longdrinks und Eheschließungen und Elvis-Imitatoren und darum, dass die russische Mafia die Stadt für sich entdeckt habe und nun mit einer rekordverdächtigen Zahl an Computerhacks versuche, an das Geld der Casinos zu gelangen. Außerdem erfuhr der Leser detailliert, welches Hotel gerade für wie viele Millionen an- oder umbaute.

Siebeneisen hatte sich zu einem Abstecher ins Excalibur nebenan entschlossen. Das Hotel sah aus, als habe sein Architekt es aus überdimensionierten Legosteinen errichten lassen, nachdem er am Zeichenbrett eine hohe Dosis Amphetamine konsumiert hatte. Am Eingang umschwirrte Siebeneisen ein Burgfräulein in einer Art mittelalterlichem Dirndl und flüsterte ihm ins Ohr, er möge doch rasch zu König Arturs Tafelrunde-Büfett eilen, »Labsal und Trunk für nur 9,99!«. Worauf Siebeneisen mit einem im schönsten Shakespeare-English vorgetragenen *»Shall we hurry there together, thou pretty young maiden?«* konterte. Das Burgfräulein sah ihn alarmiert an. Wahrscheinlich kam sie aus Los Angeles. Da wird man für so etwas verklagt und muss anschließend drei Millionen Dollar Strafe wegen sexueller Belästigung bezahlen.

Siebeneisen öffnete die Augen und starrte wieder zur Zimmerdecke. Er versuchte, den Abend in Gedanken irgendwie zu ordnen. In seinem Kopf ging einiges durcheinander, und die emsig kehrenden Zwerge waren auch nicht hilfreich, wenn man sich konzentrieren wollte. Als Nächstes war er nach zwei oder drei Drinks hinüber ins Venetian, rekapitulierte er. Das war ein

Hotelcasino nach seinem Geschmack, eine Verbeugung vor dem alten Europa, mit einem überdachten Plastik-Venedig im zweiten Stock, wo Gondolieri *O sole mio* schmettern und japanische Touristen sich auf der Rialto-Brücke fotografieren lassen. Später behaupteten sie dann zu Hause wahrscheinlich frech, sie seien auch eben nochmal kurz in Italien gewesen während ihres fünftägigen Jahresurlaubs.

Eine gute Stunde hatte er an diversen Roulettetischen verbracht. Schwarz oder Rot, Gerade oder Ungerade, Zifferkombinationen oder Null, da wusste man doch, was man hatte. Siebeneisen hatte am Ende drei Bourbon getrunken und ein Plus von 370 Dollar erreicht. Wenn das so weiterging, würde er demnächst auch in den Statistikspalten des *Review-Journals* stehen, hatte er gedacht. Beim Umtauschen der Jetons war da auch wieder der Mann mit der Chipstüte gewesen, die offenbar noch immer nicht leer war.

Im Nebenzimmer war es still geworden. Siebeneisen zwang sich aufzustehen. Er schlurfte zum Fenster. Bei Tageslicht sah der Strip weit weniger eindrucksvoll aus. Stattdessen konnte man der Stadt beim Wuchern zusehen. Vegas war seit Jahren die am schnellsten wachsende Metropole der USA, hatte er in besagter Zeitung gelesen, 7000 Neubürger monatlich, knapp zwei Millionen schon insgesamt. Aus der kleinen Station, an der Züge früher Kühlwasser für die Maschinen der Lokomotiven nachfüllten, war ein Moloch geworden, der sich immer weiter in die Wüste hineinfraß. Gerade entstanden siebzig Appartement-Wolkenkratzer. Plus etwa zwanzig neue Hotels für noch mehr Besucher.

Siebeneisen schwindelte es ein bisschen. Er taumelte zurück zum Bett. Wäre er aus dem Venetian doch in sein Hotelzimmer gegangen, sinnierte er, wäre er doch nur! Ein langer Spaziergang in der kühlen Abendluft, über 500 Dollar Gewinn in der Tasche und bester Laune, so hätte der Abend rundum gelungen enden können. Hätte.

Stattdessen war er aus dem Venetian geradewegs ins Aladdin marschiert und dort geradewegs zu den Tischen mit Black Jack (was wie »17 und 4« gespielt wird, mit seinem piratösen Unterton aber natürlich viel gefährlicher klingt). Dort hatte Mary-Lou auf ihn gewartet, aus dem lieblichen North Dakota, wie man auf einem kleinen Messingschild an ihrer Bluse lesen konnte. Sie besaß jene tödliche Kombination aus Schmolllippen und Grübchen, der man am liebsten gleich einen Witz erzählen möchte, um zu sehen, wie die sich verändern. Die ersten Runden gewann Siebeneisen, weil Mary-Lou immer über 21 kam. Das nennt man in Vegas *to bust*, und Mary-Lou tat das derart oft, dass sich die Jetons vor Siebeneisen ziemlich türmten. Er hatte den Einsatz auf zehn Dollar erhöht – Mary-Lou gab ihm 21. Er ließ sich von der Bedienung einen doppelten Bourbon bringen und setzte wieder zehn Dollar – Mary-Lou musste bei 17 nochmal ziehen und erwischte eine Acht. Siebeneisen ärgerte sich, weil sie so ja nie lachen würde, und spielte regungslos weiter. Als er drei Stunden später 530 Dollar im Plus war, hörte er auf. Beim Verlassen des Hotels pfiff er laut den Refrain von »Viva, Las Vegas«. Den Sicherheitsleuten am Eingang hatte er ein kleines Luftgitarrensolo vorgespielt.

Es hätte alles noch schlimmer kommen können, dachte Siebeneisen in seinem Bett, doch, auch wenn es sich heute Morgen anders anfühlte. Er rief den Zimmerservice an. Als er die Nummer wählte, liefen die Zwerge zur Höchstform auf. »*Breakfast, please*«, krächzte etwas, das ihn nur entfernt an seine Stimme erinnerte. »Breakfast?«, fragte der Mann am anderen Ende der Leitung arrogant. Da war er bei Siebeneisen und den Zwergen genau richtig. Ohne Vorwarnung zischte er in den Hörer, welches Wort seiner Bestellung denn wohl schwer zu verstehen gewesen sei. Der Mann am anderen Ende der Leitung schwieg einen Moment. Einen langen Moment. Dann war die Verbindung tot.

Ein paar Minuten später klopfte es. Eine mexikanische Hotelangestellte knallte ein Plastiktablett auf den Tisch. Siebeneisen gab ihr zwei Dollar Trinkgeld. Die Frau zog ein Gesicht wie der Besitzer eines französischen Nobelrestaurants, dem man eine American-Express-Kreditkarte vorlegt. Siebeneisen gab ihr einen weiteren Dollar. Sie sagte etwas, das sich entfernt wie »Gracias« anhörte, in Wirklichkeit aber bestimmt ein schlimmer Aztekenfluch war. Er nippte am Kaffee. Er schmeckte wie die Flüssigkeit, die einem der Zahnarzt zum Desinfizieren reichte, nur eben in heiß. Siebeneisen legte sich wieder hin und wartete auf die Wirkung des Koffeins. Falls überhaupt welches drin war in dieser Brühe. Ihm war ein bisschen übel. Nach und nach kamen die noch fehlenden Details der vergangenen Nacht zurück.

Im Palms hatte er anschließend lässig 75 Dollar an einer Slot Machine gewonnen und dabei zwei Gin Tonic getrunken. Da hätte er nach Hause gehen sollen, dachte Siebeneisen zum wiederholten Mal, das wäre auch noch ein guter Moment gewesen. Stattdessen hatte er den Mann mit der Chipstüte angesprochen, der bewegungslos an einem der Pokertische stand. Der Mann mit der Chipstüte war Indianer, hatte sich herausgestellt. Navajo, auf der Suche nach neuen Ideen für die Casinos seiner Leute. Natürlich kenne er sich in den Canyons des Südwestens aus, hatte er gesagt, als Siebeneisen ihn danach gefragt hatte. Sie könnten sich gerne am nächsten Tag treffen, da werde er ihm ein paar Tipps für seinen Urlaub geben. Dann hatte sich James

Washlakai verabschiedet. Offenbar waren keine Chips mehr in der Tüte.

Siebeneisen jedenfalls hatte sein Glück kaum fassen können. Ein einziger Bummel durch Las Vegas, und schon hatte er eine Verabredung mit einem Indianer, der sich in den Canyons auskannte! Und ihm möglicherweise verraten konnte, wo sie nach dieser Zeichnung suchen sollten, und wenn nicht er selbst, dann bestimmt einer seiner Bekannten oder Verwandten! Wipperfürth und Schatten hätten wahrscheinlich Wochen gebraucht, um das hinzubekommen. So ein Glück musste man erst mal haben, hatte Siebeneisen gedacht, als er beschwingt über den Strip Richtung Glaspyramide geschlendert war. Vielleicht könnte der Navajo sie ja sogar in die Canyons begleiten. Das würde auch er sich dann nicht entgehen lassen.

Und dann? Dann war er noch flugs in einen Diner gegangen, der auf dem Weg lag und dessen Bedienungen Gassenhauer wie »There's boy working down in the chips' shop swears he's Elvis« intoniert hatten. Siebeneisen vor seinen Spiegeleiern aber hatte einer inneren Stimme gelauscht. Einer Stimme, die ihm vorwarf, an diesem Hammerabend nicht mit größeren Einsätzen gespielt zu haben. Bei seinem Glück! Den ganzen Abend über gewonnen! Einen Navajo kennengelernt!

Da war natürlich was dran. Mit seinem bescheidenen Risiko hatte er bislang einen Gewinn von rund tausend Dollar eingefahren. Und wenn er nun regelmäßig hundert Dollar statt seiner läppischen zehn gesetzt hätte? Genau, flüsterte die Stimme: »Je weniger du setzt, umso mehr verlierst du, wenn du gewinnst« – er hatte beim besten Willen nicht gewusst, wo das herkam. Aber es war ihm logisch erschienen. Und so hatte das Debakel begonnen, wie es in Vegas immer beginnt: mit einer plötzlichen Erkenntnis und der Suche nach dem nächstbesten Casino.

Innerhalb der nächsten Stunden hatte Siebeneisen ein halbes Dutzend Drinks niedergemacht und seinen kompletten Gewinn verspielt. Beim Baccarat, wo er mit vier Taiwanesen am Tisch saß, die literweise grünen Tee schlürften und ihre Karten bemurmelten, bevor sie sie umdrehten. Beim Videopoker, irgendwo im Bellagio, wo ihn die Bedienung mit immer neuen Margaritas auf Rechnung des Hauses versorgte. Und dann hatte er auch noch beim Roulette verloren. Er hatte fünf Dollar auf die »2« gesetzt, und die »2« war gekommen. Er hatte fünf Dollar auf die »23« gesetzt, und die »23« war gekommen. Er hatte einen doppelten Bourbon bestellen wollen, aber sein Sprachzentrum hatte offensichtlich die Vokale verzottelt, jedenfalls war nur etwas wie »*'n brbn pls*!« herausgekommen. Er hatte sich konzentriert und jeden einzelnen Jeton auf die »18« gesetzt. In diesem Moment war alles möglich gewesen, in diesem Moment hatte er die Algebra austricksen und Fortuna bezirzen und den Mond vom Himmel stehlen können. In diesem Moment. In diesem Moment. In diesem Moment!

In diesem Moment war die Kugel auf der »19« liegengeblieben.

Das Leben, dachte Siebeneisen jetzt in seinem Hotelbett, das Leben kann absolut unfair sein. Statt seine tausend Dollar zu verzehnfachen, hatte er sie wieder verloren. Sie gegen den schlimmsten Kater seines Lebens eingetauscht. Er drehte den Kopf und sah zum Strip hinaus, wo in genau diesem Moment Zehntausende ein Vermögen machten. 26 Stockwerke unter ihm fuhr ein Sattelschlepper mit großen Palmen vorbei, die über Nacht vor einer Hotelbaugrube gepflanzt werden würden. Morgen würde es aussehen, als ständen sie seit Jahren dort. Nur die Wüste kann Vegas stoppen, dachte Siebeneisen und verspürte einen plötzlichen Melancholie-Schub, nur die Wüste.

Im Nebenzimmer donnerte der Fernseher. Siebeneisen horchte nach innen. Die Zwerge in seinem Kopf schienen ihre Arbeit allmählich zu beenden, nur ein paar letzte Ecken mussten offensichtlich noch gefegt werden. Er sah erneut auf die Uhr: 8:20. Draußen war es mittlerweile dunkler geworden. Dunkler?!? Siebeneisen sprang auf und rannte zum Fenster. Es dämmerte, tatsächlich. Und ihm dämmerte, dass er nicht bloß zwei, sondern mindestens 14 Stunden geschlafen hatte. Und es nicht Morgen, sondern Abend war. Die Besuchszeit im Bezirksgefängnis war längst vorüber. Was soll's, dachte er, drehte sich um und schlief wieder ein.

Die beiden würden auch morgen noch da sein.

9

»Und wieso habt ihr nicht angerufen?«

»Weil wir nur einen Anruf machen durften. Das weiß man eigentlich, wenn man den einen oder anderen Krimi gesehen hat. Einen Anruf hast du, einen einzigen! Mehr gestatten sie dir nicht.«

»Und?«

»Was und?«

»Wieso habt ihr nicht? Angerufen?«

»Haben wir doch! Nur nicht dich. Schatten hielt es für besser, Dr. Teilschwicker zu kontaktieren.«

»Dr. Teilschwicker? Wer ist denn das?«

»Ein Studienfreund von Schatten. Auch aus Oer-Erkenschwick. Hat eine Anwaltskanzlei in der Innenstadt.«

»Ihr habt statt uns in New Orleans einen Studienfreund von Schatten angerufen? In Oer-Erkenschwick? Auf der anderen Seite der Welt?«

»Also ich war ja dafür, in unserem Motel anzurufen. Wegen unseres Preisarrangements. Ich habe mit dem Besitzer ja eine besonders günstige Rate ausgehandelt, 35 Dollar die Nacht. Die geht uns jetzt flöten, jetzt müssen wir wahrscheinlich den vollen Preis bezahlen, 39,95! Aber Schatten wollte ja unbedingt Dr. Teilschwicker sprechen. Wir haben das lange diskutiert. Machen wir ja bei schwierigen Firmenentscheidungen immer so, wie du weißt. Vorne im Büro waren wir. Bei dem Polizisten, der die Nachtschicht hatte. Nach einer Viertelstunde ist der allerdings plötzlich sehr laut geworden und hat behauptet, er müsse sich auf seine Arbeit konzentrieren. Dann haben wir Dr. Teilschwicker angerufen. Schatten kann ja manchmal wie ein kleines Kind sein, das weißt du ja.«

»Und was hat er gesagt, der Dr. Teilschwicker? Rausgeholt hat er euch ja offenbar nicht.«

»Wir haben ihn gar nicht erreicht. Da ist eine andere Person an den Apparat gegangen. Die Nummer stimmte nicht. Die Visitenkarte, die Schatten hatte, war allerdings auch schon ein bisschen älter.«

»Ah. Älter. Womöglich noch mit Buchstaben in Sütterlin?«

»Natürlich nicht! Oer-Erkenschwick hatte auf der Karte allerdings noch eine vierstellige Postleitzahl. Und wie du bestimmt weißt, hat die Post diese Zahlen bereits 1993 geändert. Eine gewaltige logistische Aktion, die durch die Wiedervereinigung notwendig wurde.«

»Aha.«

»Ich hab mir das vor Kurzem mal angesehen, da sind natürlich gravierende Fehler gemacht worden, das hätte man besser organisieren können. Die Werbefigur, die diese unpopuläre Maßnahme damals begleitet hat, war Fünf-Finger-Willi. Fünf Finger wie die fünf Ziffern der neuen Postleitzahlen.«

Für einen kurzen Moment überlegte Siebeneisen, ob er seine fünf Finger, die der rechten Hand, nicht mal schnell zur Faust ballen sollte. Er entschied sich dagegen. Der Wachmann links von ihm tat zwar abwesend, beobachtete sie aber wahrscheinlich genau. Außerdem sah die Scheibe zwischen ihm und Wipperfürth so aus, als würde sie keinen Millimeter nachgeben. Das würde wehtun. Siebeneisen beschloss, ruhig zu bleiben. Er würde sowieso nichts ändern können.

»Die Bahn verwendet zurzeit eine ähnliche Strategie, das ist dir in Deutschland bestimmt aufgefallen.« Wipperfürth schwadronierte weiter. Die Gegensprechanlage, mit der er sich mit Siebeneisen auf der anderen Seite der Scheibe verständigte, pfiff schrill. »Deren Maskottchen heißt Max Maulwurf. Den drucken sie immer dann auf Plakate, wenn ein Streckenabschnitt saniert wird und es zu Zugausfällen und Verspätungen kommt. Man weiß das ja aus der Forschung. Tiere wirken deeskalierend. Comicfiguren sowieso.«

»Wenn du dich jetzt nicht augenblicklich zusammenreißt, brauchen wir hier gleich deeskalierende Maßnahmen!« Siebeneisen hielt die Taste der Sprechanlage gedrückt. Das verhinderte, dass Wipperfürth auf der anderen Seite der Scheibe ihm ins Wort fallen konnte.

»Du erzählst mir jetzt bitte, warum man euch verhaftet hat. Kurz und knapp erzählst du mir das, ohne irgendwelches nebensächliches Zeugs. Ich hab schrecklich schlecht geschlafen, sitze auf einem Polizeirevier und habe keine Lust, mir weiter deine Ausflüge in die Werbegeschichte des wiedervereinigten Deutschlands anzuhören. Kapiert?«

Siebeneisen hielt den Knopf der Gegensprechanlage sicherheitshalber noch einen Moment gedrückt. Er konnte aber an Wipperfürths Gesichtsausdruck erkennen, dass der ihn verstanden hatte. Siebeneisen wurde nicht oft laut. Wipperfürth sah reichlich erschrocken aus.

»Jetzt reg dich doch nicht gleich so auf. Du siehst ja an Schatten, wo das hinführt!« Wipperfürth nickte mit dem Kopf zu einer Tür rechts von ihm. Auf der Tür klebte ein rotes Kreuz. Bevor er Siebeneisen über Fünf-Finger-Willi und Max Maulwurf aufgeklärt hatte, hatte Wipperfürth ihm vom Schwächeanfall ihres gemeinsamen Freunds und Geschäftspartners berichtet. Und dass Schatten in die Krankenstation des Gefängnisses eingeliefert worden war. Offenbar hatte ihm die ganze Aufregung sehr zugesetzt.

»Ich will jetzt nichts über Schattens Blutdruck hören!«

»Ist ja schon gut… Also… Die haben uns im Casino festgenommen. An einem Black-Jack-Tisch. Ganz plötzlich. Wir wussten gar nicht, wie uns geschah.«

»Und wieso? Wieso haben sie euch verhaftet? Das passiert einem doch nicht einfach so! Weil du permanent fotografiert hast?« Siebeneisen wusste, dass das in den Casinos von Las Vegas verboten war. Außerdem erinnerte er sich an die Aufnahme mit der ausgestreckten Polizistenhand.

»Ich? Fotografiert?« Wipperfürth tat so, als sei das ein Ding der Unmöglichkeit, er und das Fotografieren. Nach der Zahl der Aufnahmen bei Instagram zu urteilen, hatte er in Las Vegas wenig anderes gemacht. »Ich hab nicht fotografiert. Ich habe lediglich versucht, mein TWTIA-System zum Einsatz zu bringen.«

»Dein TWTIA-System? Was bitteschön ist dein TWTIA-System?«

»Ich könnte dir das jetzt erklären, aber mit hoher Wahrscheinlichkeit würde das deinen mathematischen Horizont überschreiten. Das System hat mit Wahrscheinlichkeitsrechnung zu tun, mit Einstein und hochkomplexen Formeln. Ich glaube nicht, dass du das auch nur in Ansätzen nachvollziehen könntest.«

Wipperfürth hatte bereits wieder in den Doziermodus geschaltet. Er fuchtelte mit dem erhobenen Zeigefinger hinter der Trennscheibe herum. »Wie du weißt, beschäftige ich mich ja schon seit geraumer Zeit mit diesen Dingen. An der VHS in Oer-Erkenschwick habe ich ja noch kurz vor unserem Umzug an diesem sensationellen Statistikkurs teilgenommen. Daher habe ich das Basiswissen, auf dem ich die TWTIA-Theorie entwickelt habe: *The Winner takes it all*, wie Abba schon wussten. TWTIA.«

Wipperfürth grinste, als habe er seinem Freund gerade von

sechs Richtigen im Mittwochslotto berichtet. Dem allerdings war klar, was sich hinter alle dem Gerede verbarg.

»Ihr habt versucht, mit einem von dir erfundenen System beim Black Jack zu gewinnen? Verstehe ich das richtig?« Siebeneisen erinnerte sich an den Zeitungsartikel über die russische Mafia, den er im Flugzeug gelesen hatte. Wahrscheinlich herrschte überall in den Casinos Alarmstimmung. Da konnte man auch schon mal auf die Idee kommen, Gestalten wie Wipperfürth und Schatten zu verdächtigen. »Kannst du dir nicht vorstellen, dass jeder Quadratmeter in diesen Casinos mit Kameras überwacht wird? Da hättest du nur mal kurz nach oben schauen müssen.«

Washlakai hatte ihm am Vorabend die halbkugelförmigen Kameras gezeigt, die über jedem Tisch im Casino hingen. Und irgendwo in einem Büro saßen Menschen vor Monitoren und hatten alles im Blick.

»Natürlich weiß ich das. Aber wenn Schatten vor Aufregung nicht diese ständigen Schweißausbrüche bekommen hätte, wären die niemals auf uns aufmerksam geworden.« Wipperfürth schien aufrichtig empört. »Meine Aufzeichnungen hatte ich ganz unauffällig neben mich gelegt. Und das Handy mit dem Taschenrechner nur unter dem Tisch benutzt. Aber Schatten musste ja ständig schwitzen. Richtig getropft hat der!«

Siebeneisen blickte teilnahmslos durch die Scheibe. Er sah die Szene vor sich, einen Black-Jack-Tisch mit ganz normalen Spielern, und mittendrin einen triefenden Schatten und Wipperfürth mit seinem Schreibblock. Die Security, der dieses Paar nicht auffiel, würde sofort entlassen werden.

»Und dann ging alles sehr schnell. Von wegen diskret! Die haben gleich die Polizei alarmiert. Ich habe noch versucht, den Polizisten das TWTIA-System zu erklären, die armen Männer verdienen ja wahrscheinlich kaum genug, um ihre Familie durchzufüttern, aber …«

»Ja, das kann ich mir vorstellen.« Siebeneisen wollte sich eine detailliertere Beschreibung der Geschehnisse ersparen. Er seufzte. »Also gut«, sagte er dann über die Gegensprechanlage und stand auf, »wir sehen uns morgen.«

»Morgen?« Wipperfürth war aufgesprungen. »Wieso morgen? Du holst uns nicht sofort raus? Du willst uns eine weitere Nacht hier drin lassen?«

»Ich hole euch raus, wenn Lawn die 30000 Dollar Kaution angewiesen hat, die für euch verlangt werden. Bis dahin recherchiere ich ein wenig in der Inka-Angelegenheit. Das ist übrigens die Sache, wegen der ihr nach Las Vegas gereist seid, bevor ihr euch entschlossen habt, Karten zu spielen. Die Sache, die ihr angeblich prima allein hinbekommen würdet.«

Siebeneisen beschloss, eine kurze rhetorische Pause einzulegen, damit die nächsten Sätze besser wirkten.

»Ach so, noch etwas. Heute Abend bin ich mit einem Navajo verabredet. Der weiß möglicherweise was zu der Zeichnung in dem Canyon. Das ist die Skizze, die ihr eigentlich suchen wolltet. Die, aus der das Versteck von Atahualpas Mumie hervorgeht.«

»Nein!« Wipperfürths Stimme in der Gegensprechanlage überschlug sich fast. »Das musst du verschieben! Ein echter Indianer? Da müssen Schatten und ich dabei sein, bei diesem Gespräch! Das ist ein wichtiger Termin! Den musst du verschieben!«

»Mach dir keine Sorgen. Entspann dich. Ich bekomme das schon geregelt.«

Siebeneisen ging hinüber zur Tür. Der Wachmann, der neben ihr stand und ihm jetzt aufschloss, sah reichlich mitgenommen aus.

10

Navajo Nation, Arizona, zwei Tage später.

»Am Anfang war das Licht.« Die Stimme des Sprechers verfügte über jene tiefe, raue Robustheit, wie sie Countrysänger besitzen, oder Prediger, oder Lufthansa-Piloten. »Am Anfang war ein neuer Tag«, erzählte die Stimme, »irgendwo im Land der Canyons. Jene Minuten, in denen sich das Dunkel der Nacht aufmacht zum Rückzug hinter die Ränder der Welt. In denen sich dort drüben das erste, frostige Scheibchen Silber zwischen den Horizont und die dunkelblaue Schale des Firmaments schiebt. In denen das Funkeln der Sterne allmählich schwächer wird, als hinge der komplette Himmel an einem integrierten Dimmerschalter. Am Anfang war die Morgenröte, die jetzt langsam hinaufzieht aus der Horizontalen. Die Nebelschwaden, die sich spinnenfingrig in die Canyons strecken, scheinbar unentschlossen an den Klippen der Mesas herumlungern, über den durstigen Bewohnern der Wüsten schweben wie eine Verheißung. Am Anfang war die Stille, die bis eben leicht wie ein Laken über dem Land gelegen hat. Und die jetzt übergeht in eine feine, zarte Kakophonie aus Vogelzwitschern und dem Summen der Insekten. Am Anfang war das Licht. Am Anfang war ein neuer Tag.«

Siebeneisen schaltete das Autoradio aus. NPR, National Public Radio, das musste er sich unbedingt merken. Es gab tatsächlich gute Sender in diesem Land, dachte er. Nicht nur diese schrecklichen, bei denen die immer gleichen Hits jener Bands aus den 80ern und 90ern liefen, die man schon in den 80ern und 90ern nicht hören konnte, Toto, Foreigner, Exile und wie sie alle hießen. Aber das da eben, diese Dokumentation über die Landschaft des Südwestens, die hatte ihm gefallen. Mal ganz abgesehen davon, dass ihm selbst die Worte fehlten, um die Gegend da draußen auch nur halbwegs angemessen zu beschreiben.

Siebeneisen war sich sicher, noch nie durch eine derart monumentale Landschaft gefahren zu sein. Natürlich kannte er Fotos von den rostroten Sandsteinbergen, den Steinbögen und Canyons des Südwestens der USA – die Realität aber war um so viel überwältigender, dass ihm diese Aufnahmen nun ziemlich lapidar erschienen. War das ein Land! Die Gegend sah aus wie das Open-Air-Atelier eines Teams genialischer, aber völlig durchgeknallter Weltenmacher. Es gab Felder voller Tuffsteintürme, die an Armeen riesiger Schachfiguren erinnerten. Dann tauchten plötzlich paprikarote Berge mit Falten wie bei einem Bandoneon auf. Dann plattgehämmerte Plateaus mit senkrecht wegbrechenden Klippen. Es gab marsrote Ebenen und Berge aus dunkelgrauem Sand und Felder mit Wüstendünen und zerbrochene Torbögen und steinerne Riesenmurmeln, die aussahen, als seien sie noch vom letzten Bowlingabend der Götter liegen geblieben. Einmal hatten sie angehalten, um sich die Beine zu vertreten. Sie waren ein paar Meter gegangen und standen plötzlich vor dem gähnenden Abgrund einer Schlucht, die tiefer war als alles, was Siebeneisen bislang gesehen hatte.

Als ob eine kosmische Macht eine Axt in die Welt geschlagen hätte, dachte Siebeneisen jetzt, so hatte das ausgesehen. Er versuchte, sich das Land aus der Perspektive eines Adlers vorzustellen, und wie ihr Mietwagen mit ihnen drin wohl von dort oben wirken würde, ein winziger Punkt schon aus der Nähe, komplett unsichtbar aber, wenn man einen größeren Ausschnitt betrachtete. Wie immer, wenn er auf solche Gedanken kam, fühlte er auch jetzt wieder eine allumfassende Melancholie, die sich über ihn stülpte. Wie unendlich groß diese Welt doch war! Und wie klein und unwichtig sie alle! Oder, wie Schatten es neulich mal formuliert hatte: Ein Fliegenschiss. Mehr waren sie nicht.

Er sah in den Rückspiegel. Sein Freund schlief, mit offenem Mund. Wipperfürth schien seinen Gedanken nachzuhängen, den Blick starr aus dem Fenster gerichtet, den Cowboyhut tief in die Stirn gezogen. Es war mindestens zwanzig Minuten her, dass er das letzte Mal gesprochen hatte. Wenn das geschah, war Wipperfürth entweder tödlich beleidigt, oder er war ziemlich beeindruckt. Was nicht so oft vorkam. Jetzt gerade aber dann wohl doch.

Siebeneisen und Washlakai hatten die beiden am frühen Morgen in einem Motel am Rande der Stadt abgeholt. Das Gebäude war Siebeneisen seltsam bekannt vorgekommen, so, als sei er schon einmal hier gewesen. Erst nach einigen Minuten war ihm klar geworden, dass er das lädiert aussehende Haus von Wipperfürths Instagram-Fotos kannte. Kurz darauf waren aus dem hinteren Bereich des Motelgeländes zwei dubiose Gestalten aufgetaucht. Sie trugen Cowboyhüte, Jeans, Westen über den Hemden und Stiefel. Einer der beiden schien in denen nicht besonders gut gehen zu können. Seine Umrisse waren durch den Morgen geschwankt wie ein Schiff bei schwerem Wellengang. Auf dem Weg zum Auto hatte er mehrmals stehen bleiben müssen, um sich den Schweiß aus dem Gesicht zu wischen. In der riesigen Reisetasche der beiden steckten derart viele von Moosbichlers Kladden, dass sie kaum zwischen sie auf den Rücksitz gepasst hatte.

Mittlerweile waren sie seit etlichen Stunden unterwegs. Von Las Vegas aus hatte sie Washlakai nach Flagstaff in Arizona dirigiert und von dort weiter nach Osten. Irgendwann waren sie auf eine Piste abgebogen; seitdem fuhren sie jenseits der normalen Strecken. Hin und wieder sagte Washlakai »da vorne links« oder »am nächsten Feldweg rechts«. Manchmal, wenn er gerade zu viele Chips im Mund hatte, murmelte er bloß etwas und nickte in eine bestimmte Richtung. Ansonsten schwieg der Navajo auf dem Beifahrersitz. Manchmal schlief er und schnarchte leise.

Washlakai hatte Siebeneisen dringend geraten, ein Fahrzeug mit Allradantrieb zu mieten, der Canyon der Alten liege abseits aller Straßen, sie würden durch unwegsames Gelände fahren müssen. Leider hatte Siebeneisen sich nicht direkt darum gekümmert. Als es ihm später wieder eingefallen war, war ihm Wipperfürth bereits zuvorgekommen. Mit einem absoluten Mietwagen-Schnäppchen, wie er triumphierend mitgeteilt hatte. Deswegen waren sie jetzt also in einem VW Beetle unterwegs. Mit vier Personen. Von denen eine so viel wog wie zwei normale. Von denen zwei mehr oder weniger ununterbrochen debattierten und lamentierten und stritten. Einer ununterbrochen Chips aß. Und der vierte versuchte, sich auf die Straße zu konzentrieren. Und auf den Fall, den sie lösen wollten.

Bei ihrem Treffen vor zwei Tagen hatte Siebeneisen dem Navajo von Moosbichlers Tagebüchern erzählt. Von der Felszeichnung, die darin erwähnt wurde. Und dass der bayerische Cowboy davon von einem Indianer aus Buffalo Bills Zirkustruppe wusste. Washlakai hatte ihm mit unbeweglicher Miene zugehört. Der Indianer besaß Gesichtszüge zerklüftet wie die höheren Lagen der Rocky Mountains. Zwischen all den Falten verbargen sich außergewöhnlich dunkle Augen, die abwechselnd Siebeneisen und die Chipsschälchen auf dem Tresen taxiert hatten, die ein leicht verzweifelt wirkender Barkeeper immer wieder nachfüllte. Nach einer gefühlten halben Stunde an der Bar hatte der Navajo noch nicht mehr als vielleicht zehn Worte gesprochen.

Als Siebeneisen aber den Namen des Indianers erwähnt hatte, war plötzlich Leben in Washlakai gekommen. Oh, von dem habe er natürlich gehört! Zittrige Lanze! Der einzige Navajo-Krieger, der je mit den Lakota ritt. Eine Berühmtheit sei der, jedes Schulkind kenne ihn. Seine Familie habe im Canyon der Alten gelebt. Da könne er Siebeneisen und seine beiden Freunde hinbringen, das sei kein Problem. Und besagte Zeichnung kenne er auch, die sei leicht erreichbar und gut zu finden.

Für kurze Zeit war Washlakai beinahe ausgelassen geworden. Als Junge sei Zittrige Lanze von den Comanchen entführt worden, hatte er erzählt, die ihn dann gleich an die Lakota weiterverkauft hätten. Auch von den Reisen zusammen mit Bill Cody hatte Washlakai gehört. Er behauptete, dass Zittrige Lanze auf seiner letzten Tournee in Europa geblieben war. In Deutschland. Wegen einer Frau. Liebe auf den ersten Blick. Er sei nie wieder in seine Heimat zurückgekehrt. Von allen Dingen, die Siebeneisen an diesem Abend erfahren hatte, war dies das ungewöhnlichste gewesen: Ein Indianer, der in den 1890er Jahren ausstieg, im wahrsten Sinne des Wortes, aus Codys Show und aus seinem bisherigen Leben, um in einer anderen Welt mit einer Frau zu leben. Was für eine Geschichte! Wie alle Männer seiner Generation hatte Siebeneisen als Kind die Abenteuer von Winnetou verschlungen und seitdem eine unbestimmte Faszination für die Ureinwohner Nordamerikas behalten. Er musste unbedingt die kompletten Aufzeichnungen Moosbichlers lesen, hatte er beschlossen, als der Navajo ihm von Zittriger Lanze erzählte. Vielleicht stand irgendwo in all diesen Heften und Kladden noch mehr über diesen Mann, der offenbar ein Leben wie eine Romanfigur geführt hatte.

»Da vorne rechts«, sagte Washlakai jetzt. Wegen einer Handvoll Chips, die er sich gerade in den Mund gestopft hatte, hörte es sich wie »'navrrnn'chtchts« an. Durch die plötzliche Bemerkung wurde Siebeneisen aus seinen Gedanken gerissen und verpasste beinahe den Pfad, der sich zwischen einzelnen Kakteen und sehr vielen Steinen einen Hügel hochschlängelte. Das Auto holperte hinauf, wobei seine Insassen hin und her und hoch und runter geschleudert wurden, gegen die Türen, gegen die Decke, gegen die Menschen neben sich. Weil das alles noch nicht anstrengend genug war, gaben Wipperfürth und Schatten vom Rücksitz aus unentwegt Anweisungen, »Da liegt ein Stein!«, »Schalte mal hoch in den Dritten!«, »Pass auf den Kaktus auf!«, so was alles. Aber dann waren sie am Ziel, »Scchttppp«, sagte Washlakai, wobei etliche Chipskrümel durch die Luft flogen und innen an der Windschutzscheibe kleben blieben.

Sie hielten an und stiegen aus. Bis auf Schatten, den sie aus dem Heck des Autos ziehen mussten; aus eigener Kraft wäre er niemals von der Rückbank des Beetle gekommen. Sein Hut war ziemlich eingedellt. Er sah aus wie Hoss Cartwright aus Bonanza, nur dicker. Auch Wipperfürth war zu oft Richtung Wagenhimmel geschleudert worden. Er klopfte und zog seinen Hut in die ursprüngliche Form zurück, wobei er ihn zwischendurch mindestens zwanzigmal auf- und wieder absetzte. »Die Kopfbedeckungen des Westens« war eines der Themen gewesen, über die er schon während der Fahrt ausgiebig doziert hatte. Dass man die Hüte aus Biberfellen herstellte, damit sie wasserdicht waren, und dass man 24 Felle für ein Exemplar brauchte. Dass die Ursprünge dieser Kopfbedeckungen in der mongolischen Steppe des 13. Jahrhunderts lagen. Jetzt klärte er die anderen gerade darüber auf, dass er selbst natürlich das berühmteste aller Modelle trage, den *Boss of the Plains*, unverändert hergestellt seit 1865 von der Stetson Company. Die übrigens auch Buffalo

Bill ausgerüstet habe, dessen Hüte einen besonders weiten Rand besaßen, aber das wisse man natürlich, wenn man sich mit der Thematik beschäftigt habe. Siebeneisen sah zu Washlakai hinüber, der neben ihnen stand und mit unbeweglichem Gesichtsausdruck in die Wüste hinaussah. Der Navajo hatte die Augen beinahe geschlossen und atmete tief und gleichmäßig. Siebeneisen vermutete, dass er über eine spezielle Meditationstechnik verfügte, die ihm half, das unentwegte Geschwafel auszuhalten.

Das Land um sie herum hatte sich verändert. Die bizarren Felsformationen waren während der letzten Minuten ihrer Fahrt nach und nach verschwunden und hatten unspektakulären Felsbrocken Platz gemacht, zwischen denen dürres Gras und Kakteen wuchsen. Ein makellos blauer Himmel spannte sich über der Welt. Siebeneisen schätzte, dass es deutlich über vierzig Grad waren. Der Wind, der in langen Schüben über die Ebenen fuhr und sich die Hügel hinaufschob, fühlte sich an, als sei er an seinem Ursprungsort in einer Mikrowelle erhitzt worden.

»Wo ist denn der Canyon?« Wie die anderen auch hatte Siebeneisen einige Minuten das Land betrachtet. »Die Zeichnung sollte doch auf einer Felswand in einem Canyon sein?«

»Ja.« Washlakai nickte und holte einen großen Rucksack aus dem Kofferraum. Obendrauf war eine riesige Chipstüte geschnallt. »Der Canyon der Alten, so nennen wir ihn.«

»Und viele Monde sind vergangen, seit das stolze Volk der Navajo ihn verlassen hat.«

Wie immer sprach Wipperfürth mit Washlakai, als bewerbe er sich für eine Hauptrolle in einer Neuauflage der *Winnetou*-Filme. Siebeneisen hätte ihn am liebsten augenblicklich mit dem Hintern voran in einen Kaktus geschubst. Zum Glück reagierte Washlakai nicht auf Wipperfürths Pseudo-Indianisch. Er sah ihn lediglich an, als male er sich aus, was er mit diesem Typen gemacht hätte, wenn sie sich 1850 begegnet wären. Interessanterweise beeindruckte Wipperfürth das. Er legte zwei Finger seiner rechten Hand auf sein Herz und streckte sie anschießend in einer allumfassenden Bewegung über den Horizont. Dann ging er ohne weiteren Kommentar zu Schatten hinüber.

»Von hier müssen wir zu Fuß weiter. Da vorne geht es in den Canyon hinunter.« Washlakai sah Siebeneisen an und nickte in Richtung Horizont. Es blieb ein wenig unklar, was er mit »da vorne« meinte. »Wir sollten auch alle zusammen aufbrechen. Das hier ist kein guter Ort, um allein die Nacht zu verbringen.«

»Die Nacht zu verbringen? Dauert es so lange, um in den Canyon zu kommen?«

»Nein. Aber es dauert lange, um es wieder hinauszuschaffen.« Der Navajo deutete mit der Hand einen steilen Weg an und nickte unauffällig Richtung Schatten, der in einiger Entfernung auf einem Felsen hockte. Ohne dass sie auch nur einen Meter gelaufen waren, hatte sein Gesicht bereits eine merkwürdige Färbung angenommen. Was allerdings auch an der Dauerbeschallung liegen konnte, der er ausgesetzt war. Wipperfürth schwadronierte gerade offenbar über die Welt der Wüstenbewohner. Man konnte Satzfragmente wie »warnen durch lautes Klappern« und »äußerst haarige Beine« verstehen.

Eine halbe Stunde später blickten sie hinunter in eine Schlucht, die Wind und Wasser in den vergangenen drei oder vier Millionen Jahren Schwerstarbeit in das Plateau gefräst hatten. Ein schmaler Pfad führte in Zickzackgeraden hinab.

»Da soll ich runter?« Schatten sah ehrfurchtsvoll in die Tiefe. Sein Gesichtsausdruck veränderte sich allerdings dramatisch, als ihm zwei Sekunden darauf die Konsequenzen eines Abstiegs bewusst wurden. »Und hoch müssen wir ja dann auch wieder!« Er fingerte hektisch an seinem Halstuch, um den Sturzbach aufzufangen, der sich von seiner Stirn auf den Weg gemacht hatte. »Dort unten leben doch garantiert unzählige Schlangen!«

Schatten fürchtete sich vor Reptilien. Vor ein paar Jahren war er in Indien von einer Kobra in den Hintern gebissen worden. Die Schlange hatte längst keine Giftzähne mehr besessen, aber Schatten hatte aus dem Zwischenfall eine gewaltige Krankengeschichte gemacht, die er bei jeder Gelegenheit zum Besten gab. Wie heimtückisch die Kobra zugeschlagen habe. Wie traumatisierend ihr Biss gewesen sei. Und jetzt verlangten sie von ihm, dass er in diese Höllenschlucht hinabsteigen und dort unten auch noch übernachten solle!

»Einen Canyon, in den man mit dem Auto hinunterfahren kann, haben wir leider nicht.« Washlakai überprüfte den Sitz seines Rucksacks. »Und keine Sorgen wegen der Schlangen – die beißen ihresgleichen normalerweise nicht.« Der Navajo sah hinunter auf Schattens neue Westernstiefel, die mit Klapperschlangenleder überzogen waren. Aus nicht nachvollziehbaren Gründen hatte der Hersteller das Leder königsblau eingefärbt, was die Stiefel aussehen ließ wie ein Werbegeschenk einer großen Tankstellenkette.

»Das sind echte …«, setzte Wipperfürth an, aber Washlakai war bereits losmarschiert und dabei, sich außer Hörweite zu bringen. So wie es aussah, wollte er sich weder durch Schattens Lamento noch durch einen weiteren Vortrag Wipperfürths aufhalten lassen. Siebeneisen folgte ihm. Als er sich kurz darauf umdrehte, sah er, dass sich auch die beiden anderen in Bewegung gesetzt hatten.

Der Weg in den Canyon der Alten führte noch steiler bergab als von oben schon befürchtet. Man sah dem Pfad sein Alter an, und man merkte auch, dass er seit langer Zeit nicht mehr regelmäßig benutzt wurde. An vielen Stellen hatte die Natur ihn bereits komplett zurückerobert, dort verhinderten Kakteen, dürres Dornengebüsch und von oben abgerutschte Felsbrocken ein Weiterkommen, und man musste ausweichen und einen Bogen in den Hang hinein schlagen und ein paar Meter weiter wieder zurück auf den Pfad kraxeln. Schon nach wenigen Minuten waren Wipperfürth und Schatten weit zurückgefallen. Einige weitere Minuten später war auch Wipperfürths Gequatsche nur noch zu hören, wenn man sich darauf konzentrierte.

Siebeneisen gefiel die Stille. Außer dem Knirschen der eigenen Schritte war kein Laut zu hören. Der Wind, der oben am Auto noch über die Ebenen gefaucht hatte, gelangte nicht bis in den Canyon. Von weiter unten schien es, als existiere auf der ganzen Welt kein einziges Geräusch mehr.

»Kennen Sie die Legende der Navajo?« Washlakai wartete auf einem flachen Fels auf ihn, von dem aus man einen spektakulären Blick in die Schlucht hatte.

»Ehrlich gesagt nein.« Siebeneisen setzte sich neben den Indianer. Er freute sich, dass der wortkarge Navajo etwas erzählen wollte.

»Wir kommen aus so einem Spalt. Aus einem Riss in der Erde.« Washlakai deutete nach unten. »Es heißt, unser Volk habe in der Unterwelt gelebt, viele tausend Jahre lang. Eines Tages aber kam Koyote und erzählte uns, wie wunderbar es weiter oben sei, an der Oberfläche der Erde. Er machte uns so neugierig, dass wir ihm folgten. So sind wir aus der Tiefe der Welt nach oben gekommen.« Einen Moment lang schien es, als höre Washlakai seinen eigenen Worten hinterher. Dann drehte er sich zu seinem Rucksack um, löste die aufgeschnallte Chipstüte und öffnete sie.

»Das glaubt heute aber niemand mehr, oder? Das erzählt ihr euren Kindern doch bestimmt nicht in der Schule, oder?«

Der Indianer lächelte. »Doch, das tun wir«, sagte er. »Allerdings bekommen die natürlich auch die Alternativversion zu hören.«

»Und die geht wie?« Siebeneisen nahm sich eine Handvoll der angebotenen Kartoffelchips. Ein gutes Stück weiter oben auf dem Pfad konnte er Wipperfürth erkennen. Schatten folgte etwas dahinter.

»Wir selbst nennen uns Diné.« Washlakai hatte gewartet, bis die Chips geschluckt waren. »Navajo – das war der Name, den die Tewa uns gegeben haben. In ihrer Sprache bedeutet das ›große bestellte Felder‹. Dabei lebten wir eigentlich von der Jagd, bevor wir aus Kanada hier eintrafen. Dann aber haben wir festgestellt, dass die anderen Völker Dinge taten, die wir nicht kannten. Manche dieser Dinge gefielen uns so gut, dass wir sie übernahmen. Von den Spaniern lernten wir, wie praktisch Pferde sein können. Bei den Pueblo-Stämmen haben wir uns die Feldwirtschaft abgeschaut, die Töpferkunst, die Schafzucht und die Viehhaltung.«

Und von Fast-Food-Amerika offenbar die Vorliebe für Kartoffelchips, dachte Siebeneisen. Sein Magen knurrte. Washlakai arbeitete stoisch am Inhalt der Tüte.

»Die Historiker sagen, mein Volk habe das besser hinbekommen als jede andere Volksgruppe in den USA, diese Adaption fremder Errungenschaften. Ich weiß nicht, ob das stimmt. Wir haben einfach alles ausprobiert und übernommen, was uns sinnvoll erschien. Durch die Pferde wurden wir beweglich. Plötzlich konnten wir große Distanzen überwinden. Und wir hatten ein Händchen für die Schafzucht. Unser Einflussbereich hat sich immer weiter ausgedehnt. Ab dem 18. Jahrhundert beherrschten wir große Teile des nordöstlichen Arizonas.« Washlakai unterbrach den Zermalmvorgang in seinem Mund. Er schien etwas gehört zu haben. Nach ein paar Sekunden kaute er weiter. »Wissen Sie, wie die Spanier uns damals nannten? *Los*

Dueños del Mundo haben sie uns genannt. Das bedeutet so viel wie ›die Herren der Welt‹.«

Die Herren der Welt. Siebeneisen hätte Washlakai ewig zuhören können. Er versuchte, sich gedanklich in die Zeit zurückzuversetzen, in denen die spanischen Eroberer auf die Navajo getroffen waren. In den Jahrzehnten nach Pizarros Einfall im Reich der Inka waren die Konquistadoren immer weiter nach Norden vorgedrungen. Das heutige Kalifornien, Texas, Louisiana, der komplette Südwesten, das alles hatte zu ihrem Herrschaftsbereich gehört. Wenn die Spanier mit ihrem Weltreich, in dem die Sonne nicht unterging – wenn diese Großmacht die Navajo als Herren der Welt bezeichnet hatte, dann mussten Washlakais Vorfahren tatsächlich ein besonderes Volk gewesen sein.

»Der weiße Mann aus dem fernen Oer-Erkenschwick grüßt die Mitwanderer, die wie er auf dem einsamen Pfad in die Schlucht der Alten wandeln!« Wipperfürth war aufgetaucht. Er machte eines dieser seltsamen Handzeichen, die er aus Gottweiß-welchem Western hatte. Washlakai tat so, als bemerke er ihn nicht.

»Sind wir endlich da?« Schatten schleppte sich hinter Wipperfürth heran. Er sah fürchterlich aus. Sein Gesicht war feuerrot. Er ging wie auf Eiern. Seine blauen Stiefel schienen nicht wirklich dazu geeignet zu sein, einen steilen Pfad hinunterzulaufen. Schnaufend ließ er sich auf einen Felsbrocken fallen. »Ich verhungere allmählich. Seit dem Frühstück haben wir nichts mehr gegessen! Mir ist schon ganz blümerant.« Er blickte sehnsüchtig auf Washlakais Chipstüte. Die der Navajo in genau diesem Moment zusammenknüllte, weil sie leer war.

»Das tut dir mal ganz gut, so ein bisschen Sport.« Wipperfürth baute sich vor Schatten auf wie der Dozent einer der vielen VHS-Kurse, die er besucht hatte. »Du musst dich viel mehr bewegen. Und deine Nahrung umstellen. Heute Morgen hast du an der Rezeption unseres Motels vier Schokomuffins gegessen. Dabei haben schon die weisen Alten der Navajos Getreidearten kultiviert, aus denen man heutzutage ein gesundes Müsli zubereiten kann.«

Wipperfürth sah zu Washlakai. Wahrscheinlich hoffte er, sich bei dem Navajo einschmeicheln zu können, indem er solches Zeugs erzählte. Der Indianer sah ihn blinzelnd an, als würde er ihn am liebsten verschwinden lassen.

»Ich hab vier Muffins gegessen, weil es sonst nichts gab!« Schatten sah empört zu Wipperfürth. »Etwas anderes hatten die in dieser Absteige doch nicht. Nur Schokoladenmuffins! Und Kaffeeplörre aus Styroporbechern!«

»Dann nimmt man sich halt was mit. Du hättest dir gestern ja noch etwas Gesünderes besorgen können.«

»Besorgen können? Wo denn? Im Knast? Im Bus? Oder auf dem Fußweg zwischen der Haltestelle und dem Schuppen, in dem du uns untergebracht hattest? An den Schrottplätzen vielleicht?«

Siebeneisen fühlte, wie die Ruhe, die er noch vor wenigen Minuten empfunden hatte, als er mit Washlakai zusammen hinunter in den Canyon geblickt hatte – wie die sich in Luft aufgelöst hatte. Innerhalb kürzester Zeit. Washlakai sah das offenbar ähnlich. Der Navajo stand auf. Er hatte sich den Disput zwischen Wipperfürth und Schatten kommentarlos angehört. »Wir müssen weiter«, sagte er nun. »Bald sind wir am Ziel.«

11

Sehr langsam und ganz vorsichtig, um bloß nicht entdeckt zu werden, lugte Kojote hinter den Felsen hervor. Da kamen sie, über den alten Pfad, am Boden der Schlucht. Er hatte die vier Männer schon den ganzen Tag über beobachtet. Einer stammte von hier, aus den Canyons, ein Navajo, der sie anführte. Er war der Einzige, der ihn bemerkt hatte. Die anderen drei kamen von weit her. Der Dicke schien sehr müde zu sein. Offenbar hatte er sich verletzt; schwerfällig humpelte er mit großem Abstand hinter den anderen her. Kojote verzog die Schnauze zu etwas, das Menschen ein »süffisantes Lächeln« nennen würden.

Vor etwa einer Stunde hatte er beobachtet, wie der Dicke sich wieder einmal ausruhen musste. Zu viel Wasser in sich hineingeschüttet hatte er wohl auch. Er war hinter einem der großen Felsen verschwunden und zwei Sekunden später laut schreiend wieder zurück auf den Pfad gestürmt. Kojote hatte gehört, dass die Menschen eine Redewendung für solche Momente besaßen. »Wie von der Tarantel gestochen«, sagten sie dann. Er wusste aber, dass die Spinnen erst in der Dämmerung aus ihren Löchern kamen. Bestimmt war der Dicke vor einer Klapperschlange davongerannt. Von denen lagen am späten Nachmittag immer etliche hinter den Felsen in der Sonne.

Das ist schon eine merkwürdige Truppe, dachte Kojote. Der Dicke stampfte wie ein Büffel und jammerte unentwegt, zwei liefen schweigend voraus, der vierte, der Hagere, redete ununterbrochen. Wie die anderen Bewohner von Canyonland liebte

Kojote die Stille hier. Seit die vier in seinem Revier eingetroffen waren, war es damit vorbei. Er hatte keine Ahnung, wohin sie wollten; es war lange her, seit die letzten Menschen in den Canyon gekommen waren, sehr lange. Viel Zeit hatten sie nicht mehr, um an ihr Ziel zu gelangen. Bald würde es dunkel werden.

»Wann sind wir denn endlich da? Ich kann nicht mehr. Ich muss unbedingt etwas essen!«

Siebeneisen wusste nicht, wie oft Schatten diesen Satz in den vergangenen Stunden bereits gesagt hatte. Washlakai und er warteten, bis die beiden anderen aufgeschlossen hatten. Schatten sah mit jedem Kilometer erbarmungswürdiger aus. Er schleppte sich voran wie ein Infanterist aus Napoleons Großer Armee, der von der Brücke über die Beresina ohne Pause bis Paris durchmarschiert war. Wipperfürth dagegen stolzierte wie ein Pfau durch den Canyon. Er war nicht müde, überhaupt nicht, er lief nur deshalb so langsam vor Schatten her, um einen Zuhörer zu haben. Der arme Schatten war nicht nur wegen seiner Konstitution zu bemitleiden.

Während der letzten Kilometer hatte sich der Canyon allmählich verändert. Die Wände standen nun viel näher beieinander, und wenn man oben nicht den ewig blauen Himmel des Südwestens gesehen hätte – man hätte glauben können, in einem Tunnel unterwegs zu sein.

»Wie weit ist es denn noch?« Schatten wandte sich an Washlakai.

»Wir sind da.« Der Navajo setzte seinen Rucksack ab. »Hier ist es.«

»Hier ist es? Wo ist es denn?« Schatten sah sich schnaufend um.

»Mein Bruder möge noch wenige Atemzüge lang Geduld

haben!« Wipperfürth hatte offenbar beschlossen, sein Kauderwelsch nun auch auf die anderen Anwesenden anzuwenden. »Unser weiser Führer vom Volke der Navajo wird seinen Weggenossen das Geheimnis sogleich offenbaren.«

Wenn du nicht aufpasst, wird er dir eher eine verpassen, dachte Siebeneisen. Er drehte sich um. Und sah die Zeichnung.

Er musste auf eine Art Gerüst gestiegen sein, damals, als er die Linien und Symbole in den Fels geritzt oder gemeißelt hatte. Der Spanier schien eine Vorliebe für das besessen zu haben, was man heute abstrakte Kunst nennen würde – für ein mehrere hundert Jahre altes Piktogramm wirkte die Zeichnung an der Canyonwand überraschend zeitgenössisch. Sie standen nebeneinander, hatten die Köpfe in die Nacken gelegt und schauten zu dem Bild hinauf, das etwa zwei Meter über ihren Köpfen begann und bestimmt vier oder fünf Meter hoch war. Zittrige Lanze hatte Moosbichler gegenüber von einer Karte gesprochen. Das, was sie über sich sahen, erinnerte allerdings mitnichten an Landkarten, wie man sie heute kennt.

»Was ist denn das?« Schatten wischte sich mit seinem Halstuch das Gesicht ab. »Ein Bilderrätsel?«

»Die Linie links symbolisiert ganz eindeutig eine Schlange.« Wipperfürth hatte die Hände in die Hüften gestemmt und sah mit einem Gesichtsausdruck nach oben, den er wahrscheinlich für fachmännisch hielt. »Wer sich wie ich mit der Symbolik der postkolumbianischen Epoche befasst hat, erkennt das sofort.«

»Ah. Das hätte ich nicht vermutet. Und links davon? Sind das ihre Jungen, die sich auf und davon machen?« Siebeneisen zeigte auf eine Reihe kürzerer, ebenfalls geschlängelter Linien, die waagerecht und im rechten Winkel zu Wipperfürths angeblicher Schlange gezeichnet waren. »Und schlängeln die sich zu einem Drachen?« Er deutete mit dem Finger auf das linke Ende der Felszeichnung. »Das ist doch ein Drache ganz links, oder?«

»Das wird noch festzustellen sein.« Wipperfürth ignorierte die Ironie in Siebeneisens Bemerkung. Was typisch für ihn war. Wann immer es um etwas ging, das Wipperfürths in zwanzig Sekunden aufgestellte Thesen in Frage stellte, ließ er jeden Einwand einfach abprallen. Oder tat so, als habe er ihn nicht gehört. Jetzt trat er zwei Schritte zurück und hielt sich die flache Hand vor die Stirn, als wolle er seine Augen vor der Sonne schützen. Wobei er ignorierte, dass die Sonne bereits seit geraumer Zeit nicht mehr in den engen Canyon hineinschien.

»Und die acht Dreiecke rechts neben dem Strich, von dem du glaubst, er sei eine Schlange? Was soll das deiner Meinung nach sein?«

»Eindeutig Richtungssymbole. Die Dreiecke dort deuten an, dass die Schlange nach Norden unterwegs ist.«

»Aber wir suchen doch die Ruhestätte des letzten Inkaherrschers!« Schatten klang komplett verzweifelt. »Doch keine Schlangen und Drachen! Das sieht ja aus wie ein Terrarium!«

»Unser weiser Führer wird uns bestimmt erklären können, welches Geheimnis hinter den Symbolen des Konquistadoren steckt!« Wipperfürth fotografierte das Piktogramm mit seinem Handy. Als er keine Antwort bekam, drehte er sich zu Washlakai um. Der Navajo war in sein übliches Schweigen verfallen. Zehn oder fünfzehn Meter entfernt war er dabei, ein provisorisches Lager zu bauen, und schien nicht im mindesten daran interessiert zu sein, Wipperfürths Vermutungen zu bestätigen oder sie zu widerlegen. Stattdessen begann er, abgebrochene, vertrocknete Arme großer Kakteen zu sammeln und sie in einem Kreis aus Steinen zu schichten, die er zuvor nebeneinandergelegt hatte.

»Was wird denn das?« Schatten schwankte in Washlakais Richtung. Er bewegte sich, als sei er den ganzen Tag lang mit bloßen Füßen über Kakteenstacheln gelaufen.

»Unser Lager.« Der Navajo holte vier zusammengerollte Decken aus seinem Rucksack und drapierte sie um die Feuerstelle. Es wurde allmählich dunkler.

»Unser Lager??« Schatten klang alarmiert. »Wieso denn Lager? Bleiben wir etwa hier?« Warum auch immer schien ihm erst in diesem Augenblick bewusst zu werden, dass ihre Expedition eine Übernachtung einschloss. »Und überhaupt: Ich sehe kein Lager! Wo sind denn die Zelte? Wo sollen wir denn schlafen?«

Siebeneisen drehte sich von der Wand mit der Zeichnung weg und sah hinüber zu seinem Freund, der mit hochrotem Kopf vor dem Navajo stand. Washlakai wiederum sah Schatten an, als habe er noch niemals im Leben darüber nachgedacht, dass es draußen möglicherweise andere Übernachtungsmöglichkeiten geben könnte, als sich in eine Decke gewickelt neben ein Lagerfeuer zu legen.

»Das kann doch wohl nicht euer Ernst sein!« Mittlerweile hatte Schatten den Ernst der Situation erfasst. »Habt ihr mal an all die Schlangen gedacht? An die Taranteln? An meinen Rücken? Was ist mit Luftmatratzen? Und mit Moskitonetzen?«

»Und hast du mal daran gedacht, wie das alles in den Rucksack hätte passen sollen?« Siebeneisen kam Washlakai zur Hilfe. »Du kannst froh sein, dass unser Freund die Decken für uns mitgeschleppt hat. Und das Abendessen.« Siebeneisen zeigte auf die Konservendosen und Löffel, die Washlakai aus den Tiefen seines Rucksacks hervorholte.

»Ich kann hier unmöglich übernachten!« Schattens Stimme wurde immer schriller. Und sein Gesicht immer roter. Irgendwo außerhalb des Canyons ging die Sonne unter. Irgendwo im Canyon setzte ein markerschütterndes Geheul ein.

»Still! Was war das?« Schatten stand die Panik in den Augen. »Habt ihr das gehört? Wölfe! Hier gibt es Wölfe! Ein ganzes Rudel muss da gerade gewesen sein! Und wir sollen uns in Decken wickeln?« Er sah nun aus, als werde er im nächsten Augenblick kollabieren.

»Keine Wölfe. Ein Kojote. Ein einziger.«

Washlakai kniete sich hin und entzündete das Feuer. Die trockenen Kakteenstücke knacksten und verströmten einen angenehmen Duft. Der Navajo öffnete vier Dosen mit Bohnen, platzierte ein Metallrost über den Flammen und stellte die Dosen darauf. Schatten sah ihn entgeistert an, als betrachte er eine Demonstration eines Campingküchenherstellers. Dann ließ er sich erschöpft auf seine Decke fallen.

Eine knappe Stunde später hatte sich die unendliche Stille der Wüste über den Canyon der Alten gesenkt. Washlakai und Wipperfürth schliefen fest. Siebeneisen lag auf dem Rücken und sah hinauf in die sternenklare Nacht. Er dachte darüber nach, was die Symbole des Spaniers bedeuten konnten. Eine große und mehrere kleine Schlangen, Richtungspfeile und etwas, das wie ein Drache aussah, das alles ergab nicht besonders viel Sinn. Er würde sich die Zeichnung morgen in aller Ruhe ansehen. Gut möglich, dass sie etwas übersehen hatten, oder komplett falsch interpretiert. Washlakai war dabei offenbar keine große Hilfe. Wipperfürth und Schatten schienen ihm derart auf die Nerven zu gehen, dass er seit ihrer Ankunft bei der Zeichnung kaum noch etwas gesagt hatte.

Siebeneisen drehte den Kopf. Drei Meter neben ihm lehnte Schatten unter seiner Decke mit dem Rücken an einem Felsen. Er hatte die Stiefel ausgezogen und massierte sich die Füße im Schein des Feuers, wobei er leise jammerte und vor sich hin brabbelte. Wahrscheinlich sprach er sich Mut zu. Beim Bohnenessen hatte er verkündet, dass er keinesfalls auch nur den Versuch unternehmen werde, in diesem Canyon zu schlafen. Stattdessen werde er Wache halten. Die ganze Nacht hindurch. Wie einst John Wayne. Einer müsse das schließlich tun.

Hoch über ihnen, verborgen im Dunkel der Nacht, saß Kojote zwischen den Felsen und blickte hinunter zum Feuer der Menschen. Bis eben war er auf der Suche nach einem Abendessen über die Hänge des Canyons gestreift, weiter vorne, dort, wo die Schlucht noch nicht so eng und so steil war. Eigentlich aß er alles, was ihm vor die Schnauze kam, tot oder lebendig; an diesem Abend aber hatte er so gut wie nichts aufstöbern können. Ein paar Käfer, eine Eidechse, zwei Hummeln, die er mit schnellen Bewegungen seiner rechten Vorderpfote aus der Luft geholt hatte, mehr schien in dieser Schlucht nicht zu leben. Und die Früchte der Kakteen waren noch nicht reif.

Kojote war hungrig und schlecht gelaunt. Er beschloss, den Mond zu begrüßen. Auf sein Heulen war er ziemlich stolz. Die Stämme des Südwestens hatten sich den zerstückelten Klagelaut für ihr Kriegsgeschrei abgekupfert, das weißen Siedlern einst das Blut in den Adern gefrieren ließ. Überhaupt hielten sie ihn in Ehren. Apachen, Hopi, Zuni und natürlich auch die Navajo bewunderten die List des Kojoten. Seine Schläue, seine Ausdauer und die Fähigkeit, sich jeder Situation anpassen zu können. Mit der Zeit war er zur Hauptfigur ihrer Mythen geworden. Kojote galt als Führer und Verführer. Als Weiser, als Schelm, als magisches Wesen. In manchen Geschichten tauchte er sogar als Schöpfer auf, der die Menschen aus Lehm oder Ton geformt hatte. Das war natürlich etwas zu viel der Ehre. Tief holte er Luft, dann schickte er sein klagendes Heulen hinauf in den Sternenhimmel. Das tat gut, dachte er, das tat richtig gut. Er streckte sich ausgiebig. Dann setzte sich Kojote Richtung Feuer in Bewegung.

12

Sonntags im Maskierten Waschbär, New Orleans.

»Tailor« stand auf der Flasche, die er aus dem Karton holte. Frampton zögerte kurz, erinnerte sich dann aber wieder, dass der Winzer seinen Weinen gerne ausgefallene Namen gab. Manchmal spielte er dabei auch mit seinem eigenen Nachnamen, und dann kam in der englischen Übersetzung eben Tailor dabei heraus. Frampton hatte den Wein in Übersee bestellt, in Deutschland, in der Pfalz, nachdem er viel Gutes über das Weingut gehört hatte. Er machte das manchmal. Die meisten amerikanischen Kritiker überschätzten sich völlig, wenn es um ihre eigene Bedeutung im großen Weinzirkus ging, einen guten Jahrgang aber erkannten diese aufgeblasenen Schnösel natürlich trotzdem. Wenn sie dann auch noch Weine empfahlen, die inklusive Transportkosten und Zoll kaum mehr kosteten als die Massenproduktionen aus Napa drüben in Kalifornien, orderte er hin und wieder eine Ladung auf gut Glück. Bislang war er selten enttäuscht worden, dachte Frampton, als er die Flasche öffnete und ihren dunkelroten Inhalt in einen Dekanter goss. Auf der anderen Seite des Tisches hielt Bandito schnuppernd die Schnauze in die Höhe.

»Das ist nix für dich, mein Lieber.« Frampton machte eine entschuldigende Miene. Bandito sah ihn fragend an. Er trug sein Leibchen mit dem *»Killa from da Ghetto!«*-Schriftzug. Seine kleinen Ohren zuckten.

»Alkohol. Nicht gut. Für dich zumindest. Du bekommst

nachher dein Mittagessen, ok?« Frampton goss einen Schluck Wein in ein Glas und roch daran. Der war gut, dachte er, verdammt gut. Und er hatte eine Farbe, die er als Löwenblutrot bezeichnen würde, wenn er Weinkritiker wäre, oder so ähnlich jedenfalls. »Frauchen kommt erst morgen zurück. Muss vorher noch ein paar Geister jagen. Auf irgendeiner Plantage.«

Bandito verzog das Gesicht und fiepte leise. Er sprang vom Stuhl, tippelte durch den Salon und verschwand hinter dem Tresen, wo er mehrmals am Tag ein Nickerchen auf einer Decke machte, die man dort für ihn hingelegt hatte. Manchmal vermutete Frampton, dass das Tier ziemlich genau kapierte, was um es herum vor sich ging. Möglicherweise waren Waschbären viel intelligenter, als die Menschen glaubten, dachte er, während er erneut am Glas schnupperte. Er probierte einen Schluck, zog etwas Luft mit ein und ließ den Wein in seiner Mundhöhle hin und her schwappen. Der Tailor schmeckte noch besser, als er roch, stellte er zufrieden fest. Er goss nach und begrüßte Mortimer, der soeben in den Waschsalon gekommen war und sich gleich ans Klavier setzte.

Frampton beschloss, ein wenig in diesen Kladden zu lesen. Sonst gab es gerade eh nichts zu tun. Wie immer am Sonntagvormittag war nicht viel Betrieb im Maskierten Waschbär, die Stammgäste trudelten immer erst abends ein. Vorhin hatten drei oder vier Touristen vorbeigeschaut, waren aber schnell wieder verschwunden, nachdem sie festgestellt hatten, dass außer ihnen kaum jemand da war. Momentan hielt sich nur eine einzige Kundin im Laden auf, eine junge Frau mit Mireille-Matthieu-Haarschnitt und einem hautengen Shirt, auf dem »*Save a Tree – Eat a Beaver*« stand. Sie saß rücklings auf einem Stuhl vor einer der hinteren Maschinen und sah ihrer Wäsche zu. Auf manche Menschen übten rotierende Waschmaschinentrommeln eine ähnliche Anziehungskraft aus wie lodernde Kaminfeuer, dachte

Frampton. Mireille Matthieu war eine von denen. Sie starrte wie hypnotisiert auf das Bullauge in der Maschine und schien den Rest des Raumes nicht wahrzunehmen. Selbst Mortimer nicht. Der Pianist versuchte bereits seit einigen Minuten, mit ihr zu flirten. Weil sein Lächeln und Augenzwinkern unbeachtet blieben, ließ er eine Reihe perlender Jazzakkorde in den Refrain von »An einem Sonntag in Avignon« übergehen und sah dabei herausfordernd herüber. Mireille starrte weiterhin in die Waschmaschine.

»Zu diesem Zeittpunkt, hatten wir längst erfahren das es Custer erwischt hatte. Den Schönen Custer. Wahrscheinlich hat er morgens in seinem Zellt zu lange vor dem Spiehgel gesessen und sich um seine Locken gekümmert statt die Gegend zu erkunnden. Das war es dann wohl mit der Siebten Kawallerie. Cody hat nur gelacht als er davon gehört hat. Er konnte den Schönen Custer nie leiden. Der schießt sich eines Tages, selbst ins Bein hat er mal über ihn gesagt. Dazu wird es jetzt nicht mehr kommen. Statt der Kugel im Bein hatte er wohl vier oder fünf Feile der Lakota im Rücken.«

Frampton korrigierte den Sitz seiner altertümlichen Nickelbrille und trank einen Schluck Tailor. Am meisten an Moosbichlers Kladden faszinierte ihn die Tatsache, dass es Originaldokumente eines Zeitzeugen waren. Niemand hatte diese Notizen im Nachhinein überarbeitet, niemand hatte sie verändert, kein Lektor, kein Redakteur, kein Zensor. Alles stand da so, wie es vor 150 Jahren geschrieben worden war. Frampton strich mit dem Zeigefinger über das Papier und stellte sich vor, wie Moosbichler das vor langer Zeit ebenfalls so getan hatte. Er trank noch einen Schluck und überblätterte ein paar Seiten mit deutschen Einträgen, bis er zu den nächsten kam, die der Cowboy aus Germany wieder auf Englisch verfasst hatte.

»Damahls hat mir Zittrige Lanze noch andere Dihnge über den Spanier erzählt, den seine Vorfahren gerettet haben. Ach, hätte ich mir nur als junnger Mann mehr Notizen gemacht! Jetzt werfe ich mannches durcheinnander. Ob das Geheimnis um den letzten Inkaherrscher wohl je gelüftet werden wird?«

Die Seite würde er besser mal markieren, dachte Frampton. Das hing garantiert mit dem Fall zusammen, für den Siebeneisen und die anderen gerade recherchierten. In den meisten der alten Notizhefte stand ja überhaupt nichts zu dieser Inkageschichte, da ging es stattdessen um Spähtrupps, Verfolgungsjagden und darum, welche Büffelteile am besten schmeckten – wenn er schon mal eine Stelle fand, in der diese Mumie eine Rolle spielte, sollte er die mal besser kennzeichnen. Auf dem Tisch lagen die alten Zeitungen aus der letzten Woche. Frampton brauchte ein Lesezeichen und riss ein Stück von einer Seite ab, nachdem er kontrolliert hatte, dass es sich nicht um den Immobilienteil handelte. Die gelesenen Ausgaben der *Times Picayune* bewahrte er für Lawn auf, die den Immobilienteil für ihre Arbeit gebrauchen konnte. Wenn alte Herrenhäuser in der Stadt zum Verkauf standen, war das gut für Lawns Geschäft. Die neuen Eigentümer dieser Anwesen stammten oft nicht aus dem Süden der USA, sondern aus anderen Regionen. Meistens hatten diese Menschen bislang in Häusern gelebt, die nicht älter als zwanzig oder dreißig Jahre alt waren. Nach zwei oder drei Nächten in einem dreihundert Jahre alten Haus in New Orleans stellten viele fest, dass irgendetwas mit dem Gebäude nicht stimmte. Dann machten sie sich auf die Suche nach jemandem, der den unerklärlichen Geräuschen nachts auf den Grund gehen könnte, dem Wispern und Zischeln, dem Brummen und Heulen. Wie zufällig fanden sie dann einen Flyer im Briefkasten, auf denen eine gewisse Lawn Ribaud Hilfe versprach. Wer Zeitung liest, sagte Lawn immer, ist in dieser Stadt klar im Vorteil.

»Dann sind wir in Wenedik angekommen wo unsere Show für vier Tage ausverkauft war. Eine herrliche Stadt. Allerdings, will mir nicht einleuchten warumm man sie mitten ins Wasser gebaut hatt und nicht ans Wasser herann wie andere Städte auch. Long Wolf war völlig narrisch als man ihm sagte das man Wenedik nicht auf dem Rücken eines Ferdes erkunden kann. Ich glaube in diesem Mommennt bereute er wieder einmal das er den Kampf gegen die Bleichgesichter aufgegeben hat. Wie alle Lakota ist Long Wolf mit dem Sattel verwachsen. In seinem Leben gab es wohl, keine Strekke die er nicht auf dem Rücken eines Ferdes zurück gelegt hätte. Und jetzt wollten die Gondolliäre ihn herumrudern! Sofort, brach Streit aus an dessen Ende zwei Gondolliäre im Wasser lagen. Hocherhohbenen Kopfes ist Long Wolf zu seinem Ferd zurück und sagte, das er die schwimmende Statt der weißen Männer nicht sehen will.«

Was für ein Durcheinander, dachte Frampton. Er kraulte Bandito, der hinter dem Tresen hervorgekommen und auf seinen Schoß gesprungen war, um mit den Hosenträgern zu spielen. Frampton stellte sich Moosbichler vor, an einem groben Tisch irgendwo vor einem Blockhaus in der Prärie, Heft, Tinte und Feder vor sich, den Blick in die Ferne gerichtet und über sein Leben sinnierend. Seine Erinnerungen müssen ständig hin und her gesprungen sein, dachte Frampton. Manchmal passten zwei oder auch drei aufeinanderfolgende Einträge tatsächlich zueinander, und dann kam der nächste und handelte von Ereignissen zwanzig Jahre zuvor. Wenn die drei Deutschen mit diesen Aufzeichnungen einen ihrer Fälle lösen wollten, würden sie sich anstrengen müssen. Mal ganz abgesehen davon, dass sie möglicherweise nicht sämtliche Aufzeichnungen besaßen.

In den vergangenen Tagen hatte Frampton mehrmals versucht, seine Nichte zu erreichen. Zwei E-Mails und etliche Nachrichten auf ihrer Mobilbox waren unbeantwortet geblieben. Frampton sah auf die Uhr. Drüben in Europa war es tiefe Nacht, vielleicht hatte er ja jetzt Glück. Vorsichtig setzte er Bandito auf den Schachbrettfußboden. Der Waschbär gab ein unzufriedenes Schnauben von sich.

»Was ist das denn? Ist das ein…? Oh mein Gott! Das ist ja ein… Oh! mein! Gott! Ist der süß!«

Mireille Matthieu hatte Bandito entdeckt. Der Waschbär tippelte augenblicklich zu ihr hinüber. Er schmiegte sich an ihr Bein. Er ließ sich von ihr hochheben und schmiegte sich an die Brüste unter dem »*Save a Tree – Eat a Beaver!*«-Shirt. Dreckskerl, dachte Frampton.

»Das glaubt mir doch niemand, dass ihr hier einen echten Waschbären habt! Einen le-ben-den Waschbären!« Mireille klang, als hyperventiliere sie. Unterdessen versuchte Bandito aufgeregt, seinen Kopf zwischen ihren Brüsten zu verbuddeln. »Das glaubt mir niemand, ab-so-lut nie-mand!«, rief Mireille ein weiteres Mal, »das muss ich unbedingt allen meinen Freunden erzählen.«

Sie zog ein Smartphone aus der Tasche und fotografierte sich selbst mit Bandito am Busen. Dann bedachte sie Frampton mit einem Strahlen, das der niemals im Leben mehr vergessen würde (was er natürlich in diesem Moment noch nicht wusste, aber es war tatsächlich so: in Zukunft würde er jedes Strahlen einer Frau mit diesem hier vergleichen, und keines würde je an das von Mireille heranreichen). Der Waschbär bekam die Aufregung mit und ahnte offenbar, dass er sie auslöste. Er begann, mit den Hinterbeinen zu zappeln, was ihn noch niedlicher wirken ließ und Mireilles Strahlen noch verstärkte. Jetzt bekam auch Mortimer einen Teil davon ab. Er senkte verlegen die Augen und spielte einige Akkorde, aus denen er dann »Is that racoon sweeter than me?« von Sunday Morning zusammensetzte.

»Mein Lieblingslied! Mein ab-so-lu-tes Lieblingslied! Ich glaub es ja nicht! Zuerst habt ihr einen Waschbären, und jetzt gibt es auch noch mein Lieblingslied!«

Mireille begann, sich im Takt der Musik zu bewegen, den Waschbären im Arm. Bandito zappelte immer aufgeregter und gab Geräusche von sich, die wie kleine Juchzer klangen.

Um Himmels willen, dachte Frampton und sah regungslos zu, wie Mireille den zappelnden und jauchzenden Waschbären mit den Hinterläufen voran auf dem Boden absetzte. Die Vorderpfoten hielt sie weiterhin fest und bewegte sie zur Musik hin und her. Fassungslos sah Frampton zu, wie der Waschbär auf seinen Hinterläufen hin und her tänzelte, als entdecke er soeben seine musikalische Ader.

»Nein, wie süß! Und tanzen kannst du auch!«

Mireille ließ Bandito los. Sie richtete sich auf, sah ihn aber weiter an und bewegte sich im Rhythmus von »Is that racoon sweeter than me?«, als fordere sie das Tier auf, mit ihr zu tanzen. Frampton starrte mit halb offenem Mund hinüber und wusste wahrscheinlich nicht recht, über was er gerade mehr staunen sollte: Über diese Göttin im knallengen Shirt – oder über einen Waschbären, der soeben die Freude am Tanzen entdeckt. Bandito tänzelte auf den Hinterläufen und vollführte kleine Luftsprünge, und wenn Mortimer eine eher traurige Passage in Moll spielte, legte er sich auf den Rücken und rollte sich von einer Waschmaschine zur anderen, nur um unmittelbar danach wieder herumzuhopsen.

Jetzt fehlt nur noch, dass er sich anschließend selbst applaudiert, dachte Frampton. Er riss sich vom Anblick der beiden los und ging hinüber zum Telefon. Beim fünften oder sechsten Klingelton nahm seine Nichte ab.

»Du wirst nicht glauben, was gerade im Waschsalon los ist«, sagte er zur Begrüßung.

13

NAVAJO NATION, ARIZONA.

Siebeneisen wurde von seltsamen Geräuschen aus der Tiefe eines Schlafs gezogen, der sich lange Zeit nicht wie Schlaf angefühlt hatte. Er war weggedämmert und wieder wach geworden, erneut eingeschlafen, erneut aufgewacht, ewig war das so gegangen. Und warum? Zuerst hatte Schatten an seinem Wachpostenfelsen laut mit sich selbst gesprochen. Endlos lange. Irgendwann waren seine Dauermonologe in leises Jammern und Stöhnen übergegangen. Später war er dann herumgehumpelt, als sortiere er irgendetwas, bevor er endlich Ruhe gegeben hatte und eingeschlafen war. Mit der üblichen Geräuschkulisse allerdings. Schatten grunzte, grummelte und pfiff im Schlaf wie ein großer Dachs, der an einer schweren Bronchitis laborierte.

Aber jetzt waren da andere Geräusche. Rufe, Schreie, Schritte. Im Niemandsland zwischen Tiefschlaf und Ganz-allmählich-zu-Bewusstsein-kommen bemühte sich Siebeneisen herauszufinden, ob der Lärm der letzte Widerhall seines Traumes war, in dem er soeben noch mit einem Bautrupp die Schienen der transkontinentalen Eisenbahn durch Indianerland verlegt hatte. Dann realisierte er, dass die Geräusche tatsächlich existierten. Mit einem Ruck setzte er sich auf.

Ein paar Meter entfernt stand Schatten. In jeder Hand hielt er einen glühenden Kaktusarm, mit dem er in der Luft herumfuchtelte, dass die Funken stoben. Am Boden um ihn herum brannte ein Ring aus kleinen Feuern. Er schrie aus Leibeskräften.

Die Feuer hatten Kojote nicht gestört. Die Menschen glaubten das ja, mach Feuer, schnell, es wird dunkel, das hält die wilden Tiere fern, so etwas hörte er immer, wenn Fremde im Land der Canyons übernachteten. Dabei stimmte das nicht. Zumindest nicht bei seinesgleichen. Im Gegenteil: Feuer lockte ihn an. Sein Cousin oben im Norden, der Wolf, der ließ sich durch offene Flammen abschrecken. Kojote aber wusste, dass ein Menschenfeuer meistens Nahrung bedeutete. Menschen waren schlechte Esser. Nie aßen sie alles auf, fast immer gab es Reste, und weil sie faul waren, die Menschen, räumten sie nach dem Essen meistens noch nicht einmal auf. Schon als Junges hatte Kojote entdeckt, dass Fremde ihn sogar manchmal fütterten. Er musste nur mit eingezogenem Schwanz um ihre Grills auf den Campingplätzen schleichen, humpeln, traurig dreinschauen und hin und wieder leise winseln. Wenn die Menschenkinder das sahen, quengelten sie so lange, bis ihre Eltern ihm etwas hinwarfen. Einen Knochen. Ein Stück Fleisch. Manchmal sogar ein Marshmallow.

Als er ins Lager der Menschen gekommen war, hatte er sofort einen ungewöhnlichen, leckeren Geruch bemerkt. Er kam von den blauen Stiefeln, die neben dem Dicken am Boden standen. Der Dicke hatte eine leere Chipstüte über sie gestülpt, damit nichts hineinkrabbeln konnte. Um ihn herum brannte ein Schutzring aus kleinen Lagerfeuern. Wahrscheinlich glaubte er, die Klapperschlangen damit fernhalten zu können. Noch so ein Blödsinn, dachte Kojote. Schlangen liebten Wärme. Wenn sie in der kalten Nacht eines Canyons spürten, dass es an anderer Stelle gemütlicher war, kamen sie angekrochen. Taranteln machten das übrigens ebenso.

Die meisten der kleinen Feuer waren bereits heruntergebrannt. Kojote fand ziemlich schnell eine Lücke. Das blaue Lederimitat aus Plastik roch absolut verführerisch. Blitzschnell hatte sich Kojote einen der Stiefel geschnappt. Als er sich umdrehte, war sein Schweif versehentlich über das Gesicht des Dicken gewischt. Und der Dicke war aufgewacht.

Siebeneisen hatte keine Ahnung, warum Schatten in seinem Ring aus Feuer so schrie. Sehen konnte er nichts; zwei oder drei Meter um seinen Freund herum herrschte tiefste Schwärze. Wipperfürth unter seiner Decke bewegte sich im Schlaf. Washlakai lag regungslos. Siebeneisen hatte den Eindruck, dass der Navajo die Augen kurz geöffnet, sie aber sofort wieder geschlossen hatte. Als stelle er sich schlafend, um das Drama vor ihm auf gar keinen Fall mitzubekommen.

»Verschwinde! Hau ab!«

Schatten mit seinen glühenden Kaktusstücken zeichnete leuchtende Muster in die Nacht. Dann entdeckte Siebeneisen den Kojoten, der ein paar Meter außerhalb des Feuerrings saß. Einer von Schattens Stiefeln lag neben ihm. Der Kojote hatte den Kopf leicht zur Seite geneigt und sah sich die Feuerkunstvorführung vor ihm interessiert an. Dann sprang er ansatzlos über die kleinen Feuer und schnappte sich auch den zweiten Stiefel.

Schatten schrie auf und taumelte zwei Schritte zurück, wobei er gefährlich nah an den hinteren Bereich seines glühenden Schutzwalls geriet. Der Kojote blieb vor ihm stehen, den Stiefel im Maul. Er sah aus, als warte er darauf, was dieser lustige dicke Mann wohl als Nächstes unternehmen würde. Der lustige dicke Mann konnte gerade noch verhindern, in seine Feuerchen zu treten. Er humpelte nun auf Socken auf den Kojoten zu.

»Lässt du meinen Stiefel hier!«

Schatten schwenkte seinen brennenden Kaktusholzarm, von dem die Funken flogen wie ein aufgeschreckter Schwarm Glühwürmchen. Der Kojote ließ den Stiefel fallen. Wahrscheinlich nicht aus Schreck, sondern eher aus Staunen über den Mann, dem es gelungen war, auf den wenigen Metern in mindestens drei Kaktusstachel zu treten und dabei jedes Mal fürchterlich aufzuheulen. Der Stiefel jedenfalls fiel aus dem Maul des Kojoten direkt auf eines der kleinen, flackernden Feuer. Es dauerte eine Sekunde oder auch zwei, dann machte es Wuschsch!, und der Stiefel ging lichterloh in Flammen auf. Was leicht entzündbare Lederimitate aus Plastik eben so machen, wenn sie mit Feuer in Berührung kommen.

»Nein! Nein!! Mein Stiefel! Mein schöner Stiefel!« Schatten war stehen geblieben. Er sah hinüber zu dem verschrumpelten Häufchen Kunststoff, das vor wenigen Sekunden noch sein rechter Schuh gewesen war. Der Kojote drehte sich um und trabte zu dessen Gegenstück hinüber. Vorsichtig nahm er seine Beute ins Maul, schaute noch einmal zurück und verschwand in der Nacht. Weit hinten, am Ausgang des Canyons, verfärbte sich der Himmel violettfarben.

»Einmal, vor langer Zeit, kam Kojote zu den Navajo und bat um Nahrung.« Washlakai stand auf. Er schüttelte seine Decke aus und rollte sie zusammen, um sie in den Rucksack zu packen. »Die Navajo wollten ihm nichts geben und verjagten ihn. Kojote aber wich den Steinen und Pfeilen aus. Er sprang so geschickt hin und her, dass alle Geschosse ihn verfehlten. Als die Krieger erschöpft aufgaben, setzte er sich auf einen Stein und erklärte, dass er ab nun immer schlauer sein werde als die Navajo. Dass er immer Mittel und Wege finden werde, an ihre Nahrung zu kommen.«

»Ich bin aber kein Navajo!« Schatten klang wie ein kleiner Junge, dem man seine Playmobil-Ritter weggenommen hatte und der jetzt allein auf die Kraft seiner Stimme vertraute, um sie wiederzubekommen. Er stand in Socken zwischen den glühenden Resten seiner Schutzfeuer.

»Wie alle Fabeln ist auch diese selbstverständlich transferierbar.« Wipperfürth war also ebenfalls wach. Siebeneisen kam eine Theatervorführung in den Sinn, zu deren Beginn sämtliche Darsteller reglos auf der Bühne lagen, um im Verlauf der Handlung nacheinander aufzustehen und ihre Verse zu deklarieren. Er vermutete stark, dass sowohl Wipperfürth als auch Washlakai genau mitbekommen hatten, was passiert war. Nach Schattens nächtlichen Dauergeräuschen hatten sie den finalen Tumult möglicherweise nicht wirklich ernst genommen. »Das weise Volk der Navajo steht in dieser Geschichte natürlich nur stellvertretend für alle Menschen.«

»Ach was – wirklich?« Schatten humpelte zu den anderen hinüber. »Das hätte ich jetzt nicht vermutet.« Er sah, dass Washlakai neue Konservendosen aus seinem Rucksack holte. Und eine kleine Tüte Kartoffelchips, die den Dauerangriff am Tag zuvor offenbar in den Tiefen des Gepäckstücks überlebt hatte.

»Essen wir schon wieder Bohnen?« Schatten setzte sich schnaufend neben den Navajo, der vorsichtig in die Glut blies.

»Bohnen sind ein beinahe ideales Grundnahrungsmittel!«

Mit dem Übergang von der Inhaltsanalyse indianischer Mythen zum Proteingehalt von Dosenbohnen innerhalb von nur zwanzig Sekunden hatte Wipperfürth überhaupt keine Probleme. Natürlich hatte er die nicht. Wenn man ihn jetzt zur Kommunalreform von 1971 lotste oder zur Bedeutung der Honigbiene für die westeuropäische Landwirtschaft, würde er auch dazu etwas sagen können, wusste Siebeneisen. Er holte Notizblock und Werbekugelschreiber aus dem Glaspyramiden-Hotel in Vegas aus seiner Tasche und zeichnete sorgfältig die Felsenskizze nach.

»Können wir mal einen Moment zum Thema kommen? Zu unserer kleinen Landkarte dort?« Er zeigte mit dem Kugelschreiber auf die Felszeichnung. Obwohl es allmählich hell wurde, lagen Schlangen und Dreiecke noch im Halbdunkel. »Ist das eigentlich die richtige Zeichnung? Wissen wir mit Sicherheit, dass der spanische Konquistador das hier eingeritzt hat und niemand sonst?«

»Oh ja, das wissen wir.« Washlakai sah zu den Symbolen auf der Canyonwand. »Es gibt sehr viele dieser alten Petroglyphen in den Canyons. Tausende. Aber keine, die ich je gesehen habe, sieht so aus wie diese hier.« Washlakai schüttelte den Kopf, als sei er Kunstlehrer und müsse die Abschlussarbeit seines untalentiertesten Schülers benoten. »Wir Navajo haben uns schon immer gefragt, was diese Symbole bedeuten sollen. Wir haben es nie herausgefunden. Sie sind etliche hundert Jahre alt. Aber es ist absolut sicher, dass sie kein Indianer in den Fels geritzt hat. Niemals.« Washlakai wandte sich von der Felsenskizze vor ihm ab. Das Thema schien für ihn erledigt.

»Ah, gut. Dann stammt sie also wirklich von diesem Spanier.« Siebeneisen war erleichtert. »Dann lasst uns doch bitte noch einmal alle zusammen gründlich überlegen. Was wissen wir?« Er versuchte es mit Teambuilding, davon hatte er in letzter Zeit immer wieder mal gelesen. Nichts alleine entscheiden, die anderen stetig mit einbeziehen, immer von »wir« reden und nicht von »ich«, solche Dinge.

»Also, was wissen wir?«, wiederholte er. Die anderen sahen ihn schweigend an. Nach einer Weile räusperte sich Wipperfürth und hob seinen Dozierzeigefinger. Siebeneisen beschloss, die Teambuilding-Maßnahmen auf der Stelle zu vergessen. Er wandte den anderen den Rücken zu und betrachtete die Symbole an der Wand vor ihnen.

»Die Vorfahren von Zittrige Lanze haben einst einen Spanier bei sich aufgenommen, der sich mit letzter Kraft in diesen Canyon hier geschleppt hatte. Diese Geschichte kann durchaus der Wahrheit entsprechen. Man weiß, dass es schon sehr früh spanische Expeditionen in diese Gegend gegeben hat. Unter anderem, weil die Spanier hier die sagenumwobenen Sieben Städte von Cibola suchten.«

Weil erstaunlicherweise keine Einwände oder Bemerkungen von den anderen hinter ihm kamen, machte Siebeneisen weiter. »Dieser Spanier also behauptete, jenen Ort zu kennen, an dem die Inka die Mumie ihres letzten Königs verborgen hatten, die Mumie Atahualpas. Theoretisch ist auch das möglich. Diese spanischen Konquistadoren waren knochenharte Typen. Gut vorstellbar, dass einige von ihnen zuerst in Peru stationiert waren, dem Zentrum des Inkareiches, und in späteren Jahren dann mit Expeditionsaufgaben viel weiter nördlich betraut wurden.«

Siebeneisen sah hinauf zu den obersten Symbolen an der Felswand. In seinem Rücken lugte die Sonne über den Rand des Canyons, millimeterweise schob sich die Helligkeit über den Boden der Schlucht. Ein paar Schritte entfernt saß Washlakai mit geschlossenen Augen auf einem Felsen und hielt das Gesicht ins Licht. Siebeneisen spürte, wie die Kälte der Nacht von ihm wich, als die Sonnenstrahlen über ihn strichen.

»So weit, so gut«, fuhr er fort. »Aber was, um alles in der Welt, will uns die Karte sagen, die der Spanier da vorne in die Wand gemeißelt hat?« Siebeneisen zeigte zu den Petroglyphen. »Ist einem von euch über Nacht die Erleuchtung gekommen?«

Tief in sich verspürte er einen ziemlichen Stolz. In der Geschichte ihres gemeinsamen Unternehmens war das da gerade eben der längste Vortrag gewesen, den er ohne Unterbrechung hatte halten dürfen. Was, wie er mit einem Blick nach hinten jetzt feststellte, allerdings vor allem daran lag, dass seine Geschäftspartner in der warmen Sonne eingedöst waren. Schatten lehnte mit halb geöffnetem Mund an seinem Wachpostenfelsen. Wipperfürth hatte sich seinen albernen Hut ins Gesicht gezogen.

Fassungslos betrachtete Siebeneisen die beiden. Diese Ignoranten! Er entdeckte eine kleine Eidechse, die auf einem Felsen ein paar Meter weiter in der Sonne saß. Eine junge Gila-Krustenechse, er erkannte sie sofort. Siebeneisen war ein begeisterter *National-Geographic*-Leser. Die Redaktion des Naturmagazins wiederum war versessen darauf, auch noch die absurdesten Tierarten aus dem Dunkel der Vergessenheit ans Licht beziehungsweise ins Heft zu zerren. Über die Gila-Krustenechse hatte es einen kompletten Artikel gegeben. Ausgewachsen wurde das winzige Reptil da drüben auf dem Felsen bis zu einem halben Meter groß. Es besaß eine wunderschöne Färbung, ähnlich wie die grafischen Muster auf antiken Töpferwaren. Die Krustenechse ernährte sich von Vogeleiern und schreckte auch vor kleinen Säugern nicht zurück, was sie sich durchaus leisten konnte. Das Gilatier, wie die Echse auch genannt wurde, war nämlich giftig. Hochgiftig. Wenn man sie ärgerte, also zum Beispiel anfasste, dann zischte und fauchte die Echse mit aufgerissenem Maul. Wenn das keinen Erfolg zeigte, biss sie zu. Ihr Gift steckte in einer Art Kerbe in den Zähnen. Damit es in ausreichender Menge in den Feind eindringen konnte, musste sich das Gilatier ordentlich verbeißen und das Gift dann durch Kaubewegungen einmassieren. Siebeneisen erinnerte sich an eine Passage des Artikels, in der beschrieben worden war, wie zwei Wanderer vergeblich versucht hatten, eine Gila-Krustenechse von ihrem Freund loszubekommen. Noch auf dem Rückweg war ihr Mitwanderer gestorben. Das Reptil hing da noch immer an seiner Hand.

Er betrachtete die kleine Echse, die sich mit geschlossenen Augen sonnte. Irgendwie sah sie aus wie etwas, das die Evolution vor langer, langer Zeit vergessen und auch später nie abgeholt hatte. Dann wiederum war sie offenbar von Anfang an so perfekt entwickelt gewesen, dass sie seit hunderttausenden Jahren in diesem Glutofen hier herumkrabbelte, ohne sich irgendwie verändern zu müssen. Faszinierend, dachte Siebeneisen. Gedankenverloren sah er wieder zu der Karte an der Canyonwand. Die Sonne stand mittlerweile so hoch, dass sie die Symbole des Spaniers jeden Moment beleuchten würde.

Siebeneisen legte den Kopf in den Nacken und beobachtete, wie das heraufziehende Licht das erste jener acht Dreiecke erreichte, die Wipperfürth für Richtungssymbole hielt. Das Dreieck füllte sich mit Licht, von unten nach oben, und dann sah es für einen Moment so aus, als ströme das Licht oben aus dem Dreieck heraus, bevor es weiter an der Wand hinaufwanderte.

Irgendwo in Siebeneisen regte sich ein Gedanke. Ein Bild zog auf, ganz schwach, ganz verschwommen. Er versuchte, es scharf zu stellen, während er zusah, wie sich auch das zweite Dreieck mit Licht füllte. Siebeneisen kniff die Augen zusammen, um sich zu konzentrieren, er hatte plötzlich das Gefühl, die Lösung des Rätsels beinahe greifen zu können. Der prähistorische Kopf des Gilatiers tauchte vor seinem inneren Auge auf und verwandelte sich in ein anderes drachenähnliches Geschöpf. Siebeneisen beobachtete, wie sich auch die letzten Dreiecke mit dem Feuer der Sonne füllten. Als ströme etwas von unten in sie hinein und oben aus ihnen hinaus. Er sah die lange Linie und die drei kürzeren im rechten Winkel zu ihr, die plötzlich wie Wellen aussahen, und ganz links das Symbol, dieser Drache, und dann …

…dann schrie Schatten hinter ihm. Und wie er schrie. Siebeneisen drehte sich ruckartig um. Sein Kumpel stand vor dem Felsen, an den er eben noch schlafend angelehnt gesessen hatte. Hinter ihm stand Wipperfürth, die Hände an Schattens Oberarmen, als verstecke er sich hinter einem menschlichen Schutzschild. Und oben auf dem Felsen, in der Sonne, saß die winzige Gila-Krustenechse, die ihren Sonnenanbetungsplatz in der Zwischenzeit gewechselt haben musste. Sie fauchte aus Leibeskräften. Siebeneisen musste nicht lange über die Gründe für dieses spezielle Arrangement nachdenken, und Wipperfürth hätte auch nicht unentwegt Dinge wie »Aber ich wollte sie doch nur kurz…« stammeln müssen oder »Ich weiß gar nicht, warum sie so böse…«. Siebeneisen war völlig klar, was da hinter seinem Rücken passiert war, während er in die Zeichnung versunken gewesen war.

»Wenn sie uns beißt, müssen wir sterben!«, schrie Schatten, Auge in Auge mit einer ungefähr zeigefingergroßen Echse vier Meter vor ihm. Wahrscheinlich wäre er gerne zwei Schritte nach hinten aus der Gefahrenzone geflüchtet, aber hinter ihm stand ja Wipperfürth und klammerte sich an Schatten wie ein Ertrinkender an seinen Lebensretter. Für einen langen Moment schien die Zeit stillzustehen und die Menschen im Canyon der Alten erstarrt wie die Darsteller in einem Film, den man angehalten hat. Und dann kam von irgendwo ein Stein angeflogen, quasi aus dem Nichts, und der Stein fegte das fauchende Gilatier von seinem Platz und verfrachtete es etliche Meter weit hinaus in den Sand. Wo es sich irritiert aufrappelte, mehrmals schluckte und beleidigt hinter den nächsten Stein krabbelte.

»Lasst uns mal aufbrechen«, sagte Siebeneisen und zwinkerte Washlakai zu, der sich die rechte Hand an seiner Hose abputzte, um sie anschließend staubfrei in seine Chipstüte versenken zu können. »Wir haben einen langen und anstrengenden Rückweg vor uns. Ihr müsst mir auch nicht mehr helfen, die Zeichnung dort zu entziffern. Gehen wir lieber. Bis nach Galapagos ist es ein gutes Stück.«

14

IRGENDWO ZWISCHEN NEW YORK CITY UND OMAHA, NEBRASKA.

Die Telefonzelle sah aus, als habe sie ursprünglich einmal in Bagdad gestanden, oder in Damaskus oder Tikrit, an einer Kreuzung jedenfalls, an der regelmäßig Granaten einschlugen und Bomben explodierten. Auf zwei Seiten fehlte das Glas bis auf einen äußeren Rand aus spitzen Splittern; die beiden anderen Verbundglasscheiben hatte offenbar jemand mit einem Hammer bearbeitet und anschließend noch zu erschießen versucht. Das Telefon war verbeult, die Tastatur mit irgendwelchen Graffiti bekrakelt, und Zach wunderte sich, dass er einen Rufton hörte, als er den Hörer ans Ohr hielt. Er wählte die Nummer, die er sich auf einem Stück Papier notiert hatte. Während er zuhörte, wie irgendwo am anderen Ende das Freizeichen tutete, sah er hinüber zum Parkplatz an der Tankstelle. Das Auto stand unter der einzigen Straßenlampe auf dem Gelände. Auf dem Rücksitz konnte er die Umrisse von Serg und Razzo sehen, die beide in irgendwelchen Heftchen lasen. Wahrscheinlich wieder irgendwelche Horror- oder Alien-Geschichten, dachte Zach. Er hatte die beiden noch nie etwas anderes lesen sehen als Groschenromane.

»Hallo?« Die Stimme am anderen Ende der Leitung löste keine Erinnerung aus. Zach hatte seinen Cousin seit Ewigkeiten nicht mehr gesehen. Genau genommen hatte er ihn überhaupt nur zwei oder drei Mal getroffen, zuletzt vor mindestens zwanzig Jahren.

»Richard? Bist du das, Rich? Hier ist Zach. Zach aus New York. Dein Cousin.«

»Zach. Hi.«

»Du weißt, wer dran ist, oder?« Richards Einsilbigkeit brachte Zach etwas aus dem Konzept. Selbst für den als wortkarg bekannten Mittleren Westen war »Hi« eine auffallend minimalistische Begrüßung für den ersten Kontakt seit Jahrzehnten.

»Klar weiß ich das.« Pause. »Das ist nur seltsam, weißt du …«

Zach wurde noch hellhöriger, als er sowieso schon war.

»Hab mich länger nicht gemeldet bei dir, was?«

»Länger? Hast du jemals hier angerufen? Kann mich nicht erinnern. Mich ruft überhaupt kaum einer an. Oft klingelt das Telefon monatelang nicht. Und dann meldest du dich ausgerechnet heute.«

»Wieso ausgerechnet heute? Was meinst du damit?« Zach hatte ein komisches Gefühl. Dieses Gespräch verlief komplett anders, als er erwartet hatte.

»Weil heute schon jemand angerufen hat. Heute Vormittag.«

Zach lehnte sich mit dem Rücken gegen die zersplitterte Scheibe mit den Einschusslöchern, den Hörer an sein Ohr gepresst. Er sah zum Auto unter der Laterne. Serg und Razzo saßen noch immer auf dem Rücksitz. Zach schoss die Frage durch den Kopf, wieso die beiden nach vier Stunden Fahrt nicht wenigstens kurz ausstiegen und sich die Beine vertraten.

»Und? Wer war das? Wer hat angerufen?«

»Hat seinen Namen nicht gesagt. Irgendso 'n Typ.«

»Irgendein Typ? Und? Was wollte er?« Zach konnte den leisen Widerhall seiner eigenen Stimme in der Leitung hören. In einer Gegend, in der es noch nicht einmal ein Mobilfunknetz gab, war das wahrscheinlich normal.

»Weiß ich nicht genau, was der wollte. Wahrscheinlich ne Versicherung verkaufen oder so. Hat mich gefragt, ob ich allein lebe.

Ja, habe ich gesagt, und dass auch kein Besuch komme, niemals. Er hat gesagt, er werde sich wieder melden. Ciao, hat er gesagt. Dann hat er aufgelegt.«

Heilige Scheiße, dachte Zach. Ciao. Frank. Das musste Frank gewesen sein. Niemand sonst verabschiedete sich mit Ciao. Zumindest nicht in diesem Teil der Welt. Frank selbst also. Nicht etwa seine Leute, Frank höchstpersönlich suchte nach ihnen. Scheiße, scheiße, scheiße, dachte Zach. Ihm wurde heiß.

»Du, Rich… sorry, aber… Ich sehe gerade, dass da ne Politesse an meinem Auto steht… Ich muss los. Wenn der Typ nochmal anruft… falls er nach mir fragen sollte – sag ihm bitte nicht, dass ich mich gemeldet habe, ok?« Zach überlegte, ob er die Sache erklären sollte. Nein, das wäre keine gute Idee. »Mach's gut, Rich. Bis bald.«

Zach legte auf. Er bemerkte, dass seine Hand leicht zitterte. Ganz ruhig, dachte er, denk nach, bleib ruhig, werd nicht panisch. Er zwang sich, tief durchzuatmen, als er aus der demolierten Telefonzelle hinaus in die Nacht trat. Über ihm spannte sich ein Sternenhimmel, wie er ihn noch nie gesehen hatte. Zach sah hinauf und dachte daran, dass man einiges verpasste, wenn man sein Leben in New York verbrachte, wo selbst spätnachts Licht genug war, um auch noch den hellsten Stern am Firmament auszustechen.

Omaha konnten sie knicken, das war klar. Omaha war viel zu nah an New York. Wie hatte er annehmen können, dass Frank nicht sofort alle Möglichkeiten durchspielen würde? Nach acht oder neun Jahren Zusammenarbeit kannte ihn sein Auftraggeber doch genau. Sein Umfeld, seine Kontakte, Frank hatte das doch längst alles abgecheckt, für den Tag, an dem diese Informationen einmal nützlich sein könnten. Frank wusste auch von Zachs Flugangst, dass er sich nie in so ein Ding setzen würde.

Wenn er ein paar seiner Leute zur Grand Central in Manhattan geschickt hatte, wusste er auch, dass er, Zach, sich mit den beiden anderen nicht mit dem Zug abgesetzt hatte. Klar, dass Frank dann erst einmal das Naheliegende recherchiert hatte. Exfrauen, Schulfreunde, Verwandte, überall dort, wo er mit dem Auto hinkonnte. Nach Omaha zum Beispiel.

Sie mussten weiter, viel weiter. Zach war sich sicher, dass Frank noch einmal bei seinem Cousin anrufen würde. Und wenn sie Rich unter Druck setzten, irgendwie … Auf jeden Fall mussten sie weiter. Nicht trödeln. *On the Road* bleiben. Zach fühlte sich an Kerouac erinnert. Der war damals auch von New York aus aufgebrochen und nach Westen gefahren, immer weiter nach Westen. Zach ging in Richtung Auto, während er versuchte, sich an einzelne Passagen aus *On the Road* zu erinnern, Kerouacs Roman über diese Reise. Wie hatte er das Buch geliebt, damals, im College. Er öffnete die Fahrertür, stieg ins Auto und drehte sich nach hinten um.

»*Stretched out ahead of us the fabulous white city of San Francisco on her eleven mystic hills!* Schon mal gehört?«

Serg und Razzo blickten von ihrer Lektüre auf. Sie sahen ihn an, als habe er sie gebeten, eine Bauernregel aus dem Suaheli zu übersetzen.

»Na? Von wem ist das? Und von welchem Moment seiner Reise hat der Autor da geschwärmt?« Zach wusste, dass keiner der beiden Deppen auf dem Rücksitz je von diesem Jahrhundertklassiker gehört hatte. Er versuchte es deshalb auch nicht weiter.

»Jack Kerouac. *On the Road*. In dem Moment, in dem San Francisco am Horizont auftaucht. Sollte man mal gelesen haben.« Er tippte gegen den Umschlag des Heftes, das Serg in den Händen hielt. »Und ihr? Was lest ihr denn stattdessen Schönes? Perry Rhodan? In der Jubiläumsausgabe im mattschwarzen Einband?«

»Cowboygeschichten, Boss. Echt spannend.« Serg konnte die Augen kaum aus seinem Heft nehmen.

»Sehr spannend, Boss. Wirklich.« Auch Razzo sah nur kurz auf.

Na wunderbar, dachte Zach. Cowboygeschichten. Der eine muss garantiert jeden Absatz viermal lesen, bevor er ihn kapiert. Und ist damit wahrscheinlich immer noch schneller als der andere. Himmelherrgott, womit hab ich das verdient? Zach drehte den Schlüssel im Zündschloss und steuerte das Auto vom Parkplatz zur Straße hinüber. Er blinkte und bog Richtung Westen auf den Highway.

15

IN EINEM BEETLE, IRGENDWO IN ARIZONA.

»*Höllenfahrt nach Santa Fe*. Das ist der Beste. Oder, was meinst du?«

»Ich meine, dass du die Originaltitel verwenden solltest, wenn du von den Meisterwerken unseres Johns sprichst, das meine ich. *Stagecoach* hieß der Film! Nicht *Höllenfahrt nach Santa Fe*! Du sagst ja auch nicht *Der Teufelshauptmann*, wenn du *She Wore a Yellow Ribbon* meinst. Oder *Faustrecht der Prärie*, wenn wir über *My Darling Clementine* diskutieren.«

»Doch, also, ich ... Der war ein großer Regisseur, der Ford. Oder? Was denkst du?«

»Ein Gigant war er, das steht fest. Einen Mythos hat er geschaffen! Und die Landschaft hat er dabei in Szene gesetzt wie kein anderer. Wie du vielleicht weißt, symbolisierten die Felsen des Monument Valley für unseren John den leeren Raum an der Grenze der westlichen Zivilisation. Je mächtiger sie ins Bild ragten, desto verlorener mussten sich die menschlichen Protagonisten vor ihrem Hintergrund vorkommen. Und desto heroischer erschien selbstverständlich ihre Willenskraft, wenn sie sich am Ende in dieser Umgebung dann behaupten konnten. Und die weiße Zivilisation wieder ein Stück weiter nach Westen getragen hatten! *Go west, young man!*«

»Ach, wenn meine Füße nur nicht so schmerzen würden ...«

»Lenk bitte nicht ab! Wir unterhalten uns gerade über den

größten Regisseur des Westerns, und du kommst mit deinen Füßen. Außerdem sitzt du doch! Jetzt lass mich das mit *Stagecoach* endlich zu Ende erzählen!«

Hinten auf dem Rücksitz beschloss Siebeneisen, die Augen noch einen Moment geschlossen zu lassen. Und sich so zu legen, dass er das eine Ohr tief in die Jacke drücken konnte, auf der sein Kopf lag. Das andere konnte er sich dann zuhalten. Wenn die beiden da vorne doch wenigstens für zehn Minuten die Klappe halten würden! Er hatte den Eindruck, dass Wipperfürth und Schatten seit Stunden über John Ford und seine Filme diskutierten. Immer, wenn er für eine oder zwei Sekunden zu sich gekommen war, war es um nichts anderes gegangen. Mühsam drehte sich Siebeneisen zur Seite. Jeder Knochen, jeder Muskel, jede Sehne in seinem Körper protestierte. Sein Mund fühlte sich an, als habe er ihn mit Canyonsand ausgewaschen. Und müde war er, er wusste nicht, ob er jemals müder gewesen war. Ehe er es realisierte, war er wieder eingeschlafen.

Der Rückweg aus dem Canyon hatte endlos gedauert und sich zu einer der schlimmsten Torturen in Siebeneisens Leben entwickelt. Bereits nach dreißig oder vierzig Sekunden Marsch am Morgen war Schatten – auf Socken, ohne Stiefel – zurückgefallen. Zuerst hatten sie ihn gestützt, abwechselnd. Eine Viertelstunde lang hing der flusspferdschwere Schatten an Washlakais Schulter, die nächste Viertelstunde klebte er an Siebeneisen. Bevor der Navajo wieder übernahm. Wipperfürth? Hatte ihnen genau zwei Minuten geholfen. Dann war angeblich ein alter Steißbeinbruch »um ein Haar wieder aufgebrochen«, den er sich vor etlichen Jahren in einem indischen Teehaus bei einem Zusammenstoß mit einer Kuh zugezogen hatte. Wipperfürth hatte über »entsetzliche Schmerzen« geklagt, sich immerzu theatralisch an seinen Hintern gefasst und so getan, als löse jeder Schritt Höllenqualen aus. Also hatten Siebeneisen und Washlakai den stöhnenden, schnaufenden Schatten alleine gestützt. Und, als das bald schon nicht mehr ging, getragen. Stundenlang. Schatten!

Am Vormittag, als er noch halbwegs bei Kräften gewesen war, hatte Siebeneisen den anderen erklärt, wie er bei der Betrachtung der Felszeichnung auf des Rätsels Lösung gekommen war. Darauf, dass die Karte des Spaniers nach Galapagos verwies. Die lange, vertikale Linie, die Wipperfürth für eine Schlange gehalten hatte, die symbolisierte die Küste Südamerikas. Die kleineren, horizontal kriechenden Schlangen waren in Wirklichkeit die Wellen des Pazifiks. Und die angeblichen Richtungsdreiecke? Die Vulkane Ecuadors. Siebeneisen hatte das erkannt, als das Licht der Sonne die gezeichneten Dreiecke langsam von unten gefüllt und kurz darauf aus ihnen herausgequollen war wie Lava. Der Drache ganz links in der Zeichnung stand natürlich für die großen Meerechsen, die auf der Inselgruppe lebten. Siebeneisen wusste, dass es Theorien gab, nach denen die Inka den Seeweg nach Galapagos kannten und die Inseln besucht hatten. Es konnte also gut möglich sein, dass sie die Mumie ihres letzten Herrschers dorthingebracht hatten. Aus der Reichweite der spanischen Eroberer wäre sie damit allemal gewesen.

Tief in der Nacht waren sie endlich zurück an ihrem Mietwagen – und hatten keinen Fahrer. Siebeneisen war am Ende seiner Kräfte, Washlakai ohne Führerschein, Schatten hatte über seine Füße gejammert und Wipperfürth über seinen Steißbeinbruchnarbenschmerz. Nach einer gefühlten Ewigkeit waren der Navajo und Siebeneisen einfach auf den Rücksitz des Beetle gekrochen, um die endlos ausufernde Diskussion zu beenden. Unter lautstarkem Protest hatte sich Wipperfürth ans Steuer gesetzt und Schatten sich mühselig auf den Beifahrersitz. Die Nacht war stockdunkel, und wegen der Schlaglöcher waren sie eher über die Piste gekrochen als gefahren. Irgendwann, Stunden später, als es im Osten dämmerte und die Umrisse der Welt sich allmählich aus dem Dunkel herausschälten, war Washlakai ausgestiegen, mitten in der alttestamentarischen Wüste. Er würde zu Fuß weitergehen. Er wolle die Stille des frühen Morgens genießen.

Siebeneisen hatte dem Navajo nachgesehen, wie er in die Dunkelheit hineingelaufen war. Ein Mensch, der eins zu werden schien mit dem Land, das seine Vorfahren seit tausend Jahren bewohnten. Ohne Washlakai im Auto könnten sie in Las Vegas ja gleich zum Flughafen durchfahren, hatte er Wipperfürth und Schatten vorgeschlagen, den Mietwagen abgeben und den nächstbesten Flug Richtung Galapagos nehmen. Ein Flug in der Business Class, vorher zwei, drei Drinks in der Lounge, ein feines Essen und dann schlafen, nichts als schlafen – als er daran gedacht hatte, war es ihm gleich ein wenig besser gegangen. Auch wenn er noch nicht wusste, wie er die beiden Sparbrötchen da vorne davon überzeugen können würde, einmal, ein einziges Mal nicht in der preiswertesten Klasse zu fliegen. Unmittelbar danach war er auf dem Rücksitz eingeschlafen.

Und jetzt wachte er auf, zum wiederholten Mal, weil sich Wipperfürth und Schatten vorne im Auto beharkten. Mittlerweile ging es um Waschbären. Wipperfürth behauptete soeben, mit ein bisschen Geduld könne man Bandito beibringen, morgens selbstständig durch das French Quarter zum Café du Monde zu laufen und von dort frische *Beignets* mitzubringen. In einer Tüte, die er im Maul tragen würde.

Schatten wollte davon nichts wissen. Als ob der Waschbär das überleben würde, einen Weg durch Straßenzüge, in denen zu dieser Uhrzeit zugedröhnte Touristen wanken würden, nein, nein, nein, er werde das nicht zulassen. Großer Gott, dachte Siebeneisen. Er hatte den Eindruck, seit Ewigkeiten zusammengekrümmt auf dem Rücksitz des Beetle zu liegen, zumindest fühlten sich seine Knochen so an. Und kalt war es auch, viel zu kalt. Wipperfürth hatte ein Auto ohne Klimaanlage gebucht, weil das zwölf Dollar preiswerter gewesen war, die Kälte musste also von draußen kommen.

Siebeneisen öffnete die Augen. Ein warmes Licht, zu stabförmigen Strahlen aufgefächert, fiel über den unteren Rand des Autofensters auf seine Rückbank. Er richtete sich auf und sah aus dem Heckfenster. Die Sonne hing direkt hinter ihnen. Manche frühen Morgen ähnelten späten Abenden doch ziemlich, dachte er und wunderte sich über sich selbst. Auf einen solchen Gedanken wäre er früher nie gekommen. Früher war all das passiert, ohne dass er zu Hause oder in den Redaktionsräumen des Oer-Erkenschwicker *Tagesboten* irgendetwas davon mitbekommen hätte, Tagesanbruch, Tagesende, der Lauf der Sonne und der Zeit. Erst seit er reiste, wusste er um solche kleinen Geheimnisse der Welt. Das alles wäre ihm verborgen geblieben, wenn er sein Leben vor ein paar Jahren nicht so grundlegend verändert hätte.

Sie fuhren durch eine geschwungene, sanft gewellte Landschaft. Was Siebeneisen allerdings irritierte, war die Tatsache, dass da draußen keine Wüste mehr war: da draußen war alles grün. Grün wie Gras. Weit dahinter stand eine Reihe Berge, auf deren Gipfel und Seiten es weiß schimmerte.

»Hey! Wo sind wir hier? Das ist doch nicht der Weg zum Flughafen!«

»Ach, der Herr ist auch mal aufgewacht!«

Wipperfürth sah Siebeneisen im Rückspiegel an. Schatten sagte nichts. Er drückte sich tief in den Beifahrersitz hinein und begutachtete seine Füße.

»Wie spät ist es? Wo sind wir?«

»Also, es ist so …« Wipperfürth bremste ab, »wir machen noch einen kleinen Abstecher. Bevor wir zum Flughafen fahren. Sind gleich da.« Er bog auf eine unbefestigte Piste ab. Die Berge hinter ihnen verschwanden in einer Wolke aus Staub und Sand.

»Einen kleinen Abstecher? Was soll das heißen? Und wo sind wir gleich? Am Ende unseres Abstechers? Wir wollten doch direkt zum Flughafen!« Siebeneisen sah noch einmal aus dem Heckfenster. Die Sonne ging unter, eindeutig. Das kann nicht sein, dachte er, unmöglich, das wäre ja das zweite Mal, dass er einen kompletten Tag verschlafen hätte.

»Schatten und ich haben uns überlegt, schnell noch hierhin zu fahren. Wo es doch so nah war. Wer weiß, ob wir je wieder die Möglichkeit haben, einen solchen historischen Ort zu sehen!«

»Was für einen historischen Ort? Du sagst mir jetzt sofort, wo wir sind!«

»Du siehst es gleich. Und dann wirst du staunen!« Wipperfürth steuerte den Mietwagen in eine langgezogene Kurve, an deren Ende sie von ihrem eigenen Staub eingeholt wurden, den sie eine halbe Minute zuvor aufgewirbelt hatten. Und dann tauchten vor ihnen Häuser auf. Zehn, zwanzig Holzhäuser, vierzig, fünfzig, eine kleine Stadt. Es waren keine neuen Häuser, keines davon, es waren Häuser, die vor langer Zeit errichtet und vor langer Zeit verlassen worden waren. Zwischen ihnen lagen die Reste alter Holzfässer, Planwagen und Zäune. Nirgendwo war ein Mensch zu sehen. *Welcome to Bodie, California*, stand auf einem Schild am Rand der Straße.

In keinem anderen Bundesstaat der USA gibt es so viele Geisterstädte wie in Kalifornien. Das hat mit klimatischen Faktoren zu tun, natürlich, in trockener Wüsten- oder Gebirgsluft halten sich Holzbauten logischerweise besser als in Sumpfgebieten mit hoher Luftfeuchtigkeit. Noch mehr aber haben diese *ghost towns* des Westens historische Gründe. Nirgendwo sonst in den USA sind nämlich im 19. Jahrhundert so viele Leute angekommen und kurz darauf wieder verschwunden wie in Kalifornien.

Für die meisten Pioniere war der Staat an der Westküste lange Zeit unerreichbar. Wer in Philadelphia oder St. Louis aufbrach, schaffte es in der Regel höchstens bis zu den Rocky Mountains, und das auch nur, wenn er tough genug war und eine ziemliche Portion Glück hatte. Neun von zehn Siedlern blieben irgendwo auf ihrem Weg nach Kalifornien hängen, entkräftet von den Strapazen der Reise, verletzt, desillusioniert, ausgeraubt, mittellos. Und überhaupt gab es ja auch in Montana und Wyoming gutes Land und saftige Weiden. Warum sollte man sein Leben riskieren für einen Staat, in dem das Gras am Ende doch vielleicht nicht grüner war als dort, wo die Achse des Planwagens soeben zum vierten Mal gebrochen war?

Und dann entdeckte in ebendiesem Kalifornien ein Schweizer Auswanderer namens Johann August Sutter beim Bau einer Sägemühle Gold, am 24. Januar 1848 war das. Er beschwor seine Arbeiter zum Stillschweigen. Aber Gold löst die Zungen, auch die verschwiegensten, und nur ein paar Wochen später berichtete San Franciscos Tageszeitung *The Californian* über den Fund. Beinahe augenblicklich begann die größte Völkerwanderung seit den Kreuzzügen. Wie ein Heuschreckenschwarm fielen sie in Kalifornien ein: Haudegen aus den Prärien, mit Glanz in den Augen und der Sehnsucht nach El Dorado im Herzen. Familienväter auf der Suche nach einem Auskommen. Tagelöhner, Herumtreiber, Halunken. Angestellte, die keine Arbeit mehr hatten. Junge Männer, die frisch von den Colleges im Osten kamen und keinen Schreibtischjob wollten. Innerhalb von zwei Jahren explodierte Kaliforniens Bevölkerung von 14000 auf 100000, und nochmal zwei Jahre später waren es schon 250000. Anders gesagt: An jenem 24. Januar 1848 war der Startschuss zur Erschließung des äußersten Westens gefallen.

Als die Vorkommen dann kurz darauf schon wieder erschöpft schienen und die nächsten Funde vom Klondike gemeldet wurden, verließen die Goldsucher das schöne Kalifornien allerdings auch wieder so schnell, wie sie gekommen waren. Zurück blieben Geisterstädte. Rock Springs, Mill Valley, Bodie an der Ostflanke der Sierra Nevada. Manche dieser Orte schafften es noch über die Jahrhundertwende. In einigen wenigen lebten noch bis Mitte des 20. Jahrhunderts Menschen. Irgendwann aber war auch in ihnen der letzte Bewohner verstorben. Oder hatte sich aus dem Staub gemacht.

»Der Letzte macht die Tür zu.« Schatten sah zu den verfallenen, windzerzausten Häusern hinüber. Sein Gesicht glühte vor Erwartung. Er setzte sich seinen Cowboyhut auf und öffnete die Tür.

»Halt!« Siebeneisen hatte das Ortsschild gesehen und realisierte allmählich, wo er war und wie er dorthin gekommen war. »Wir sind in Kalifornien? Wir sind in Kalifornien, wollten aber zum Flughafen in Vegas? Wie lange hab ich denn … Habe ich den kompletten Tag … Könnt ihr mir das bitte mal erklären?«

»Du warst ja nicht wach zu bekommen!« Wipperfürth klang, als tadele er einen 13-Jährigen, der die Geburtstagsfeier bei Tante Erna mit voller Absicht verschlafen hatte. »Unsere Wanderung muss ja schrecklich an deinen Kräften gezehrt haben.«

»Unsere Wanderung? Unsere Wanderung hat nicht an meinen Kräften gezehrt! Wenn ich den da« – Siebeneisen zeigte mit dem Finger auf Schatten, der immer noch dabei war, seinen gewaltigen Körper aus dem Auto zu wuchten – »wenn ich den nicht die halbe Zeit hätte schleppen müssen, wäre ich auch so munter wie du!« Er spürte, wie irgendwo tief in ihm drin Wut aufköchelte. »Wie weit von Vegas weg sind wir? Und was wollen wir hier?«

»Schatten und ich haben beschlossen, uns das hier noch anzusehen. Bodie ist die berühmteste aller Geisterstädte des Wilden Westens!« Wipperfürth kontrollierte den Sitz seines Stetsons derart akribisch, als warteten da draußen zwischen den auseinanderfallenden Holzhütten mehrere Filmteams auf seinen Auftritt. »Natürlich hätten wir dich gefragt, aber du hast ja die ganze Zeit tief und fest geschlafen.«

»Ich wäre aber garantiert hellwach gewesen, wenn ihr mich geweckt und mir erzählt hättet, dass ihr schnell mal ... Wie weit ist das hier denn nun von Vegas weg?«

»Gar nicht viel. So um die 450 Meilen, pi mal Daumen.«

»Bitte was? Ihr seid knapp 700 Kilometer gefahren für das hier?« Siebeneisen nickte in Richtung der Holzhäuser. »Und gleich fahren wir wieder 700 Kilometer zurück? Und das alles, wo wir gerade erfahren haben, wo Atahualpas Mumie versteckt ist?«

»Jetzt reg dich nicht auf. In einer Stunde sind wir wieder auf dem Rückweg. Ich habe von unterwegs äußerst preisgünstige Flüge für uns buchen können. Wir sehen uns das hier schnell an und – zuschsch! sind schon wieder in Vegas.« Wipperfürth strahlte, als sei ihm einmal mehr ein absolutes Meisterstück an Organisation gelungen, während sich Siebeneisen fragte, was er da alles verschlafen hatte. 700 Kilometer Landstraße, Wipperfürths garantiert ewig dauernde Flugbuchung an irgendeinem Ort mit W-LAN und offenbar auch einen Einkaufsstopp. Schatten trug nämlich Schuhe. Neue Schuhe. Arbeiterschuhe. Hohe Arbeiterschuhe. Wahrscheinlich mit Stahlkappen und aus verstärktem Leder, dachte Siebeneisen, wegen der Schlangen. Er gab sich geschlagen. Fürs Erste. Es half ja nichts.

»Seid ihr endlich so weit?« Schatten stand ein paar Meter vor dem Auto, als habe es all das Jammern und Wehklagen nie gegeben. »Lasst uns eine Zeitreise in den Wilden Westen unternehmen!«

Bodie mochte zwar vielleicht nicht die berühmteste Geisterstadt der USA sein, mit Sicherheit aber war sie die am besten beschilderte. Aus einem kleinen Kasten konnte man sich sogar eine Broschüre nehmen, in der die Lage wichtiger Gebäude verzeichnet war und ein kurzer historischer Abriss. Siebeneisen nahm sich eines der Faltblätter und sah Wipperfürth und Schatten nach, die in ihrer Westernausstattung breitbeinig über die ehemalige Hauptstraße Richtung Zentrum stolzierten, als seien sie auf dem Weg zu einem Duell. Er lief ein bisschen herum, immer noch irritiert und gleichzeitig wütend über die Tatsache, dass er vorhin mitten in Arizona in ein Auto gestiegen und jetzt völlig gerädert im Hügelland der kalifornischen Sierra Nevada angekommen war.

Am erstbesten Haus, zu dem er kam, drückte er spaßeshalber die Klinke herunter. Die Tür öffnete sich mit einem rasselnden Geräusch. Dann stand er vor einem gedeckten Tisch in der Küche, Teller und Tassen für zwei, Besteck, Schüsseln, alles mit einer Schicht aus Staub und feinem Sand überzogen. Auf einer Anrichte neben dem Tisch lehnte eine Waschschüssel, im Wandschrank stand weiteres Geschirr und eine Dose mit Kaffeepulver. Nach einem geordneten Umzug sah das nicht aus, dachte Siebeneisen, der genügend Filme mit ähnlichen Szenarien gesehen hatte, um sich jetzt nicht doch ein klein wenig unwohl zu fühlen. Er spähte in den nächsten Raum, das Schlafzimmer. Eine Nähmaschine, ein Schemel, ein Doppelbett, auf dessen Matratze ein paar Münzen lagen. Wenn all der Staub nicht gewesen wäre, hätte man vermuten können, dass auch hier gerade eben noch Menschen geliebt und geschlafen hätten.

Siebeneisen trat ins Freie. Irgendwo zwischen den Häusern konnte er Wipperfürth und Schatten reden hören. Wahrscheinlich diskutierten sie über den Bau von Planwagen oder über Stadtplanung Mitte des 19. Jahrhunderts. Es war kalt geworden. Die versunkene Sonne färbte eine Wolkendecke am Horizont zu einem schmierigen Orange. Sieht nach Schnee aus, dachte Siebeneisen, der sich einen Tag zuvor noch bei gefühlten 45 Grad durch einen Canyon geschleppt hatte, mit Schatten an der Schulter oder auf dem Rücken. Er schaute zu den Wolken hinauf und pfiff einen alten Song von den Hollies vor sich hin, »He ain't heavy, he's my brother«. Er sah Wipperfürth, der einen Hasen fotografierte, und Schatten, der auf der Veranda des Saloons auf und ab schritt, als rechne er jeden Augenblick mit dem Eintreffen der Glorreichen Sieben. Er sah, wie der Wind das Gras zwischen den Häusern hinunterdrückte, und er sah die ersten Schneeflocken.

Wer die östliche Flanke Kaliforniens bereist, kennt diese Tage, an denen es hier von jetzt auf gleich bitterkalt wird. Auf dem Highway 395 kann das Thermometer zwischen Nevadas Hauptstadt Reno und der Gegend rund um den Mono Lake innerhalb weniger Minuten von 40 Grad auf sieben oder acht fallen. Der Tioga Pass, über den man von dieser Seite der Sierra über den Yosemite Nationalpark auf die andere Seite der Berge gelangen kann, ist oft bis in den Juni hinein gesperrt, und ab September dann meistens schon wieder. So etwas passiert natürlich nur, weil in dieser Gegend aus einem einzelnen Schneeflöckchen ganz schnell ein mittelprächtiger Blizzard werden kann.

»Was ist denn das?« Schatten war zu Siebeneisen auf die andere Straßenseite gekommen. »Schnee? Um diese Jahreszeit? Das ist ja unfassbar.«

»Wo ist Wipperfürth?« Siebeneisen schlang die Arme um den

Oberkörper. Er trug noch immer das Hemd, das er seit ihrer Canyonwanderung anhatte. »Wir sollten sehen, dass wir hier wegkommen.«

»Fotografiert da hinten irgendwo.« Schatten zeigte die Hauptstraße hinunter, die bereits komplett weiß war. Aus dem dichten Schneetreiben tauchte eine hagere Silhouette auf.

»Mit so etwas muss man hier aufgrund der geografischen Gegebenheiten natürlich immer rechnen.« Wipperfürth redete schon mit ihnen, als er noch mindestens zwanzig Meter entfernt war. »Die Winter kommen früh in diesem Teil des Westens, das hat auch die Donner-Familie schon erfahren, als sie damals …«

»Das kannst du uns später erzählen! Im Auto. Kommt, schnell.« Siebeneisen zog Wipperfürth am Arm und lief Richtung Beetle. Schatten schnaufte wackelnd hinter ihnen her. Als sie an ihrem Mietwagen ankamen, wischte Siebeneisen eine mindestens zwei Zentimeter dicke Schicht Schnee von der Windschutzscheibe. »Schließ auf, mach hin! Es ist kalt!« Er lief zur Rückseite des Wagens und fegte hektisch den Schnee von der Heckscheibe, wobei er sich eine Fuhre gegen sein Baumwollhemd wischte. Der Wind wehte mittlerweile in fauchenden Schüben zwischen den Häusern von Bodie heran. Siebeneisen fror jämmerlich.

»Nein! Bitte sag, dass das nicht stimmt!« Er hatte bemerkt, dass Wipperfürth noch immer in seinen Hosentaschen kramte. »Bitte sag sofort, dass du ihn hast!«

»Natürlich habe ich ihn. Ich verliere doch keinen Autoschlüssel.«

Wipperfürth klopfte die Brusttaschen an seinem Westernhemd ab. Die Hintertaschen seiner Jeans. Die Vordertaschen seiner Jeans. Er sah Schatten an, der fröstelnd neben ihm im Schneetreiben stand.

»Ich? Was siehst du mich denn so an? Du bist doch gefahren!«

»Er muss mir gerade eben aus der Tasche gerutscht sein… als ich die Kunstaufnahmen von diesem Hasen gemacht habe.« Wipperfürth zog sein Handy aus der Tasche, mit dem man zwar nicht telefonieren, aber tolle Hasenfotos schießen konnte. Er sah sich seine Aufnahmen an, als könne er den Schlüssel darauf entdecken. Es schneite immer heftiger. Durch Siebeneisens Brille bestand die Welt nur noch aus milchigem Weiß.

»Wenn du ihn nicht hast, sag das bitte jetzt«, meinte er, »dann können wir uns nämlich irgendwo unterstellen, bis das Wetter wieder halbwegs ist.«

Zum ersten Mal auf dieser Reise, ach was: zum ersten Mal seit Ewigkeiten war Wipperfürth sprachlos. Bis sie das erste Haus an der Hauptstraße von Bodie erreicht hatten, sagte er kein einziges Wort, kein einziges Wort sagte er.

16

»Wann kommen denn morgen früh wohl die ersten Touristen? Was glaubst du?« Schatten massierte seine Füße. Er stöhnte leise.

»Keine Ahnung. Ich hoffe, dass Wipperfürth den Schlüssel noch findet. Und uns da draußen nicht vorher erfriert.«

Sie saßen an dem Küchentisch in dem verlassenen Haus, das Siebeneisen eine Stunde zuvor betrachtet hatte. Der Wind pfiff durch jede einzelne Ritze zwischen den Holzbalken. Hin und wieder blitzte von draußen ein Lichtstrahl durch die trübe Fensterscheibe. Wipperfürth suchte den Autoschlüssel mit Hilfe der Taschenlampenfunktion seines Handys.

»Dass es hier aber auch kein Büro gibt oder sowas!« Schatten zog seine neuen Schuhe wieder an. »Was ist denn, wenn jemandem hier draußen etwas zustößt? Verloren wäre er!«

Siebeneisen sah aus dem Fenster. Mittlerweile war es Nacht geworden. Der Schneefall ließ allmählich nach. Immerhin, dachte er. Wenn es dabei blieb und die Temperaturen wieder anstiegen, bestand zumindest die Chance, dass früh am nächsten Morgen die ersten Besucher nach Bodie kamen. Jemand musste sie in den nächsten Ort mitnehmen, wo sie die Autovermietung benachrichtigen konnten. Die müssten dann jemanden mit einem Ersatzschlüssel losschicken. Von wo auch immer. Siebeneisen zwang sich, den Gedankengang abzubrechen. Das alles würde ewig dauern. Dabei könnten sie inzwischen schon auf Galapagos sein, wenn die beiden nicht diesen blöden Abstecher eingelegt hätten.

Zum Glück standen sie nicht unter Zeitdruck. Nicht wie vor einigen Jahren, als sie im Auftrag des Maharadschas nach den Teilen der magischen Ganeshastatue gesucht hatten, hinter denen auch ein Japaner her gewesen war. Dieses Mal war so eine Verzögerung lediglich ärgerlich. Außer ihnen wusste kein Mensch auf der Welt von der Mumie des Inkaherrschers.

»Das Wetter wird besser!«

Wipperfürth stand in der Tür. In seinem karierten Westernhemd sah er völlig verfroren aus. Auf dem Rand seines Stetsons lag ein Kranz Schnee. Er bemerkte die Blicke der anderen, nahm den Hut vom Kopf und klopfte den Schnee ab.

»Natürlich macht so einem Qualitätsprodukt ein bisschen Eis nichts aus, da muss man sich überhaupt keine Sorgen machen.« Er tat so, als sitze er an der Hotline des Herstellers und beantworte die Frage eines potenziellen Käufers. Bloß, dass die hier niemand gestellt hatte. »Deswegen ist es aber so wichtig, dass man sich für ein Modell mit möglichst breiter Krempe entscheidet.« Er setzte den Hut wieder auf. »Jerry Thomas trug damals übrigens ebenfalls eine solche Ausführung. Ihr wisst, wen ich meine, oder?«

Wipperfürth sah auffordernd zu Siebeneisen und Schatten, die ihn entgeistert ansahen.

»Hab ich mir gedacht. Das war der erste Barkeeper, der seine Cocktailrezepte in einem Buch veröffentlichte. Um 1860 herum. In San Francisco. Ein super Typ war das! Stand mit einem Stetson auf dem Kopf hinter dem Tresen, und auf der Krempe des Hutes spielten zwei zahme weiße Mäuse Fangen. Tom und Jerry hießen die, eine Riesenattraktion war das damals! Wie ihr wisst, habe ich mal einen Kurs für Gin-Mixgetränke besucht. Nur bei solchen Weiterbildungsmaßnahmen erfährt man ja diese Dinge.« Er setzte sich auf einen der Stühle.

»Was wir hier wiederum gerne erfahren würden, wäre: Hast du den Schlüssel gefunden?« Siebeneisen zwang sich, die Frage in einem normalen Tonfall zu stellen und sie Wipperfürth nicht ins Gesicht zu schreien.

»Äh … nein. Noch nicht. Ich bin auch nur bei euch, um mich kurz aufzuwärmen. Wenn man die atmosphärischen Voraussetzungen zugrunde legt, wird da draußen in kurzer Zeit alles weggeschmolzen sein. Dann finde ich den Schlüssel natürlich sehr schnell. Momentan ist es noch etwas ungünstig.«

Siebeneisen stand auf, ging zur Tür und trat in die Dunkelheit hinaus. Die Wolken waren verschwunden, hoch über Bodie funkelten die Sterne. Für einen Moment glaubte er, in der Ferne Stimmen zu hören. Und einen schwachen Lichtschein zu sehen, zwischen den Häusern am Ende der Straße. Ein kurzes Aufflackern, bevor es wieder dunkel wurde. Er versuchte, das Geräusch seines eigenen Atems zu unterdrücken, während er in die Nacht hinauslauschte. Stimmen, doch, natürlich, eindeutig, da, schon wieder. Mal lauter, mal leiser. Als trage der Wind sie aus weiter Ferne heran, so hörte es sich an. Oder aus der Vergangenheit, dachte Siebeneisen, der kaum noch zu atmen wagte. Reiß dich zusammen, sagte er in Gedanken zu sich selbst. Dann beschloss er, die Straße hinunterzugehen.

Ein fahler Mond warf ein unwirkliches Licht auf die alten Häuser, deren Umrisse Scherenschnitte in die Finsternis stanzten. Siebeneisen stand still und lauschte. Nichts. Er drehte sich in die andere Richtung. Nichts. Stille. Seltsam, dachte er. Noch einmal drehte er sich um. Und zuckte zusammen.

Vor ihm, ein paar Schritte entfernt, auf der Straße, stand jemand. Oder etwas. Regungslos. Ein Schatten, absolut still. Siebeneisen erschauderte. Was war das? Er kniff die Augen zusammen, um besser sehen zu können. Das Ding da vor ihm rührte sich nicht. Siebeneisen hatte das ungute Gefühl, dass es ihn ansah. Er fühlte sich nicht gut. Er bemerkte einen metallischen Geschmack in seinem Mund. Er sah, wie der Schatten einen Arm hob und auf ihn zeigte.

»Jahaha!«, juchzte der Schatten, »will spielen! Dir spielen! Spielenspielenspielenja!« Und wackelte auf Siebeneisen zu.

»Wer bist du denn?« Siebeneisen fühlte sich schlagartig erleichtert.

»Tom! Bin Tom! Bin schon dreizwei!« Das Kind war jetzt bei Siebeneisen. Es griff dessen Hand und führte ihn von der Straße.

»Warte mal, Tom, Moment!« Siebeneisen ging in die Hocke. Tom betrachtete ihn schweigend. Er hatte blonde Haare, trug Latzhose, Turnschuhe und eine Jacke, auf der »Little Yosemite Cyber Ranger« stand. Ein Kind aus dem Hier und Jetzt, dachte Siebeneisen, und gleich anschließend dachte er, dass er so etwas nun wirklich nicht denken musste, selbst Lawn kam nicht auf so Ideen. »Wo ist denn deine Mommy, Tom? Und dein Daddy?«

»Da!« Tom zeigte mit einem kleinen Zeigefinger in die Dunkelheit. Siebeneisen sah dem Finger nach und konnte niemanden entdecken.

»Da? Bist du sicher? Was machen Mommy und Daddy denn da hinten? Da ist es doch ganz dunkel!«

»Da!«, sagte Tom.

»Wollen wir mal nachschauen, ob wir sie finden?«

»Nein! Nein!! Bin schon dreizwei! Willspielenspielenspielen!«

»Das machen wir dann auch. Zuerst schauen wir aber mal nach, ob wir deine Eltern finden, ok?«

»Da!«, sagte Tom. Siebeneisen schaute noch einmal in die Richtung des Zeigefingers. Und entdeckte Kerzenschimmer und Silhouetten.

Die Hobbyschauspielgruppe How the West Was Won aus Lee Vining ist ein Zusammenschluss eifriger Theaterfans, die jedes Jahr im Sommer mit einem neuen Stück Premiere feiert. Anfangs hatte sie es mit Shakespeare versucht, aber weder *King Lear* noch *Macbeth* waren geeignete Stücke für ein Publikum, das seine Tage gewöhnlich im Yosemite Nationalpark verbrachte, bevor es abends ausgehungert und müde zum Dinner und Schlafen in Lee Vining anrückte. Seit ein paar Jahren gab es für diese Urlauber deswegen leichtere Kost. *Auch ein Sheriff braucht mal Hilfe, Mein Name ist Nobody* und, in diesem Jahr, *Annie get your Gun*. Weil die Kulissen am Ortsrand von Lee Vining erst noch gebaut werden mussten, probte die Truppe zweimal die Woche in der nahen Geisterstadt Bodie, wo sie nach Einbruch der Dunkelheit in aller Ruhe üben konnte.

»Wir drehen das alles auch gleich für YouTube mit, das bringt Klicks«, erklärte ein Mann namens Jefferson Siebeneisen, als der mit Tom an der Hand am Set auftauchte. Er stand hinter einer professionell aussehenden Kamera und dirigierte vor einem kerzenerleuchteten Gebäude mehrere Männer, die um eine Frau scharwenzelten. Offenbar Annie, dachte Siebeneisen, obwohl er keine Flinte entdecken konnte. Die Schauspieler sahen aus, als seien sie aus einer Terra-X-Folge über den amerikanischen Bürgerkrieg gefallen, und wirkten derart historisch, dass Wipperfürth und Schatten in ihren Pseudo-Outfits wie Clowns erschienen. Was die beiden allerdings nicht fanden, als sie kurz darauf eintrafen.

»Ich glaube nicht, dass die Menschen hier draußen damals solche Taschenuhren trugen«, meinte Wipperfürth und nickte in Richtung der Schauspieler.

»Und die Frauen im Westen waren niemals so schön«, ergänzte Schatten, der vor lauter Ehrfurcht seinen Hut abnahm.

»Mama schönschön!«, kommentierte Tom und strahlte zu

Schatten hinauf. Er schien ziemlich begeistert, diese drei komischen Onkels hier draußen getroffen zu haben.

»Will spielen!« Er schnappte sich Schattens Stetson und dackelte mit erstaunlichem Tempo weg vom Set zurück auf Bodies Hauptstraße.

»Bleibst du hier!« Schatten setzte sich schwankend in Bewegung. Nach dem Verlust seiner blauen Original-Wild-West-Boots wollte er nicht auch noch seinen Hut verlieren.

»Spielen!«, rief Tom, »spielenspielenTruckerspielen!« Er lief hinüber Richtung Mietwagen.

»Das Autilein ist abgeschlossen«, keuchte Schatten, dem das jetzt alles zu viel wurde, »der Onkel Wippi hat den Schlüssel verloren, das ist ganz schön blöd, da können wir nicht Trucker spielen, wir …«

Er blieb schnaufend stehen. Und sah, wie ein dreizweijähriges Kind mit seinem Stetson auf dem Kopf die Tür des Mietwagens öffnete und auf den Fahrersitz kletterte. »SpielenspielenTruckerspielen!«, rief Tom aus dem Inneren des Mietwagens. Dann startete er den Motor mit dem Schlüssel, der im Zündschloss steckte.

Sie erreichten Las Vegas am frühen Nachmittag, am Ende einer erstaunlich ruhigen Autofahrt. Wipperfürth am Steuer hatte die ganze Zeit starr geradeaus geschaut und offenbar nach Gründen gesucht, wie er das mit dem Schlüssel jemandem in die Schuhe schieben konnte. Schatten hatte geschlafen. Siebeneisen, der aus guten Gründen auf gar keinen Fall auch nur für eine einzige Minute wegdösen wollte, hatte in Moosbichlers Kladden nach Hinweisen gefahndet, die ihnen bei ihrer Suche nach Atahualpas Mumie weiterhelfen konnten. Nach wie vor war er fasziniert von dem, was dieser bayerische Cowboy erlebt hatte. In den Heften aus der Reisetasche war es vor allem um Moosbichlers

Erlebnisse bei Buffalo Bills Roadshow gegangen. Der berühmte Häuptling Sitting Bull hatte bei einem Gastspiel in Kanada gemerkt, dass niemand im Publikum seine aufrüttelnden Ansprachen in Lakota verstand und war aus der Truppe ausgestiegen. In London hatte Cody seinen Schimmel vor der Loge der Queen auf den Hinterläufen tänzeln lassen. Und Zittrige Lanze hatte in Paris ein Varieté am Montmartre besucht und Moosbichler anschließend erzählt, dass ihr Wanderzirkus unbedingt auch weibliche Komparsen aufnehmen müsse.

Am Flughafen von Las Vegas kam es dann zu einem kleinen Zwischenfall im Büro des Autovermieters. Wipperfürth, der die vorangegangenen sieben Stunden Fahrt geschwiegen hatte, verlangte energisch einen Preisnachlass. Der Wagen sei nicht mit Schneeketten ausgerüstet gewesen, trug er dem Angestellten vor. Solche Ausrüstung sei allerdings ab-so-lut e-le-men-tar, er könne wirklich nicht nachvollziehen, wie man das habe vernachlässigen können. Der Angestellte, der in Las Vegas wahrscheinlich noch niemals Temperaturen unter 20 Grad Celsius erlebt und möglicherweise auch noch niemals in seinem Leben Schnee gesehen hatte, musterte Wipperfürth, als werde ihm soeben bewusst, dass seine Firma einen Wagen an einen offenbar Geistesgestörten vermietet hatte. Er ergänzte das Kundenkonto um einige kurze, aber eindeutige Bemerkungen, nur für den Fall, dass dieser Mensch irgendwann wieder ein Auto haben wollte. Statt eines Rabatts stattete er Wipperfürth mit einem Satz kostenloser Landkarten aus, die dieser mit seligem Blick entgegennahm. Schatten, der die Karten »nur mal ganz kurz sehen« wollte, wurde gemaßregelt.

Die einzige anwesende Angestellte am Ticketschalter ihrer Fluglinie zeigte sich kurz darauf weit weniger kooperativ. Sie hielt einen Telefonhörer zwischen Ohr und Schulter geklemmt und unterhielt sich mit einer Freundin. Wipperfürth ließ einen Redeschwall auf sie einprasseln. Als er eine kurze Pause machte, erklärte die Frau ihm in aller Seelenruhe, dass seine Last-Minute-Super-Schnäppchen-Tickets für die Strecke Vegas-Dallas-Philadelphia-Montreal-MexicoCity-Havanna-Miami-Bogota-Rio-Quito aufgrund der Bestimmungen im Kleingedruckten weder umbuchbar noch stornierbar seien, und selbst wenn doch: Die Flüge seien heute Morgen gestartet, und jetzt sei es Nachmittag, er und seine Mitreisenden seien deshalb *No shows* und die Tickets damit verfallen.

Siebeneisen, beim Aufzählen der endlosen Reihe an Zwischenstopps noch kurz vor einem Wutanfall, empfand eine gewisse Erleichterung. Er ließ drei neue Tickets ausstellen, Las Vegas-Quito-Guayaquil-Galapagos. Die Maschine ging in knapp drei Stunden. Wipperfürth war empört. Mit ausufernden Tiraden versuchte er der Frau zu erklären, warum sie es nicht rechtzeitig geschafft hatten und dass so etwas natürlich höhere Gewalt sei und so weiter. Die Angestellte erklärte Wipperfürth den Sachverhalt ein weiteres Mal. Dann telefonierte sie weiter.

Siebeneisen reichte es. Er konnte sich an keine einzige Situation dieser Art erinnern, bei der es nicht irgendwelche Probleme mit Wipperfürth gegeben hatte. Es war wirklich immer dasselbe. Brave und fleißige Menschen in Büros, Geschäften oder Restaurants taten ihren Job und freuten sich auf ihren Feierabend. Dann trat Wipperfürth in ihr Leben und bugsierte sie mit seiner Besserwisser- und Rechthaberei innerhalb kürzester Zeit an den Rand eines Nervenzusammenbruchs. Irgendwann wurde es einem einfach zu viel. So wie jetzt.

»Ich gehe schon mal zum Gate. Ihr könnt ja nachkommen, wenn ihr fertig seid.« Siebeneisen lächelte der Frau hinter dem Schalter tröstend zu, nahm sein Ticket und seine Tasche und ging zur Passkontrolle. Er ahnte, was passieren würde, weil genau das eigentlich immer passierte. In zwanzig, spätestens dreißig Minuten würde eine Stimme aus den Lautsprechern des Flughafens die Herren O'Shady und »Waipperfurth« auffordern, sich doch möglichst schnell zum Gate zu begeben, das Boarding sei beendet, man warte auf sie. Der Aufruf würde sich fünf Minuten später wiederholen, und dann noch einmal, und dann, irgendwann, würden die beiden erscheinen. Diskutierend und irgendwem die Schuld an ihrer Verspätung gebend.

»Guten Flug«, wünschte der Mann an der Passkontrolle. Siebeneisen schlenderte zum Gate und bekam deswegen die Szene nicht mit, die sich nur ein paar Minuten später am gleichen Schalter abspielte.

»Reisen Sie allein, Mr....?« Der Mann an der Passkontrolle studierte Schattens Pass.

»Schwieriger Name, ich weiß. Seamus Brothaigh Donnchadh O'Shady. Manchmal kann ich ihn selbst kaum aussprechen. Ist irisch.«

»Sir, ich habe Sie gefragt, ob Sie allein reisen.« Der Beamte umging die Gefahr einer schweren Zungenverletzung.

»Natürlich nicht!« Wipperfürth, der zwei Meter hinter Schatten in der Schlange gewartet hatte, stürmte nach vorne. Wegen der endlosen Diskussion mit der Airline-Angestellten schien er rhetorisch etwas erschöpft. Statt dem Immigrationsbeamten das »Natürlich nicht!« mit ausufernden Erklärungen zu erläutern, überreichte er ihm lediglich mit feierlicher Gebärde den Pass.

Der Beamte scannte das Dokument, sah auf seinen Computerbildschirm und drehte sich nach hinten, um einem Kollegen zu winken, einem Supervisor offenbar, der mit vor der Brust verschränkten Armen etwas entfernt stand. Jetzt kam er zu ihrem Schalter. Der Immigrationsbeamte zeigte auf seinen Computerbildschirm. Wipperfürth beugte sich über den Schalter, um mitzulesen.

»Zurück!«, donnerte der Beamte, »treten Sie sofort einen Schritt zurück, Sir!«

Wipperfürth zuckte zusammen. »Ich wollte doch nur sehen, ob …«

»Sir! Ich muss Sie bitten, still zu sein!«

Der Supervisor hatte inzwischen die Pässe der beiden an sich genommen. Er nickte dem Einwanderungsbeamten zu und entfernte sich. Mit den Pässen.

»Sie wollen also ausreisen? Sie wollen nach Südamerika?«

»Oh ja! Wir haben dort Geschäfte zu tätigen.« Wipperfürth stand auf den Zehenspitzen und reckte sich, um zu sehen, wohin der Supervisor mit ihren Pässen ging.

»Aha. Geschäfte.« Der Beamte tippte wieder etwas in seinen Computer.

»Ja. Wir gehören zu NIU aus New Orleans. Und wir sind auf der Suche …« Wipperfürth brach mitten im Satz ab, weil ihm Schatten mit voller Kraft gegen das Schienbein getreten hatte. »Also, wir … wir wollen gerne … Wir suchen Meerechsen … Echsen, die wollen wir suchen. Auf Galapagos. Große Reptilienfans sind wir, oh ja, und …«

»Es ist mir egal, was Sie suchen, Sir«, sagte der Beamte, der immer noch tippte. »Ich bin mir allerdings sicher, dass Sie es in nächster Zeit nicht finden werden. Laut meinem Computer befinden Sie sich lediglich gegen Kaution auf freiem Fuß. Sie beide. Und jetzt stelle ich fest, dass Sie die Vereinigten Staaten verlassen wollen. Juristisch gesehen ist das ein Fluchtversuch.«

Der Beamte nickte an Wipperfürth und Schatten vorbei in die Flughafenhalle. Was insofern nicht seltsam war, weil dort, hinter Wipperfürth und Schatten, mittlerweile vier Polizisten aufgetaucht waren.

»Ich weiß nicht, was in Sie gefahren ist«, sagte der Beamte, als die Handschellen klickten, »nach Südamerika? Mit dem Flugzeug? Und Sie meinen, das merken wir nicht?« Er sah die beiden an, als frage er sich, wie blöd man sich eigentlich anstellen könne als Casinobetrüger. »Das kann die Staatsanwaltschaft nur als Flucht vor den Strafverfolgungsbehörden auslegen, davon können Sie ausgehen.«

17

SANTA CRUZ, GALAPAGOS. ZWEI TAGE SPÄTER.

Siebeneisen öffnete die Tür ein zweites Mal und schlug sie augenblicklich wieder zu. So wie beim ersten Versuch drei Minuten zuvor. Er ging zum Telefon am Bett und wählte die 0 für die Rezeption.

»Entschuldigen Sie – aber vor meiner Tür steht ein Pelikan.«

»*Señor?*«

»Ein Pelikan. *Un Pelícano?*« Siebeneisen kannte das spanische Wort für den Vogel nicht, der vor seiner Tür auf der Veranda hockte und offenbar darauf wartete, dass jemand herauskam. Bis vor ein paar Minuten war ihm nicht klar gewesen, wie groß diese Viecher werden konnten. Und wie bedrohlich es aussah, wenn so ein Pelikan einen Meter vor einem seinen Schnabel aufriss und dabei merkwürdige Laute von sich gab, die klangen, als habe er einen angeschalteten Mixer verschluckt.

»*Un Pelícano*? Vor Ihrer Tür?«

»Ein Pelikan vor meiner Tür, genau.« Siebeneisen fragte sich, ob das jetzt so weitergehen würde: Er sagte etwas, der Rezeptionist würde es wiederholen, und er, Siebeneisen, würde bestätigen, was der Rezeptionist wiederholt hatte. »Hallo? Sind Sie noch da?«

»*Si, Señor.*«

»Und?«

»*Perdon, Señor?*«

»Was soll ich tun? Ich will raus, kann aber nicht, weil dieses Vieh da hockt.« Das war wieder einer jener Momente, in denen Siebeneisen der Verdacht kam, der Regisseur von *Verstehen Sie Spaß* führe heimlich das Script für seinen Alltag.

»Sitzt er immer noch da? Der Pelikan?«

Das ist jetzt nicht wahr, dachte Siebeneisen. Er warf den Telefonhörer aufs Bett, ging zur Tür und öffnete sie. Der Pelikan wackelte aufgeregt hin und her, gab schreckliche Geräusche von sich und riss den Schnabel derart weit auf, dass Siebeneisen den rührenden Mixer tief drinnen zu sehen glaubte. Er knallte die Tür wieder zu.

»Sie werden es nicht glauben. Er sitzt da noch. Vor meiner Tür.«

»*Si, Señor*?«

»Der! Pelikan! sitzt! noch! vor! der Tür!«

»*Si, Señor*. Er will Fisch. Der Pelikan. Er will, dass Sie ihm einen Fisch geben.«

»Das ist schön zu wissen. Und wo soll ich jetzt bitteschön einen Fisch herbekommen?«

Siebeneisen merkte, wie seine Laune ganz allmählich umschlug. Bis gerade eben hatte er sich ziemlich ausgeglichen gefühlt. Die vergangenen Stunden ohne Wipperfürth und Schatten waren wie Balsam für sein Nervensystem gewesen. Dass die beiden an der Flughafen-Passkontrolle festgenommen worden waren, hatte er erfahren, als sie trotz mehrerer Aufrufe nicht am Gate erschienen und die Airlinemitarbeiter ein wenig herumtelefonierten. Einen Moment lang hatte er gezögert und überlegt, ob und wie er seinen Freunden helfen konnte. Weil er das Land mit dem Passieren der Passkontrolle faktisch schon verlassen hatte, hätte er erneut in die USA einreisen müssen. Bei dem Theater, das die Einwanderungsbehörden schon bei einer ganz normalen Einreise veranstalteten, konnte sich Siebeneisen lebhaft vorstellen, was geschehen würde, wenn er eine halbe Stunde nach seiner Ausreise wieder einreisen wollte und sich dabei nach zwei soeben verhafteten Freunden erkundigen würde. Also war er stattdessen in das Flugzeug gestiegen. Lawn würde sich um die beiden kümmern.

Und dann war tatsächlich eine Zeitlang alles gut gewesen, für einige Stunden Flug, die eine aufmerksame Crew ihm mit einem herrlichen Malbec aus Argentinien versüßt hatte. Jetzt aber, am Telefon, da spürte Siebeneisen, wie sehr ihm die Tage mit Wipperfürth und Schatten an die Substanz gegangen waren. Ein dämlicher Vogel genügte, und schon war er auf 180.

»Ich soll ihm einen Fisch geben? Ja, geht's denn noch? Wenn er einen Fisch will, muss er sich nur umdrehen. Vier Schritte hinter ihm ist das Meer!«

»*Si, Señor*. Das weiß der Pelikan. Er will seinen Fisch aber von Ihnen.«

»Ich habe hier keinen Fisch! Wieso sollte ich einen verdammten Fisch in meinem Zimmer haben?« Siebeneisen merkte, wie er allmählich, ganz allmählich völlig die Fassung verlor.

»*Si, Señor*. Wir können Ihnen gerne einen Fisch bringen. Einen Fisch für den Pelikan. Dann können Sie ihm den geben. Ich verbinde Sie mit dem Zimmerservice. *Un momentito*!«

»Ich will Ihren verdammten Fisch nicht!«

Siebeneisen knallte den Hörer auf die Gabel. Der Nachttisch vibrierte. Er riss die Tür auf, sah in den aufgerissenen Schnabel, hörte den Mixer, packte den Pelikan, drehte ihn um und bugsierte ihn zur Kante des Balkons, der im Grunde nur aus einem Holzsteg bestand. Der völlig verdutzte Vogel machte zwei oder drei Watschelschritte und hüpfte ins Meer. Siebeneisen wischte sich die Hände an der Hose ab. Einen Meter unter ihm schaute ihn der Pelikan völlig indigniert an.

Das Stella Maris hatte er bei seiner Zwischenlandung am Flughafen in Quito gebucht, der Hauptstadt Ecuadors. Die Übernachtung kostete so viel, dass Siebeneisen mit einer luxuriösen Unterkunft gerechnet hatte. Dann aber hatte ihn der Taxifahrer vor einem Gebäude abgesetzt, das exakt so aussah wie die Hotels, die seine beiden Freunde in den letzten Jahren für ihn organisiert hatten.

Das Stella Maris lag tatsächlich unmittelbar am Wasser. Leider lag es aber auch direkt an jenem Hafen, über den offenbar der komplette Transport zwischen den Inseln des Archipels abgewickelt wurde. Wenige Schritte vor Siebeneisens Zimmertür knatterten ununterbrochen die Dieselmotoren der an- und ablegenden Boote. Irgendein Abschnitt irgendeines Betonstegs wurde mit Hilfe eines Presslufthammers erneuert, ein Lastwagen mit Schutt auf der Ladefläche hupte in nicht nachvollziehbaren Intervallen, Menschen riefen sich Anweisungen zu. Zur anderen Seite war es ruhiger, aber nicht idyllischer, falls das Wort bei einem ausgetrockneten Garten, in dem nichts außer einer Handvoll Kakteen stand, überhaupt angemessen war. Zimmer, Flure und Lobby des Stella Maris waren von einer Schlichtheit, wie man sie sonst von Hotels aus der Peripherie Bukarests kennt. Außer Siebeneisen schien es keinen anderen Gast zu geben.

Die Inselgruppe im Meer vor Ecuador hatte ihm jahrelang Albträume bereitet. Galapagos verfolgte ihn seit seinem Abitur. Die mündliche Prüfung musste er damals im Grundkurs Biologie ablegen. Seine Lehrerin hatte ihm zuversichtlich zugelächelt, der Zweitprüfer aber war ein cooler Hund, der gerne mit einem Pappbecher Espresso in der Hand und einer verspiegelten Ray-Ban-Sonnenbrille auf dem Kopf unterrichtete. Von seinen Schülern wurde er Django genannt, wenn er sich nicht in Hörweite befand. Bei der Prüfung war das Gespräch damals ziemlich schnell auf Darwin gekommen. Und auf die Finkenarten von Galapagos, die den Forscher auf die Idee gebracht hatten, dass das mit der Schöpfung der Welt damals möglicherweise doch nicht so passiert war, wie in der Bibel beschrieben. Django hatte wissen wollen, wie viele Finkenarten Darwin damals gezählt habe. Jede habe sich auf eine bestimmte Nahrungsquelle spezialisiert, völlig unterschiedliche Schnäbel hätten sich entwickelt, deswegen sei Darwin auf seine Evolutionstheorie gekommen, aber, jetzt, Prüfling Siebeneisen, jetzt raus mit der Antwort! Wie viele Arten? Vierzehn, hatte Siebeneisen geflüstert, vierzehn. Der Zweitprüfer war aufgestanden und hatte sich im Hinausgehen die Zigarette angezündet. Und Siebeneisen hatte sein Abitur bestanden.

»Ich fürchte, da können wir wenig ausrichten. Die Staatsanwaltschaft wird in so einem Fall garantiert nicht nachgeben. Wie konntet ihr denn auch vergessen, dass die beiden nur auf Kaution auf freiem Fuß waren?«

»Gute Frage. Ich habe tatsächlich keinen Moment daran gedacht. Die beiden garantiert ebenfalls nicht. Schatten fühlt sich eh zu Unrecht unter Verdacht. Womit er wohl recht hat. Und wie Wipperfürth in solchen Momenten argumentiert, kannst du dir ja vorstellen.«

Siebeneisen sah hinüber zur Rezeption, wo der Empfangschef des Stella Maris in einem stakkatohaften Spanisch auf einen Lieferanten einredete, der einen Eimer in der Hand hielt. Um die horrenden Gebühren für internationale Ferngespräche zu vermeiden, hatte er Lawn vom öffentlichen Telefon in der Lobby aus angerufen. Und ihr gleich als Allererstes erzählt, dass sich Wipperfürth und Schatten durch eigene Dummheit zurück hinter Gitter befördert hatten. Lawn hatte sich in den vergangenen

Jahren mit den drei Deutschen an vieles gewöhnt. Das war dann aber doch auch für sie eine Neuigkeit, die sie für einen kurzen Moment sprachlos gemacht hatte.

»Am besten schalten wir gleich einen Anwalt ein. Ich kenne einen im Garden District. In dem Haus hatte ich mal nen Job. Mysteriöse Geräusche von der Decke. Angeblich ein Poltergeist. War dann aber doch nur ein Marder auf dem Speicher.«

»Ok, gut. Mach das.« Siebeneisen fiel etwas ein. »Apropos Marder: Wie geht's denn dem kleinen Bandito?«

»Dem geht es gut. Das Tier besitzt die beneidenswerte Eigenschaft, sich bei jedem irgendwie sofort zu Hause zu fühlen. Zuerst bei Schatten, dann bei uns, und jetzt bei Frampton. Der Waschbär ist die meiste Zeit im Waschbär, um es mal so zu sagen.«

»Solange er dort nicht die neuen Lieferungen probiert…« Siebeneisen stellte sich Bandito vor, wie er Frampton beim Entkorken einer Flasche Wein zusah. Für einen Moment fragte er sich, ob der Waschbär im Waschsalon eine artgerechte Ernährung bekommen würde. Er verdrängte den Gedanken. Um so etwas konnte er sich nicht auch noch kümmern.

»Hat Frampton eigentlich mittlerweile herausgefunden, wo die restlichen Notizbücher unseres bayerischen Cowboys abgeblieben sind? Hat er seine Nichte erreicht?«

»Meines Wissens noch nicht. Er liest aber fleißig in den Heften, die wir haben. Zumindest die englischsprachigen Einträge. Damit dürfte er noch einige Zeit beschäftigt sein.«

»Könntest du ihn bei Gelegenheit bitte mal fragen, ob ihm an irgendeiner Stelle etwas mit Galapagos aufgefallen ist? Vielleicht kannst du ja auch mal recherchieren.«

»Galapagos? Die Inseln?«

»Ja, Galapagos, die Inseln. Da bin ich gerade.«

»Was? Du bist wo? Ich dachte, du rufst aus Las Vegas an?«

»Hab ich noch gar nicht erwähnt, ich weiß. Ich bin auf Galapagos.«

»Und du hast mich nicht mitgenommen?«

»Wir wollten alle drei hierhin. Wipperfürth, Schatten und ich. Von Las Vegas aus. Am Flughafen haben sie die beiden dann ja aber verhaftet. Und vorher … also … Das muss ich dir mal in Ruhe erzählen. Vorher gab's jedenfalls kein Telefon. Wir waren in einer Geisterstadt.«

»In einer Geisterstadt?«

Siebeneisen wusste, dass Lawn den Begriff Geist nicht mochte. Wenn sie selbst von paranormalen Erscheinungen sprach, verwendete sie den Begriff Entitäten. Und wenn Siebeneisen sie aufziehen wollte, sagte er Gespenster.

»Ja, in Kalifornien. Jetzt frag mich bitte nicht, wie wir da gelandet sind. Auf jeden Fall konnte ich mich zwischendrin nicht melden.«

»Und wieso Galapagos?«

»Möglicherweise ist die Mumie hier versteckt. Ich recherchiere jetzt selbst mal. Das wird hier aber eher kompliziert, fürchte ich.«

Siebeneisen dachte daran, wie aufwändig es bereits gewesen war, aus dem Zimmer zu kommen. »Ich bin jedenfalls für jeden Hinweis dankbar. Schaut einfach mal, ob es irgendwelche gibt. In den Kladden. Oder online.«

Beim Verlassen der Lobby fiel Siebeneisen ein Plakat auf, mit dem ein ortsansässiges Unternehmen für eine viertägige Kreuzfahrt zwischen den Inseln des Archipels warb. Fasziniert betrachtete er die Fotos. Seine letzte und einzige Schiffsreise lag ein paar Jahre zurück. Damals war er auf der Suche nach einem von Schattens Miterben gewesen, der in einer Forschungsstation in der Antarktis arbeitete. Die Reise selbst hatte Siebeneisen sehr genossen, die menschenleeren Landschaften, die unwirkliche Stille, die Eisberge, die majestätisch an ihnen vorbeigetrieben waren. Bloß seine Mitreisenden hatten das Erlebnis getrübt. Siebeneisen war sich vorgekommen, als sei er auf einem Narrenschiff unterwegs. Zu seinen Mitpassagieren hatte damals unter anderem diese Gruppe australischer Uralt-Feministinnen gehört, die Siebeneisen bis heute Videos emailten, in denen sie Seemannslieder aus dem 19. Jahrhundert sangen. So etwas passiert einem aber nur einmal im Leben, dachte Siebeneisen. Genauso, wie man sich von Wipperfürth und Schatten auch nur ein einziges Mal in eine Kabine einbuchen lässt, die direkt neben dem Maschinenraum liegt.

Siebeneisen betrachtete das Plakat. Dann entschied er sich, nicht darauf zu warten, bis Lawn oder Frampton Informationen für ihn hatten. Stattdessen informierte er den Rezeptionisten, dass er das liebliche Stella Maris morgen verlassen, Ende der Woche aber wiederkommen werde. Der Rezeptionist sah eine Ewigkeit im Buchungssystem nach, bevor er Siebeneisen großzügig mitteilte, dass er das Zimmer einfach behalten könne. Das Hotel habe Kapazitäten, *si, si, Señor*, dann müsse er nicht aus- und später wieder einchecken, das mache dann auch weniger Arbeit für das Personal, er werde das vermerken. Dann wünschte er Siebeneisen eine schöne Kreuzfahrt.

18

Sonntags im Maskierten Waschbär, New Orleans.

Der Bus hielt auf der gegenüberliegenden Straßenseite im Halteverbot, und Frampton überlegte kurz, ob er den Fahrer vor den Politessen im French Quarter warnen sollte. Er wird schon wissen, was er tut, dachte er dann. Der Bus gehörte einem örtlichen Unternehmen, das Tagestouren anbot. Wahrscheinlich war er auf dem Weg in die Bayous, die waren bei Besuchern aus Europa ziemlich beliebt. Frampton wusste nicht, weshalb Touristen einen kompletten Tag ihres Urlaubs dafür opferten, um bei 35 Grad und 120 Prozent Luftfeuchtigkeit auf wackligen Holzstegen herumzulaufen und nach Alligatoren Ausschau zu halten, während eine Myriade Mücken über sie herfiel. Es war ihm aber auch egal. Er freute sich über jeden Touristen, der nach New Orleans kam und seine Dollars in der Stadt ließ. Seit dem Hurrikan waren jetzt zehn Jahre vergangen, New Orleans aber hatte sich noch immer nicht wirklich erholt. Den meisten kleinen und mittleren Unternehmen ging es nach wie vor mies. Da war jeder Besucher wichtig. Auch wenn er seine 35 Dollar dafür ausgab, sich in den Sümpfen zerstechen zu lassen.

Frampton hatte den Maskierten Waschbär vor wenigen Minuten aufgeschlossen und außer der Tür auch sämtliche Fenster geöffnet. Der Morgen war ungewöhnlich kühl für New Orleans. Das passierte nicht oft, aber wenn es passierte, schien sich das French Quarter komplett zu verändern. In den Bäumen zwitscherten plötzlich Vögel, die sonst schlapp auf den Ästen saßen und darauf warteten, dass es kühler werden würde. Die Leute auf den Straßen gingen nicht wie sonst kurz grüßend aneinander vorbei, weil sie möglichst schnell in den nächsten klimatisierten Raum wollten, sondern blieben stehen und unterhielten sich. Und man hörte Musik, überall war Musik. Sie kam aus den Häusern in der Nachbarschaft, in denen die Leute zum Wachwerden den lokalen Jazzsender WWOZ 90.7 hörten oder eine alte Vinylplatte mit Soulmusik auflegten. In einem Haus an der nächsten Ecke wohnte ein Tubaspieler, der an diesem Morgen bei geöffnetem Fenster übte und dessen Phrasierungen die Luft in der Barracks Street sanft vibrieren ließen. Und im Haus gegenüber sang eine junge Frau. Frampton stand im Türrahmen und hörte ihr mit geschlossenen Augen zu. Aus dem Bus stiegen die ersten Touristen.

»Das da drüben? Das ist es?«

Frampton riss die Augen auf. Neben dem Bus standen fünf oder sechs Leute. Ältere Leute. Frauen und Männer, in ihren Sechzigern vielleicht, eher älter. Sie schauten zu ihm herüber, hatten aber offenbar nicht den Mut, ihn anzusprechen. Stattdessen diskutierten sie laut miteinander. Deutsch, dachte Frampton, das war Deutsch. Und das waren deutsche Touristen. Hinter den getönten Scheiben des Busses sah er Schatten, die sich bewegten.

»Ei, dann lass uns mal sehen, was da los ist! Angst müssen wir ja keine haben – wir doch nicht!« Aus der Gruppe auf dem Bürgersteig löste sich ein älterer Mann. Er trug einen merkwürdigen Kinnbart, eine Art Expeditionsjacke über einem karierten Hemd und einen Tropenhut. Seine dürren Beine steckten in viel zu weiten Shorts, seine Füße in Trekkingsandalen, Größe 46, mindestens. Vor seinem Bauch baumelten eine Kamera, ein Fernglas und eine Gürteltasche. Jetzt winkte er Frampton mit der rechten Hand, als könne der ihn auf zehn Meter Entfernung nicht ohne diese Bewegung entdeckt haben. Er lief genau in jenem Moment auf die Straße, in dem das einzige Auto der letzten zwanzig Minuten vorbeifahren wollte.

»Hans-Erich!!« Eine der Frauen zog den Mann im letzten Augenblick am Riemen seiner Gürteltasche zurück. »Pass doch auf! Fast wärst du überfahren worden! Wie ein kleines Kind!« Die Frau suchte den Blickkontakt mit den anderen auf dem Bürgersteig und schüttelte den Kopf, als wolle sie »Ich hab euch ja erzählt, dass es immer schlimmer wird mit ihm« sagen oder etwas Ähnliches.

»Ich hab den doch gesehen!«, blaffte Hans-Erich. »Und der mich auch! Der hatte doch alle Zeit der Welt, um zu bremsen. Du immer mit deiner Hektik!«

»Hektik? Ohne mich wärst du doch längst tot! Zehnmal schon wärst du überfahren worden, mindestens!«

Großer Gott, dachte Frampton. Die wollen doch wohl nicht. Die werden doch nicht. Es ist doch noch viel zu früh. Wir sind doch keine … Auf dem Bürgersteig gegenüber wurde es voller, als weitere Leute aus dem Bus stiegen. Der Fahrer holte mehrere Rollatoren aus dem Gepäckfach.

»Klara? Die haben doch bestimmt ne Toilette, oder?«, rief eine Frau einer anderen zu.

»Sicher haben die eine! Warte, ich komm gleich mit!«

Langsam, ganz langsam, als dürfe er dabei nicht gesehen werden, machte Frampton zwei, drei vorsichtige Schritte zurück in den Waschsalon. Er nahm das »*Closed*«-Schild vom Haken an der Wand und hängte es nach draußen. Dann schloss er die Tür. Es wird nichts nützen, dachte er, garantiert wird es nichts nützen.

Zehn Minuten später war der Maskierte Waschbär eine okkupierte Zone. Knapp fünfzig Mitglieder des Kirchenchors Cäcilia

Kleinbessersheim hatten jeden freien Quadratmeter des Waschsalons in Beschlag genommen. Weil die Stühle nicht reichten, liefen sie übermotiviert im Raum herum, als seien sie im Auftrag des Gewerbeaufsichtsamtes gekommen und müssten jeden Winkel inspizieren. Ein versteinerter Frampton sah zu, wie drei Männer seinen Wein aus dem Regal holten, sich gegenseitig die Etiketten vorlasen und zu diskutieren begannen. Zwei ältere Herren saßen an Mortimers Piano und verspielten sich bei *Alle meine Entchen*. Andere standen an den Maschinen, lasen die Aufkleber mit den technischen Details zu Wasser- und Stromverbrauch und schüttelten verständnislos den Kopf. Mehrere Leute winkten ihm aufgeregt zu und riefen: »Bedienung!«

Frampton war vollkommen überfordert. Er betrieb einen Waschsalon, in dem man etwas zu trinken bestellen konnte, aber doch kein Hofbräuhaus! Bereits in der vergangenen Woche war es im Maskierten Waschbär deutlich voller gewesen als in den Monaten davor. Das hatte er Tibbs zu verdanken. Tibbs hatte ihre Freunde angeschleppt, gleich am ersten Abend, nachdem sie dem Waschbären und ihm den Kopf verdreht hatte. Und ihre Freunde hatten am Tag drauf wiederum ihre Freunde mitgebracht, und die zwei Tage später dann ihre. Das mit dem tanzenden Bandito hatte sich im French Quarter herumgesprochen. Aber das waren alles Einheimische, dachte Frampton, Leute aus New Orleans, Leute wie er – und keine Rentner mit »Wem gehört die Welt?«-Attitüde!

»Hallo! Haaaaallo! Sie da!«

Der Mann, der Hans-Erich hieß, winkte ihm theatralisch vom Weinregal zu. Er hielt eine Flasche Riesling in der Hand. Frampton nahm sie ihm ab, bevor er sie auf den schwarzweißen Kachelboden fallen lassen konnte. Aus dem Bauch heraus beschloss er, acht Dollar für das kleine Glas zu berechnen. Nein: neun. Und vierzig für die Flasche.

»Davon hätten wir gerne zwei. Drüben, da, wir sitzen da drüben. *Two bottles, you understand?*«

Frampton nickte. Natürlich verstand er das. Er hatte zwei deutsche Mieter, die kaum etwas anderes taten, als unentwegt zu reden, da wäre es eher verwunderlich, wenn er nicht längst ein bisschen Deutsch gekonnt hätte. Er schob Hans-Erich sanft zur Seite und ging hinter den Tresen. Aus einem Karton nahm er zwei Flaschen, öffnete sie und griff nach den Gläsern. Nein, dachte er, nein, und stülpte stattdessen einen Schwung Plastikbecher über die Flaschenhälse. Am besten würde er sofort abkassieren, wer konnte schon sagen, wo das hier enden würde? Hans-Erichs Frau – Frampton vermutete, dass es die Frau war, aber was wusste er denn schon über reisende Rentner aus Deutschland? –, die Frau jedenfalls hielt ihn am Arm fest, als er die Flaschen auf den Trockner gestellt hatte, neben dem die Gruppe saß. Sie sprach ein Englisch, das er kaum verstehen konnte.

»Entschuldigen Sie! Eine Frage! Warum heißt es Maskierter Waschbär? Maskierter? Das passt doch nicht, finden Sie nicht auch?«

»Wie meinen Sie das? Es passt nicht?« Frampton sah zur Fensterscheibe, auf der das Logo seiner Nichte klebte. Nach wie vor sah es nach einem maskierten Waschbären aus.

»Ei, wo er doch tanzt! Der Kleine! Tanzen tut er doch! Da hätten Sie Ihren Salon doch Zum Tanzenden Waschbär nennen müssen!«

Die ältere Dame lachte, als sei ihr ein umwerfendes Bonmot gelungen. Und Frampton wusste, dass sich seine schlimmsten Befürchtungen soeben bestätigten. Es hatte sich weiter herumgesprochen. Ein paar Tage hatten genügt, und die Nachricht vom tanzenden Waschbären hatte einen Anbieter von Tagesausflügen erreicht. Der wiederum genügend Zeit gehabt hatte, den Stopp am Waschsalon in sein Programm einzubauen.

»Kommt er jetzt? Na? Bestimmt kommt er jetzt!«

Hans-Erichs Frau hatte ihren Becher Wein mit zwei, drei Zügen geleert. Ihre Wangen glühten, die Augen strahlten, sie sah aus, als warte sie aufs Christkind. Ihr Mann schaute zu ihr hinüber, als sei sie wieder 17 und er habe sich soeben Hals über Kopf in sie verliebt.

»Hört mal alle her!«, rief sie jetzt, stand von ihrem Stuhl auf und stellte sich in die Mitte des Raumes. »Lasst uns dem kleinen Waschbären einen richtigen Empfang bereiten! Kirchenchor Cäcilia Kleinbessersheim: Raketenstufe Eins!«

Entsetzt sah Frampton zu, wie fünfzig Rentner rhythmisch zu klatschen begannen. Die Frauen strahlten, die Männer knallten die Handflächen derart aufeinander, dass man ihnen die Anstrengung im Gesicht ablesen konnte.

»Stufe Zwei!«, rief Hans-Erichs Frau. Die Rentner klatschten schneller und stampften dazu mit den Füßen. Frampton hatte Angst. Richtige Angst.

»Stufe Drei!«, rief Hans-Erichs Frau. Worauf ihre Gefolgsleute nicht nur klatschten und stampften, sondern dazu auch noch »Hey! Hey! Hey!« riefen. Einige Männer standen auf und klatschten mit den Händen über den Köpfen, damit alle anderen den Rhythmus halten konnten. Frampton erinnerte sich, vor Jahren im Fernsehen einmal einen Bericht über eine Karnevalssitzung in Deutschland gesehen zu haben, da war es genauso zugegangen. Allerdings war das in einem Saal passiert, in dem wahrscheinlich ausreichend Security bereitgestanden hatte. Nicht in einem Waschsalon. Nicht in seinem Waschsalon. Er hatte keine Ahnung, wie er die Lage hier wieder unter Kontrolle bekommen sollte. Frampton hatte nämlich ein Problem, ein ziemliches Problem.

Bandito war überhaupt nicht da.

»Wie meinen Sie das? Wo sind Sie überhaupt? Was ist das für ein Geräusch im Hintergrund?«

»Ich stehe im Hinterhof. Und was man da hört, sind fünfzig deutsche Rentner drinnen im Waschsalon, die auf Bandito warten.« Frampton wischte sich den Schweiß von der Stirn. Von der Kühle des Morgens zwanzig Minuten zuvor war bereits nichts mehr zu spüren. Auch die Musik aus der Nachbarschaft war verschwunden. Entweder wurde sie von rhythmischem Klatschen und lauten »Waschbär! Waschbär!«-Anfeuerungen übertönt, oder die Nachbarn hatten sich in Sicherheit gebracht. »Sie müssen ihn vorbeibringen. Bitte. Und bitte so schnell wie möglich!«

»Wie bitte? Er sollte doch das Wochenende über bei mir bleiben! Wir haben Pläne, wir beide!«

»Das ist jetzt egal! Wenn die da drin noch einen oder zwei Wein mehr getrunken haben, nehmen die mir die Bude auseinander!«

»Jetzt hören Sie mir mal zu! Sie wollten, dass ich auf ihn aufpasse. Das war nicht meine Idee. Sie haben mich angerufen, nicht ich Sie, erinnern Sie sich?«

»Ja, natürlich, ich …«

»Und jetzt melden Sie sich sonntags in aller Herrgottsfrühe und verlangen von mir, dass ich den Kleinen zurückbringe. Ich bin noch nicht einmal frisiert! Im Morgenmantel sitze ich hier!«

»Ich … Sie haben ja recht! Ich stehe sowieso schon tief in Ihrer Schuld! Es ist nur … es war nur … es ging eben nicht anders. Alle anderen sind doch weg!«

»Ach? Alle anderen sind also weg? Deswegen bin ich Ihnen also eingefallen. Als Notnagel, nicht wahr? Alle anderen sind weg, und der Herr Waschsalonbesitzer will das Wochenende mit seiner neuen Geliebten verbringen, und weil da ein kleiner, süßer Waschbär nur stören würde, gibt er ihn schnell mal bei einer einsamen Dame in Pflege.«

»Sie haben ja recht!« Frampton sah hinüber zur Tür, die vom Waschsalon auf den Hof führte. Er hätte sie abschließen sollen, dachte er. »Das heißt: Nein! Nicht damit! Das hab ich nicht gemeint! Ich meine… Es tut mir leid. Aber Sie müssen ihn trotzdem vorbeibringen. Jetzt. Gleich. So schnell wie möglich. Bitte, Señora Corazon. Bitte.«

Frampton legte auf und lehnte sich gegen die Hauswand. Mist, Mist, Mist. Alles lief aus dem Ruder. Ach was: Alles war bereits aus dem Ruder gelaufen. Wie hatte er auf eine solche Idee kommen können? Sein erstes Wochenende mit Tibbs hatte ein ganz besonderes sein sollen. Drinks drüben im Napoleon House, Candlelight-Dinner bei Antoine's, später dann Champagner bei ihm zu Hause, *the whole nine yards*. Das ließ sich natürlich nicht realisieren, wenn man gleichzeitig auf einen Waschbären aufpassen musste. Und erst recht nicht, wenn die Frau, mit der man das Wochenende verbringen wollte, völlig austickte, wenn dieser Waschbär in der Nähe war und alles andere um sich herum vergaß, also auch ihren Begleiter.

Nein, Bandito hatte weggemusst. In Pflege. Für ein Wochenende. Dummerweise hatte Lawn das Tier bei ihm abgeliefert, weil sie irgendwo oben bei Baton Rouge eine Erscheinung jagen musste. Wipperfürth und Schatten saßen im Gefängnis. Siebeneisen stromerte in Südamerika herum und suchte einen toten Inka. Nur er war übrig geblieben. Lawn hatte Frampton das Versprechen abgenommen, gut auf den Waschbären aufzupassen. Das sei doch bestimmt ok für ihn, oder? Bandito sei ja sowieso öfter im Waschsalon. Und er, was hatte er getan? Lawn war noch nicht richtig aus der Stadt gewesen, da hatte er den Waschbären schon bei dieser Opernsängerin abgeliefert. Die ihn jetzt nicht zurückbringen wollte. Was mache ich jetzt nur, dachte Frampton, was mache ich nur?

»Da sind Sie ja!« Drei der älteren Frauen hatten ihn im Hinterhof entdeckt. Sie standen in der Tür, ihre Handtaschen fest umklammert, als hätten sie in ihrem Reiseführer gelesen, dass man das in New Orleans so tun müsse. »Haben Sie ihn hier? In einem Käfig? Das ist dem Tier doch viel zu heiß!«

»Nein, er ist nicht hier.« Frampton ging hinüber, um die drei am Betreten des Hinterhofs zu hindern. Es war hier nicht sonderlich aufgeräumt. Wenn eine der Frauen hinfiel und sich den Oberschenkelhals brach, würde er bis ans Ende seiner Tage zahlen müssen.

»Kommen Sie bitte mit herein, da kann ich Ihnen alles erklären …« Er schob die drei vor sich her zurück Richtung Waschsalon. Sie sind ruhiger geworden, dachte er, zum Glück haben sie sich beruhigt. Vielleicht gehen sie ja gleich, vielleicht müssen sie weiter, zum Alligatorenfüttern in die Bayous oder zur Besichtigung einer alten Baumwollplantage.

»Da ist er!«

Frampton blieb ruckartig stehen, als die Mitglieder des Kirchenchors Cäcilia Kleinbessersheim seine Rückkehr bemerkten. Er wusste jetzt, weshalb sie ruhiger geworden waren. Es war auch überhaupt nicht zu übersehen. Seine Gäste hatten seine Abwesenheit genutzt, um sich herauszuputzen. Offenbar hatte ihr Bus vor dem Stopp am Maskierten Waschbär einen Halt an einem der Souvenirläden eingelegt, die Zubehör für Mardi Gras verkauften, den Karneval von New Orleans. In der Stadt am Mississippi schmückten sich die Menschen an den tollen Tagen vor allem mit bunten Federboas, Augenmasken und Plastikperlenketten. Von denen hatten die Rentner aus Deutschland offenbar derartige Mengen eingekauft, dass sie nun aussahen wie mit Lametta geschmückte Weihnachtsbäume. Möglicherweise dachten sie, eine solche Maskerade wäre passend für den Auftritt eines tanzenden Waschbären. Was weiß denn ich?, dachte Frampton, der allmählich verzweifelte und längst hoffte, dass dieser Tag so schnell wie möglich vorbeigehen würde. Er stellte sich auf die oberste Stufe der kleinen Empore am Ende des Waschsalons, wo ihn alle gut sehen konnten.

»Meine Damen und Herren«, rief er in den Raum, »liebe Besucher aus Germany…«

»Kleinbessersheim!«, rief einer der Männer, und fünfzig ältere Frauen und Männer rissen die Arme in die Höhe, jubelten, klatschten und riefen Dinge wie »Bessrshemm!«, was offenbar die lokale Variante ihres Herkunftsortes war. Einige waren aufgestanden und schwenkten ihre bunten Ketten in der Luft. Frampton registrierte, dass die Anzahl der leeren Weinflaschen auf den Tischen, Trocknern und Waschmaschinen erheblich größer war als die Anzahl der Flaschen, die er selbst für seine Gäste geöffnet hatte. Wie lange hatte er draußen telefoniert? Länger als zwanzig Minuten konnte er doch nicht weg gewesen sein! Wie schnell tranken die denn? Und wie sollte er jetzt wissen, was er von wem kassieren musste?

»Liebe Gäste!« Er machte eine beruhigende Bewegung mit den Armen, von der er hoffte, dass sie auch als solche wahrgenommen werden würde. Tatsächlich wirkte es. Die, die eben noch standen, setzten sich wieder. »Ich möchte Sie gerne alle auf ein paar Dinge hinweisen!«

»Seidemolruhisch!«

Hans-Erich wies zwei Männer zurück, die sich in einer ziemlichen Lautstärke über die Zucht von Waschbären unterhielten. Die beiden winkten beschwichtigend ab und drehten sich zu Frampton um, der noch immer oben auf der kleinen Empore stand.

»Also, es ist so…«, sagte er, »wie Sie vielleicht nicht wissen, ist dies hier ein Waschsalon, also ein Ort, an dem Menschen ihre Wäsche waschen können.«

»Helau!«, rief einer der betrunkenen Männer.

»Ruhisch!«, mahnte ein anderer.

»Im Laufe der Zeit hat es sich ergeben, dass man hier auch ein Glas Wein zu trinken bekommt.«

»Unnderischklasse!«

Die Frau, die Klara hieß, hielt ihren halbvollen Plastikbecher in die Höhe, aus dem dabei ein wenig Rotwein schwappte. Frampton sah, dass zwei leere Flaschen Tailor auf ihrem Tisch standen. Sein Lieblingswein. Weg war er. Der kostet euch 70 Dollar die Flasche, beschloss er.

»Einen Wein, oder auch gerne einen Kaffee.« Frampton überlegte kurz, wann jemand das letzte Mal einen Kaffee bestellt hatte, fasste sich dann aber sofort wieder. »Der Maskierte Waschbär ist allerdings kein Theater oder Varieté mit festem Programm. Deswegen verkaufen wir auch keine Eintrittskarten.«

»Wann kommt der Kleine denn nun auf die Bühne?« Hans-Erichs Frau sah mittlerweile aus, als habe sie einen schlimmen Sonnenbrand.

»Ja! Wann geht es denn endlich los? Wir wollen den Waschbären sehen!« An sämtlichen Tischen wurden die Leute ungeduldig.

Was mach ich nur?, dachte Frampton. Hatte er nicht gerade eben schon halbwegs angedeutet, dass es hier keine Show geben würde? Wie um alles in der Welt sollte er diesen Menschen erklären, dass es das Beste wäre, sie würden jetzt zahlen, aufstehen, hinaus in die Hitze torkeln und auf der anderen Straßenseite in ihrem Bus kollabieren? Was mach ich nur? Er bemerkte, dass sich die Tür öffnete. Der Mann, der gerade in den Waschsalon kommen wollte, stoppte abrupt, als er sah, wer außer ihm schon alles da war.

»Schautemol – da is der Mortimer!«, rief Hans-Erichs Frau und sprang auf. »Der Mortimer! Ei guude Morsche, Mortimer!«

Einen Augenblick später umringten fünfzig angeheiterte Menschen den kleinen, alten Mann, der sich allerdings erstaunlich behände aus dem Kreis seiner Fans lösen und ans Piano setzen konnte. Mortimer hatte Erfahrung mit angetrunkenen Fans, auf der Tournee damals mit Fats Domino war es viel schlimmer gewesen, 1956 musste das gewesen sein, oder vielleicht auch 1955. Er setzte sich an sein Klavier, schloss verträumt die Augen und spielte ein paar perlende Jazzläufe. Der Kirchenchor Cäcilia Kleinbessersheim umringte ihn geschlossen, Pappbecher mit Wein in den Händen. Die Frauen stimmten sich bereits auf den Kammerton A, die Männer legten sich die Arme um die Schultern.

Um Himmels willen, dachte Frampton oben auf seiner Empore, um Himmels willen.

19

Española, Galapagos.

Das Schlauchboot wippte auf und ab. Jede anbrandende Welle hob es einen guten Meter in die Höhe, jede auslaufende ließ es wieder hinunterfallen. Sowohl beim Hinaufsteigen als auch beim Absinken scheuerte es an den Felsen entlang, was jedes Mal ein unheilvoll schmirgelndes Geräusch erzeugte. Das ging jetzt schon seit mehreren Minuten so, und allmählich schien sich Miguel Sorgen um das Boot zu machen.

»Es müsste jetzt mal langsam jemand aussteigen«, rief er und gab gerade so viel Gas, dass der Bug eine Handbreit vor dem Fels im Meer schwappte. »In vier Stunden wird es dunkel. Und die hinter uns wollen auch noch gerne an Land!«

Miguel sah seine zehn Passagiere aufmunternd an. Seine zehn Passagiere hatten sich längst wieder gesetzt. Sie klammerten sich an die Leinen, die über den wulstigen Rand des Schlauchboots gespannt waren. Ihre Fingerknöchel waren nur unwesentlich heller als ihre Gesichter. Hinter ihnen schaukelten die anderen Schlauchboote der *Esperanza* mit den übrigen Passagieren im Meer.

Auch Siebeneisen hatte auszusteigen versucht. Er saß vorne links, und ihm war schrecklich übel. Als sie die Insel vor einer halben Ewigkeit beziehungsweise vier oder fünf schwankende Minuten zuvor erreicht hatten, war er aufgestanden und hatte versucht, aus dem Schlauchboot zu klettern. Ohne Erfolg. Es gab keinen Steg, keinen Betonsockel, keine Mulde oder sonst eine Ausstiegshilfe. Españolas Ufer schienen ausschließlich aus Felsbrocken zu bestehen, die der Vulkan, aus dem die Insel bestand, irgendwann vor langer Zeit aus seinem Innern herausgewürgt und ausgespuckt hatte. In der knappen Sekunde, in der das Boot halbwegs stabil auf dem Scheitelpunkt der Welle verharrte, musste man versuchen, irgendwo einen Fuß auf die Felsen zu bekommen. Und dann musste man den zweiten möglichst schnell hinterherziehen, bevor er zu weit weg war und man auf eine Körperhaltung zusteuerte, die bloß siebzehnjährige russische Gymnastikturnerinnen ohne Leistenbrüche überstanden. Dass Españolas Vulkangestein schrecklich scharfkantig war, machte die Sache nicht einfacher. Noch viel komplizierter aber wurde der Ausstieg, weil Siebeneisen nicht bereits mit seinem allerersten Schritt eine der Echsen platttreten wollte.

Die sonnten sich nämlich auf den Steinen. Und zwar überall. In jeder Vertiefung lag ein bewegungsloses Reptil. Auf jeder einigermaßen ebenen Fläche ebenfalls. Die anthrazitfarbenen Tiere waren etwa einen Meter lang und sahen aus wie Mini-Saurier. Wo es keinen freien Platz mehr gegeben hatte, waren sie einfach übereinandergeklettert; an einigen Stellen türmten sich drei oder vier Echsenlagen übereinander. Statt panisch die Flucht zu ergreifen, schienen sie sich null dafür zu interessieren, dass sie einem Schlauchboot voller Besucher im Weg lagen. Wenn man nicht gewusst hätte, dass sie quicklebendig waren, hätte man glauben können, die Echsen seien bereits vor tausenden von Jahren verstorben und an Ort und Stelle versteinert.

»Na also! Bravo!«

Der ältere Mann, der Siebeneisen gegenübergesessen hatte, war an Land gesprungen. Er stand nun an der einzigen Stelle, die einen halbwegs gefahrlosen Ausstieg ermöglichte. Miguel hinten am Außenborder des Schlauchboots strahlte. Wahrscheinlich fasste er Hoffnung. Für einen kurzen Moment zumindest. Dann musste er allerdings mitansehen, wie der erste Landgänger nicht etwa Platz für die anderen machte, sondern an Ort und Stelle stehen blieb. Er setzte seinen Fotorucksack ab und rieb sich den Rücken, als habe er sein Gepäck die vergangenen acht Stunden tragen müssen. Und während alle anderen im Boot darauf warteten, dass sie aussteigen konnten, suchte der Mann in den Taschen seiner khakifarbenen Safariweste jetzt in aller Seelenruhe nach einem geeigneten Objektiv für sein erstes Echsenporträt.

Miguel sah sich das regungslos an. Wahrscheinlich war er solche Dinge gewohnt. Er drehte sich zu den anderen Schlauchbooten um, in denen die übrigen Passagiere der *Esperanza* zur Inselerkundung aufgebrochen waren. Mit wilden Armbewegungen bedeutete er seinen Kollegen, besser andere Inselstellen anzusteuern. Das hier, schien er zu denken, das hier würde noch dauern.

Sie waren einundfünfzig Passagiere, die an Bord der *Esperanza* die Inselwelt der Galapagos erkunden wollten, und sie waren seit gestern unterwegs. Nach dem Check-in auf Santa Cruz hatte Siebeneisen seine Mitreisenden inspiziert und in Gedanken auf mögliche Auffälligkeiten abgeklopft. Die Kreuzfahrt sollte fünf Tage dauern. Siebeneisen kannte Leute, die unschuldige Unbeteiligte innerhalb einer halben Stunde in den Wahnsinn treiben konnten. Deswegen hatte er bei der Buchung der Reise erleichtert vernommen, dass es auf der Jacht auch eine Einzelkabine gab und die glücklicherweise noch nicht belegt war. Er hatte den stattlichen Aufpreis sofort akzeptiert. Damit hatte er einen Rückzugsraum. Einen Ort ganz für sich allein, falls die Lage es erfordern sollte.

Bereits beim Begrüßungscocktail im Hafen hatten seine Mitreisenden dann tatsächlich einen, nun ja, speziellen Eindruck auf ihn gemacht. Außer Siebeneisen waren sämtliche Passagiere der *Esperanza* zu zweit unterwegs: Paare auf Hochzeitsreise, Mutter-Sohn-Gespanne, ein gebrechlicher Großvater, der kaum noch etwas hörte und am Arm seines durchgestylten Enkels hing. Kostas aus Athen wiederum arbeitete als Börsenmakler und reiste mit seinem Assistenten; er hatte sich ausführlich erkundigt, ob sein Satellitentelefon von jedem Punkt der Route aus funktionieren würde. Maria und Anna waren eineiige Zwillingsschwestern, die ein Weingut am Iseo-See besaßen und dort ziemlich exklusiven Schaumwein produzierten. Beide trugen löwenmähnenartige Frisuren und waren in schreiendbunte Strickklamotten gekleidet. Später waren sie dann in äußerst knapp sitzenden Häkelbikinis aus ihrer Kabine gekommen. Siebeneisen hatte augenblicklich mit detaillierten Beobachtungen der Albatrosse begonnen, die mit ihren mächtigen Schwingen um das Boot herumflogen.

»Hallo? Auf geht's! Sie können an Land!«

Der Echsenfotograf hatte seinen Platz geräumt, Miguel drängte zur Eile. Siebeneisen stand auf. Die nächste Woge warf ihn fast aus dem Boot, und er musste sich bücken, um sich an den Seilen festzuhalten. Als das Schlauchboot erneut emporgehoben wurde, setzte er seinen Fuß auf genau jene Stelle Fels, die auch sein Vorgänger benutzt hatte. Mit der rechten Hand griff er nach einer Kante im Gestein und zog sich an Land. Ein kräftiger Spritzer Gischt landete auf seinem rechten Brillenglas, und sofort danach einer auf dem linken. Siebeneisen, der sich vor seinem Ausstieg genau angesehen hatte, wo auf dem Fels er auftreten konnte, ohne eine oder mehrere Echsen in die Invalidität zu befördern, sah die Welt nun nur noch verschwommen. Das ist jetzt nicht gut, dachte er, das ist überhaupt nicht gut.

»Was ist denn?« Miguel wurde allmählich ungeduldig. Er brottelte jetzt seit zehn Minuten vor ihrer Ausflugsinsel und hatte erst zwei Passagiere abgesetzt. Zwei von einundfünfzig.

»Sekunde! Muss mir gerade die Brille saubermachen.« Siebeneisen fingerte in seinen Taschen. Er fand eine zusammengefaltete Serviette vom Mittagessen und wischte die Gischt von den Gläsern. Dann stapfte er mit energischen Schritten zwischen den glotzenden Echsen die Felsbrocken hinauf und stand auf Española.

Reisende, die zum ersten Mal in ihrem Leben einen Fuß auf eine der kleineren Galapagosinseln setzen, erzählen oft ihr ganzes Leben lang von diesem Moment. Wie unglaublich emotional das gewesen sei. Wie magisch sich das angefühlt habe. Wie sehr sie sich in eine ferne Vergangenheit zurückversetzt gefühlt hätten, in eine Epoche, in der Mensch und Tier noch gut Freund waren und der eine den anderen respektierte. Andere berichten vom Gefühl, schon einmal dort gewesen zu sein, in einem anderen Leben, in einem anderen Körper, noch heute bekämen sie Gänsehaut bei dem Gedanken, ganz bestimmt! Vor allem aber schwärmen Galapagosdebütanten davon, dass die Tiere tatsächlich überall seien.

Siebeneisen stand zehn oder zwölf Meter vom Ufer entfernt und wusste nicht, wohin mit sich. Egal, wo er hinsah, sah er Tiere. Am Boden um ihn herum stapelten sich die Echsen. Zwischen ihnen krabbelte eine Armee Einsiedlerkrebse in feuerroter Alarmfarbe herum. Über ihm spielten Pelikane Fangen. Und einige Schritte weiter links sonnte sich eine Robbenfamilie. Die dicken Würste lagen aneinandergekuschelt im Sand. Sie glänzten, als hätten sie sich gegenseitig mit Sonnenlotion eingerieben.

Fasziniert bemerkte Siebeneisen, dass die Tiere ihn überhaupt nicht beachteten. Die größte Robbe hatte kurz die Augen aufgeklappt und ihn einen Moment lang gemustert, nach kurzer Inspektion aber nur gelangweilt gegähnt und anschließend weitergeschlafen. Immerhin ein wenig mehr Interesse zeigten die zwei Vögel, die auf ihn zugewatschelt kamen, als wollten sie nachschauen, welche Sorte Mensch denn heute vorbeigekommen war. Die beiden sahen aus wie fette Enten und wären am Rhein-Herne-Kanal in Oer-Erkenschwick nicht unbedingt aufgefallen, wenn sie nicht auf knallblauen Füßen unterwegs gewesen wären. Siebeneisen beobachtete, wie sie sich ihm näherten. Die Blaufußvögel hatten ihre Flügel ausgestellt, die Schnäbel geöffnet und machten einen völlig überdrehten Eindruck. Als er fliehen wollte, stoppten die beiden einen Meter vor ihm ab und blieben reglos stehen. Offensichtlich wollten sie ihm lediglich ihre blauen Füße zeigen.

Siebeneisen stellte fest, dass seine Brille schon wieder bespritzt war. Und dass da keine Gischt auf den Gläsern landete. Die Echsen spuckten. Alle spuckten sie. Nicht zielgerichtet, sondern offenbar einfach so, aus der Masse der dunkelgrauen Leiber schossen immer wieder dünne Fontänen in die Luft. Angewidert registrierte Siebeneisen, dass er von oben bis unten Treffer abbekommen hatte. Ekelhaft! Reptilienrotze! Gerade erwischte es auch seine Mitpassagiere, die nun ebenfalls eingetroffen waren. Sie lagen flach auf dem Boden und robbten mit ihren Kameras zwischen den Reptilien herum. Wahrscheinlich wollten sie deren Urzeitvisagen aus so kurzer Distanz fotografieren, dass man sie später auf große weiße Hauswände projizieren konnte, anders war der Aufwand der Hobbyfotografen kaum zu erklären.

»Müssen das Salzwasser loswerden.« Miguel war neben Siebeneisen aufgetaucht. Nachdem seine Passagiere endlich alle an Land waren, hatte er das Boot vertäut.

»Wie bitte?«

»Die Meerechsen. Die müssen das Salzwasser loswerden.«

»Das ist Wasser? Die spucken Wasser? Das ist nur Wasser?« Siebeneisen verspürte eine gewisse Erleichterung. Der äußerst unappetitliche Gedanke an halb verdauten Tintenfisch mit Qualle, der in seinem Kopf herumspukte, löste sich augenblicklich auf.

»Ja. Meerechsen fressen Seetang. Jeden Mittag. Da marschieren sie zum Meer und gehen auf die Suche. Die können bis zu einer Stunde unter Wasser bleiben und fressen. Wenn sie dann wieder an Land kommen, haben sie zu viel Salzwasser im System, sozusagen.«

»Und das spucken sie dann in der Gegend herum?«

»Genau. Wenn sie wieder an Land sind, legen sie sich auf die Steine zum Aufwärmen. In den folgenden Stunden spucken sie dann nach und nach alles an Salzwasser aus, was sie im Meer versehentlich geschluckt haben.«

»Aha.« Siebeneisen stellte sich kurz so ein Echsenleben vor. Schwimmen, fressen, aufwärmen, in der Gegend herumspucken. »Und dann?«

»Dann ist es Zeit für den nächsten Gang. Dann marschieren sie wieder geschlossen ins Wasser. Wird gleich so weit sein. Sie spucken ja kaum noch.«

Miguel nickte in Richtung der Echsenkolonie. Tatsächlich waren nur noch wenige Fontänen in der Luft zu sehen. In die Echsen kam allmählich Bewegung. Einige Tiere erhoben sich. Ihre Kumpels, die auf ihnen lagen, rutschten herunter.

Siebeneisens Widerwille hatte sich in Interesse verwandelt. Fasziniert sah er zu, wie sich die Reptilien zwischen den Kreuzfahrtpassagieren hindurch Richtung Meer aufmachten. Die Zwillinge hatten ihre Handys an seltsamen Stangen befestigt und fotografierten sich lautstark parlierend inmitten der Echsen. Der Börsenmakler aus Athen, der aus nicht nachvollziehbaren Gründen weiße Hosen und hellblaue Wildlederslipper trug, versuchte mit gespreizten Schritten aus dem Massenexodus hinauszutreten und gleichzeitig über sein Satellitentelefon mit seinem Büro in Athen zu reden. Der schwerhörige Großvater stand ganz hinten. Er fragte seinen Enkel brüllend, warum denn alle Tiere nun gehen würden, wenn er auf ihre Insel komme, und dass er für die Reise bezahlt habe und dass es so etwas früher nicht gegeben hätte.

Miguel gab den Befehl zur gemeinsamen Inselerkundung. Alle in einer Reihe, und alle hinter ihm her, hier vorne beginne der einzige Pfad durch das Dickicht, und Achtung, da seien überall Dornen. Siebeneisen musterte seine Mitreisenden. Die dauerfotografierenden Rentner, die parlierenden Zwillinge, den schreienden Großvater und den Griechen, der in sein Telefon brüllte, als stehe der Zusammenbruch der EU einmal mehr unmittelbar bevor.

Die kombinierte Geräuschkulisse erinnerte Siebeneisen schlagartig an bestimmte Momente der vergangenen Tage und Wochen. Er beschloss, die anderen vorangehen zu lassen. Er würde sich in Ruhe den Auszug der Echsen ansehen. Dann würde er langsam folgen.

20

ARCADELPHIA, ARKANSAS.

»Na, Leute, wollt ihr noch ein bisschen frischen Kaffee?« Ohne eine Antwort abzuwarten, füllte die Bedienung die drei Keramiktassen auf. Keiner der Männer sagte ein einziges Wort. »Euer Frühstück kommt auch jeden Moment!«

»Besser wäre das.«

Zach sprach so leise, dass niemand am Tisch ihn verstand. Er war müde. Ausgelaugt. Fertig. Seit einer Ewigkeit waren sie mittlerweile unterwegs. Und bis wohin hatten sie es geschafft? Wie hieß das Kaff hier? Er zog die Papierunterlage unter seiner Tasse heraus und stieß dabei aus Versehen das in eine Serviette gewickelte Besteck vom Tisch, das natürlich unter die Bank rutschte. Zach stöhnte, bückte sich, fingerte herum, hob es auf. Er betrachtete die Unterlage. In Arcadelphia waren sie. Was für ein erbärmlicher Name. Was für ein gottverlassenes Kaff. Und überhaupt: Was für ein beschissener Trip.

Die letzten Tage hatten sie in einem Motel an einer Straßenkreuzung irgendwo in Arkansas gehockt. Zu dritt in einem Doppelzimmer. Weil sie auf ihr Auto warten mussten, das ein paar Schuppen die Straße hinunter aufgebockt in einer Halle stand. Sie hatten die schäbigste, abgelegenste Unterkunft ausgesucht, die im Umkreis von 50 Meilen zu finden gewesen war, und keinen Menschen in ihr Zimmer gelassen, während sie auf ihre Kiste warteten. Was endlos gedauert hatte. Da hatte Amerika das Auto erfunden, und hundert Jahre später war eine amerikanische Werkstatt nicht in der Lage, einen Motorschaden an einem amerikanischen Wagen innerhalb einer Woche zu reparieren. Was ist nur aus diesem Land geworden, dachte Zach, wann zum Teufel hat es angefangen, dass alles den Bach hinunterging? Er legte das Untersetzer-Papier wieder vor sich auf den Tisch und starrte auf den freudig geschwungenen »Willkommen in Arcadelphia«-Schriftzug, der über den Kleinanzeigen lokaler Düngemittelhersteller prangte. Das ganze Ding sah aus, als hätte ein 89-jähriger Rentner es an einem Windows 3.1-Rechner entworfen.

Die Bedienung brachte das Frühstück. Zach gelang es, sie kurz anzulächeln, bevor er seine Kumpels anblaffte.

»Serg! Razzo! Aufwachen! Der Hund hinterm Haus hat Angst vor den Geräuschen, die ihr macht!«

Die Bedienung lächelte, als habe er einen wahnsinnig tollen Witz erzählt. »Dreimal Spiegeleier mit Speck, dreimal Toast.« Sie stellte die Teller auf den Tisch. »Kann ich sonst noch was bringen?«

»Danke, alles gut«, sagte Zach.

»Häh? Wie?«, fragte Serg gähnend.

»Da muss ich erst mal überlegen«, meinte Razzo und rieb sich den Schlaf aus den Augen.

Noch in der Nacht nach dem Telefonat mit Zachs Cousin Rich in Omaha hatten sie ihre Route geändert. Statt weiter schnurstracks geradeaus nach Westen zu fahren, um möglichst schnell möglichst viele Meilen zwischen sich und New York City zu bringen, waren sie in Columbus abgebogen. Nach Süden, auf die Interstate 71. Über Cincinnati und Louisville, vorbei an Nashville, Jackson und Memphis, bis hinunter nach Arkansas. Arkansas, von dessen Existenz völlig zu recht nie jemand erfahren hätte, wenn nicht Amerikas beliebtester Präsident seit Teddy Roosevelt von hier gekommen wäre. Arkansas, wo sie nun schon länger feststeckten. Zuerst wegen des Motorschadens. Und jetzt, weil Razzo noch immer überlegte, ob bei seinem Frühstück möglicherweise etwas fehlte.

Sie waren auf dem Weg nach Texas. Zach wollte über die Grenze. Nach Mexiko. Das schien ihm das sicherste. Nicht, dass er je dort gewesen wäre, in Mexiko. Aber nach allem, was er wusste, hatten dort unten bis an die Zähne bewaffnete Drogengangster das Sagen. So Typen wie in *Breaking Bad*, mit denen sich Walter White herumschlagen musste. Dass diese Menschen den kompletten Norden Mexikos quasi unter ihrer Kontrolle zu haben schienen, war natürlich bitter für die Leute, die dort lebten. Aber es war wie gemacht für drei mehr oder weniger unschuldige New Yorker, die auf der Flucht vor einem wutschnaubenden, rücksichtslosen Mafioso waren. Nach Mexiko würde sich Frank nie trauen. Er würde auch niemanden dort kennen.

Nein, sinnierte Zach, während er seine Eier mit Speck aß, Mexiko war goldrichtig. Sie würden es machen wie die Desperados früher, wie Butch Cassidy and the Sundance Kid und all die anderen. Über die Grenze, in die Freiheit. Zach wollte nach El Paso. Das war eine große Stadt, da würden sie nicht auffallen.

Und sobald sie dann in Mexiko waren, stand ihnen ein kompletter Kontinent offen. Von dort aus konnten sie fliegen, wohin sie wollten, auf die Flughäfen dort würde selbst Frank keinen Zugriff haben. Zach war noch nie geflogen. Aber er war entschlossen, es dieses Mal zu tun. Mexiko, dachte er, noch tausend Meilen bis Mexiko. Ein Freddy-Fender-Titel summte in seinem Kopf herum wie eine lästige Fliege, die man nicht loswurde, »Across the Borderline«. Seine Laune besserte sich ein klein wenig. Mit seiner letzten Scheibe Toast wischte er seinen Teller sauber.

»Boss?« Razzo hatte am Ende offenbar beschlossen, dass sein Frühstück komplett war. Er krempelte die Ärmel seines Karohemdes nach oben und begann zu essen. Sein Kiefer bewegte sich in einer Art Zeitlupe. Als müsse er keine Spiegeleier, sondern Knetgummi kauen.

»Hm?«

»Boss, wann sind wir da, was denkst du?«

»Da? Wo: da? Was meinst du?«

»Mexiko. Wann sind wir in Mexiko?«

»Das hängt von etlichen Faktoren ab, Razzo. Unter anderem davon, wie lange wir morgens für das Frühstück brauchen.«

Razzo schien zu überlegen, was diese Antwort wohl bedeutete. Das Gelb mehrerer Eier hing verteilt in seinem schwarzen Bart.

»Ich meine: Wie lange brauchen wir denn noch, bis wir da sind?«

Wie ein kleines Kind, dachte Zach, er ist wie ein kleines Kind. Wenn er eine Antwort nicht versteht, glaubt er, die Frage anders formulieren zu müssen. Und der andere? War auch nicht schlauer. Er sah zu Serg, der dumm grinsend neben Razzo auf der dunkelrot bezogenen Vinylbank des Diners saß.

»Du musst gar nicht so doof grinsen! Verrate deinem Kumpel doch schnell, wie lange wir noch brauchen bis Mexiko!«

Sergs Grinsen verschwand augenblicklich.

»Ich? Weiß ich doch nicht!« Serg schaute, als habe ihn Zach nach der molekularen Zusammensetzung des Eigelbs gefragt, das in Razzos Bart hing und aussah wie etwas, das ein vorbeifliegender Vogel von oben zielgenau fallen gelassen hatte. »Ein, zwei Stunden von hier, schätze ich. Oder? Vielleicht auch weniger.«

»Wirklich?« Razzos Miene hellte sich augenblicklich auf. »Dann können wir heute Mittag ja schon Nachos essen, Boss. Oder? Was meinst du? Die sind bestimmt besonders gut in Mexiko, die Nachos.«

»Ja, das sind sie bestimmt.« Zach wischte sich den Mund mit der Serviette ab und stand auf. »Wäre schön, wenn ihr euch beeilen würdet. Sonst schaffen wir das nicht bis heute Mittag. Ich warte draußen auf euch.«

Draußen stank es nach Diesel, faulenden Pflanzen und altem Frittenfett aus der Küche des Diners, und mindestens 38 Grad waren es auch, aber Zach atmete trotzdem langsam und tief durch. Er zwang sich, die beiden Idioten da drinnen einen Moment lang zu vergessen. Hier vor der Tür ging das vielleicht. Sobald sie gleich wieder im Auto sitzen würden, war das unmöglich. Atme tief durch, sagte er zu sich selbst, tief und gleichmäßig. Komm zur Ruhe, behalte einen klaren Kopf, behalte wenigstens du einen klaren Kopf. Er lief ein paar Schritte auf und ab, die Hände in den Hosentaschen. Was würde er tun, wenn sie in Mexiko waren? An was müsste er als Allererstes denken? Am besten, er überlegte sich die nächsten Schritte schon jetzt; mit den beiden da drin konnte er dabei sowieso nicht rechnen.

An der kleinen Mall auf der anderen Straßenseite entdeckte Zach einen Geldautomaten. Er lief über die Straße, steckte seine Bankkarte in die Maschine, gab seine PIN ein und kontrollierte den Kontostand.

Der Kontostand betrug 114 Dollar.

Scheiße, dachte Zach. 114 Dollar. Um wie viel würde er sein Konto überziehen können? 500, 1000, oder um sonst einen lächerlichen Betrag? Und was war mit seiner Kreditkarte? Mit der er seit ihrer Flucht alles zahlte, was anfiel? Wann würde die gesperrt werden?

Er zog die Karte aus der Maschine und ging zurück auf den Parkplatz des Diners. Serg und Razzo waren nicht zu sehen. Der eine war garantiert eingeschlafen und der andere noch immer beim Essen, dachte Zach. Er sah auf die Uhr: Eine Stunde und zwanzig Minuten für ein paar Spiegeleier mit Speck, es war nicht zu fassen. Wie oft hatte er den beiden gepredigt, dass sie in Bewegung bleiben mussten? Wer wusste schon, ob Frank nicht längst wieder ihre Spur aufgenommen hatte? Und ob er nicht gerade dem Werkstattmeister ein Messer an den Hals hielt, weil der ihm nicht sagen wollte, in welche Richtung sie gefahren waren?

Zach ging zum Auto, öffnete die Fahrertür, setzte sich hinein und suchte auf der Straßenkarte nach der kürzesten Route nach El Paso. Als er wusste, wie sie fahren mussten, sah er zur Tür des Diner. Er wischte irgendwelche Krümel vom Beifahrersitz, sammelte kleine Papierschnipsel vom Boden und warf sie hinaus. Dann stand er auf und lief zum Diner und sah durch die Fensterscheibe hinein.

Serg und Razzo saßen noch immer nebeneinander auf der Kunststoffbank. Die Bedienung hatte den Tisch abgeräumt. Teller und Tassen waren verschwunden, stattdessen stand dieser komische Karton jetzt da, den Razzo angeschleppt hatte. Neben dem Karton lagen die Hefte mit den Cowboygeschichten, die die beiden Trottel ständig lasen. So wie jetzt gerade. Beide. Beide fuhren sie mit dem Zeigefinger die Zeilen in einer Kladde nach, beide bewegten lautlos die Lippen.

Zach erschien in der Tür des Diner wie ein mexikanischer Rachegott.

»Habt ihr beiden eigentlich noch alle auf dem Rispel?«, donnerte er in den Raum. »Ich warte da draußen in dieser Dreckshitze auf euch, und ihr sitzt hier drin und lest in euren verdammten Groschenromanen!« Er stürmte an den Tisch und riss zuerst Serg und anschließend Razzo das Heft aus den Händen.

»Boss? Warte doch mal, Boss …« Wie ein kleines Kind streckte

Razzo die Arme nach dem Heft aus, das Zach ihm weggenommen hatte, wie ein kleines Kind, nur viel langsamer. »Das musst du lesen, Boss! Da steht drin, wo sie damals den Inkaschatz vergraben haben, Boss, den riesigen Inkaschatz! Und dass man den ganz einfach finden kann!«

21

ESPAÑOLA, GALAPAGOS.

Er ging noch schneller, musste er ja auch, etwas anderes blieb ihm nicht übrig. Wie um alles in der Welt hatte er so weit zurückfallen können? Wo waren die anderen? Und wohin führte dieser Trampelpfad eigentlich? War das ein Rundweg? Hoffentlich, dachte Siebeneisen. Dann würde er zumindest wieder an jener Stelle herauskommen, von der aus er gestartet war. Und Miguel hatte doch erwähnt, dass es bloß einen einzigen Weg geben würde – hatte er doch, oder? Und wieso warteten die anderen dann nicht irgendwo auf ihn? Und warum passierte ausgerechnet ihm das jetzt schon wieder?

Siebeneisen zwang sich, ruhig zu bleiben und mit dieser blöden Selbstbefragung aufzuhören. Er wich einem Blaufußvogel aus, der ihm aufgeregt entgegengewatschelt kam und seine Füße präsentieren wollte. Vor ihm lag eine kleine Anhöhe. Die letzten Schritte lief er, und dann war er oben und drehte sich in alle Richtungen und sah: nichts. Nichts als diese dürren, ausgetrockneten Büsche, die ganz Española zu bedecken schienen und von den Vögeln derart zugekackt waren, dass sie wie verschneit aussahen. Zwischendrin standen große, bedrohlich aussehende Kakteen, und hier und da streckte ein kurzer, ausgedörrter Baum seine erbarmungswürdig dürren Äste nach oben. Und natürlich saßen, hockten, watschelten oder flogen überall Vögel, Kormorane, Tölpel, Pelikane, Möwen, die komplette Insel hatten sie in Beschlag genommen. Sonst aber war da nichts. Keine Mitpassagiere, kein Miguel, nichts und niemand.

Seit mindestens einer halben Stunde hatte er keine Menschenseele mehr gehört oder gesehen. Siebeneisen verstand das nicht. Er hätte die anderen doch längst einholen müssen! Die Zwillinge diskutierten endlos über jedes Foto, und dann machte Anna es anschließend ein zweites Mal mit dem Fotoapparat von Maria oder Maria mit dem von Anna, je nachdem. Der schwerhörige Großvater gehörte auch nicht zu den Schnellsten, und weil er nichts verstand, fragte er immerzu nach, wenn Miguel etwas erklärte. Und der Grieche! Kostas Sowiesopoulos! Der blieb doch ständig stehen, weil irgendein Informant von der EZB anrief. Von den Fotorentnern mal ganz abgesehen, die an jeder Echse und wahrscheinlich auch bei jedem Vogel ihr komplettes Arsenal auspackten. Das gibt es doch gar nicht, dachte Siebeneisen, die konnten doch nicht alle vom Erdboden verschluckt worden sein!

Er beschloss, umzukehren. Jetzt. Sofort. Er würde einfach zurückgehen bis zum Meer und zu jener Stelle, an der sie an Land gekommen waren. Siebeneisen drehte sich um, und er lief den kleinen Hügel hinunter zum Pfad, und dann stand er da und stutzte: Da war nicht nur ein Weg, da waren drei Wege. Und alle drei kamen aus verschiedenen Richtungen aus dem Dickicht.

Die vierzehn Inseln des Galapagos-Archipels sind keine Postkartenschönheiten, auch wenn Reisemagazine und Blogs den Urlaubern das mit einer gewissen Penetranz suggerieren. Die Ausflugsboote waren auf Española gelandet, 15 Kilometer lang, vier Kilometer breit. Mit vier Millionen Jahren gehört die Insel zu den ältesten des Archipels, und man könnte durchaus die Meinung vertreten, dass man ihr jedes einzelne dieser Jahre auch ansieht. Vollkommen ausgedörrt liegt Española unter der Pazifiksonne, bewachsen vom widerstandsfähigsten Gebüsch der Inselgruppe. Die einzige geografische Abwechslung ist ein zweihundert Meter hoher Berg, nach dem die Engländer einst die Insel benannt haben, Hood Island. Siebeneisen hätte die Erhebung bei seinem Rundblick wahrscheinlich identifiziert, wenn ihm das hohe Gestrüpp nicht im Weg gewesen wäre. Stattdessen dämmerte ihm nach einem vierstündigen Fußmarsch allmählich etwas anderes. Dass er sich verlaufen hatte nämlich. Und dass seine Mitpassagiere längst ohne ihn zurück zum Boot gefahren waren.

Mittags, auf seinem kleinen Feldherrenhügel, da war er sich sicher gewesen, den richtigen Trampelpfad gewählt zu haben. Er war dem schmalen Weg gefolgt, zehn Minuten, zwanzig, eine halbe Stunde lang und dann fast eine ganze, und gerade, als er das Rauschen der Brandung am Ufer eigentlich jeden Moment hätte hören müssen – da hatte er wieder vor seinem Hügel gestanden, von dem aus er losmarschiert war. Also hatte er dann einen anderen der drei Pfade genommen.

Eine knappe Stunde später war er wieder vor seinem Hügel angekommen.

Siebeneisen hatte Mühe, sich zu beherrschen. Am liebsten hätte er einen mittelschweren cholerischen Anfall bekommen und alles verflucht. Diese Insel, seine idiotische Idee mit der Kreuzfahrt, dass er überhaupt in diesem Teil der Welt herumirrte und dass es Wipperfürth und Schatten wieder einmal gelungen war, ihn in eine solche Situation zu bringen. Warum passierten ihm solche Dinge ständig? Wieso konnte er jetzt nicht zusammen mit allen anderen an Bord frittierten Tintenfisch essen und Pisco Sour trinken? Warum?

Er stand vor seinem kleinen Hügel, betrachtete die drei Pfade und überlegte. Den linken hatte er als Erstes probiert. Dann den in der Mitte. Beide hatten ihn hierhin zurückgeführt. Also musste der übrig gebliebene folgerichtig der korrekte sein. Siebeneisen steckte die Hände in die Hosentaschen und folgte dem rechten der drei Pfade ins Dickicht.

Eine gute Stunde später stand er wieder vor dem Hügel.

Und dann senkte sich irgendwann völlig überraschend die Nacht über das liebliche Española, irgendwo jenseits der zugekackten Büsche und Bäume plumpste die Sonne ins Meer, und zwei Minuten später war der Teufel los. Von einer Sekunde auf die andere beschlossen zehntausende Kormorane, Blaufußvögel und die übrigen Vogelweltmitglieder, den scheidenden Tag so richtig geschmeidig zu verabschieden. Um Siebeneisen herum wurde geheult und gegluckst, gebuht und gekrächzt, geplappert und geschnattert. Ein paar Minuten lang ging das so, in ohrenbetäubender Lautstärke. Dann schienen alle schlagartig eingeschlafen zu sein. Dann legte sich die Stille über die Insel wie ein Betttuch.

Siebeneisen saß oben auf dem kleinen Hügel, lauschte in das Schweigen der Nacht und dachte an den Lärm an Bord. Die Kabinen der *Esperanza* waren äußerst hellhörig, und es gab bestimmte Zeiten, in denen er von mehreren Seiten gleichzeitig beschallt wurde. Unmittelbar vor dem gemeinsamen Abendessen zum Beispiel, wenn sich alle Passagiere umzogen. Rechts neben ihm wohnte der schwerhörige Alte mit seinem Enkel, da gab es kein Vertun, niemand an Bord sonst schrie so laut, dass die Verschalung der Kabine vibrierte und die Gläser auf dem Tisch klirrten. Auf der anderen Seite hatte der Finanzmakler aus Athen eingecheckt. Wegen des Zeitunterschieds telefonierte der Mann mehrmals in der Nacht mit befreundeten Bankdirektoren seiner hellenischen Heimat; Gespräche, in denen permanent der

Begriff *Malaka* auftauchte, den Siebeneisen unbedingt zu Hause nachschlagen musste. Kostas' Assistent war in einer Kabine weiter hinten im Schiff untergebracht und rannte die ganze Zeit hin und her. Unter Siebeneisen war alles in Ordnung, dort brummten die leisen Motoren der *Esperanza*.

Und über ihm? Befand sich die Penthouse-Suite der Yacht. Mit kreisrundem Kingsize-Bett und frei stehendem Whirlpool, in der Lobby lag eine Broschüre aus, in der die astronomisch teure Über-Kabine zu sehen war. Die Zwillingsschwestern hatten sie bezogen. Die beiden bewegten sich wie Elfen; Siebeneisen hörte sie niemals über ihm hin und her laufen. Was er allerdings nicht überhören konnte, waren ihre DVDs. Anna und Maria schauten Pornos. Pornos mit vielen Darstellern. Nicht nur nachts, manchmal auch tagsüber. Als er das zum ersten Mal registriert hatte – sie lagen noch an der Marina von Santa Cruz –, hatte er sofort beschlossen, die Geräusche von oben nicht mit den Schwestern in Verbindung zu bringen. Niemals. Keine Sekunde lang. Wenn er Maria oder Anna an Deck begegnete, zwang er sich augenblicklich, an die Uffizien in Florenz zu denken, an Verdis *Nabucco* oder die Spaghetti al foglio in der kleinen Trattoria Palacio in Rom, an alles, nur nicht an das eine. Es gelang ihm nicht immer.

Siebeneisen saß auf seinem Hügel, verdrängte den Gedanken an die Zwillinge und hörte die Stille und was sie ihm über die Insel erzählte. Den Wind vernahm er als Erstes. Er kam von hinten übers Meer, in sanften Schüben, es war ein milder Wind, begleitet vom Geruch nach Tang und Salz. Man konnte hören, wie er mit den Büschen spielte und um die dürren Äste der Bäume strich: Ein Zischeln, ein Knistern, ein Flüstern, ganz sanft, ganz leise. Siebeneisen hörte ihm zu, dem Wind, und plötzlich hörte er noch mehr. Das Plustern der Federn, wenn einer der Vögel sich im Schlaf bewegte, das Summen eines Käfers, den Flügelschlag einer Motte, die um seinen Kopf irrlichterte. Sein Herz, wie es gleichmäßig pochte. Seinen Atem, wie er die Nasenlöcher passierte. Ein Stöhnen.

Das Stöhnen eines Menschen.

Innerhalb eines Augenblicks war Siebeneisen auf den Beinen. Da! Wieder! Das Stöhnen war nicht zu überhören, es durchschnitt die Nacht wie ein breites, stumpfes Messer. Es war ein Stöhnen, das aus den Tiefen einer geschundenen Seele zu kommen schien. Das Stöhnen eines schwer verletzten Menschen, dachte Siebeneisen, eines Menschen, der zu schwach ist, um noch um Hilfe rufen zu können.

»Hallo? Ist da jemand?« Er erschrak über seine eigene Stimme. Nach mehreren Stunden Schweigen war sie in der salzhaltigen Luft brüchig und leise geworden, als habe er sie mehrere Jahre nicht benutzt. »Hallo?«, rief er ein weiteres Mal. Keine Antwort. Stille. Längere Stille. Dann wieder das Stöhnen. Dieses Mal lauter als noch vorhin.

Vorsichtig ging Siebeneisen von seinem Hügel hinunter in Richtung des Geräuschs. Die vertrockneten Büsche standen nah beieinander, er musste Äste und spitze, dornenbewehrte Zweige aus dem Weg drücken, um voranzukommen. Mehrmals blieb er hängen, weil sich ein Ast in seinem Hemd oder der Hose verhakt hatte. Nach vielleicht zwei Minuten blieb er stehen und lauschte. Nichts.

»Hallo? Ist da jemand? Ich helfe Ihnen! Bitte sagen Sie mir, wo Sie sind!«

Das nächste Stöhnen kam ganz aus der Nähe. Siebeneisen schob die Zweige vor sich auseinander, umrundete eine Gruppe gemeingefährlicher Kakteen, ging vorsichtig weiter und blieb dann ruckartig stehen. Das nächste Stöhnen kam von einer

Stelle irgendwo vor ihm. Es wurde begleitet von einem dumpfen, langsamen Klackern.

»Hallo? Keine Angst! Ich will Ihnen nur helfen!« Siebeneisen betrat eine kleine Lichtung. Dort, ein paar Schritte vor ihm, lag etwas Schwarzes am Boden. Etwas Unförmiges, eine finstere, bedrohliche Masse. Für einen Moment glaubte er, den visuellen Nachhall einer Bewegung registriert zu haben, jetzt aber rührte sich das Ding vor ihm nicht mehr. Es rührte sich nicht mehr, aber es stieß einen herzzerreißenden Klagelaut aus, der Siebeneisen durch Mark und Bein ging. Er erstarrte im Stillstehen, falls es so etwas gab, wie festgefroren in Raum und Zeit stand er am Rand der kleinen Lichtung. Und dann teilte sich das Ding vor ihm in zwei Teile, und eines dieser beiden Teile stürzte ihm fauchend entgegen.

In Sprichwörtern, Fabeln und Schöpfungsgeschichten wird Schildkröten oft Unrecht getan. Egal, ob sie als Achse der Erde herhalten müssen (im Hinduismus), Schlamm zum Bau des Planeten schleppen (bei den Lakota), die Welt von göttlicher Hand auf den Bauch geschaufelt bekommen haben (im Buddhismus) oder sie huckepack tragen müssen (bei Terry Pratchett, dessen Scheibenwelt von vier Elefanten geschleppt wird, die wiederum auf der kosmischen Schildkröte Groß-A'Tuin stehen): Immer und überall werden sie als träge und lahme Geschöpfe bezeichnet. Im Internet existieren ganze Seiten mit Witzen auf Kosten dieser armen Kreaturen, Seiten, auf denen Kalauer stehen, für deren Niveau man eigentlich RTL III erfinden müsste. Selbst das Konfuzius zugeschriebene Wort, nach dem Schildkröten einem mehr über den Weg erzählen können als Hasen, ist bei allem philosophischen Wahrheitsgehalt in Wirklichkeit nichts anderes als ein böser Diss der Schildkröte.

Das eigentlich Erschütternde aber ist, dass all diese Anekdoten und Erzählungen auf einer falschen Annahme beruhen. Wahrscheinlich hat vor zwei- oder dreitausend Jahren ein gewisser Konfuzius oder möglicherweise auch der Herr Äsop (der ebenfalls Fabeln auf Kosten der Schildkröte fabriziert hat) ein altersschwaches oder von sadistischen Knaben an den Rand der Erschöpfung getriebenes Tier beobachtet und sich gedacht: Herrje, die ist aber langsam! Die ist ja un-glaub-lich lahm! Da schreib ich am besten gleich mal was Schlaues zu, irgendwas mit »Die Kraft der Entschleunigung« oder »Der Weg ist das Ziel«, hätte ich längst tun sollen, das ist ja unfassbar, wie die sich da entlangschleppt. Gedacht, getan – beziehungsweise: gedacht und zum Pergament gegriffen, und – schwupps! – war das mit der Lahmheit der Schildkröte in der Welt. Und seitdem nicht mehr von dieser wegzubekommen, da konnten sich geschätzte 562 Generationen Schildkröten anschließend anstrengen, wie sie wollten.

Dabei können diese Tiere ganz schön flott unterwegs sein. Die griechische Landschildkröte zum Beispiel bringt es locker auf zwanzig Minutenmeter. Die Seychellen-Schildkröte legt die hundert Meter in immerhin dreikommafünf Minuten zurück, wenn sie einen Grund dafür hat. Der Usain Bolt unter den Schildkröten ist die Lederschildkröte, die es im Wasser auf 35 Stundenkilometer schafft und damit fünf Mal so schnell ist wie der Mensch. Da kann man nur froh sein, dass wir dank einer glücklichen evolutionären Fügung nicht auf der Liste ihrer Lieblingsspeisen gelandet sind. Manch ein harmloser Strandausflug würde dramatisch enden, oh ja.

Schildkröten sind nicht nur nicht lahm, sie sind auch nicht stumm. Natürlich geben sie die meiste Zeit des Tages beziehungsweise ihres zehn- bis 270jährigen Lebens keinen Mucks von sich. Paaren sie sich allerdings, veranstalten vor allem die Männchen der Riesenschildkrötenarten ein Heidenspektakel.

Sie erzeugen dann stöhnende und keuchende Laute, die klingen, als stammten sie von einem Unfallopfer. Und wenn sie böse werden, die Riesenschildkröten – zum Beispiel, weil man sie während des Begattungsvorgangs gestört hat –, stoßen sie ihren Hals vor und zurück und geben beeindruckende Drohgeräusche von sich. Die gelingen ihnen übrigens auch noch, wenn sie pfeilgerade auf den Auslöser ihres Zorns zugewatschelt kommen.

Siebeneisen brauchte ein paar Sekunden, bis er realisierte, dass die dunkle Masse, die da zischend und fauchend auf ihn zukam, eine Schildkröte war. Eine große Schildkröte. Eine sehr große und sehr wütende Schildkröte. Das Tier war so kompakt wie zwei übereinandergelegte LKW-Reifen und hatte das Maul sperrangelweit aufgerissen. Siebeneisen, der Schildkröten nur in ihren normalen, handelsüblichen Größenordnungen kannte, wusste einen Moment lang nicht, was er davon halten sollte. Komplett verdattert blickte er auf das Tier, das mit erstaunlicher Geschwindigkeit auf ihn zukam. Er wollte gerade so etwas sagen wie »Na, komm, das tut mir leid, dass ich euch gestört habe«, oder etwas anderes, das in solch einer Situation angemessen gewesen wäre, aber dann realisierte er, dass er sich möglicherweise besser aus dem Staub machen sollte. Auf keinen Fall wollte er der erste Galapagos-Tourist sein, der von einer der weltberühmten Riesenschildkröten erwischt werden würde.

Siebeneisen machte kehrt und lief davon. Das heißt: Er wollte davonlaufen. Dummerweise verhedderte er sich in der Hektik gleich in den ersten Büschen. Was die Schildkröte dazu nutzte, ihm nah, sehr nah zu kommen. Er befreite sich und stolperte ein paar weitere Schritte durch das Gestrüpp, bevor er sich mit dem rechten Bein im Dickicht verfing und der Länge nach hinknallte. Hinter ihm fauchte die Schildkröte. Sie wog mindestens 250 Kilo und war derart gepanzert, dass ihr Dornen und Stacheln und sowas alles nichts ausmachten. Sie walzte einfach alles nieder, was ihr im Weg stand. Siebeneisen kam wieder auf die Beine, rannte weiter, endete an einer Art Hecke, drehte um, lief ein paar Schritte zurück und stürzte erneut. Dieses Mal krachte er frontal in einen Kaktus. Er schrie auf, als die Stacheln der Pflanze ihm in Beine, Bauch, Arme und Gesicht pieksten. Das Fauchen war jetzt wieder dicht hinter ihm. Siebeneisen rappelte sich erneut hoch und stolperte vorwärts.

Vier oder fünf Schritte später stand er auf einem Pfad, der im Mondlicht gut zu erkennen war. Genau wie Miguel, der den Pfad soeben entlangkam, mit einer Taschenlampe in der Hand und einem erleichterten Lächeln im Gesicht.

22

AN BORD DER ESPERANZA, DREI KREUZFAHRTSTAGE SPÄTER.

Die Dreiecksflossen waren immer nur einige Sekunden lang zu sehen, bevor sie wieder zwischen den flachen Wellen verschwanden. Wenig später tauchten sie dann an anderer Stelle auf, ein Stück weiter weg oder etwas näher am Boot. Die Spitzen glitten durch das Wasser, als müssten sie das Meer nach einem geheimen Aenne-Burda-Schnittmuster bearbeiten. Wenn sie erneut verschwanden, hinterließen sie ein kurzes Gekräusel an der Oberfläche.

Die beiden Mantarochen schienen sich im Windschatten der *Esperanza* wohlzufühlen. Manchmal, wenn das Sonnenlicht im richtigen Winkel auf das Wasser fiel, konnte man mehr von ihnen sehen als die nach oben abgeknickten Enden ihrer Flossen. Dann hellte sich der Ozean plötzlich auf und man erkannte, wie riesig die Fische waren, sieben, acht Meter von der einen Flossenspitze zur anderen. Ihre trapezförmigen, flachen Körper wirkten elegant und schwerelos. Es sah aus, als schwebten sie knapp unter der Meeresoberfläche.

Siebeneisen hatte den Rochen eine Weile zugesehen. Er saß an Deck und nippte an einem Drink; auf dem Tisch neben ihm lag ein Fachbuch über Schildkröten, das Miguel ihm geliehen hatte. Aus dem wusste er, dass er eine *Chelonoidis nigra hoodensis* bei der Paarung gestört hatte. Rote Liste, vom Aussterben bedroht, über zwei Inseln verwandt mit dem legendären Lonesome George, dem letzten Vertreter der Species *Chelonoidis nigra abingdonii*. George hatte sich erst kürzlich verabschiedet und einen Medienrummel verursacht, wie ihn sonst nur tödlich verunglückte Prinzessinnen auslösen.

Die Sonne tat gut. Siebeneisen rückte seinen Stuhl ein wenig nach rechts, damit sie weiterhin auf sein malträtiertes Gesicht fiel. Natürlich war alles genauso gewesen, wie er es vermutet hatte. Sie hatten ihn nicht nur auf Española vergessen, sondern auch nicht bemerkt, dass sie ihn vergessen hatten. Nach dem Rundgang auf der Insel waren die Ausflugsboote zurück zur *Esperanza* gefahren, und in dem allgemeinen Trubel nach der Rückkehr der Passagiere (und auch wegen der zahlreichen hochprozentigen Drinks, die zu diesem Zeitpunkt bereits auf sie warteten), hatte niemand Siebeneisen vermisst. Erst nach dem Abendessen war aufgefallen, dass ein Passagier fehlte. Zum Glück hatte die Yacht da noch vor Anker gelegen.

Als er nachts mit Miguel im Schlauchboot zurückgekehrt war, hatten bis auf Anna und Maria alle anderen Passagiere bereits geschlafen. Als sie ihn bemerkten – beziehungsweise: als sie die Kaktusnadeln sahen, hatten sie die Hände vors Gesicht geschlagen und endlos auf Italienisch lamentiert, *Mamma mia* hatte Siebeneisen verstanden und allerlei fromme Formulierungen. Sie hatten einen Verbandskasten organisiert und anschließend mit einer Pinzette jeden einzelnen Stachel entfernt. Was wegen des Seegangs und des dadurch verursachten Schwankens eine mühselige Angelegenheit gewesen war.

»Na? Wie geht es unserem kleinen Riccio heute?« Maria erschien neben Siebeneisen und inspizierte das erste der insgesamt sechzehn kleinen Pflaster auf seinem Gesicht. Vielleicht war es auch Anna, er konnte die beiden nicht auseinanderhalten. Seine Versuche, die Schwestern an ihren grellbunten Strickklamotten zu unterscheiden, waren gescheitert, weil sie die Sachen offensichtlich untereinander tauschten. Beide trugen das gleiche Parfum und das gleiche Sonnenbrillenmodell mit riesigen schwarzen Gläsern, mit denen sie wie die Fliege Puck aus Biene Maja aussahen. Ihre Stimmen waren identisch. Die Italienerinnen klangen eher so, als würde auf dem heimischen Gut zu Hause am Iseo-See ein schrecklicher Fusel gebrannt und kein preisgekrönter Schaumwein gekeltert. Außerdem nannten ihn beide Riccio, Igel. Manchmal dachte Siebeneisen kurz darüber nach, ob es sich bei Maria und Anna um ein und dieselbe Person handeln könnte. Regelmäßig tauchten kurze Zeit später dann beide zusammen auf.

»Da stehen ziemlich interessante Dinge drin.« Siebeneisen zog Anna-Maria einen Stuhl heran und zeigte auf das Schildkrötenbuch, das sie in die Hand genommen hatte. »Ich weiß jetzt, dass mich eine *Chelonoidis nigra hoodensis* gejagt hat. Und dass Riesenschildkröten keine Zähne haben, sondern nur kräftige Kiefer. Wahrscheinlich hätte ich mich einfach beißen lassen sollen. Das wäre bestimmt nicht so schmerzhaft gewesen wie das hier.« Er zeigte auf sein Gesicht. »Oder das hier.« Auch auf den Armen klebten Pflaster. Auf Brust und Bauch auch, aber die sah man nicht. Anna-Maria lächelte und legte das Buch zurück auf den Tisch.

»Die sind mir egal, die Schildkröten. Die sind langweilig.«

»Hast du die Rochen vorhin gesehen? Wie die gespielt haben? Die waren toll, oder?«

»Nö. Nicht gesehen. Ich war in der Kabine.«

Die Zwillingsschwestern saßen tatsächlich nicht oft an Deck, das war Siebeneisen bereits aufgefallen. Nach ihrem ersten Inselbesuch auf Española hatten die beiden auch an keiner Exkursion mehr teilgenommen. Sie waren jedes Mal an Bord geblieben und hatten den anderen Passagieren nachgewunken, zusammen mit dem Kapitän und den Matrosen.

»Ist das ein Kindheitswunsch von euch gewesen? Diese Inseln?«

»Galapagos?« Anna-Maria sah ihn erstaunt an. Einen Moment lang schien sie die Frage nicht verstanden zu haben. »Ach so … nein, nicht wirklich. Wir gehen bloß gerne auf Kreuzfahrt.«

»Ah. Klar. Ihr Italiener liebt das Meer. Liegt bestimmt in euren Genen. Römisches Reich, *mare nostrum* und so.«

»Hm.« Anna-Maria zog das rechte Bein aus ihrer Hose und streifte mit dem nackten Fuß das andere Hosenbein nach unten. Dann zog sie die Bluse über den Kopf. Ihr Häkelbikini hätte zusammengefaltet in eine Zigarettenschachtel gepasst. Und ihr Körper auf ein Werbeplakat für Slimfit.

»Dann macht ihr das bestimmt öfter. Kreuzfahrten, meine ich.«

»Hmhm.« Anna-Maria rekelte sich in ihren Stuhl. Sie hatte die Augen geschlossen. Leicht irritiert sah Siebeneisen, dass sie sich sanft mit der Hand über den flachen Bauch rieb. Weiter unten spreizten sich ihre orange lackierten Zehen.

»Ich will dich nicht stören. Ich humpele mal nach unten und schau nach, was es heute an Kuchen gibt.«

»Bleib doch noch …« Plötzlich lag ihre Hand auf seinem Oberschenkel. Weit oben auf seinem Oberschenkel, und weit innen. Nicht sanft, sondern kräftig. Glücklicherweise war da ein Pflaster, und unter dem Pflaster war ein Stachelstich.

»Aua!« Siebeneisen sprang aus dem Stuhl.

»*Scusi, mio caro*«, flüsterte Anna-Maria. Sie zog die Sonnenbrille ein Stück nach unten und schaute Siebeneisen in die Augen, und Siebeneisen glaubte die Hügel der Toskana darin zu sehen und die langen Reihen Zypressen und etwas, das wie eine römische Therme mit Massageliegen aussah, tief unten, tief drinnen.

Das ist doch gerade eben nicht wirklich passiert, dachte er kurz darauf in seiner Kabine. Das konnte doch nicht wahr sein, oder? Was war denn mit dieser Italienerin los? Zwei Minuten später, und sie hätte sich auf ihn gesetzt, mitten auf dem Deck! Und das unmittelbar bevor der schwerhörige Alte mit seinem gelackten Enkel erschienen wäre. Die beiden waren Siebeneisen nämlich auf der Treppe entgegengekommen. Der Alte hatte ihm den Fluchtweg versperrt, sich in ohrenbetäubender Lautstärke nach seinen Stachelstichen erkundigt und anschließend gebrüllt, dass auch er einmal mit einem Kaktus Bekanntschaft gemacht habe, damals vor El Alamein, und überhaupt, habe er, Siebeneisen, denn eigentlich gedient? Zum Glück war in diesem Moment Kostas Soundsopoulos aus seiner Kabine getreten. Der Alte hatte ihn entdeckt und sofort in schauderhaftem Englisch beschuldigt, am Zusammenbruch des Euro schuld zu sein. Siebeneisen war es irgendwie gelungen, sich an den Dreien vorbeizumogeln.

Jetzt nahm er sich einen Drink aus der Minibar und griff zum Telefon, um Lawn anzurufen. Die *Esperanza* war mit einer satellitengestützten Telefonanlage ausgestattet; ihre Passagiere konnten jederzeit mit jedem Ort auf der Welt telefonieren, wenn sie bereit waren, horrende Gebühren dafür zu bezahlen. Dann ist das jetzt eben ein wichtiges Geschäftsgespräch, beschloss Siebeneisen, als er an die Kosten dachte, die ein kleiner Plausch aus den Wasserweiten des Pazifiks mit New Orleans verursachen würde. Er wählte und wartete, aber niemand nahm ab. Auch beim nächsten Anlauf nicht. Siebeneisen versuchte es auf Lawns Handy. Und anschließend im Maskierten Waschbär. Nach langem Klingeln meldete sich Frampton. Im Hintergrund war laute Musik zu hören. Irgendwelche Leute sangen.

»Was ist denn bei euch los?« Siebeneisen hatte blitzschnell ausgerechnet, wie spät es in New Orleans war. Kurz nach Zwölf. Mittags.

»Hallo? Hallo?? Wer ist denn dran?«

»Ich bin es!« Siebeneisen sprach lauter. Offenbar nicht laut genug.

»Ich verstehe kein Wort, tut mit leid!« Die Geräuschkulisse hinter Frampton wurde lauter. Irgendwelche Leute sangen »Iko Iko«. Es klang, als hätten sie Tamburine und Congas dabei. Siebeneisen liebte dieses Lied. Früher, in Oer-Erkenschwick, donnerstags im Fetten Hecht, da hatte er der Wirtin Walburga CDs mitgebracht, um Einfluss auf ihren unheilvollen Musikgeschmack zu nehmen. Walburga liebte Pur, die Siebeneisen für so ziemlich die schrecklichste Band hielt, die die Popmusikgeschichte jemals hervorgebracht hatte. Um die Dauerbeschallung mit den Belanglosigkeiten dieser Menschen zu unterbrechen (Pur sangen zum Beispiel über alkoholabhängige Postler, die den Indianerträumen ihrer Kindheit nachhingen), hatte Siebeneisen die Wirtin mit Musik aus dem amerikanischen Süden ausgestattet. Mit dem Blues von Robert Johnson und Live-Mitschnitten der Neville Brothers, die sich bei ihren Konzerten bei »Iko Iko« in einen zwanzigminütigen Rausch trommeln konnten. Walburga hatte ihm die CDs ungeöffnet zurückgegeben. Und stattdessen »Seiltänzertraum« aufgelegt.

»Frampton? Ich bin's! Siebeneisen! Von Galapagos!«

»Hallo???« Frampton verstand ihn offensichtlich nicht. Unmittelbar neben seinem Telefonhörer schüttelte jemand eine mit Reiskörnern gefüllte Rumba-Rassel.

»Frampton!!«

»Wir können keine Reservierungen mehr entgegennehmen, sorry!« Frampton brüllte in den Apparat. »*Iko Iko un-day*«, riefen zwei Frauenstimmen, »*jock-a-mo fee na-ne*!«

»Frampton!! Ich bin's!« Siebeneisen schrie jetzt.

Irgendwer am anderen Ende blies in eine Posaune, das dumpfe Tröten zischte aus dem French Quarter von New Orleans hoch hinauf ins Weltall und vom Satelliten dort oben wieder zurück zur Erde, zu einem kleinen Schiff zwischen den Galapagosinseln. Dann hatte Frampton am anderen Ende der Leitung aufgelegt.

Und Siebeneisen wusste nicht, was er von alldem halten sollte. Reservierungen? Im Waschsalon? Was sollte das denn? Und woher stammte die Geräuschkulisse mittags um zwölf? Er überlegte kurz, ob er nochmals durchklingeln sollte, ließ es dann aber. Das da gerade eben hatte garantiert bereits dreißig Dollar gekostet, und er war noch nicht einmal dazugekommen, nach Lawn zu fragen. Mal ganz abgesehen davon, dass er Probleme hatte, sich einen Telefonhörer an eines seiner Ohren zu halten. In denen hatten besonders viele Kaktusstacheln gesteckt.

Stattdessen öffnete er die Tür zu seinem kleinen Balkon, setzte sich in seinen Liegestuhl und schloss die Augen. Morgen würden sie zurück auf Santa Cruz sein. Im Hotel wartete mit Sicherheit eine Nachricht auf ihn; immerhin hatten Lawn und Frampton fast eine Woche Zeit gehabt, um zu recherchieren. Und Wipperfürth und Schatten würden sich eine Zeitlang nicht einmischen können. Er rechnete fest damit, dass es von jetzt ab zügig weiterging mit der Suche nach der Mumie.

In der Kabine neben ihm begann der Börsenmakler, irgendwelche Verkaufsorder ins Telefon zu rufen, oder was auch immer der Grieche da den ganzen Tag durchgab. Auf der anderen Seite war es still, wahrscheinlich hielt der schwerhörige Alte Mittagsschlaf. Im Penthouse obendrüber lief eine lautstarke italienischspanische Co-Produktion, in der vor allem die Worte *»Si. Si! Si*!!« und *»Oh mio dio, oh mio dio*!« vorkamen. Lautes Stöhnen war zu hören. Und Schreie. Und plötzlich, ganz plötzlich, wusste Siebeneisen. Er wusste, weshalb die Zwillingsschwestern sich weder für Mantarochen noch für Schildkröten interessierten, er wusste, weshalb sie regelmäßig nirgendwo zu sehen waren, und er wusste auch, weshalb sie so oft allein mit der Crew an Bord blieben, während alle anderen auf Exkursion gingen. Von einer Sekunde auf die andere wusste er es.

Er hatte sich sowieso nicht vorstellen können, dass die beiden dort oben Filme schauten.

Am nächsten Tag blickte der Empfangschef des Stella Maris erstaunt hinter seiner Zeitung hervor, als Siebeneisen das Hotel betrat – so, als falle ihm in genau diesem Augenblick ein, dass er einen seiner Gäste seit etlichen Tagen nicht mehr gesehen hatte und eigentlich längst die Polizei hätte informieren sollen. Und gleich anschließend kam ihm in den Sinn, dass für ebendiesen Gast eine Nachricht eingetroffen war. Er rief Siebeneisen ein kurzes »*Momentito, Señor*!« zu und begann, in einem dicken Stapel Papier nach der Botschaft zu suchen. Er blätterte, zog einzelne Seiten heraus und schob sie wieder zurück, und irgendwann nahm er den ganzen Packen und legte ihn mit der Grandezza eines königlichen Boten auf den Rezeptionstresen.

»Nicht erschrecken!«, stand auf der obersten Seite. »Bitte komplett ausdrucken und an Mr. Siebeneisen weiterleiten.«

Schon etliche Schritte vor seiner Zimmertür beschlich diesen Mr. Siebeneisen das Gefühl, dass etwas nicht stimmte. Er hätte nicht sagen können, was es war, er spürte es lediglich. Als er dann die Tür öffnete, den Packen Papier unter dem linken Arm, da wurde ihm beinahe schwindelig.

Ein gräßlicher Gestank nach Verwesung strömte aus dem Zimmer. Er stammte von einem Eimer verrotteter Fische, die am Tag seiner Abreise zur Kreuzfahrt vom Zimmerservice geliefert worden waren. Für den Pelikan.

23

Auf den meisten Seiten waren Fotos. Schwarzweiß-Fotos, das Stella Maris besaß keinen Farbdrucker. Es stellte seinen Gästen auch keinen Internetzugang zur Verfügung, weshalb man auch keine E-Mails empfangen konnte. Es war lediglich möglich, Nachrichten an die Rezeption zu schicken, wo sie dann ausgedruckt und auf Papier weitergegeben wurden; Siebeneisen war das bei seinem Telefonat mit Lawn vor ein paar Tagen zum Glück noch eingefallen. Wie 1996, dachte er jetzt, während er die Seiten durchsah, die seine Freundin ihm geschickt hatte. Oder wie bei einer Aktion von Wipperfürth und Schatten, die solche Kommunikationswege gerne wählten, wenn sie dadurch 1,17 Dollar sparen konnten.

Er drapierte die ersten Blätter nebeneinander auf sein Bett, wo sie genau drei Sekunden liegen blieben, bevor der Durchzug sie erfasste und Richtung Balkon wirbelte. Siebeneisen sammelte sie ein und schloss die Zimmertür. Augenblicklich wurde der Fischgestank unerträglich. Er riss die Tür auf, blockierte sie mit einem Stuhl und machte das Gleiche mit der Balkontür. Dann verzog er sich mit den Papieren ins Badezimmer, wo er sich auf den Boden setzte und mit dem Rücken an die Wanne lehnte.

Die meisten Fotos, die Lawn im Internet entdeckt und ihm zugeschickt hatte, zeigten einen massiven Steinblock, in den eine Figur gemeißelt worden war. Die Linien waren stark verwittert. Siebeneisen erkannte ein Gesicht und dann, auf einem anderen

Foto, auch den Rumpf dazu. Der Stein war vielleicht zwei Meter hoch und schien in einer Art Garten zu stehen. Auf manchen Fotos sah man im Hintergrund ein einfaches Haus.

Zwischen Foto 41 und 42 steckte der Ausdruck der Mail, die Lawn ihm geschrieben hatte.

Mein Siebi,
hier kommen meine Rechercheergebnisse. Es gibt offenbar tatsächlich eine Verbindung zwischen den Inka und Galapagos! Die Sache ist allerdings etwas kompliziert.
Kannst Du Dich an Thor Heyerdahl erinnern? An diesen Norweger, der in den Sechziger-Jahren mit selbstgebauten Schiffen beweisen wollte, dass der südamerikanische Kontinent nicht von Nordamerika aus besiedelt wurde, sondern von Ozeanien? Laut Heyerdahl kamen die ersten Südamerikaner angeblich aus der Südsee! Weil die Reise von dort nach da ziemlich lang dauerte, sollen sie auf Galapagos einen Zwischenstopp eingelegt haben, bevor sie - oder vielleicht auch erst ihre Nachfahren - dann weiter nach Südamerika gesegelt sind.

Heyerdahl, dachte Siebeneisen. Er konnte sich an Filme erinnern, die er als Kind gesehen hatte. Ein bärtiger Mann in Badehose auf einem Schiff aus Balsaholz. Die Stämme wurden mit Seilen zusammengehalten, er hatte die Bilder noch vor Augen. Auch die von den Haien, die immerzu um das Schiff schwammen, um die … *Kon-Tiki*? War das der Name gewesen?

»Wenn Heyerdahl recht hatte, würde das bedeuten, dass die alten Kulturen Südamerikas zumindest aus Erzählungen von der Existenz der Inseln wissen mussten. Und vermutlich auch, wie man dorthinsegelte. Was wiederum erklären könnte, dass die Inka ihren letzten Herrscher tatsächlich nach Galapagos gebracht haben könnten. Weiter weg von den spanischen Eroberern ging nun wirklich nicht.«

Stimmt, dachte Siebeneisen. Er fragte sich kurz, wieso noch niemand vor ihnen auf diese Idee gekommen war. Dann las er weiter.

»Und jetzt pass auf! Man hat tatsächlich Keramikscherben auf Galapagos gefunden, die von den Inka stammen. Vor etlichen Jahren schon. Das hat in der Forschung für ziemliche Unruhe gesorgt, weil man Heyerdahls Theorie eigentlich längst widerlegt zu haben glaubte. Offiziell heißt es nun, die Scherben seien im 17. Jahrhundert an Bord spanischer Piratenschiffe auf die Inseln gelangt. Diese Version aber wird von etlichen Wissenschaftlern bezweifelt. Und die wissen noch nicht einmal was von der Zeichnung aus dem Canyon!
Könnte es stattdessen nicht so sein, dass die Inkascherben auch tatsächlich von den Inka stammen? Dass die Angestellten des Beerdigungsinstituts, die die Mumie übers Meer geschippert haben, ein paar Töpfe und Krüge zurückgelassen haben?«

Ja, das könnte sein, dachte Siebeneisen, das könnte sogar sehr gut sein. Er versuchte, seine Sitzhaltung zu ändern. Sein Rücken schmerzte. Seit langen Minuten klemmte er zusammengestaucht zwischen Badewanne und Badezimmerwand. Da bezahlte er ein Höllengeld für ein Hotelzimmer und konnte sich nicht in ihm aufhalten. Weil es nach verfaultem Fisch stank, den die Angestellten dort abgestellt hatten. In ein anderes Zimmer umziehen ging angeblich nicht; das Hotel sei komplett ausgebucht, hatte der Mann an der Rezeption gesagt, ganz überraschend, eine große Reisegruppe. Er würde das überprüfen, dachte Siebeneisen. Wenn der Geruch nicht verschwand, würde er das überprüfen.

»Und es kommt noch besser: Es gibt Erzählungen in Peru, in denen es um einen mächtigen Inka geht, der einst auf einem Floß Richtung Sonnenaufgang gesegelt sein soll. Als er nach langer Zeit zurückkehrte, berichtete er von einem Land des Feuers, weit hinter dem Horizont. Land des Feuers! Was, wenn er damit die Galapagos-Vulkane gemeint hat? Und wenn dieser Typ dahingesegelt ist, dann könnte auf dem gleichen Weg doch auch die Mumie nach Galapagos gelangt sein!«

Siebeneisen schloss die Augen, um einen Moment nachzudenken. So, wie Lawn das schilderte, schien die ganze Sache gar nicht unrealistisch. Wenn die Inka die Mumie ihres letzten Herrschers damals an einen absolut sicheren Ort hatten schaffen wollen, wäre Galapagos sozusagen eine Top-Location gewesen. Im Grunde hätten sie lediglich den Transport geheim halten müssen. Dass die Spanier jemals auf einer Inselgruppe tausend Kilometer vor der Küste nach der Mumie suchen würden, war äußerst unwahrscheinlich. Wipperfürth, Schatten und er wären ja auch niemals auf diese Idee gekommen, wenn sie nicht die passende Skizze an der Canyonwand in Arizona entdeckt hätten.

Er öffnete die Augen, reckte sich hinauf zur Klinke und öffnete die Tür einen Spalt weit. Es stank noch immer fürchterlich. Siebeneisen warf die Tür sofort wieder zu. Wahrscheinlich würde er das Zimmer stundenlang durchlüften müssen, bevor man halbwegs normal in ihm atmen konnte.

»Jetzt zu den Fotos, die ich dir geschickt habe. Dieser Stein muss irgendwo auf einer Insel namens Santa Cruz stehen. Sieht ganz so aus, als werde daraus ein ziemliches Geheimnis gemacht, man findet keine einzige wissenschaftliche Beschreibung im Netz. Lediglich diese Fotos, die Gott weiß wer gemacht hat. Ich hab die Zeichnungen auf dem Stein mit Symbolen verglichen, die man den Inka zuschreiben kann. Die sind sich schon sehr ähnlich. Es könnte also tatsächlich sein.
Und jetzt mach schnell, und bleib nicht mehr ewig weg, und wenn doch, dann sag denen in Deinem Hotel, dass Du bald nicht mehr allein in deinem Zimmer sein wirst!
Love, Lawn«

Langsam, ganz langsam, um jegliches Stechen und Ziehen in Rücken, Hüfte und Oberschenkeln zu vermeiden, stemmte sich Siebeneisen am Wannenrand in die Höhe und betrachtete sich im Spiegel. Er sah schlimm aus. Gesicht und Hals waren mit Pflastern verklebt, unter deren Rändern gerötete Haut hervorlugte. Auch auf den Armen pappten Pflaster. Immerhin hatten sich die Kaktusstiche nicht entzündet. Und die zahlreichen Kratzer zwischen den Stichen verheilten bereits. Trotzdem war seine Optik nach wie vor suboptimal, das stand fest.

Siebeneisen seufzte. Es war nicht das erste Mal, dass er aussah wie etwas, mit dem man kleine Kinder erschrecken konnte. Auf seiner Suche nach Schattens Miterben war er vor ein paar Jahren in eine Massenschlägerei in einem australischen Boxzelt geraten und im Himalaya einen Berghang hinuntergefallen. In Südafrika hatte ihn ein Strauß über den Haufen gerannt. Und in Indien eine heimtückische Fliege an der Nase erwischt. Wochenlang hatte er ausgesehen, als teste er eine Glühbirne im Gesicht. Insofern waren die Kaktuspiekser nichts Besonderes, dachte er, als er die Tür zum Zimmer öffnete.

Der Gestank war ein klein wenig zurückgegangen. Siebeneisen beschloss, die Zeit zu nutzen und diesen Stein zu suchen. Den Stuhl ließ er an der Balkontür, da konnten noch ein paar Stunden Meeresluft herein. Er verließ das Zimmer und lief zur Rezeption, wo noch immer der gleiche Angestellte Dienst hatte.

»Ich bin's, der Mann aus dem Fischzimmer!«, sagte Siebeneisen zur Begrüßung und nur für den Fall, dass der Rezeptionist ihn in der Zwischenzeit wieder vergessen haben sollte. Er legte ihm eines der ausgedruckten Fotos vor, um nach dem Weg zu diesem Stein zu fragen.

24

Vor etwa hundert Jahren waren die Inseln des Galapagos-Archipels ein beliebtes Ziel deutscher Auswanderer. Damals, in der Zeit nach dem Ersten Weltkrieg, stöhnte Deutschland unter den Reparationszahlungen, die Inflation fraß die Mark, und wer ein feines Gespür für Entwicklungen hatte, der ahnte möglicherweise, dass alles schon bald noch schlimmer werden würde, noch sehr viel schlimmer. Eine unschuldige Welt am anderen Ende der Welt, ein unberührtes Paradies, bewohnt von Meerechsen und Schildkröten: Das erschien vielen Menschen damals als Erfüllung all ihrer Sehnsüchte.

So kam es, dass Deutsche zu den ersten Siedlern auf den Galapagosinseln zählten. Sie kamen vor allem aus den großen Städten, aus Berlin und Frankfurt, Köln und München in den Pazifik. Allerdings stellten etliche von ihnen nach kurzer Zeit fest, dass das Paradies so paradiesisch dann doch nicht war und verließen die Inseln so plötzlich, wie sie kurz zuvor aufgetaucht waren. Nur wenige blieben für immer. Auf manche deutsche Familiennamen trifft man auf den Inseln aber bis heute. Insofern wunderte sich Siebeneisen auch nicht sehr, als er das kleine Holzschild am Zaun vor sich entdeckte: »Hemmschneider« stand da drauf.

Er war vom Hotel aus zu Fuß gegangen. Der Rezeptionist hatte beim Anblick der Fotos wissend gelächelt, als hüte er ein Geheimnis, das er nur wenigen Auserwählten verraten dürfe. Möglicherweise hatte er Siebeneisen für würdig befunden, weil er seinen Fauxpas mit dem Fisch im Zimmer wiedergutmachen wollte. Oder ihm war die Sache doch nicht so wichtig, jedenfalls hatte er mit übertriebenen Gesten und Worten beschrieben, wo man den Stein mit der Zeichnung finden könne. Offenbar war dessen Existenz in der Fachwelt ein Geheimnis, nicht aber unter den Insulanern.

Siebeneisen war durch den Ort spaziert, zwischen zwei Häusern auf einen bestimmten Pfad abgebogen und auf dem dann vielleicht zwanzig Minuten gelaufen, ehe er das Grundstück erreicht hatte. Der Pfad endete hier, wenige Schritte vor ihm, an einem Tor aus getrockneten Kakteenstämmen, die mit Draht zusammengebunden waren. Das Tor stand halb offen; es hing schief in einem ebenso provisorisch aussehenden Zaun aus krummen, brusthohen, mit Draht verbundenen Pflöcken, der rechts und links im Dickicht der Kakteen verschwand. Oben auf den Pflöcken saßen kleine Vögel, Finken, die aufgeregt zwitscherten. Da seid ihr ja, dachte Siebeneisen, wurde aber auch Zeit.

»Hallo? Jemand zu Hause?« Er inspizierte das Gelände vor sich. Körniger, trockener Boden, dunkle Felsbrocken aus Lavagestein, ein paar Kakteen, dazwischen vertrocknete Dornbüsche. Weiter hinten stand ein einfaches, hell getünchtes Haus, an dessen rechter Seite ein Schuppen lehnte. Davor und daneben sah es aus wie auf einem Schrottplatz. Überall lagen Gartengerätschaften, Fässer, gestapelte Reifen und Karosserieteile. Zu sehen war niemand.

»Haaalloo?« Siebeneisen rief lauter. Er wartete noch einen Moment, dann betrat er das Grundstück durch das offen stehende Tor.

»Señor Hemmschneider? Sind Sie da? Ist jemand zu Hause?«

Siebeneisen ging auf das Haus zu. Tür und Fenster waren geschlossen. Er klopfte und horchte. Nichts. Er klopfte erneut. Keine Antwort. Am Tor des Schuppens hing ein großes Vorhängeschloss, auch da würde niemand sein. Siebeneisen beschloss, sich kurz umzusehen und es später noch einmal zu versuchen. Hemmschneider lebe allein und habe kein Telefon, hatte der Rezeptionist ihm erzählt, der Mann lege keinen Wert auf soziale Kontakte und komme nur ab und zu auf ein Bier hinüber in die Stadt. Wahrscheinlich hatte er genau so einen Nachmittag erwischt, dachte Siebeneisen. Einmal im Monat macht der Mann einen Abstecher ins Wirtshaus von Santa Cruz, und genau an diesem Nachmittag kommt Besuch.

Er schlenderte an verrosteten Wrackteilen vorbei und blieb neben einem alten, ausgeschlachteten VW Käfer stehen. Was musste es für ein Geld gekostet haben, so ein Auto hierhinzuschaffen, dachte er. Und dann ging es irgendwann kaputt, und es gab keine Ersatzteile, und entsorgen konnte man es auch nicht, also blieb es an Ort und Stelle liegen, bis der Rost es komplett zerfressen hatte. Siebeneisen umkurvte einen Stapel Autotüren, hinter dem ein vorsintflutlicher Rasenmäher lag und ein umgeworfener, verzinkter Trinktrog. Und zwischen Rasenmäher und Trog stand das, wonach er suchte.

Der Stein war kleiner, als er auf den Fotos wirkte. Ein wuchtiger, aufrechter Quader, vielleicht anderthalb Meter hoch, einen halben breit und etwa dreißig oder vierzig Zentimeter tief. Siebeneisen wusste sofort, dass es sich um das gesuchte Stück handelte, die eingemeißelten Linien waren deutlich zu erkennen. Das Licht fiel von der Seite und betonte die Gesichtszüge der Figur, ein runder Kopf mit in die Länge gezogenen Ohren, weit aufgerissenen Augen und mehr Zähnen im Mund als Jürgen Klopp. Der Hals wurde von einer Art gefächerter Krause verdeckt, die in einen gedrungenen Körper überging, der wiederum in einer Art Rüstung steckte. Über der Figur war eine Sonne dargestellt, wie sie Kindergartenkinder malen würden, kugelrund mit Strahlenkranz, Augen, Nase und Mund. Alles sah aus, wie man es von den Darstellungen präkolumbianischer Kulturen kannte, dachte Siebeneisen. Gemeißelt in einen Stein, der ihn an einen – natürlich! Schlagartig wurde ihm heiß. Dass er darauf nicht schon beim Betrachten der Fotos gekommen war! Wie ein Grabstein sah der aus!

Siebeneisen spürte, wie sein Puls einen beindruckenden Kickstart hinlegte, als habe er die letzten Minuten mit angezogener Handbremse an einer roten Ampel gewartet und sei jetzt endlich mit durchgetretenem Gaspedal gestartet. Konnte das sein? Konnte es sein, dass er vor dem Grab des letzten Inkaherrschers stand? Und dass die Figur dort – dass die Atahualpa selbst darstellte? Er merkte, wie er vor Aufregung leicht zu zittern begonnen hatte. War er am Ziel, nach einem kurzen Abendspaziergang, den er eher auf gut Glück unternommen hatte?

Er ging in die Hocke und untersuchte, ob der Stein auf dem Boden stand oder möglicherweise ein Stück weit eingegraben worden war. Wurde er, dachte er. Man hatte ihn nicht einfach hier hingestellt – man hatte ihn hier aufgestellt. Könnte es tatsächlich sein, dass die Inka die Mumie hier, genau hier, bestattet hatten?

Die Stiche in seinen Knien ließen ihn stöhnen. Er richtete sich auf und sah sich um. Denk 500 Jahre zurück, forderte er sich selbst auf, wie mag das Land hier damals ausgesehen haben, bevor es zum Schrottplatz wurde? Hemmschneiders Grundstück lag leicht erhöht, wenn er sich reckte, konnte er zwischen den Kakteen und Steinen das Meer sehen. Weit entfernt war es nicht, vom Hotel am Hafen aus hatte er keine halbe Stunde benötigt. Er stellte sich vor, wie die Inka die Mumie ihres Herrschers hierhingebracht hatten, ein stummer Trauerzug zu einem

Ort, den die Priester zuvor ausgesucht hatten. Doch, dachte Siebeneisen, es könnte so gewesen sein.

Er legte die rechte Hand auf den Stein. Obwohl er den ganzen langen Tag in der Sonne gestanden hatte, fühlte er sich seltsam kühl an. Wenn du reden könntest, dachte er, während er den Quader betastete, wenn du erzählen könntest, wer diese Linien in dich geschlagen hat! Ob es die persönlichen Hohepriester Atahualpas gewesen waren, bevor sie die sterblichen Überreste ihres Herrschers hier bestatteten? Oder ob er Künstler beschäftigt hatte, die ihn auf seiner letzten Reise begleiteten?

Siebeneisen ging erneut in die Hocke. Er begann, mit der flachen Hand den Sand vor dem Stein wegzuwischen. Wenn die Inka die Mumie hier bestattet hatten, dann sicherlich in einer Art Grabhöhle, zwischen Steinplatten oder etwas ähnlichem. Er wischte weiter.

Und dann war da plötzlich ein Klicken. Es hörte sich ziemlich genau wie das Klicken an, das man im Kino in solchen Situationen hört. Siebeneisen wunderte sich, dass er das Geräusch sofort eindeutig zuordnen konnte. Wie stark Filme sich doch im Unterbewusstsein festsetzen, dachte er. Und dass er sich jetzt besser nicht hektisch umdrehen sollte. Und dann zuckte er zusammen.

»Kann ich Ihnen helfen?«, donnerte die Stimme unmittelbar hinter ihm. »Kann ich Ihnen vielleicht helfen bei dem, was Sie da gerade auf meinem Grundstück machen?«

Siebeneisen schoss in die Höhe, als habe er in eine freigelegte Starkstromleitung gefasst. Weil sein Herz bereits die vergangenen Minuten auf Hochtouren gepumpt hatte, schlug es jetzt etwa auf Mandelhöhe in seinem Hals.

»Ich … Entschuldigen Sie, ich …«

»Ich entschuldige prinzipiell überhaupt nichts!« Hemmschneider stand vor ihm wie ein alttestamentarischer Racheengel, einen Revolver in der linken Hand. Er war zwei Kopf größer als Siebeneisen, einen halben Meter breiter, mindestens vierzig Kilo schwerer und fixierte sein Gegenüber aus zusammengekniffenen Augen. Auf seinem freien Oberkörper rangelten sich Narben und primitive Tätowierungen um die letzten freien Quadratzentimeter Platz. Sein Kopf … Siebeneisen musste ihn anstarren, er konnte nicht anders. Von seinem Kopf fehlte ein Stück. Irgendetwas war mit seinem Schädel passiert. Auf der rechten Seite schien ein großes Stück verschwunden zu sein, was Hemmschneider seltsam unfertig aussehen ließ. Siebeneisen starrte ihn entsetzt an und bemerkte deswegen erst jetzt, dass sich am Boden neben Hemmschneider etwas bewegte. Er sah hin und machte augenblicklich zwei Schritte zurück hinter den Stein.

»Ruhig, Wallenstein!« Hemmschneider zerrte ruckartig an der Leine, die er in der rechten Hand hielt. Am anderen Ende der Leine zuckte eine riesige giftgelbe Echse zusammen.

»Was … ich … Entschul … ich …«

»Hören Sie auf zu stammeln!« Hemmschneider sprach nun Deutsch. Wenn Siebeneisen Angst hatte, verfiel er aus dem Englischen in seine Muttersprache. So wie gerade eben. Er sah zu der Echse hinunter. Das Reptil hatte eine Haut wie die älteste Lederjacke der Welt, falls jemand gelbgrüne Modelle mit grober Narbenstruktur mochte. Es war mindestens drei oder vier Mal so groß wie die tangfressenden Teile auf Española und wirkte hundertmal gefährlicher. Die Echse zerrte an ihrer Leine, als wolle sie dem Eindringling ein faustgroßes Stück aus dem Unterschenkel reißen.

Siebeneisen schossen plötzlich Fernsehbilder durch den Kopf, wie das einem in solchen Situationen ja gerne passiert, wenn die kleinen Synapsen da oben drin so nervös werden, dass sie wie wild irgendwelche Verknüpfungen herstellen. Auf jeden Fall erinnerte er sich an eine Fernsehdokumentation über Echsen, die ganz ähnlich aussahen. Sie waren dafür bekannt, bei Heißhunger schnell mal einen unschuldig daherkommenden Wasserbüffel zu reißen.

Die Echse vor ihm sah zu ihm hinauf, ließ ihre Zunge vorschnellen und gab ein bedrohliches Zischgeräusch von sich. Immerhin spuckte sie nicht.

»Wallenstein! Ruhig, hab ich gesagt!« Hemmschneider zog noch einmal kräftig an der Leine. Wallenstein schnaubte und ließ sich zu Boden sinken. Er schloss die Augen. Es sah so aus, als würde er augenblicklich einschlafen.

»Aus Deutschland, he? Was machen Sie auf meinem Grund und Boden?« Hemmschneider schien sich ein klein wenig zu beruhigen. Aber nicht wirklich viel. »Was Sie hier machen, frage ich Sie!« Obwohl Siebeneisen kaum mehr als zwei Meter von ihm entfernt war, herrschte Hemmschneider ihn in einer Lautstärke an, als stelle er die Frage jemandem unten im Hafen von Santa Cruz.

»Ich… Bitte entschuldigen Sie mein Eindringen! Mein Name ist Siebeneisen, ich komme aus Oer-Erkenschwick, also eigentlich, seit ein paar Jahren lebe ich aber in New Orleans, und Ihren Namen habe ich vom Rezeptionisten unten im Stella Maris, den habe ich gefragt, und der hat mir dann beschrieben, wie ich zu Ihnen kommen kann, also im Ort auf den Trampelpfad abbiegen und dem dann folgen, bis es nicht mehr weitergeht.«

Hemmschneider sah Siebeneisen an, als überlege er, ob es auch ihm stehen würde, wenn ein Stück seines Schädels fehlte. Wallenstein öffnete träge ein Auge.

»Äh… Also… das hier…«, Siebeneisen legte die Hand auf den Grabstein des letzten Inkaherrschers, »wegen ihm hier bin ich gekommen. Das hier habe ich gesucht.«

Hemmschneider sah von Siebeneisens Gesicht kurz hinunter zu Siebeneisens Hand, die sanft den Stein tätschelte.

»Ich … also … ich konnte mir das bis eben noch überhaupt nicht vorstellen, dass ich so schnell am Ziel sein würde. Ich, also, das heißt, wir, wir von NIU, da sind natürlich auch noch Wipperfürth und Schatten, wir haben die Agentur gemeinsam gegründet, aber egal, jedenfalls: Ich hätte das nicht geglaubt. Ist auch kein Problem, dass sich das alles hier auf Ihrem Grund und Boden befindet, bestimmt nicht, da können Sie absolut unbesorgt sein, wir hätten sowieso gleich die zuständigen Behörden informiert, die ganze offizielle Maschinerie in Bewegung gesetzt, wir sind ja keine …«

Siebeneisen fand, dass er die Sache halbwegs verständlich erklärt hatte. Hemmschneider musste sich keinerlei Sorgen machen, der Mann konnte ja nun überhaupt nichts dafür, dass die Inka ihren letzten Herrscher nun ausgerechnet auf seinem Grund und Boden bestattet hatten. Siebeneisen kannte sich mit der ecuadorianischen Gesetzeslage nicht aus, war sich aber sicher, dass Hemmschneider nichts passieren würde. Im Gegenteil. Wenn der Fund erst Schlagzeilen machte, würde auch er davon profitieren. Sicher, die Mumie würde nicht hierbleiben können, die käme nach Quito, in die Hauptstadt. Möglicherweise würde man sogar ein eigenes Museum für sie bauen. Ihren Fundort aber konnte Hemmschneider doch wunderbar in eine kleine, lokale Besucherattraktion umwandeln. Sobald er das Gerümpel von seinem Hof entfernt hätte, könnte er eine Souvenirbude aufmachen, und schon war seine Altersversorgung gesichert. Vielleicht verdiente er ja genug, um seinen Schädel reparieren zu lassen, das sollte sich mal ein profilierter Schönheitschirurg ansehen, da konnte man bestimmt noch etwas machen.

»Ein Hubschrauberunfall«, sagte Hemmschneider in diesem Moment, und Siebeneisen zuckte zum zweiten Mal an diesem

Nachmittag zusammen. Hatte er das eben alles laut ausgesprochen?

»Das, was Sie die ganze Zeit so anglotzen. Ein Hubschrauberunfall. Eins der Rotorblätter hat mich erwischt, als ich raus bin. Wildschweinjagd. Fehlt ein bisschen was vom Schädel. Innendrin ist aber alles in bester Ordnung.« Hemmschneider klopfte mit der Seite des Revolvers auf das Stück Kopf, von dem etwas fehlte. »Anders als bei Ihnen, wie mir scheint. Ich verstehe kein Wort von Ihrem Gequatsche. Und ich frage Sie jetzt zum allerletzten Mal: Was haben Sie auf meinem Grundstück zu suchen?« Die Stimme wurde wieder lauter. Was auch daran lag, dass Hemmschneider einen Schritt auf Siebeneisen zuging. Wallenstein am anderen Ende der Leine wachte auf. Er stemmte sich mühsam in die Höhe wie ein alternder Sportler, der soeben 30 Liegestütze geschafft hat.

»Ich… also… ich dachte, ich hätte schon alles erklärt.« Siebeneisen merkte, wie ihm die nackte Angst den Rücken hinaufspazierte. Der Typ war unberechenbar, das hatte er gleich gesehen. Der hatte einen Schaden, dieser Hemmschneider. Kein Wunder, dass er hier draußen allein lebte! Wahrscheinlich war diese Echse abgerichtet wie ein Pitbull. Der Mann begriff nicht im Mindesten, dass sie beide hier soeben einen historischen Moment der Archäologie erlebten. So unauffällig, wie es ging, machte Siebeneisen einen kleinen Schritt. Der Grabstein stand jetzt zwischen den beiden Männern. Wallenstein ächzte beinahe menschlich, ließ sich wieder auf den Boden sinken und schloss die Augen.

»Ich erkläre es Ihnen gerne noch einmal, gar kein Problem. Also, das hier…« Siebeneisen strich mit der flachen Hand über den Stein, »das hier ist ein historisches Fundstück. Ein Artefakt, wie man sagt. Haben Sie sich den Stein schon mal genauer angesehen, der hier auf Ihrem Grundstück steht?« Siebeneisen lächelte, als habe er das schon oft erlebt, als passiere das regelmäßig, ein fünfhundert Jahre alter Grabstein im Vorgarten mit ner komischen Zeichnung darauf, und keiner merkt etwas, hahaha.

»Sehen Sie«, fuhr er fort, »da sind Linien eingemeißelt. Und die ergeben eine Figur, hier, hier und hier…« Siebeneisen beugte sich hinter dem Stein nach vorne und fuhr mit dem Finger die Umrisse Atahualpas nach. »Diese Figur hat ein Steinmetz der Inka geschaffen. Vor fünfhundert Jahren, pi mal Daumen. Und warum hat er das getan? Weil dieser Stein hier ein Grabstein ist!« Siebeneisen machte eine rhetorische Pause und beobachtete Hemmschneiders Gesicht. Hemmschneider verzog keine Miene.

»Und jetzt kommt's!« Siebeneisen beendete die dramaturgisch geschickt gesetzte Unterbrechung. »Dort, wo Sie gerade stehen… an der Stelle, an der Ihr kleines Haustier gerade döst – da ist die Mumie des letzten Inkaherrschers vergraben. Genau dort.«

Zur Sicherheit zeigte Siebeneisen noch einmal mit dem Zeigefinger auf die Stelle vor dem Grabmal. Beziehungsweise auf den schlafenden Wallenstein, der da lag wie etwas, das sich dort im Pleistozän niedergelassen hatte. Dann sah er Hemmschneider in die Augen. Obwohl Siebeneisen es zu unterdrücken versuchte, konnte er sich ein triumphierendes Lächeln nicht verkneifen.

»Sie sind verrückt«, sagte Hemmschneider. »Sie sind offensichtlich komplett durchgeknallt.« Er sah Siebeneisen an, als habe er Angst vor ihm.

»Das da…«, er zeigte mit dem Lauf des Revolvers auf die Figur, die die Inka vor einem halben Jahrtausend in den Stein gemeißelt hatten, während einer heiligen Zeremonie, mit den

Sternen als Zeugen allein, »das da hab ich gemacht. Vor ein paar Jahren. Mir ging's nicht so prall damals. Der Arzt meinte, etwas Künstlerisches würde mir guttun.«

25

Sonntags im Maskierten Waschbär, New Orleans /
Sonntags in La Zona Negra, Guayaquil.
Zwei Tage später.

»Lass mich mal! Es kann doch bitteschön nicht sein, dass wir hier seit einer halben Stunde versuchen, eine Verbindung herzustellen!«

»Sei still! Ich kriege das schon hin! Du immer mit deiner Hektik. Ich schwitze ja schon, so nervös machst du mich!«

»Du schwitzt, weil sieben Kilo Waschbär auf deinem Schoß liegen. Und zwar seit jenem Moment, an dem wir hier angekommen sind. Es ist doch kein Wunder, dass dir warm ist.«

»Diese sieben Kilo, die da an mir hängen, sind ein Geschenk von dir, wenn ich dich kurz daran erinnern darf. Und jetzt halt mal eine Sekunde die Klappe, dann bekomme ich das hier auch hin. Wie war nochmal sein Skype-Name?«

»Sein Skype-Name ist Siebeneisen. Sieben wie die Zahl, Eisen wie das Metall. Ist schwer zu merken, gebe ich zu.«

Wipperfürth und Schatten waren am frühen Morgen aus Las Vegas zurückgekommen. Mit dem Bus. Am Tag zuvor hatte ein Polizeibeamter ihnen völlig überraschend mitgeteilt, dass sie entlassen würden. Während seiner kleinen Ansprache – ein Monolog, der ausschließlich aus juristischen Formulierungen und auswendig aufgesagten Passagen bestand – hatte der

Mann immer wieder gestockt, für einen Moment ins Leere geschaut und den Kopf geschüttelt, als könne er beim besten Willen nicht verstehen, wieso Leute wie Wipperfürth und Schatten das Gefängnis verlassen durften. Anschließend waren ihnen ihre persönlichen Gegenstände ausgehändigt worden, inklusive der Cowboyhüte und ihrer Kladdensammlung. Dann hatte es noch einen längeren und hitzigen Disput über die Frage gegeben, ob nicht vielleicht doch eine Linienbusverbindung zwischen dem Gefängnis und dem Greyhound-Busterminal von Las Vegas existieren könnte. Am Ende hatte sie ein Taxi zum Bus gebracht. 17 Stunden später waren sie in New Orleans ausgestiegen und kurze Zeit später im Maskierten Waschbär aufgetaucht.

Und jetzt wollten sie eine Skype-Konferenz abhalten. Mit Siebeneisen, dessen Benutzername Siebeneisen war und der nach seinem Flug von den Galapagosinseln nun in einem Internetcafé in Guayaquil in Ecuador darauf wartete, dass die beiden die Verbindung herstellten. Er selbst hatte das schon mehrmals versucht. Allerdings war es Schatten jedes Mal gelungen, eine falsche Taste an Framptons Laptop zu drücken, wobei die eingehende Verbindung jedes Mal abgewiesen worden war.

»Jetzt aber! Jetzt funktioniert es!« Schatten zeigte mit dem Finger auf den Bildschirm, wo ein auf- und abschwellendes Anrufsymbol zu sehen war. Dann machte es »Ploink!«, und das Anrufsymbol verschwand wieder. Bandito, den das Geräusch geweckt hatte, streckte sich kurz auf Schattens Schoß, um sich anschließend noch ein wenig dichter an Herrchen zu schmiegen.

»Das sehe ich, wie das funktioniert! Manchmal frage ich mich, wie es dir fünfzig Jahre lang gelungen ist, ohne große Schäden durchs Leben zu kommen!«

»Und ich frage mich, wieso ich mit fünfzig Jahren noch nicht gelernt habe, mir meine Freunde mit mehr Sorgfalt auszusuchen.«

»Will jemand ein Glas Wein?« Frampton wusste aus Erfahrung, zu welchem Zeitpunkt er in die Diskussionen zwischen Wipperfürth und Schatten eingreifen musste, um eine weitere Eskalation zu verhindern. Eigentlich hatte er sich gefreut, als die beiden morgens plötzlich im Waschsalon standen. Er brauchte Hilfe im Laden, ganz dringend. Die Sache hier war ihm in den letzten Tagen über den Kopf gewachsen. Allerdings hatten zwei Stunden Anwesenheit der beiden genügt, um leichte Zweifel in ihm zu säen. Das wiederum war zwei Stunden her. Mittlerweile ahnte Frampton, dass Wipperfürth und Schatten vielleicht doch nicht die ersehnte Unterstützung waren. Was er sich eigentlich schon zuvor hätte denken können.

Insgeheim hatte er gehofft, dass die Tage im Gefängnis eine Veränderung bei den beiden bewirkt haben könnten. Er hatte das schon öfter gehört, dass Menschen nach einer Haftstrafe ruhiger waren, konzentrierter, mehr und eher auf das Wesentliche bedacht. Bei Wipperfürth und Schatten schien das allerdings nicht der Fall zu sein. Möglicherweise waren sie dafür auch zu früh entlassen worden. Lawns Anwalt hatte die beiden Deutschen zügig aus den Fängen der Justiz befreit. Sogar auf eine Kaution hatte der Staat Nevada verzichtet, Wipperfürth und Schatten waren freie Männer und konnten tun und lassen, was sie wollten.

»Da! Das ist er! Jetzt mit der Maus auf die grüne Schaltfläche. Auf die grüne!«

Wipperfürth und Schatten schienen kurz vor einer erfolgreichen Kontaktaufnahme zu stehen. Frampton ging hinüber zum Weinschrank. Der Pfälzer Winzer, der den gnadenlos guten Tailor machte, hatte noch andere Weine im Sortiment. Vor allem diesen Weißwein mit dem seltsamen Namen, Hullabaloo oder so ähnlich. Frampton überflog die Flaschen im Kühlschrank.

Viel war da nicht mehr, seine Vorräte waren in den letzten Tagen ziemlich dezimiert worden. Mittlerweile hielten täglich Busse vor dem Waschsalon, in dem kaum noch jemand waschen wollte. Die Allermeisten kamen wegen Bandito. Frampton machte längst zehnmal mehr Umsatz mit Wein als mit Waschmaschinenwertmarken.

Vor zwei Tagen hatte er bei dem Tourveranstalter vorbeigeschaut, der den Maskierten Waschbär in sein Ausflugsprogramm aufgenommen hatte. Wer in die Bayous wollte oder die alten Plantagen entlang des Mississippi besuchen, konnte Tickets für solche Touren an einem kleinen Kiosk am Jackson Square kaufen, gleich gegenüber des Café du Monde und in Sichtweite der Kathedrale. Allerdings schien solche Tickets niemand mehr zu wollen. Auch Flussfahrten mit den nachgebauten Schaufelraddampfern waren offenbar nicht mehr wirklich beliebt, und Besuche des Mardi-Gras-Museums ebenfalls nicht, jedenfalls waren die Werbeplakate für all diese Attraktionen überklebt. Überklebt mit Fotos, auf denen Bandito zu sehen war. Bandito auf seinen Hinterbeinen, vor einer Gruppe Zuschauer, die begeistert in die Hände klatschten. Auf dem Jackson Square war ihm sogar ein Typ im Waschbärenkostüm entgegengekommen und hatte Frampton einen Flyer in die Hand gedrückt. *»New Orleans' hottest sensation!«*, hatte unter einem lächerlich unscharfen Foto gestanden, auf dem die Trommeln der Waschmaschinen aussahen wie schwarze Löcher und der Waschbär wie ein adipöses Frettchen, *»Meet Bandito, the Dancing Racoon!«*

Das kommt davon, wenn man sich nicht gleich alles sofort rechtlich schützen lässt, dachte Frampton und holte eine Flasche Hullabaloo aus dem Kühlschrank. »Das haben wir mal schön versaut«, sagte er zu Bandito, der ihm beim Entkorken der Flasche zusah. Der Waschbär liebte das Geräusch, das beim Ziehen des Korkens entstand. Wenn die Flasche geöffnet war, hob er seine Waschbärennase in die Luft und schnupperte, als wäre er Rieslingexperte und versuche gerade, Lage und Jahrgang allein am Geruch zu erkennen. »Ich kann gerne mal mit deinem Chef reden«, sagte er zu Bandito, »aber, Buddy, ganz ehrlich: Ich kann mir nicht vorstellen, dass er dich probieren lässt.«

Frampton sah hinüber zu Wipperfürth und Schatten. Den beiden schien es mittlerweile tatsächlich gelungen zu sein, eine Verbindung zu Siebeneisen herzustellen. Gerade unterhielten sie sich darüber, wer was zu wem am Flughafen in Las Vegas gesagt hatte, kurz vor der Verhaftung der beiden. Wahrscheinlich lief das Gespräch darauf hinaus, dass Wipperfürth und Schatten dem bedauernswerten Siebeneisen die Schuld für alles gaben. Das war eigentlich immer so, dachte Frampton. Einer musste es gewesen sein, und dieser eine war eigentlich immer derselbe.

»Du hast direkt am Wasser gewohnt? Auf Galapagos? Aber doch nicht etwa in einem dieser sündhaft teuren Zimmer mit Meerblick?«

Wipperfürth drängte Schatten zur Seite, bis auch er in dem kleinen Kontrollfenster rechts unten auftauchte. In dem konnte man sehen, welcher Ausschnitt beim Gesprächspartner am anderen Ende der Verbindung bildschirmfüllend war.

»Was hat denn das mit unserem Fall zu tun? Ja, ich hatte Meerblick. Aber nur, wenn ich vorher die Zimmertür aufgemacht und einen Pelikan aus dem Weg geräumt habe.« Siebeneisen war nur schemenhaft zu erkennen, ein Oberkörper im Halbdunkel, mit einem flackernden Licht irgendwo im Hintergrund.

»Das kannst du uns später ja mal in aller Ruhe erzählen.« Wie immer tat Wipperfürth, als sei nicht er, sondern sein Gesprächspartner vom eigentlichen Thema abgekommen. »Wieso ist es denn bei dir so dunkel? Wir erkennen dich ja kaum. Da hätten wir genauso gut auch einfach telefonieren können. Wo bist du denn überhaupt genau?«

»Der Laden heißt La Zona Negra. Der Name erklärt vielleicht, weshalb der Innenarchitekt nicht so viel Wert auf die Beleuchtung gelegt hat. Das ist aber doch jetzt auch egal. Wir wollten doch über den Stand der Recherche reden!«

»Oh ja. Das wollen wir. Schatten hat da einiges mitzuteilen. Ich übergebe!«

Wipperfürth verschwand aus dem Kontrollfenster. Schatten postierte sich so vor dem Computer, dass er für Siebeneisen bildfüllend zu sehen war. Er hielt Bandito in die Kamera. Die Ohren des Waschbären richteten sich auf, als er Siebeneisen erkannte. Vor Aufregung begann er zu fiepsen. Er streckte eine Vorderpfote aus und tapste vorsichtig über das Gesicht auf dem Monitor.

»Hast du abgenommen im Gefängnis? Irgendwie siehst du verändert aus. Was sind denn das für schwarze Streifen unter deinen Augen?«

»Lass deinen Zynismus! Ich wollte dir nur kurz den kleinen Bandito zeigen. Er vermisst dich.«

Schatten setzte den Waschbär vorsichtig auf den Boden und richtete sich mühsam und stöhnend auf.

»Also. Pass auf. Auf der Rückfahrt von Las Vegas. Im Bus. Da haben wir in den Kladden gelesen. In denen von Moosbichler.« Schatten nahm eines der Hefte in die Hand. Er hielt es vor die Kamera. Siebeneisen auf dem Bildschirm schaute mehr oder weniger regungslos zu ihm herüber. »Kannst du das sehen? Das Heft? Die Kladde?«

»Ja, kann ich.«

»Warum sagst du denn nichts? Wenn du nichts sagst, vermuten wir hier doch, dass du uns nicht hören und sehen kannst.«

»Ok. Also: Ich sehe, dass du eine von Moosbichlers Kladden in der Hand hältst.«

»Genau. Und zwar eine, in der Wipperfürth und ich einen Eintrag entdeckt haben, der des Rätsels Lösung ist. Ganz sicher. Warte … ich lese dir die Passage vor.«

Schatten öffnete das Notizheft und begann, in ihm zu blättern. Zehn Seiten nach hinten, dann acht zurück, dann wieder mehrere Blätter nach vorne. Schließlich schien er die betreffende Stelle gefunden zu haben.

»Kannst du mich hören?«

»Ja, immer noch. Und sehen. Du kannst vorlesen.«

»Also gut, hier steht Folgendes: ›Nach unserem Gastspiel in Edinburgh gastierten wir in London. Sogar die Königin kam, um sich unsere Show anzusehen.‹ Er schreibt Show mit S-c-h-o-h, der Moosbichler. Er schreibt überhaupt ganz schlimm. In der Schule wäre das eine glatte Fünf. Ich lese einfach weiter, ohne die Fehler, ja?«

Trotz dieser Ankündigung schwieg Schatten. Erst als zehn Sekunden lang niemand etwas gesagt hatte, räusperte er sich.

»›Cody trug seine beste Wildlederjacke und hatte sich zuvor eigens für den Abend zum Frisör begeben.‹« Schatten wischte sich erneut die Stirn ab. »Bist du noch da?«

»Das siehst du doch! Auf deinem Bildschirm.«

»Warum sagst du denn nichts?«

»Weil ich dich nicht unterbrechen will. Und weil du bislang nur Dinge vorgelesen hast, die völlig irrelevant für uns sind.«

»Jetzt warte doch mal ab! Die Stelle kommt gleich!« Schatten suchte die Passage, an der er weiterlesen musste. »Also, jetzt, hier: ›Nach Ende der Vorführung ging ich mit Zittriger Lanze an der Themse spazieren. Es war ein warmer Abend, und der Fluss stank merkwürdig nach Fisch. Obwohl wir mittlerweile schon viele große Städte besucht hatten, war der Indianer noch immer überwältigt. Wie soll man das auch verstehen, wenn man sein Leben lang in Tipis übernachtet hat? Ob ich ihn am kommenden Morgen nach Toledo bringen könne, fragte mich Zittrige Lanze. Tagsüber hatten wir wie alle Komparsen von Buffalo Bill's Wild West Show ja frei, und er glaubte, Toledo liegt nicht weit entfernt, sodass wir rechtzeitig zur Abendvorstellung zurück sein könnten.‹«

»Natürlich hatte Zittrige Lanze keinerlei Vorstellungen von den Distanzen innerhalb Europas. Das muss man natürlich wissen, um das zu verstehen.« Wipperfürth fühlte sich bemüßigt, Schattens Vorlesung zu unterbrechen. Er schob seinen Kopf so vor die Kamera, dass Siebeneisen in Guayaquil ihn sehen musste.

»Ach was«, sagte der jetzt auf dem Monitor, »daran hätte ich nicht gedacht.«

»Jetzt lass mich das mal zu Ende bringen!« Schatten schob Wipperfürth zur Seite. »Ich fahre fort: ›Ich fragte ihn, was er dort will. Der Spanier hat seinen Vorfahren immerzu von Toledo erzählt, sagte Zittrige Lanze. Deswegen wolle er sich diese Stadt gerne ansehen.‹ Kommst du so weit mit?« Schatten drüben in New Orleans blickte fragend in die Kamera.

»Ja. So kompliziert ist das ja nicht.«

»Sehr gut. Obacht jetzt! Die entscheidende Stelle folgt! Ich zitiere unseren Freund Alois Moosbichler: ›Der Spanier habe ihm auch erzählt, dass das Heimweh ihn arg geplagt hat in der Fremde. Vor allem, als er im Land der Inka an jenem Ort war, der ihn sehr an seine Heimat Toledo erinnert hat. Es war eine Stadt auf einer Hügelkuppe, ganz nahe bei der Hauptstadt Cusco, mit weitem Blick in die Umgebung. Die Inka hatten geglaubt, sie könnten ihre Existenz vor den Spaniern geheim halten, doch einem Expeditionscorps war es wohl gelungen, die Feste zu entdecken. Auf dem Rückweg allerdings sind alle Konquistadoren getötet worden. Nur einer hatte überlebt. Jener Spanier, den die Vorfahren von Zittriger Lanze Jahrzehnte später vor dem Verdursten retteten.‹«

Schatten klappte Moosbichlers Heft zu und sah erwartungsvoll in die Kamera. Auf dem Bildschirm war ein bewegungsloser Siebeneisen zu sehen.

»Kannst du uns hören? Hallo?«

»Ja! Ich. Kann. Dich. Hören. Wie oft willst du das denn noch fragen?«

»Wieso sagst du denn dann nichts? Sind das etwa keine Neuigkeiten? Du könntest wenigstens irgendeine Reaktion zeigen. So etwas wie ›Jungs, das habt ihr super gemacht!‹ Irgend so etwas.«

»Ich verstehe nicht, auf was du hinauswillst. Hätte mir da eben etwas auffallen sollen?«

»Lass mich mal mit ihm reden!« Wipperfürth drängelte sich vor die Kamera des Laptops. In dem kleinen Kontrollfenster konnte man sehen, wie er seine Dozierhaltung einnahm: ernste Miene, strenger Blick, den Zeigefinger aufmerksamkeitsheischend in der Luft. »Es ist ja wohl sonnenklar, welche Stadt hier gemeint ist. Machu Picchu natürlich. Der Spanier war in Machu Picchu.«

Wipperfürth schien auf eine Reaktion Siebeneisens zu warten. Als sich dessen Kopf auf dem Skype-Bildschirm keinen Millimeter bewegte, redete er weiter. »Bislang dachte man ja immer, die Spanier hätten Machu Picchu überhaupt nie entdeckt. Das scheint aber nicht zu stimmen. Unser Konquistador war dort. Er war vor Ort. Und er hat dort die Mumie Atahualpas gesehen, das steht ja wohl fest. Oder zumindest von ihr erfahren.«

»Wie bitte?« Zum ersten Mal seit Beginn ihres kleinen Skype-Gesprächs kam Bewegung in Siebeneisen. »Das hat Schatten eben aber nicht vorgetragen!«

»Du musst zwischen den Zeilen lesen, mein Lieber, zwischen den Zeilen.« Wipperfürth fuchtelte mit seinem Zeigefinger vor der Notebookkamera herum.

»Zwischen den Zeilen? Kannst du mir bitte mal in klaren Worten sagen, was du meinst?«

»Es muss einfach so sein! Die Inka haben alle anderen auf dem Rückweg gemeuchelt, um das Geheimnis zu wahren. Nur unser Spanier überlebte. Und mit ihm das Wissen um das Versteck der Mumie.«

»Das will doch gar nichts heißen. Die Inka haben damals jeden Spanier getötet, der mit seiner Rüstung schwitzend durch den Dschungel hechelte. Solange es noch Inka gab, die das tun konnten.« Siebeneisen auf dem Monitor schüttelte den Kopf. »Mal ganz abgesehen davon, dass wir eine Karte haben. Auf einer Canyonwand. Erinnert ihr euch?«

»Hast du mal Fotos von Machu Picchu gesehen? Das liegt mitten in den Bergen! Die Dreiecke! Die symbolisieren die Hügel rund um die Stadt. Und die Linien? Das sind Schlangen im Dschungel. Die kleinen Linien sind die Giftschlangen, die große ist eine Würgeschlange, eine Anaconda oder so. Von denen gibt es in Peru garantiert höllenviele.«

»Das ist doch völlig willkürlich!«

»Von wegen! Ist es nicht! Nein, da gibt es überhaupt keine Zweifel: Wir müssen nach Machu Picchu! Die Mumie ist dort!« Wipperfürths Zeigefinger machte eine Bewegung wie Lorin Maazels Taktstock nach dem Schlussakkord von Beethovens Neunter. Dann sah er erwartungsvoll auf dem Bildschirm ins Halbdunkel der Zona Negra.

»Also, ihr zwei, ich sage euch jetzt mal was. Wenn IHR schon einmal Fotos von Machu Picchu gesehen habt, dann wisst ihr, was da los ist. Die Anlage ist ein Rummelplatz. Da laufen jeden Tag tausende Touristen durchs Gelände. Mal ganz abgesehen davon, dass die Archäologen wahrscheinlich jeden einzelnen Stein dort längst dreimal umgedreht haben. Es gibt vermutlich in ganz Südamerika keinen aussichtsloseren Platz, um nach Atahualpas Mumie zu suchen. Das haben dort Hunderte vor uns gemacht.«

In der Zona Negra schien jemand einen Schalter entdeckt zu haben: Plötzlich fiel Licht auf Siebeneisens Gesicht, auf dem noch immer etliche kleine Pflaster klebten.

»Wie siehst du denn aus?« Wipperfürth neigte sich noch näher zum Bildschirm. Vor Jahren hatte er einen VHS-Kurs »Medizinisches Basiswissen« besucht. Seitdem fühlte er sich nicht nur berufen, Krankheitssymptome zu deuten, sondern auch bei äußeren Veränderungen Diagnosen zu stellen.

»Ich bin in einen Kaktus gefallen. Lenk bitte nicht ab. Wir waren bei Machu Picchu. Da seid ihr auf der falschen Fährte, glaubt mir.«

»Das werden wir sehen. Mit eigenen Augen.«

»Mit eigenen Augen? Wie meinst du das?«

»Schatten und ich brechen schon morgen nach Peru auf! Wir haben günstige Tickets bei Overland Travel bekommen können. In luxuriösen Bussen von New Orleans bis nach Cusco! Mit Stopps in allen relevanten Städten. In zwölf Tagen quer durch Mittelamerika!«

»Das ist nicht euer Ernst, oder?« Siebeneisens Gesichtsausdruck auf dem Monitor sah aus wie der Gesichtsausdruck eines Mannes, der sehr genau wusste, dass das gerade eben ernst war.

»An dich haben wir natürlich auch gedacht. Du hast Sitz 24. Dein Bus fährt um 18.42 heute Abend an der Plaza Major ab.«

»Bitte was?«

»Leider wird dieses Guayaquil nur von wenigen Unternehmen angefahren. Die Auswahl ist da nicht sehr groß. Deswegen konnten wir für dich leider auch keinen Erste-Klasse-Sitz buchen. Den hättest du wie ein Bett in die Horizontale klappen können. Aber für die paar Stunden tut es ja auch ein ganz normaler Sitz, haben wir gedacht. Wegen der unterschiedlichen

Entfernungen bist du sowieso ein paar Tage vor uns vor Ort. Da wartest du einfach und machst dich schon einmal ein wenig mit den Gegebenheiten vertraut.«

»Einen Teufel werde ich tun.« Siebeneisen hielt sein Gesicht jetzt ziemlich nah vor die Kamera. Einen Moment lang waren all die kleinen Pflaster deutlich bis nach New Orleans zu sehen. Dann war das Licht in der Zona Negra wieder aus. »Das könnt ihr mal schön alleine machen, wenn ihr wirklich glaubt, das sei die richtige Spur. Ich gehe stattdessen Schokolade essen.«

»Du gehst was?«

»Schokolade essen. Ich habe da auf Galapagos einen Tipp bekommen.«

26

Santa Cruz, Galapagos, zwei Tage zuvor.

»Sie sind verrückt«, sagte Hemmschneider. »Sie sind offensichtlich komplett durchgeknallt.« Er sah Siebeneisen an, als habe er Angst vor ihm. Seine Pistole war weiterhin auf den merkwürdigen Besucher in seinem Garten gerichtet.

Und der merkwürdige Besucher in Hemmschneiders Garten? Ganz blass war er geworden. Ganz in sich zusammengefallen sah er aus. Für kurze Zeit schien es sogar, als schwindele es ihm und er müsse sich auf dem Stein abstützen. Auf dem Stein, der bis vor wenigen Sekunden noch der Grabstein des letzten Inkaherrschers gewesen war – und seit wenigen Sekunden das Werk eines untalentierten Hobbysteinmetzes, dessen Psychiater eine kreative Beschäftigungstherapie empfohlen hatte. Siebeneisen fühlte sich, als schwebe er über den Dingen, als habe er jeglichen Kontakt mit der Welt verloren. Es dauerte eine Ewigkeit und war nach wenigen Augenblicken zu Ende. Und ihm war bewusst, dass er allmählich etwas sagen sollte, musste, jetzt, sofort.

»Eine nette Echse haben Sie da«, sagte Siebeneisen. Er hielt es instinktiv für besser, das Thema Inkastein nicht weiter zu vertiefen. Jedenfalls nicht hier und jetzt, mit Hemmschneiders Revolver vor seiner Brust. Zum Glück fiel ihm seine Schiffslektüre über die Fauna der Inselwelt ein. »Ist das ein Drusenkopf?«

Hemmschneiders Gesichtszüge veränderten sich augenblicklich. Man konnte dabei zusehen, wie sich die Anspannung aus den Kiefermuskeln löste. »Ja. Das ist Wallenstein. Der alte Wallenstein. Er wird nächstes Jahr siebzig.« Hemmschneider schien zu überlegen, ob er das näher erklären musste. »Ich habe ihn von meinem Vater geerbt. Nicht wahr, Wallenstein?« Er ging in die Hocke und tätschelte die Echse am Rücken. Wallenstein gab ein leises Zischen von sich und schloss genießerisch die Augen.

Wenn sich die Leute früher einen Drachen vorgestellt haben, dachte Siebeneisen, dann haben sie sich möglicherweise so einen wie Wallenstein vorgestellt. Nur größer. Und böse fauchend statt wohlig zischend.

»Es gibt nicht mehr viele seiner Art.« Hemmschneider schien sich weiter zu entspannen. Er war aufgestanden. Die Pistole war nicht mehr auf Siebeneisens Brust gerichtet, sondern baumelte locker in seiner Hand. »Zwischen fünf- und zehntausend, sagen die Biologen. Ich fürchte, es sind viel weniger.« Er sah beinahe zärtlich zu Wallenstein hinunter. »Neulich hat ein deutscher Tourist ein paar Exemplare entführen wollen. Haben Sie das mitbekommen? Vier Echsen, in einem Koffer. Er wurde erwischt, weil am Flughafen auf Baltra eine brandneue Röntgenmaschine installiert worden war. Von der wusste er nichts.«

»Er hat versucht, vier von denen außer Landes zu schmuggeln? Vier?« Siebeneisen stellte sich den Koffer vor, den der Mann verwendet haben musste. Und dessen Gewicht.

»Ja. Passiert zum Glück nicht sehr oft. Die Japaner haben hier mal einen besonders großen Drusenkopf geklaut. In den Siebzigern. Damals hat man dort doch versucht, Hiroshima zu verarbeiten, indem man diese furchtbar schlecht gemachten Filme über Monster drehte, die nach einem atomaren Unfall aus dem Meer kamen. Der entführte Drusenkopf war Hauptdarsteller in so einem Film. Ist über eine Stadt aus Pappe gewalzt, im Spielzeugformat. Hat alles platt gemacht.«

Hemmschneider sah Siebeneisen an. »Wissen Sie was? Kommen Sie doch mit ins Haus. Lassen Sie uns etwas trinken.«

Etwa drei Stunden später, nach etlichen Tassen starken Kaffees, den sein Gastgeber jeweils mit einem Schuss Selbstgebrannten anreicherte, hatte Siebeneisen Hemmschneider alles erklärt und erzählt. Wie sie in Moosbichlers Notizen zufällig auf die Spur der Mumie gestoßen waren und in Arizona dann tatsächlich auf die beschriebene Karte. Dass sie angenommen hatten, die Inka hätten die Überreste ihres letzten Herrschers nach Galapagos gebracht. Und dass er, Siebeneisen, beim Anblick des Steines draußen im Garten geglaubt hatte, am Ende der Suche angelangt zu sein. Er hatte Hemmschneider erzählt, dass es ihm und NIU nicht um Geld ging, ihre kleine Agentur war finanziell blendend aufgestellt. Dass sie aber dabei helfen konnten, dem großen Rätsel Menschheitsgeschichte ein Puzzlesteinchen hinzuzufügen, ein großes, bedeutendes Teil, das hatte sie angespornt. Vor allem ihn, Siebeneisen. Er hatte Hemmschneider erzählt, wie er schon als Kind die Bücher über Carters Entdeckungen am Nil verschlungen hatte. Die Mumie des letzten Inka-Herrschers war mindestens das gleiche Kaliber.

»Und draußen in Ihrem Garten« – Siebeneisen nahm einen Schluck Kaffee – »da war ich mir für einen Moment sicher, dass wir am Ende der Suche waren. Wie man sich täuschen kann.«

»Nun ja.« Hemmschneider fuhr sich mit der Hand über den eingedellten Schädel. »Das wiederum muss ja aber nicht heißen, dass Sie die abbrechen müssen. Ihre Suche, meine ich. Sie waren eben nur auf einer falschen Fährte. Und ich bin da nicht ganz unschuldig.«

»Sie? Wieso denn das?«

»Ich war nicht immer so aufmerksam, was meinen Grund und Boden anbelangt. Dass ich rausgegangen bin, wenn da Leute in meinem Garten herumliefen, meine ich. Sie zur Rede gestellt habe. Wie gesagt, mir ging es länger nicht gut. Eine Zeitlang war es mir egal, dass die Touristen da Fotos gemacht haben. Allerdings habe ich auch nicht daran gedacht, dass die später im Internet kursieren.«

»Wo wir sie dann entdeckt haben? Ach wo. Jetzt machen Sie sich da mal keine Gedanken.«

»Möglicherweise kann ich Ihnen ja doch weiterhelfen. Mit einem Kontakt. Mit jemandem, der Ihnen weiterhelfen könnte.«

»Wirklich?« Siebeneisen war von einer Sekunde auf die andere hellwach.

»Es gibt jemanden, mit dem Sie sprechen sollten. Sein Name ist Túpac. Túpac Fernandez.«

»Aha?«

»Wohnt auf dem Festland. Im Nebelwald. Der wäre jemand, der für Sie wichtig sein könnte.«

»So? Und weswegen? Ist er Archäologe? Oder Historiker?«

»Nein. Oder vielleicht doch. Nicht offiziell, meine ich. Aber doch irgendwie, da haben Sie recht.« Hemmschneider strich sich über den Schädel, sehr langsam, als hoffe er, dabei die richtigen Worte zu finden. Wallenstein unter dem Tisch gab ein glucksendes Geräusch von sich und schluckte laut. Wahrscheinlich hatte er in seinem Traum gerade ein unbewachtes Albatrossnest mit zwei Eiern drin entdeckt.

»Túpac trägt die Vergangenheit gewissermaßen in sich. In seinen Adern fließt das Blut der Inka.«

»Wie bitte?«

»Es gibt natürlich viele, die das von sich behaupten.« Hemmschneider nahm die Hand von seinem Kopf. »Und es gibt etliche Wissenschaftler, die behaupten, dass jeder ein Nachfahre der Inka sei, der Quetchua spricht, die Sprache der Alten. Das kann man natürlich so sehen. Aber das meine ich nicht. Túpac ist anders.«

»Er ist anders?«

»Er stammt aus der Region Vilcabamba. Das ist in Peru. Nicht weit entfernt von Machu Picchu. Als die Spanier damals anrückten, zogen sich die Inka in die Wälder dort zurück. Machu Picchu war aber nicht die einzige Inkastadt in dieser Region. Erst vor ein paar Jahren hat eine wissenschaftliche Expedition eine andere, bislang unbekannte Siedlung im Dschungel gefunden.«

»Tatsächlich?« Siebeneisen musste plötzlich daran denken, dass sie im Zeitalter der Totalüberwachung lebten. Die NSA, Google Earth, Spionagesatelliten, die Allgemeinen Geschäftsbedingungen von Facebook, Payback-Karten, Geheimdienste, datensammelnde Armbanduhren, Edward Snowden, innerhalb weniger Sekunden flackerten die unterschiedlichsten Bilder und Schlagzeilen vor seinem inneren Auge auf. Und trotzdem gab es auf dieser Welt Dinge, die sich vor dem Zugriff der Moderne in Sicherheit gebracht hatten, dachte er. Kein Internet, keine Handys und genügend Blätter und Palmwedel obendrüber, das genügte offenbar.

»Die Stadt war bis dahin tatsächlich unbekannt?«

»Ja. Offiziell war sie das. Die Forscher waren ziemlich erstaunt, als sie auf die Ruinen stießen. Über hundert Gebäude, Wohnräume, Vorratshäuser, sogar eine kleine Pyramide hat man entdeckt. Und Straßen und Wasserkanäle. So etwas erlebt man als Wissenschaftler wahrscheinlich nur einmal. Das war aber noch nicht das Erstaunlichste. Das Faszinierendste waren die Leute.«

»Die Leute?«

»In den Ruinen lebten Menschen. Mehrere große Familien. Die waren nicht irgendwann vor ein paar Jahren dahingezogen. Die lebten schon immer dort.«

»Schon immer? Wie meinen Sie das?«

»Wahrscheinlich seit damals. Seit den Zeiten der spanischen Eroberer. Vielleicht noch länger. Niemand ist je zu ihnen gekommen, und sie sind niemals irgendwo hingegangen. Generationen haben ihr Leben in diesem Wald verbracht. Bis auf ein Kind, das sich vor vielen Jahren verlaufen hat. Tage später kam es sechzig Kilometer entfernt auf einem kleinen Bauernhof an. Túpac stammt aus diesen Ruinen.« Hemmschneider stand auf. Er ging in die Küche, um neuen Kaffee aufzusetzen. Siebeneisen konnte hören, wie er am Herd hantierte. Er füllte Wasser in die Kanne, ein Geräusch, das Wallenstein unter dem Tisch mit einem ärgerlich klingenden Grunzen kommentierte – anders als ihre Verwandten, die Meerechsen, sind Drusenköpfe wasserscheu. »Fünfhundert Jahre sind eine lange Zeit. Deswegen bin ich sehr zurückhaltend, wenn es darum geht, die Bezeichnung Inka-Nachfahren zu verwenden.« Er kam zurück ins Wohnzimmer und goss Siebeneisen frischen Kaffee in dessen Tasse. »In Peru und Ecuador, also im Zentrum des alten Reiches, da hätten immer nur Frauen und Männer mit der richtigen Abstammung zueinanderfinden müssen. Fünfhundert Jahre lang! Die spanische Eroberung, Kriege, Einwanderungswellen aus Europa – das soll alles keine Folgen für den Genpool gehabt haben? Blödsinn. Blut vermischt sich.«

»Aber nur, wenn es die Möglichkeit dazu hat.«

»Genau. Sie haben es erfasst. Die Forscher haben das damals nicht an die große Glocke gehängt. Es ist aber sehr gut möglich, dass in den fünf Jahrhunderten niemand die Ruinen im Dschungel von Vilcabamba verlassen hat und auch niemand dort hingekommen ist.«

»Was die Menschen von dort …«

»Was die Menschen von dort zu Inka machen würde, genau. Mehr Inka ginge nicht. Jedenfalls nicht nach fünfhundert Jahren.«

Hemmschneider ging noch einmal in die Küche. Als er zurückkam, legte er einen kleinen Notizblock und einen Kugelschreiber auf den Tisch. »Besuchen sie Túpac Fernandez. Fahren Sie zu ihm. Am Telefon werden Sie nichts aus ihm herausbekommen, das müssen sie gar nicht erst versuchen. Besuchen Sie ihn, hier …« Hemmschneider schrieb eine Adresse auf den Zettel und schob ihn zu Siebeneisen.

»Das ist … Er arbeitet dort? In einem Resort?«

»Mitten im Nebelwald. In der Küche.«

»Er kocht? In einem Hotel?«

»Nein. Túpac ist Chocolatier. Er macht Schokolade.«

Unter dem Tisch erwachte Wallenstein schlagartig. Seine Zunge zischelte. Es gibt Wörter, bei denen werden selbst müde, siebzig Jahre alte Drusenköpfe plötzlich munter.

27

ZWEI TAGE SPÄTER, IN EINEM BUS, AUF DEM WEG NACH QUITO.

Und dann klappte der Herr Jesus wieder zur Seite, und der Nächste stand vorne im Gang. Siebeneisen öffnete kurz die Augen, um zu sehen, was es dieses Mal gab. Aha: Shampoo. »Macht Haare schön«, rief der Händler, als ob das irgendwer in diesem Bus voller pechschwarzhaariger Passagiere nötig gehabt hätte, aber egal: »Macht Haare schön!« Er hangelte sich durch die mit einem maßstabsgetreuen Jesus-Abziehbild geschmückte Tür in den Gang des Busses, pries sein Produkt und verteilte Proben. Die konnte natürlich niemand testen, trotzdem gebot es die ecuadorianische Höflichkeit offensichtlich, zumindest die Packungsbeschreibung zu lesen. Soweit das in einem Bus möglich war, der über die Überlandstraße schoss wie die Kugel aus einer Pistole. Vielleicht nicht so geradlinig, bestimmt aber beinahe so schnell.

Siebeneisen war schon schummrig, seit sie aus dem verstopften Zentrum von Guayaquil heraus waren. Seit etlichen Stunden also. Das hatte natürlich mit der Straße zu tun, an der seit ihrer Fertigstellung irgendwann Mitte des 20. Jahrhunderts nichts ausgebessert worden war. Vor allem aber lag es am Busfahrer. Der Mann hatte Rennfahrerambitionen. Er fuhr ausschließlich mit Vollgas. Die Landschaft draußen zischte wie im Zeitraffer an den Fenstern vorbei, Wiesenhügellamasvulkanedörfer; wollte man sich etwas genauer anschauen, war es schon wieder verschwunden. Bei Gefälle wurde das Betrachten der Landschaft noch komplizierter, dann kuppelte der Fahrer nämlich aus. Um Sprit zu sparen. Um noch schneller zu werden. Um mal kurz auszutesten, ob all die Kreuze und Rosenkränze, die wild an seinem Rückspiegel hin und her baumelten, im Falle eines Falles auch Wirkung zeigen würden. Auf solchen Abschnitten folgte dann gerne auch ein Überholmanöver, an dem mindestens zwei, besser aber drei Tank- und Gaslastzüge beteiligt waren. Nebeneinander und an Stellen, an denen man plötzlich merkte, dass es in Ecuador überhaupt gar keine Leitplanken zu geben schien. Und an denen es meistens etwa 1400 Meter lotrecht in die Tiefe ging.

Siebeneisen wusste längst, dass er im falschen Bus saß. Er hatte auf dem direkten Weg nach Quito fahren wollen, um von dort in den Nebelwald aufzubrechen. Leider war es ihm mit seinem rudimentären Spanisch nicht gelungen, das dem Ticketverkäufer am Busbahnhof von Guayaquil verständlich zu machen. Der Mann hatte mit ihm gesprochen, als nehme er an einem Wettbewerb teil, bei dem die Teilnehmer am Ende des Tages möglichst viele abgehackte Wortsilben vorweisen mussten. Siebeneisen hatte ihm erklären wollen, dass er ein Ticket nach Quito benötige, das schien ihm eigentlich nicht zu kompliziert. Auf Nachfragen hatte er genickt und öfter »si, si!« gesagt. Das war ein Fehler gewesen. Deswegen saß er jetzt in einem Bus, der einen netten kleinen Schlenker durch das schöne Ecuador fuhr, statt in gerader Linie Richtung Hauptstadt unterwegs zu sein. Und der von einem Mann gesteuert wurde, der offenbar viel lieber Formel-Eins-Pilot geworden wäre.

Westlichen Touristen wurde im Internet geraten, für lange Überlandreisen unbedingt einen Bus der teuersten Kategorie zu nehmen. Keinen anderen. Diese Fahrzeuge seien als Einzige nonstop von A nach B unterwegs und böten bewaffneten Wegelagerern und Halunken keine Chance, unterwegs zuzusteigen. So etwas passierte bei anderen Bussen offensichtlich öfter. Leider hatten die Online-Tippgeber die Geschäftstüchtigkeit der ecuadorianischen Busmannschaften unterschätzt. Sobald der Bus nämlich sein Tempo drosseln musste, hing sich der Assistent des Fahrers aus der geöffneten Tür, um weitere *Señores Passajeros* aufzulesen, wobei er den Zielort der Fahrt sämtlichen unbeteiligten Passanten ins Gesicht brüllte. Noch ehe sie Guayaquil verlassen hatten, waren etwa 47 Menschen aus- oder zugestiegen. Siebeneisen saß die ganze Zeit über mehr oder weniger apathisch auf seinem Sitz ziemlich weit hinten im Bus und sah zu, wie der schreiend bunte Herr Jesus vorne immer wieder zur Seite schwang, um einen neuen Fahrgast einzulassen. Mit einer Bananenstaude im Arm oder zwei Babys oder einem Musterkoffer raubkopierter Disneyfilme. Bei jedem Schalten heulte der Bus auf wie ein Hund, dem man auf den Schwanz getreten hatte.

Das Schlimmste am Busfahren in Ecuador war übrigens nicht das Irrsinnstempo und auch nicht das Schlaglochgeschaukel, die immer verschlossene Klotür, die ständigen Stopps oder das Pausieren an den heruntergekommensten Raststätten entlang der Strecke. Das Schlimmste war die Musik. Die ununterbrochene Musik. Die Qualität der ununterbrochenen Musik. Offensichtlich griffen Ecuadors Busfahrer gerne auf die Musterkoffer der aufspringenden Händler zurück, jedenfalls donnerte der grässlichste Latinopop aus den Lautsprechern. Sänger wie Sängerinnen greinten ihr *Mi corazon, mi vida, te quiero,* bis die Boxen zerrten, völlig übersteuert und in einer Lautstärke, die eine Unterhaltung selbst mit gehobener Stimme unmöglich machte. Siebeneisens Mitreisende waren längst nach und nach in ihren Ponchos verschwunden. Wenn er selbst kurz wegnickte, träumte er von Seitenschneidern für die Lautsprecherkabel.

Im Lauf der Stunden schraubte sich der Bus allmählich immer höher hinauf. Anders als in den Alpen passierte das in den Anden nicht mit Hilfe einer Reihe sauber in den Berg geschlagenen Serpentinen, sondern eher unauffällig. Die Straße tat lange Zeit so, als gefiele es ihr unten im Tal eigentlich ganz gut. Sie lungerte eher lustlos an den Steigungen herum und wagte sich lediglich zwischendurch hin und wieder kurz bergauf. Dort schlich sie kilometerlang weiter, bevor sie schließlich die nächsten Höhenmeter in Angriff nahm. Auf diese Weise ging es stetig bergauf. Siebeneisen merkte es an seinen Ohren. Beziehungsweise daran, dass sich eine Art dämpfender Schleier über die schreckliche Musik legte. Vor allem aber merkte er es an den Panoramen.

Ecuadors Sierra ist die luftigste Region des Landes, eine lang gezogene Gebirgsfalte der Anden, deren Gipfel in der unruhigen Pubertät des Planeten zwischen vier- und sechstausend Meter nach oben gepresst worden waren und zwischen sich ein Hochland geschaffen hatten. Bis hierhin hieß die Straße, auf der ihr Bus unterwegs war, Panamericana – hier oben aber, verkündeten protzige Schilder, befanden sie sich auf der Avenida de los Vulcanes. Tatsächlich reckten sich rechts wie links konische Kegel aus der windzerzausten Ebene in den Himmel, und ihre Schneekoppengipfel sahen vor dem Himmelsblau aus, als habe jemand sie mit drei Lagen Deckweiß aufgetragen. Natürlich müssen solche Berge auch die passenden Namen haben, bitteschön: Cimborazo, Cayambe, Cotopaxi. Und der da hinten war der Tungurahua, was in der Sprache der Einheimischen so viel wie »Feuerschlund« bedeutete. Siebeneisen identifizierte ihn mit Hilfe eines Prospektes für Tagesausflüge, den ihm einer der zu- und aussteigenden Händler in die Hand gedrückt hatte. Die Broschüre warb für Bergtouren. Auf den Fotos waren Leute zu sehen, die sich mit Eispickeln an steilen Wänden abmühten. Sie lächelten gequält in die Kamera. Siebeneisen wollte sich das näher ansehen, aber beim Lesen wurde ihm sofort wieder übel. Stattdessen schaute er also weiter aus dem Fenster. Die Szenerie draußen war von einer rätselhaften Schönheit. Sie schien ein wenig unwirklich, entrückt, als fahre man – mit völlig übertriebener Geschwindigkeit – mitten durch einen Bildband. Oder eine Fotoprojektion.

Und dann ging der Bus kaputt. Kurz vor Baños, einem Ort, in den Siebeneisen nie gewollt hatte. Es gab einen gewaltigen Schlag irgendwo unter den Sitzen, der Motor heulte ein letztes Mal, dann standen sie. Seine Mitreisenden erwachten, gähnten, scherzten miteinander, lachten. Einer nach dem anderen sammelte seine Tüten und Taschen zusammen und stieg aus. Irgendwann war außer Siebeneisen niemand mehr im Bus. Na, dann wollen wir auch mal, dachte er und ging durch die Tür mit dem Jesusposter.

Zehn Sekunden später stand er mutterseelenallein auf der Straße. Alle anderen waren verschwunden. Das gibt es doch nicht, dachte er und lief einmal um den Bus herum. Da war niemand. Sämtliche Passagiere schienen sich in Luft aufgelöst zu haben, und mit ihnen der Busfahrer. Weit hinten in einem Feld konnte er vier oder fünf Leute erkennen, die Richtung Horizont gingen, ansonsten war keiner seiner Mitreisenden mehr zu sehen. Na toll, dachte Siebeneisen, und jetzt?

Er sah sich um. Der Bus war auf einer Straße zu stehen gekommen, die in eine Art Talkessel führte. Die Gegend erinnerte Siebeneisen irgendwie an eine Postkarte, die ein zorniges Kind zerrissen hatte und die anschließend niemand mehr richtig hatte zusammensetzen können. Ecuadors Vulkane, hatte Siebeneisen bei seiner Recherche in La Zona Negra gelesen, waren für ihre innere Unruhe bekannt. Der komplette Untergrund war ständig in Bewegung. Bei Baños war die Erde besonders unruhig. Wenn die Erdschichten unter Ecuador sich regelmäßig knufften und keilten und schubsten wie Schüler einer Vierten Klasse beim Einstieg in den Schulbus, dann waren die Platten unter Baños sowas wie die Klassenrowdys. Die Stadt lag direkt am Fuße des Tungurahua, dessen fünf Kilometer hohen Kegel Siebeneisen direkt vor sich aufragen sah. Er konnte die Häuser erkennen, kleine weiße Würfel vor dunklem Lavahintergrund. Weiter hinten an der Straße bewegten Bagger riesige Gesteinsbrocken, die offensichtlich nicht dort hingehörten. In einer noch dampfenden Lavaschneise auf der rechten Straßenseite stand eine Papageien-Statue, die Besucher in der »Stadt zwischen Anden und Amazonas« begrüßte. Der Ara war mit einer feinen grauen Staubschicht überzogen.

Siebeneisen bückte sich, um unter dem Bus nach dem Fahrer zu suchen. Als er ihn dort nicht fand, lief er zu Fuß hinunter in den Ort.

Och, meinte Maria später, das Geröll stamme vom letzten Ausbruch vor ein paar Wochen. Kilometerhoch habe der Berg da Asche und Steine in die Luft geschleudert, und ein bisschen was sei halt oben am Ortseingang gelandet. Sie zuckte mit den Schultern, als sei das völlig normal, kleinwagengroße Brocken Gestein, die durch die Luft fliegen.

Maria war die Besitzerin des kleinen Hotels, in dem Siebeneisen eingecheckt hatte, eine Frau wie aus einem lateinamerikanischen Fotoband, das Profil markant, der Händedruck energisch, die melancholischen Augen von diesem Braun, in dem sich jene unbestimmte Sehnsucht nach einer Vergangenheit spiegelt, für die man ein paar Jahrhunderte zu spät geboren wurde. Und Baños? War einer jener Orte, in denen man wunderbar hängenbleiben konnte, das merkte Siebeneisen bald. Die geologischen Kapriolen im Erdinneren hatten die Siedlung unter dem Vulkan mit Thermalquellen ausgestattet, um die herum kleine Bäder gebaut worden waren. Werbebroschur-Hymnen und Realität klafften zwar ein wenig auseinander, und die meisten Thermen sahen aus, wie man sich albanische Freibäder vorstellte, die seit 1972 nicht mehr betrieben wurden. Aber in so einer heißen Quelle zu dümpeln, während im Dschungel nebenan die Vögel kreischten: Das war schon lässig, dachte Siebeneisen. Er hatte Handtücher aus dem Hotel mitgebracht und eines als Nackenstütze entfremdet. Jetzt lag er im heißen Wasser, sah hinauf zu den Sternen und grübelte über den Fall nach, den sie lösen wollten.

Den Fall? Wann war das passiert, wann hatte es diesen Punkt gegeben, von dem an er beinahe wie ein Kommissar dachte? Oder besser: wie ein Privatdetektiv? Eigentlich schon sehr früh, eigentlich schon ganz zu Beginn, als er Schattens Miterben aufstöbern sollte. Wipperfürth hatte ihn damals zwar mit Informationen versorgt, aber mit denen allein hätte er keinen einzigen der Gesuchten ausfindig machen können. Und bei der Suche nach der magischen Statue des Maharadschas wenig später war es sowieso zugegangen wie in einem Indiana-Jones-Remake. Doch, dachte Siebeneisen, wenn wir eine Detektei hätten, sähe unsere Arbeit wahrscheinlich kaum anders aus. Sie wäre wahrscheinlich bloß gefährlicher.

Sowieso machte sein Job ihm immer mehr Spaß. Er konnte sich gut daran erinnern, wie sehr ihn das anfangs alles genervt hatte, dieses Gefühl, eine menschliche Flipperkugel zu sein, die von einem Zufallsgenerator gesteuert von einer Ecke der Welt in die gegenüberliegende und wieder zurück katapultiert wurde. Daran aber waren eigentlich nur Wipperfürth und Schatten schuld gewesen. Und die Art und Weise, wie sie seine Reisen organisiert hatten. Seit er das selbst in die Hand genommen hatte, lief alles wesentlich besser, dachte Siebeneisen. Bis auf die Momente, in denen er in falsche Busse stieg. Und auf die, in denen die falschen Busse irgendwo im Hochland von Ecuador den Geist aufgaben. Dieses Problem aber hatte er bereits gelöst. Mit Hilfe von Maria. Die hatte versprochen, ihm gleich am nächsten Morgen ein Busticket nach Quito zu besorgen. Ein Ticket für eine Direktverbindung nach ein paar Tagen Ausspannen, ohne Umwege und Abstecher. Und sie hatte auch schon herausgefunden, wie er dann später von Quito in den Nebelwald kommen würde: Mit einem Chauffeur der Lodge nämlich. So einfach und bequem konnte das sein, dachte er. Wipperfürth und Schatten würden einen Nervenzusammenbruch erleiden, wenn sie erfuhren, dass er – erstens – in einem sündhaft teuren Dschungelhotel abstieg und sich – zweitens – auch noch von einer hoteleigenen Limousine dorthinbringen lassen würde, aber das war Siebeneisen im Moment völlig egal. Im Moment lag er in dieser heißen Therme, schaute hinauf zu den Sternen und fühlte sich so gut wie lange nicht mehr.

Nachts bekam der Tungurahua dann Schluckauf. Das Grummeln aus der Erde hörte sich an wie der Magen eines Touristen, der entgegen aller Warnungen Eis von einem Straßenverkäufer probiert hatte. Die Welt begann dann auch zu zittern, die Fensterscheiben, die Bettpfosten auf dem Kachelboden, das Wasserglas auf dem Tisch neben dem Bett, alles vibrierte leise.

Maria war schon draußen, als Siebeneisen auf den Balkon eilte, ein Stockwerk tiefer. Man sah nichts, keinen Mond, keine Sterne, nur dicke, dichte Wolken. Und Dunkelheit.

»Sie können sich wieder hinlegen.« Die Hotelbesitzerin hatte ihn entdeckt. »Wenn er Magma spucken würde, könnte man das durch die Wolken erkennen.«

Siebeneisen fand das nicht wirklich beruhigend. Vor allem, weil der Berg nun derart grumpfelte, dass er sich unwillkürlich am Geländer festhalten musste.

»Wie lange dauert so etwas denn normalerweise?«, fragte er in die Dunkelheit. Er erhielt keine Antwort. Maria schien bereits wieder drinnen zu sein. Na dann, dachte Siebeneisen und schaute noch einmal in die Wolken. Dann ging er in sein Zimmer, legte sich ins Bett und schlief acht Stunden.

28

IRGENDWO IM SÜDLICHEN TEXAS.

Vielleicht hätten sie doch besser die Interstate nehmen sollen, dachte Zach, als sich die Welt um sie herum erneut verdunkelte und der nächste Sturm aufzog. An der Interstate hätte es Motels gegeben. Ausreichend Tankstellen. Läden, in denen man etwas zu essen bekam und abwarten konnte, bis das Unwetter durchgezogen war. Hier draußen gab es nichts. Rechts und links war nichts als Wüste, seit Stunden ging das nun schon so. Etwa genauso lange kämpfte Zach gegen das Einschlafen. Etwa genauso lange schnarchten Serg und Razzo hinter ihm auf dem Rücksitz.

Er hatte sich in Houston entschieden, die Interstate zu verlassen. Da waren sie gerade an der Gott weiß wievielten Polizeikontrolle vorbeigekommen, ein rot-weiß-blau blinkender Wagen der State Police am Straßenrand, ein gestopptes Fahrzeug davor, zwei Polizisten auf dem Weg zu ihm, die Hände an den Gürteln. Zach hatte so ein komisches Gefühl im Bauch verspürt, als sie die Autos am Straßenrand passierten. Kurz hinter Houston war er deswegen auf den leeren Highway 59 abgebogen, Richtung Laredo. Und in Laredo auf den Highway 2, der sie nach El Paso bringen würde.

Der Himmel hatte mittlerweile eine trüb-gelbliche Färbung angenommen. Sieht aus, als müsse er sich jeden Moment übergeben, dachte Zach. Immer wieder musste er ausgerissenen Dornenbüschen ausweichen, die vom Sturm über die Straße getrieben wurden. Manche waren groß wie alte Ölfässer. Zach ertappte sich dabei, wie er über diese Büsche sinnierte. Wohin trieb der Wind die? Wo blieben sie liegen? Gab es irgendwo da drüben in Mexiko einen Ort, an dem sie sich am Ende alle trafen?

Ihm fiel ein, was der Tankwart gesagt hatte, bei ihrem letzten Stopp. »Da draußen ist nichts«, hatte er gesagt, und seine Frau neben ihm hatte zustimmend genickt. Ob er wisse, was die Indianer behaupteten? Zach hatte es nicht gewusst. »Die glauben, Manitou habe am letzten Schöpfungstag hier einfach alles fallengelassen, was er an Felsen und Steinen übrig hatte. Und genauso sieht das Land auch aus!«

Stimmt, dachte Zach. Trotzdem hatte irgendwer sich aufgerafft, die Steinwüste einzuzäunen. Mit viel, viel Draht und Pfählen, auf denen Geier saßen, hässliche Teile mit dunkelroten Schrumpelköpfen. Immer, wenn er an einem der Vögel vorbeifuhr, schnitt Zach ihm eine Grimasse. Eine Windböe jagte Sand und ein paar Regentropfen durch das Seitenfenster. An der Windschutzscheibe zerplatzten fette, blutleere Käfer. »El Paso 516 Miles«, stand auf einem Schild am Straßenrand.

Nach dem Zwischenfall in Arcadelphia hatte er nur das Notwendigste mit Serg und Razzo geredet. Er war noch immer viel zu angefressen. Als er zurück in den Diner gekommen war, waren ihm einfach die Nerven durchgegangen. Konnte doch passieren, oder? Die beiden hatten es doch auch darauf angelegt mit ihren beschissenen Westernheftchen. Sie waren auf der Flucht, verdammt nochmal! Wegen einer Sache, die nicht er ihnen eingebrockt hatte, sondern die beiden selbst. Frank war hinter ihnen her, Frank mit seinen zehntausend Kontakten, und wenn sie nicht höllisch aufpassten, würden sie demnächst mit einem frisch gegossenen Zementblock an den Füßen im East

River landen. Und? Was machten Serg und Razzo, diese Idioten? Schliefen, schnarchten, stellten dumme Fragen und hingen über diesen Groschenromanen, in denen es um verlorene Schätze ging und so'n Scheiß. In aller Seelenruhe lasen sie dieses Zeugs, während er draußen in der elenden Gluthitze darauf wartete, dass sie mit dem Frühstück fertig wurden!

Zach hatte sich diesen Schund gar nicht erst angeschaut im Diner. Stattdessen hatte er die beiden zusammengefaltet wie nie jemanden zuvor. Die Bedienung hatte vor Schreck ein Tablett voller Tassen fallengelassen, so laut war er geworden. Anschließend hatte er die beiden Trottel dann mehr oder weniger zum Auto gezerrt. Und ein paar Meilen später war dann das Gewimmer losgegangen, weil sie bei ihrem Aufbruch ein paar dieser gottverdammten Hefte im Diner vergessen hatten. Diese hirnlosen Idioten, dachte Zach, diese grenzdebilen Schwachmaten. Und jetzt pennen sie, als sei nichts geschehen. Wie immer eigentlich. Und er saß wie immer am Steuer.

Die Wolken schienen mittlerweile nur noch knapp über der Straße zu hängen. Hin und wieder registrierte Zach auf seiner linken Seite in der Ferne das Glitzern des Flusses. Er hatte sich den Rio Grande anders vorgestellt. Mächtiger, majestätischer. Wie einen richtigen Fluss eben. Als er in Laredo zum ersten Mal zu sehen war, hatte Zach zuerst geglaubt, da fließe ein städtischer Abwasserkanal. Das mickrige Rinnsal war aber tatsächlich der Rio Grande, der Grenzfluss zwischen den Vereinigten Staaten und Mexiko. Auch wenn er weiß Gott nicht so aussah.

Früher hatte hier ein ziemliches Hin und Her von Ufer zu Ufer geherrscht. Die einen wollten über den Fluss, weil sie den Arm des amerikanischen Gesetzes fürchteten. Die anderen, von der anderen Seite, weil sie die Pferde der texanischen Züchter liebten. Und auch nicht wirklich akzeptieren wollten, dass ihr geliebtes *Tejas* nach einem unglücklich verlorenen Krieg nun nicht mehr mexikanisch war, sondern Texas hieß und zu den USA gehörte.

Wie sich die Zeiten ändern, dachte Zach. Er ließ die Wischblätter eine weitere Fuhre zerschellter Käfer von der Windschutzscheibe schaufeln. Heute gab es den Grenzwechsel fast nur noch in eine Richtung. Das rettende Ufer des Rio Grande lag im Norden, und dahinter das Land der angeblich unbegrenzten Möglichkeiten. Die, die es erreichen wollten, waren Leute, die zuvor irgendwer aus ihrem erbarmungswürdigen Kaff in Guatemala, Belize oder Chiapas gelockt hatte mit dem Versprechen, er werde sie in die Vereinigten Staaten bringen. Kein Problem, vier, fünf Tage hinten unter der Plane auf dem Lastwagen und anschließend ein paar Meilen zu Fuß durch die Nacht, schon sei man da. *Cojotes* hießen diese Schlepper, hatte Zach mal gelesen, Kojoten. Sie brachten ihre Kunden in der Dunkelheit über den Fluss. Dann ließen sie die armen Teufel in einer Gegend sitzen, die sich kurz nach Sonnenaufgang in die Hölle verwandelte. Wenn die Flüchtlinge Glück hatten, stöberte die Grenzpolizei sie schnell auf. Die nahm dann die Personalien auf, spendierte Essen und Trinken und brachte die Leute am nächsten offiziellen Grenzübergang zurück nach Mexiko. Von wo sie sich ein paar Tage später erneut aufmachten ins Land, in dem angeblich Milch und Honig flossen. Wo sie dann erneut festgenommen wurden. So ging das immer weiter. Es gab hier draußen Grenzbeamte, die konnten die illegalen Einwanderer bei der Festnahme mit Vor- und Nachnamen begrüßen.

Doch, das war aus dem ganzen beschissenen Rio-Grande-Mythos geworden. Von der einen Seite kamen abgemagerte Gespenster, die nichts mehr besaßen als das, was sie am Leibe trugen. Und in die andere Richtung wollten nur noch Rentner, die in den mexikanischen Apotheken ihre Blutdrucktabletten für ein Zehntel des Preises zu Hause bekamen oder sich für eine lächerliche Summe Pesos die Zähne machen ließen. Sonst wollte niemand über den Fluss nach Mexiko, dachte Zach. Niemand außer ihnen.

Er summte den Refrain von »Jesus just crossed the Rio Grande«, was ihm gerade ziemlich passend vorkam, und wich reflexartig einem Busch aus, der auf Kühlerhöhe über die Straße gewirbelt kam. Im Rückspiegel sah er nach den anderen beiden. Die wachten gerade auf. Serg grinste wie immer sein verdammtes blödes Grinsen. Razzo hatte wie immer eine Frage.

»Boss?«

»Hm?«

»Boss, bist du… ich meine, also, ich wollte… Ich wollte fragen, ob du noch sauer bist? Es tut uns leid, das… das was da im Diner passiert ist, also… Serg und mir tut das leid.«

Wann auch immer ihr das untereinander besprochen habt, dachte Zach. Die letzten Stunden auf jeden Fall nicht, da wart ihr ja beide im Koma. Er würde erst einmal schweigen, beschloss er. Die beiden sollten merken, dass es so nicht weiterging.

»Wie weit ist es denn noch, Boss? Bis Mexiko?«

»Das kommt drauf an. Ich kann gleich hier an Ort und Stelle anhalten und euch rauslassen. Ihr müsst nur durch den Fluss. Alles in allem würde ich sagen: Zu Fuß 'ne halbe Stunde.« Zach sah in den Rückspiegel und amüsierte sich innerlich über die ratlosen Gesichter der beiden. Die nächsten Minuten würden sie überlegen, wie seine Antwort wohl gemeint gewesen sein könnte, das wusste er.

Zach sah den Highway vor sich hinunter. Die Straße, auf der sie fuhren, war wahrscheinlich älter als Texas, dachte er, älter auch als *Tejas*, älter als die Menschheit selbst. Wahrscheinlich folgte der Highway einem Pfad, den Jahrtausende lang die Hufe der Büffelherden in den Staub gehämmert hatten. Denen dann wiederum erst die büffeljagenden Indianer gefolgt waren, dann die indianerjagenden Spanier und anschließend alle anderen folgten: Abenteurer, Padres, Händler, Schmuggler, Armeen, Siedler. Und jetzt er mit den beiden auf dem Rücksitz. Ein Schild am Rand kündigte eine historische Trading Post an, in 28 Meilen. Da machen wir mal eine Pause, beschloss Zach.

Es dämmerte, als sie vor der alten Handelsstation anhielten. Kurz bevor sie hinter den Chisos-Bergen untergehen sollte, war die Sonne tatsächlich noch einmal am gelblich-grauen Himmel erschienen und hatte das Land am Rio Grande in ein versöhnlich wirkendes Licht getaucht. Vielleicht war es das, oder es war sowieso jeden Abend hier so, jedenfalls trafen sich nun die Wüstenbewohner von beiden Seiten des Flusses zum Bier an dem alten Laden. Die Amerikaner rückten in alten Pickups an oder auf schweren Harleys. Die Mexikaner kamen auf Pferden über den Fluss, der hier vielleicht zwanzig oder dreißig Zentimeter Wasser führte. Alle zusammen saßen sie anschließend in Schaukelstühlen oder auf dem Geländer der Veranda zusammen. Jedes Mal, wenn ein neues Fahrzeug bremste, lag für Sekunden ein Schleier aus Dunst und Staub über der Szenerie.

»Wir machen hier eine Pause.« Zach stieg aus. »Halbe Stunde. Beine vertreten.« Als vom Rücksitz keine Antwort kam, musste er eigentlich nicht nachsehen, weshalb. Er tat es trotzdem. Serg und Razzo lasen.

»Gleich fährt einer von euch weiter«, sagte Zach, bevor er die Fahrertür mit deutlich mehr Schwung als nötig zuwarf.

In der Handelsstation war es gefühlte 30 Grad kälter als draußen in der Abenddämmerung. Eine gewaltige Klimaanlage ratterte gleich neben der Tür vor sich hin und blies arktische Luft in den niedrigen Verkaufsraum des Holzhauses. In den Regalen stapelten sich Dosen mit Bohnen, Drahtrollen, Kartons mit getrocknetem Fleisch und Feuerholz. An der Wand hinter der

Kasse hing ein ausgestopfter Bärenkopf. Wahrscheinlich hat irgendein Wahnsinniger den Laden vor 150 Jahren aufgemacht, dachte Zach, weil er hier im Grenzland auf gute Geschäfte hoffte. Und wahrscheinlich hofft sein mittlerweile neunzehnter Nachfolger noch immer auf die. Er musterte die wenig vertrauenerweckend aussehenden Fertigsalate im Kühlregal. In der Ecke neben dem Kassentresen saß ein verhutzelter alter Mexikaner mit Zapata-Bärtchen und löste Kreuzworträtsel. Aus dem Radio quengelte irgendeine dieser gottverdammten Mariachi-Melodien.

Zach kaufte zwei abgepackte Sandwiches und eine Flasche Bier. An der Kasse pappte ein Aufkleber: *Welcome to Mexas. Bienvenido a Texiko*. Darüber hatte jemand ein handgeschriebenes Pappschild gehängt: »Wenn Ihr unbedingt hinaus in die Wüste müsst, nehmt wenigstens Euren Pass mit. Dann können wir Eure Skelette besser zuordnen.«

Zach dachte noch über diese Sätze nach, als er schon längst sein Wechselgeld bekommen hatte.

29

IM NEBELWALD VON ECUADOR.

Es gab einen gewaltigen Schlag irgendwo unter den Sitzen, der Motor heulte ein letztes Mal, dann standen sie. Das ist jetzt bitteschön nicht wahr, dachte Siebeneisen, dem sowohl das Geräusch als auch die Situation bekannt vorkamen. Er sah den Fahrer an.

»Das ist jetzt bitteschön nicht wahr, oder?«

»Hm. Komisch.« Enrique versuchte, den Wagen wieder zu starten. Es gelang ihm nicht. Der Anlasser gab ein eigenartiges, schleifendes Jaulen von sich. Zumindest kurz. Dann verschwand auch das. Es war still, bis auf den Regen, der sanft auf das Blech trommelte. Der Fahrer stieg aus und klappte die Motorhaube auf. Er zögerte und kam zurück. »Bleiben Sie besser mal drin«, sagte er und schloss die Tür.

Siebeneisen konnte hören, wie er irgendwo vorne am Motor herumklopfte. Natürlich wäre er auch ohne die Aufforderung sitzengeblieben. Da draußen war es unheimlich. Seit mehreren Stunden fuhren sie auf einer Piste durch einen Wald, der so dicht war, dass man keinen Meter weit in ihn hineinsehen konnte. Die einzelnen Pflanzen standen derart gedrängt, dass man den Wald vor lauter Bäumen nicht sah, weil tatsächlich überall Bäume waren, und an diesen klebten Moose und Büsche und Pflanzen mit Blättern groß wie Surfbretter, und von diesen Bäumen hingen Lianen und Luftwurzeln und irgendwelches Schlingzeugs und seltsame Gewächse, die selbst wie Bäume aussahen. Alle zusammen bildeten eine geisterhafte, undurchdringliche grüne Wand, deren Bausteine man erst allmählich voneinander unterscheiden konnte. Siebeneisen mochte Wälder eigentlich. Allerdings nur solche, in denen man etwas sehen konnte. Dieser hier war ihm nicht geheuer. Er wollte sich gar nicht ausmalen, was da draußen alles schlich und krabbelte.

Irgendwann hatte irgendwer in dieses Dickicht jene Schneise geschlagen, auf der sie Richtung Hotel rumpelten. Die Piste hatte als halbwegs normale Straße begonnen, unten, im Tal. Nach einigen Kilometern war zuerst der Asphaltbelag verschwunden und anschließend der Schotter. Dann waren die ersten schlammigen Abschnitte aufgetaucht und Pfützen, um die Enrique das Auto geschickt herumgesteuert hatte. Und dann jähe Anstiege, enge Kurven, hundertmeterweise Schlamm am Stück. Siebeneisen fragte sich, ob die Straße angelegt worden war, weil man an ihrem Ende ein Hotel bauen wollte, oder ob man das Hotel gebaut hatte, weil es diese Straße gab. Er beschloss, Enrique zu fragen, sobald er ihr Auto repariert hatte. Falls er nicht vorher da draußen ertrank.

Der Regen war stärker geworden, die sanften Stakkatotrommelwirbel auf dem Autodach hatten sich in ein kräftiges Prasseln verwandelt. Auf der Piste kamen ihnen kleine Rinnsale entgegen. Siebeneisen lehnte sich zurück und fischte die Broschüre aus dem Netz hinter dem Beifahrersitz, die ihm Enrique zur Begrüßung überreicht hatte. Vorne auf dem Prospekt war der Wald zu sehen, in dem sie standen. Es sah aus, als habe der Fotograf exakt jenen Punkt abgelichtet, an dem sie liegengeblieben waren. »Willkommen im Wald von Tamshpi« stand über dem kurzen Text. »Der Wald, in dem Sie sind, gehört zum Chocó-Darién, einem einst durchgehenden Grüngürtel, der sich vom östlichen Panama über Kolumbien und Ecuador bis in den Norden Perus erstreckte. Eine Affenfamilie, heißt es, habe sich damals auf einer Strecke von etwa 2000 Kilometern von Baum zu Baum schwingen können, ohne ein einziges Mal den Boden berühren zu müssen. Im 20. Jahrhundert wurde dieser Wald fast vollständig abgeholzt; in Ecuador haben nur etwa zwei Prozent der ursprünglichen Wälder überlebt. Es sind kleine Inseln aus einer anderen Zeit, die uns daran erinnern, wie großartig dieses Land aussah, bevor der Mensch ihm zuzusetzen begann. Eine dieser Inseln ist Tamshpi.«

Siebeneisen sah hinaus und versuchte sich vorzustellen, wie dieser Wald dort draußen sich fortsetzte. Wie hinter der grünen Wand, die man sehen konnte, noch mehr Grün war, immer mehr, immer weiter. Wie es sich reckte und streckte, Meter um Meter, Kilometer um Kilometer eng zusammenstehende Pflanzen, gepresstes Grün bis in alle Ewigkeit. Er schüttelte den Gedanken ab. Es machte den Wald nicht unbedingt vertrauenerweckender, wenn man ihn sich als endlos vorstellte.

Draußen schloss Enrique die Motorhaube und kam auf der Beifahrerseite zur Tür. Siebeneisen kurbelte das Fenster ein Stück hinunter. Ein kleines Stück. Er hasste Mücken. In dem Dauerregen da draußen waren zwar bestimmt keine Insekten unterwegs, aber da ging er lieber mal auf Nummer Sicher. Auf keinen Fall wollte er, dass irgendetwas in das Wageninnere gelangte.

»Und?« Er sah Enrique fragend an. Sein Fahrer machte den Eindruck, als habe er die vergangene Stunde unter Wasser verbracht.

»Sieht nicht gut aus. Der Zahnriemen ist gerissen. Hat was am Motor zerschlagen.« Er wischte sich die nassen Haare aus der Stirn. »Ich fürchte, wir müssen zu Fuß gehen.«

Das »Was?« entfuhr Siebeneisen in einer Lautstärke, die Enrique wahrscheinlich auch noch zweihundert Meter tief im Wald erreicht hätte. »Zu Fuß? Durch den Wald? Wir?«

Enrique sah Siebeneisen erstaunt an. Wahrscheinlich fragte er sich, welche alternativen Interpretationsmöglichkeiten die Begriffe »wir« und »zu Fuß« sonst noch so beinhalteten.

»Können wir nicht jemanden anrufen und uns abholen lassen?« Siebeneisen begann, inmitten von Millionen Bäumen nach Strohhalmen zu suchen.

»Hier draußen gibt es leider keinen Empfang.«

»Und ein Funkgerät? Wir haben doch bestimmt ein Funkgerät!« Siebeneisen erinnerte sich an eine Autopanne, die er vor Jahren in einem südafrikanischen Nationalpark erlebt hatte. Damals war blöderweise auch das Funkgerät zerstört worden – aber das Auto war mit einem ausgerüstet gewesen, oh ja, Autos, mit denen man in der Wildnis unterwegs war, die hatten solche Funkgeräte.

»Wir haben ein Funkgerät«, sagte Enrique deswegen auch folgerichtig, »natürlich haben wir eins.«

Siebeneisen fühlte, wie eine Welle der Erleichterung durch ihn spülte. Sie hatten ein Funkgerät. Na also.

»Leider sind wir aber zu weit weg. Viel zu weit. In einem Wald wie diesem haben die Dinger kaum Reichweite. Wir können die Lodge anfunken, wenn wir näher dran sind. Von hier bringt das nichts.«

»Näher dran? Was heißt das? Wie weit entfernt sind wir denn?«

»Zehn Kilometer, vielleicht elf, würde ich schätzen. So ungefähr. Lassen Sie uns aufbrechen. Wenn es dunkel wird, sollten wir nicht unbedingt hier draußen sein.« Er bückte sich und hob einen langen, geraden Ast auf. »Wanderstock«, sagte er, »können wir vielleicht gebrauchen.«

Eine Stunde später war Siebeneisen so etwas wie ein Nebelwaldexperte geworden. Er wusste jetzt, dass ein einflussreicher Geschäftsmann die komplette Region gekauft hatte, um das Wüten der Holzindustrie zu stoppen. Dass der Wald anschließend nur wenige Jahre gebraucht hatte, um sich zumindest optisch zu erholen. Siebeneisen wusste ebenfalls, dass es in so einem Wald Dutzende, ach was: hunderte verschiedene Arten Regen geben musste. In der letzten Stunde hatte es ohne Unterbrechung geregnet, aber immerzu anders. Es hatte geschüttet, gepladdert, getröpfelt, es hatte gegossen und genieselt, und manchmal war der Regen hinuntergeschwebt, als ob irgendwo dort oben über den Wipfeln der Bäume jemand mit einem Wasserzerstäuber hantieren würde – bevor es kurz darauf den nächsten Wolkenbruch gegeben hatte. Auf dem kompletten Kontinent, hatte Enrique erzählt, gebe es keinen anderen Ort, an dem es so viel regne wie im Nebelwald von Ecuador. Wälder mit durchschnittlich zwei Metern Niederschlag jährlich würden als Regenwälder bezeichnet. Hier aber, auf über tausend Metern Höhe, wo starke Passatwinde die Wolken gegen die Bergrücken drückten, hier fielen sechs. Das alles wusste Siebeneisen nach einer Stunde auf dem Pfad.

Vor allem aber wusste er, wie sich Angst anfühlte.

Da war zuerst einmal der Wald selbst, der ihm Angst machte. Je länger sie unterwegs waren, desto näher schien er an sie heranzuschleichen. Die Straße war natürlich noch immer breit genug, um ein Auto passieren zu lassen. Trotzdem hatte Siebeneisen das Gefühl, als rückten die grünen Wände immer dann, wenn er nicht hinsah, näher zusammen. Und dann waren da die Geräusche. Wenn man stehen blieb und das Kwitschkwatsch der eigenen Schritte im Morast verstummte, konnte man sie hören. Es strich und zischte, es schnaubte und wieselte, es war, als sei der gesamte Wald in permanenter Bewegung. Einmal raschelte es nur einen oder zwei Schritte neben ihnen derart laut im Gebüsch, dass Siebeneisen zusammenzuckte und zur Seite sprang, wobei er allerdings gefährlich nah an die grüne Wand auf der anderen Seite der Piste kam, was ihn abermals zurückweichen ließ.

Am schlimmsten aber waren die Schlangen. Die ersten zwei- oder dreihundert Meter waren sie noch nebeneinander gegangen, aber dann war sein Fahrer plötzlich ruckartig stehen geblieben und hatte ihn an der Schulter festgehalten. Keinen Schritt weiter, hatte er gezischt. Mit seinem Stock hatte er ein paar Zweige vor ihnen zur Seite geschoben, und einer der Zweige hatte sich bewegt und schlängelte anschließend vom Pfad ins Gebüsch.

Von diesem Moment an ließ sich die Furcht nur noch schwer unterdrücken. In manchen Momenten, wenn Siebeneisen über einen Schmetterling staunte oder über einen Tukan, vergaß er sie kurz. Dann kehrte sie zurück. Er konnte sich bloß immerzu einreden, dass er ja nicht allein war, dass Enrique sich hier auskannte und mit der Spitze seines Stocks sämtliche Ungereimtheiten auf dem Weg vor ihnen untersuchte. Dass er ihn vor den steakmessergroßen Tausendfüßlern warnen würde und mit seinem Stock dicke, haarige Spinnen anstupsen konnte, damit sie aus dem Weg krabbelten. Nein, sagte er sich immer wieder, nein, dir passiert nichts.

Und dann wurde es dunkler. Über ihnen waren Wolken aufgezogen, also: direkt über ihnen, vielleicht zehn Meter oberhalb ihrer Köpfe tändelten sie herum wie große Ballen Zuckerwatte. Aus den grünen Wänden rechts und links faserten Nebelschwaden auf den Weg, wie Geisterfinger, die sich auflösten, wenn man durch sie hindurchging. Draußen, in einer Welt außerhalb dieses Waldes, ging soeben die Sonne unter, stellte Siebeneisen mit einem Blick auf die Uhr fest. Um kurz vor sechs abends war der Tag in dieser Ecke der Welt so gut wie vorbei, und weil sie sich in unmittelbarer Nähe zum Äquator befanden, dauerte die Dämmerung nicht lange. Um den kompletten Sonnenuntergang inklusive Abendrot zu verpassen, musste man in diesen Breitengraden nur mal kurz zum Kühlschrank in der Küche gehen und sich ein Bier holen. Wenn man auf den Balkon zurückkam, war es stockdunkel.

»Haben wir eigentlich eine Taschenlampe?«

»Ich habe keine. Sie?«

Siebeneisen verkniff sich eine Antwort. Es bringt jetzt nichts, sich weiter aufzuregen, dachte er, sieh besser zu, dass du ihn nicht verlierst. Bleib unmittelbar hinter ihm. Enrique verwendete seinen Ast mittlerweile wie ein Blinder seinen Stock und schob ihn einen Meter vor sich auf dem Boden hin und her. Siebeneisen konnte nur hoffen, dass diese Schlangenbrut komplett Reißaus nehmen würde. Er achtete darauf, bei jedem Schritt fest aufzustampfen, um genügend Erschütterungen zu verursachen. Die sollten denken, ein ausgewachsener Wasserbüffel nähere sich, oder was immer an Tieren dieser Größenordnung in diesem Wald lebte.

Und dann, ohne nennenswerte Zwischenfälle, ohne, dass sie auch nur von einem Moskito erwischt worden wären, sahen sie das Hotel. Zuerst nahm Siebeneisen nur einen schwachen Glimmer weit vor ihnen wahr, bereits einige wenige Schritte weiter aber war aus dem Glimmer ein Leuchten geworden.

»Wir sind bald da«, sagte Enrique.

Zehn Sekunden später kam der Ozelot.

Für Biologen ist der ecuadorianische Nebelwald ein diffiziles Terrain. Einerseits ist alles zum Greifen nah, die Bäume, die anderen Pflanzen, die Insekten und die Vögel, mehr als ein paar Schritte muss man nie gehen, um mittendrin in einem der faszinierendsten Biotope des Planeten zu sein. Über 500 Vogelarten zwitschern, singen und krakeelen hier, das sind so viele wie in ganz Europa. Dazu kommen eine Million Insektenspezies sowie etwa sechzig Schlangenarten, von denen über die Hälfte hochgiftig ist. Für Botaniker, Ornithologen, Reptilien- und Insektenforscher ist der Nebelwald das Paradies. Wer sich beruflich allerdings mit seinen größeren Bewohnern beschäftigt, den Säugetieren, braucht in diesem Teil der Welt mehr Geduld als in den meisten anderen Regionen. So gut wie alle größeren Bewohner sind nämlich nachtaktiv. Unterwegs sind sie ausschließlich zu Zeiten, zu denen sich der Mensch besser hinter verschlossenen Türen aufhält.

Es ist der Erfindung der Infrarot-Nachtfotofalle zu verdanken, dass Forscher überhaupt eine Ahnung davon haben, wer da nachts durch den Nebelwald schleicht. Diese Fallen sind so simple wie clevere Geräte. Im Grunde bestehen sie aus nicht mehr als einer einfachen Kamera mit einer 64-Gigabyte-Speicherkarte, einem dicken Batteriepack und einer Art Lichtschranke, durch die die Kamera ausgelöst wird. Das Ganze wird idealerweise an einer Stelle positioniert, an der man tagsüber Tierspuren im Morast entdeckt hat. Anschließend lässt man alles ein paar Nächte lang allein. Dann holt man die Ausrüstung ab, steckt die Speicherkarte in den Computer und – bamm! – weiß man, was da draußen so alles herumläuft. Wasserschweine, Tapire, Ratten und Wiesel zum Beispiel. Aber auch Tayras, die wie Marder nach mehreren Jahren Krafttraining wirken. Und Brillen-, Wasch- und Makibären. In der Fotosammlung des Resorts gab es sogar eine Aufnahme, auf der ein Tapir und ein Nasenbär zu sehen waren, auf einem Foto, keine zwei Meter auseinander, aber all das konnte Siebeneisen natürlich nicht wissen, weil er das Hotel mit seiner eindrucksvollen Fotofallenbildersammlung ja noch überhaupt nicht erreicht hatte. Zweihundert Meter waren es vielleicht nur noch, oder auch nur hundertfünfzig, durch die großen Glasfassaden konnte er bereits schemenhaft die Gäste im Restaurant erkennen. Mit jedem Schritt schien etwas mehr Anspannung und Angst von ihm abzufallen, und beim Anblick der Restaurantbesucherschemen machte sich ein gewaltiger Hunger bemerkbar. Und Durst. Die hatten garantiert eine herrliche Weinkarte, dachte er. Innerhalb weniger Sekunden verwandelte sich seine Furcht in Lebensfreude und seine Erschöpfung in Vorfreude auf ein wunderbares Abendessen.

Und dann war da dieses Geräusch. Ein Fauchen, von hinten, aus dem Dunkel der Nacht. Zuerst dachte Siebeneisen an einen Scherz Enriques, komm, lass uns den Deutschen noch mal richtig erschrecken, kurz bevor wir da sind, so etwas in der Art. Eine Zehntelsekunde später allerdings realisierte er, dass besagter Enrique ja vor ihm ging, einige Schritte mittlerweile sogar, also schlecht hinter ihm herumfauchen konnte. Im gleichen Moment spürte Siebeneisen einen Schlag in seiner rechten Kniekehle, einen Schlag und einen stechenden Schmerz. Dann stürzte er kopfüber nach vorne, und überall war dieses Fauchen, die ganze Welt war ein einziges Fauchen.

30

SONNTAGS IM MASKIERTEN WASCHBÄR, NEW ORLEANS.

Der Mann war schon früh im Laden gewesen, Frampton hatte erst kurz zuvor aufgeschlossen. Jemand von hier, hatte er gedacht, als er den Wäschesack registrierte, den der Typ über die Schulter geworfen hatte. In letzter Zeit achtete Frampton verstärkt auf solche Details. Was natürlich mit den Ereignissen der letzten Zeit zu tun hatte. Beim Anblick von Einheimischen, die im Maskierten Waschbär ihre Wäsche waschen wollten, den Waschsalon also besuchten, weil sie in einen Waschsalon wollten, bei solchen Leuten atmete er automatisch tief durch. Dann löste sich die Anspannung, die Frampton sonst immer verspürte, wenn der Flugsaurier wimmerte und die Tür sich öffnete. Bei dem Kunden heute Morgen, der nun auf einem Stuhl vor einer der Maschinen saß und in einem Jazzmagazin las, war Framptons innere Gefühlshaltung allerdings leicht ambivalent. Was wiederum an dem Papagei lag, der auf der Schulter des Mannes saß.

Der Vogel schlief. Eine ganze Zeitlang hatte er in die rotierende Wäschetrommel vor ihnen geschaut, als versuche er, dem inneren Geheimnis dieser merkwürdigen Apparatur auf die Spur zu kommen. Irgendwann waren ihm dabei die Augen zugefallen, und sein Kopf war nach rechts weggeknickt an den Hals seines Besitzers. Da lehnte er nun und döste. Frampton beschloss, im NIU-Büro in der Etage über ihm anzurufen und Schatten mitzuteilen, dass unten ein Kunde mit einem zahmen Papagei sitze. Er hatte keine Ahnung, wie der Waschbär auf den Vogel reagieren würde. Auf keinen Fall aber wollte er weiteres Chaos. Schatten sollte Bandito einfach oben im Büro lassen.

Gleich nämlich würde er hier aufschlagen. Zusammen mit Wipperfürth. Es war Sonntag in New Orleans, und sonntags rückten die beiden regelmäßig auf ein oder zwei Glas Wein an. Sie kamen natürlich auch an anderen Tagen; sonntagsvormittags aber waren sie immer da. Die beiden hatten ihm erklärt, dass man solche Treffen in Oer-Erkenschwick Frühschoppen nannte. Leise sprach Frampton die Worte aus: »Ooooaehrkenswikk. Fruuhschohpen.« Schwierige Sprache, dieses Deutsch. Nochmal: »Ooooaehrkenswikk. Fruuhschohpen.«

»Ooooaehrkenswikk!« Der Papagei war wach geworden. Und hatte offenbar ein ziemlich gutes Gehör. »Ooooaehrkenswikk!«, krakeelte er. »Fruuhschohpen! Fruuhschohpen! Ooooaehrkenswikk!« Er wackelte begeistert auf der Schulter, als sei er stolz auf seine Sprachkenntnisse.

»Halt den Schnabel, Archibald!« Der Besitzer des Vogels verzog das Gesicht. Der Papagei schien ihm direkt ins Ohr geschrien zu haben. Der Mann versuchte, das Tier zu streicheln, aber Archibald wollte das nicht. Zuerst duckte er sich weg, dann flatterte er aufgeregt von der Schulter und landete auf der Waschmaschine, die gerade zu schleudern begonnen hatte. Die Vibrationen übertrugen sich aus dem Gehäuse auf den Papagei, der kräftig durchgeschüttelt wurde. Als er das nächste Mal rief, klang es nach den Versuchen eines Techno-DJs, einen defekten CD-Laser zu imitieren: »O-o-o-o-aehr-aehr-aehr-kenswswswsws-ikk!ikk!ikk!ikk!ikk!. Frfrfrfr-u-u-u-u-scho-o-o-oh-p-p-p-p-n!n!n!n!n!«

Es geht wieder los, dachte Frampton, schon wieder. Und es brauchte noch nicht einmal mehr diesen Waschbären. Wann eigentlich hatte sich sein gemütlicher kleiner Waschsalon in einen Ort des Wahnsinns verwandelt? Was hatte den Ausschlag gegeben? Was konnte er dafür? Frampton wusste es nicht. Was er allerdings ziemlich genau wusste, war, dass alles irgendwie mit der Ankunft der Deutschen in der Stadt zu tun haben musste.

»Guten Morgen allerseits!« Wipperfürth marschierte in den Waschsalon, als betrete er den Frühstücksraum einer Pension für Mittelgebirgswanderer. Die allerdings bei seinem Anblick verwundert den Mund aufgesperrt hätten, schließlich sieht man in gemäßigten Breitengraden selten jemanden, der aussieht wie die Karikatur eines Tropenforschers. Wipperfürth trug sandfarbene, über die Knöchel reichende Leinenstiefel, eine grüne Militärhose mit Außentaschen, ein lindgrünes Hemd und eine Art Tropenhelm. An einem breiten Gürtel hingen Taschenlampe, Seil, Messer und eine kleine Tasche mit aufgedrucktem Rot-Kreuz-Symbol. Unter dem Arm klemmte ein Stapel von Moosbichlers Kladden und etliche Landkarten. Schatten sah ein paar Schritte hinter ihm wie eine XXXL-Version seines Freundes aus. Statt eines Tropenhelms thronte auf seinem Kopf allerdings ein voluminöser Stoffhut, an dem eine Art Moskitonetz befestigt war.

»O-o-o-o-aehr-aehr-aehr-ken-swswswsws-ikk!ikk! ikk!ikk!ikk! Frfrfrfr-u-u-u-u-scho-o-o-oh-p-p-p-p-n!n!n!n!n!«, schrie der Papagei auf seiner wild schleudernden Waschmaschine zur Begrüßung. Es klang, als kündige er die nächsten Artisten einer Zirkusvorstellung an. Dass hinter Wipperfürth und Schatten auch Bandito die Treppe hinunter und durch die Tür kam, entdeckte Frampton erst, als der Papagei den Waschbären bereits gesichtet hatte.

Der Vogel riss die Augen auf, hob ab und flatterte in schlingernden Bewegungen durch den Raum. Er ließ einen Ruf ertönen, der wie ein Trompetensignal der Konföderierten vor Gettysburg klang.

»Feindsichtung!«, krächzte er. »Feindsichtung! Die Yankees schicken einen Spion hinter unsere Reihen!«

»Archibald! Kommst du bitte schön zurück!« Sein Besitzer versuchte, Blickkontakt mit dem Vogel herzustellen. Weil der im Kreis durch die Luft flog, musste sich der Mann dazu um die eigene Achse drehen, was er aufgab, als ihm schwindelig wurde. »Archibald! Auf meine Schulter! Das ist ein Haustier, kein Spion!« Er zeigte auf Bandito, der sichtlich irritiert zu dem kreischenden Papageien hinaufsah.

»Sie müssen das bitte entschuldigen«, sagte der Mann zu Frampton, der in der typischen, seit Wochen immer wieder einsetzenden Fassungslosigkeit auf der kleinen Empore seines Waschsalons stand und sich immer noch fragte, wann in seinem Leben ihm dieser eine entscheidende Fehler unterlaufen war, der zu alldem hier geführt hatte. »Archibald hat einen Vogel. Er glaubt, der amerikanische Bürgerkrieg sei noch nicht vorbei. Andere Tiere hält er meistens für dressierte Kundschafter der Nordstaaten.«

Ich will das gar nicht wissen, dachte Frampton und drehte sich um, ohne dem Mann eine Antwort zu geben. Er bückte sich, um eine Flasche Wein zu suchen, die er mit den beiden Deutschen trinken könnte, sobald dieser Irre mit seinem bekloppten Vogel den Waschsalon verlassen hatte. Im Moment allerdings flatterte besagter Vogel noch völlig außer sich durch den Raum und schrie abwechselnd Dinge wie »Drecks-Yankee-Spion!« und »An die Waffen, ihr Rebellen!«. Wipperfürth und Schatten zogen sich eingeschüchtert an einen Tisch im hinteren Teil des Waschsalons zurück. Bandito sprang auf Schattens Schoß, rollte sich zusammen und verschränkte seine Vorderläufe dabei so vor dem Kopf, dass er Archibald nicht mehr sehen konnte. Er fiepte ängstlich.

Der Papagei kreiste noch mehrere Runden und landete anschließend auf der Schulter seines Besitzers. Dort plusterte er sich auf, reckte Hals und Kopf und nahm eine denkmalhafte Haltung ein. Offenbar glaubte er, den feindlichen Spion in die Flucht geschlagen zu haben. Jedenfalls sah es aus, als erwarte er eine Belobigung seines Führungsoffiziers.

»Brav, Archibald!«, sagte sein Besitzer und leerte die Trommel der Waschmaschine. Statt alles in einen Trockner zu stopfen, füllte er seinen Wäschesack und warf ihn über die Schulter. »Ich hänge die Sachen zu Hause auf. Bevor er auf die Idee kommt, einen weiteren Observationsflug zu unternehmen. Nächstes Mal lass ich ihn im Käfig, versprochen.« Der Mann ging zur Tür.

»Planquadrat 4/C gesäubert und gesichert!«, krächzte der Papagei und drehte sich auf der Schulter nach hinten. »General Lees Infanterie zurück ins Lager!«

Eine halbe Stunde später saßen Wipperfürth, Schatten und Frampton über einer Landkarte Perus. Sie tranken Riesling, wieder von diesem Pfälzer Winzer. Auch Mortimer war inzwischen da. Der Pianist wirkte an diesem Vormittag noch ein Stück älter und verschrumpelter als sonst. Seit ein paar Tagen trat er abends im Rosie's auf, einer Kneipe ein paar Ecken vom Waschsalon entfernt. Dort war der Pianist der Hausband ausgefallen, und man hatte Mortimer verpflichtet. Das Rosie's zog ein sehr junges, feierfreudiges Publikum an. Die Konzerte dauerten oft bis in den frühen Morgen und endeten meist mit einer Art Polonaise des taschentuchschwenkenden Publikums, und für Mortimer mit seinen 93 Jahren schien das mit der Zeit etwas anstrengend zu werden. Trotzdem schlurfte er jeden Morgen in den Waschsalon, nickte den Anwesenden zu, setzte sich ans Klavier und begann zu klimpern. Im Moment spielte er eine leicht angejazzte

Version eines Liedes, das Eingeweihte als Katja Ebsteins »Ein Indiojunge aus Peru« erkannten.

»Bloß steigen wir dann eben hier schon aus, in Bambatalla. Damit sparen wir sechs Sol. Pro Person!« Wipperfürth markierte mit dem Zeigefinger eine Stelle auf der Landkarte, an der sich nichts befand außer einem dünnen schwarzen Strich, der die Landstraße symbolisierte.

»Da? Da wollt ihr aus dem Bus aussteigen? Da scheint aber doch überhaupt nichts zu sein?« Frampton hatte sich über die Landkarte gebeugt.

»Haltestellen peruanischer Buslinien sind natürlich nicht eingezeichnet!« Wipperfürth sah ihn an, als müsse er Frampton ganz dringend in die Kunst des Kartenlesens einweihen. Kurz zuvor hatte er ihm schon von seinem Kurs »Karten machen Länder: Eine Einführung in die Geschichte der Kartografie« erzählt, den er vor einigen Jahren an der VHS in Oer-Erkenschwick belegt hatte. Dieser Kurs sowie jahrelange private Fortbildung machten ihn, Wipperfürth, zu einem ausgewiesenen Experten, wenn es um das Navigieren mittels topografischer Landkarten gehe, hatte er erklärt.

»Ach so. Sorry. Wusste ich nicht.«

»Nicht schlimm. Deswegen erklären wir dir das ja.« Wipperfürth sah Frampton gönnerhaft an. »Von dieser Haltestelle jedenfalls führt ein gut ausgebauter Weg direkt in die Ruinen von Machu Picchu.« Der Zeigefinger verließ den Punkt im Nichts und zog durch anderes Nichts zu einem Punkt, der mit »Machu Picchu« bezeichnet war. »Das sagt einem natürlich niemand. Ist doch klar: Die wollen die zusätzlichen sechs Sol von ihren Passagieren kassieren. Dabei dauert das zu Fuß keine Stunde, wenn man vorher aussteigt. Sechs Sol! Das sind zusammen für uns zwei zusammen mehrere Euro!«

»Ist auch nicht steil, hast du gesagt. Oder?« Schatten wollte das wissen. Bandito lag auf seinem Schoß und schnurrte im Schlaf. Die gleiche Frage hatte er in den vergangenen Minuten schon drei Mal gestellt.

»Nein, mein Lieber, das sieht man ja an den Höhenlinien. Wenn man so eine Karte lesen kann. Der Weg von der Haltestelle zu den Ruinen ist vollkommen eben.«

»Und wenn ihr dort seid? In den Ruinen? Wie macht ihr dann weiter?«

»Natürlich hoffen wir, bis dahin in Moosbichlers Aufzeichnungen noch den einen oder anderen Hinweis zu entdecken.« Wipperfürth klopfte auf den Stapel Kladden, den er auf den Nebentisch gelegt hatte. »Immerhin sind wir ein paar Stunden unterwegs. Wie lange fahren wir nochmal, Schatten?«

»In Stunden? Also … ich weiß nicht. Es dauert jedenfalls elf Tage und noch eine Nacht von hier bis Cusco, und dann müssen wir noch …«

»Also, du siehst: Genug Zeit für Recherche!« Wipperfürth sah Frampton an, als sei mit dieser Bemerkung nun wirklich jede Frage beantwortet. Als müsse man während einer gemütlichen Busfahrt nur lange genug in Moosbichlers Notizen lesen, anschließend zu einem gewissen Stein in Machu Picchu gehen, ihn umdrehen und – tataaa: Atahualpas Mumie gefunden haben. Er lächelte, als habe er das gerne noch einmal erklärt, für alle, die es bislang noch immer nicht verstanden hatten. »Wo wir gerade dabei sind: Hast du deine Nichte eigentlich mittlerweile erreicht? Und sie fragen können, ob sie möglicherweise noch mehr von diesen Notizbüchern hat?«

»Achso, ja. Habe ich. Neulich schon. Hab ich völlig vergessen.« Frampton erinnerte sich an das Telefonat mit Iz, das er geführt hatte, während Bandito seine Freude am Tanzen entdeckte. »Also, das war tatsächlich so, wie ich vermutet hatte. Irgendeiner ihrer Freunde hat bei ihrem Umzug von New Orleans nach New

York die falschen Kartons verladen. Iz hatte wirklich einen Stapel Hefte.«

»Aha!« Wipperfürth und Schatten sahen sich vielsagend an. »Und wieso hatte?«

»Weil sie dann vor ihrer Abreise nach Europa in New York ausgemistet hat. Hat einen *Yard Sale* veranstaltet. So ne Art Entrümpelungsflohmarkt. Irgendein Anstreicher hat die Hefte mitgenommen, hat sie gesagt.«

»Nun, damit sind die wohl weg. Macht nichts. Wenn man ein bisschen was von historischen Zusammenhängen versteht, lassen sich solche fehlenden Passagen ja schnell rekonstruieren.« Wipperfürth lächelte. »Ich werde mich darum kümmern.«

»Wann fahrt ihr denn eigentlich los?« Frampton wunderte sich nicht darüber, dass Wipperfürth nicht länger über die fehlenden Notizbücher diskutieren wollte. Was einfach daran lag, dass er sich bei Wipperfürth über eigentlich überhaupt nichts mehr wunderte.

»Heute Abend. Schatten hat unsere Sachen bereits gepackt.« Wipperfürth sah Schatten an. Der wiederum sah aus, als höre er zum ersten Mal davon, dass er für das Reisegepäck verantwortlich sei.

»Und wäre fliegen nicht besser gewesen? Bis Peru ist es doch …«

Frampton zuckte, als er das Wimmern des Flugsauriers hörte. Er drehte sich ruckartig zur Tür um, die von außen aufgehalten wurde. »Das ist doch schrecklich weit bis nach Peru, oder?«

»Ach wo!« Wipperfürth winkte ab, als habe man ihn gefragt, ob es ihm etwas ausmache, zu Fuß zum Bäcker zu laufen und Brötchen zu holen. »Distanzen werden gerne überschätzt. Und diese dauernde Fliegerei ist auch überhaupt nicht gut. Wenn man zu schnell von einem Ort zu einem weit entfernten anderen kommt. Seinen Reisezielen sollte man sich nie auf dem schnellsten Weg nähern. Man muss der Seele Zeit geben nachzukommen.« Wipperfürth hatte seinen dozierenden Zeigefinger gehoben.

Schatten sah ihn an, als habe sein Freund die letzten Sätze in einer fremden Sprache gesprochen. Frampton hörte nicht richtig zu, weil er die Eingangstür des Waschsalons im Auge behielt. Sie wurde noch immer von außen offen gehalten. Frampton rechnete mit dem Schlimmsten.

Es kamen dann aber nur zwei ältere Frauen in den Maskierten Waschbär. Zwei sehr alte Frauen: hager, fast ausgemergelt, leicht gebeugt, Handtaschen und Stöcke in den Händen. Sie trugen bläuliche Haarnetze über ihren Frisuren und Pullover, an denen irgendwelche Buttons steckten. Frampton konnte aus der Entfernung nicht lesen, was auf ihnen stand. Die Tür öffnete sich erneut, und drei weitere Großmütterchen betraten den Raum. Die Fünf blieben in der Mitte des Raumes stehen, zwischen den Waschmaschinen.

»Entschuldigt mich einen Moment.« Frampton stand auf, tätschelte den schlafenden Bandito und ging lächelnd auf die Frauen zu. Als er näherkam, konnte er die Aufschrift auf ihren Buttons lesen: »*Australian Women's Liberation*«. Um Himmels willen, dachte Frampton, australische Frauenrechtlerinnen. Steinalte australische Frauenrechtlerinnen.

»Kann ich Ihnen irgendwie behilflich sein, meine Damen?«

»Wir würden gerne mit dem Geschäftsführer sprechen, Herzchen.« Die älteste der Gruppe. Oder die, die am ältesten aussah. Eine von denen mit Haarnetz, das ihre Frisur schimmern ließ, als sei sie mit einer hauchdünnen Stahllegierung überzogen. Außerdem hatte sie einen schrecklichen australischen Akzent. Der Satz eben hatte sich angehört, als habe sie »Wüwüdden gärn middm Schäfftsfüh' spröchn Häzzchn« gesagt.

»Mit dem…? Also… Ich bin das. Ich bin der Geschäftsführer.« Frampton war nicht ganz klar, warum er von einer wildfremden Frau im Alter seiner Oma als Herzchen bezeichnet wurde, nahm es aber einfach mal so hin.

»Wie bezaubernd! Das ist der Mann, den wir suchen, meine Lieben.« Die Frau mit der Stahllegierungsfrisur strahlte ihre Freundinnen an, als verkünde sie ihnen eine frohe Botschaft, die sie selbst eben überhört hatten. »Dassisser Mann, dennwe s'chn, mein'ben!«

Die anderen Damen strahlten jetzt ebenfalls. Frampton sah zu Wipperfürth und Schatten hinüber. Irgendwie hoffte er, er könne von ihnen Hilfe erwarten bei dem, was gleich passieren würde. Bei dem, von dem er ahnte, vermutete, wusste, dass es gleich passieren würde. Die beiden hingen allerdings tief über die Landkarte gebeugt. Wahrscheinlich suchten sie nach weiteren Einsparungsmöglichkeiten auf ihrer elfeinhalbtägigen Busfahrt.

»Was kann ich denn für Sie tun?« Frampton gelang es, sich zu konzentrieren. »Wieso suchen Sie mich?«

»Wir haben gehört, dass in diesem Lokal…«

…ein tanzender Waschbär leben soll, vollendete Frampton den Satz in Gedanken. Er sollte sich mal bei einer dieser Fernsehshows anmelden, bei denen Leute mit gedankenleserischen Fähigkeiten fette Preise abräumten.

»…regelmäßig Chorwettbewerbe ausgetragen werden«, sagte die steinalte Australierin. »Rrmäßg Chauwttbe'be ausgetrahn wedden.«

»Äh… ähm… wie bitte??« Frampton fühlte sich leicht überrumpelt. »Chorwettbewerbe?«

»Das hat man uns so gesagt. Neulich ist wohl ein Kirchenchor aus Deutschland aufgetreten. Wie man hört, soll das ein großer Erfolg gewesen sein.«

Die Wahnsinnigen, dachte Frampton, Hans-Erich und Konsorten. Woher hatten die Frauen denn davon gehört? »Das war kein richtiger Wettbewerb, meine Damen. Es war vielmehr so, dass Besucher aus Deutschland sich bemüßigt fühlten, ein wenig zu singen, und …«

»Na also! Ihr Lieben, hier sind wir richtig!« Die Frau strahlte, als habe man sie an die Stromversorgung des Viertels angestöpselt. »Lasst uns schnell die anderen reinholen! Dann können wir schon mal mit dem Üben beginnen!«

31

Zurück im Nebelwald.

Später, in der Lobby, als alles vorüber war und sich alle wieder einigermaßen beruhigt hatten, selbst da hätte Siebeneisen noch schwören können, dass er durch die Wucht des Aufpralls das Gleichgewicht verloren und in den Morast gestürzt war. Dass der Schmerz unbändig gewesen war, scharf und spitz und tief, ach so tief gehend. Und das Fauchen erst, dieses schreckliche Fauchen! Er hatte sofort an eine Raubkatze denken müssen, sagte er jedem, der es hören wollte oder nicht, an einen Jaguar, an den wahren Herrscher des Waldes, 60 Kilo Muskelmasse und Reißzähne, auf die selbst der Löwe drüben auf der anderen Seite der Welt neidisch sein konnte. Nun gut, ein Ozelot also. Den hatte er zugegebenermaßen nicht auf dem Zettel gehabt. Ein Ozelot war natürlich deutlich kleiner, schlanker, leichter, und möglicherweise auch weniger aggressiv, das konnte schon sein. Und außerdem, ganz ehrlich, so eine Situation konnte man ja wohl tatsächlich mal falsch einschätzen! In so einem Moment, in den Sekunden der Todesangst – da kann doch ein Maunzen schon einmal wie ein Fauchen klingen und die leichten Kratzer unter dem Hosenbein sich anfühlen wie tiefe Risswunden! Wie um alles in der Welt hätte er denn wissen sollen, dass da draußen ein Ozelotjunges herumstreunerte? Erst ein paar Wochen alt, offenbar im Stich gelassen von seiner Mutter? Wie hätte er denn ahnen sollen, dass das kleine Kätzchen sich mittlerweile so an die Zweibeiner aus dem Hotel gewöhnt hatte, dass es mit jedem spielen wollte, der in das Hotelgebäude ging oder es verließ?

»Woher sollte ich das denn wissen?« Siebeneisen saß noch immer in dem schicken Ohrensessel in der Lobby, auf den ihn die zwei Rezeptionisten platziert hatten. Die beiden hatten ihren Arbeitsplatz sofort verlassen, als sie die Schreie vor dem Hoteleingang hörten. Sie hatten Enrique erkannt und waren zusammen mit ihm in die Dunkelheit gestürzt. Dorthin, wo ein Mann um sein Leben schrie. Der Mann hatte bäuchlings in dem großen Schlammloch in der Hotelzufahrt gelegen, das permanent an- und abfahrende Jeeps in trauter Zusammenarbeit mit dem Dauerregen fabriziert hatten. Auf seinem Rücken war der junge Ozelot herumgeklettert, hatte maunzende Geräusche von sich gegeben und abwechselnd seine Vorderpfoten durchgedrückt. Als es die Männer aus der Hoteltür stürzen sah, war das Tier dann mit zwei, drei Sätzen im Wald verschwunden.

»Ich habe wirklich einen Moment lang gedacht, es sei vorbei.« Komplett beruhigt hatte sich Siebeneisen noch immer nicht. Er verzog das Gesicht, als einer der beiden Rezeptionisten das letzte Pflaster von seinem Gesicht zupfte, den Schmutz mit einem feuchten Tuch abwischte und den Kaktusstachelstich mit einer Alkohollösung desinfizierte. Das Gleiche hatte er zuvor bereits mit den anderen Stichen getan. Und mit Siebeneisens rechter Kniekehle. Die Kratzspuren dort waren zwar nur minimal, aber man wusste ja nie. Außerdem schien dieser neue Gast eine gewisse Neigung zu ungewöhnlichen Verletzungen zu haben. »Ach so, einchecken müsste ich dann auch noch. Siebeneisen mein Name. Ich habe reserviert, telefonisch, vor ein paar Tagen. Von Baños aus.« Siebeneisen nickte den anderen Hotelgästen zu, die besorgt um die kleine Ambulanzgruppe in der Lobby herumstanden. Ihm fiel auf, dass sie alle ungewöhnlich korpulent waren.

»Das können wir doch alles später erledigen, Señor Siebeneisen!« Der Rezeptionist wiegelte ab. »Jetzt kommen Sie doch erst einmal an. Erholen Sie sich von dem Schreck. Wir freuen uns, dass Sie da sind! Möchten Sie noch eine Kleinigkeit essen?«

»Gerne auch eine Großigkeit. Ich hab das Gefühl, seit Tagen unterwegs zu sein.« Siebeneisen stand auf. »Ich würde auch gerne kurz mit einem Ihrer Angestellten sprechen. Mit Túpac. Hat der heute Dienst?«

»Túpac? Müsste in der Küche sein. Heute Abend ist Seminar, da wird er wahrscheinlich wenig Zeit haben. Wahrscheinlich ist es besser, Sie warten bis morgen nach dem Frühstück. Er läuft Ihnen auch nicht weg.« Der Rezeptionist machte eine Bewegung mit dem Kopf Richtung Ausgang, die wahrscheinlich so viel wie »Wo sollte er denn hier auch hingehen?« bedeutete.

»Seminar? Sie halten hier Seminare ab?« Siebeneisen stellte sich jeepweise Manager vor, die in einer Kolonne über die Waldpiste draußen anrückten. Oder zu Fuß, falls ihre Autos Pannen hatten.

»Ja. Schokoladenseminare. Túpac ist doch …«

»Chocolatier. Ja, ich weiß. Ich wusste aber nicht, dass er Seminare leitet. Ich dachte, er würde hier nur für die Desserts sorgen.«

»Macht er auch. Aber unsere Seminare werden immer beliebter. Diese Woche sind dreizehn Teilnehmer dabei.«

Siebeneisen sah zu der Gruppe hinüber, die mittlerweile an einem großen Tisch Platz genommen hatte. Er konnte sich nun vorstellen, weshalb alle ohne Ausnahme etwas voluminöser waren. »Ok, dann warte ich einfach bis morgen. Und komme dann gleich zum Abendessen.«

Der Architekt, der das Hotel mitten in den Wald und den Regen gebaut hatte, wollte offenbar, dass man den Wald und den Regen immerzu vor Augen hatte. Das Gebäude bestand beinahe komplett aus Glas. In Siebeneisens Zimmer gab es zum Wald hin keine Wand, sondern nur ein riesiges Fenster. Bar und Restaurant waren zwanzig Meter hoch bis unter die Decke verglast, und von den Fluren führten zwischen den Fenstern überall Türen zu Aussichtsplattformen und Terrassen. Wie eine Welt für sich, dachte Siebeneisen, als er aus seinem Zimmer zurück Richtung Restaurant schlenderte, wie in diesen Science-Fiction-Filmen, in denen Siedler auf fremden Planeten in verspiegelten Glaskapseln leben müssen, weil sie draußen keine drei Minuten überstehen würden. In den letzten Minuten hatte er sich komplett beruhigt und in Sicherheit gewusst. Jetzt aber, bei seinem kleinen Rundgang durch das Hotel, beschlich ihn das Gefühl, als dränge die Welt dort draußen gegen die gläserne Hülle. Als wolle sich der Wald hineindrücken in die Sicherheit der Räume.

Auf den Balkonen und Terrassen, die er sich ansah, verstärkte sich dieses Gefühl noch. Es war dunkel, aber selbst tagsüber würde es hier düster sein, sinnierte er. Während der Anreise hatte er schon bemerkt, dass in diesem Wald nur wenig Sonnenlicht bis zum Boden durchdrang. Laub, Wolken und die Feuchtigkeit in der Luft schluckten das Allermeiste einfach. Selbst von den hochgelegenen Aussichtsplattformen würde man tagsüber nicht viel mehr sehen als das Weiß des Nebels und der Wolken, die aus den Tälern hinaufzogen. Möglicherweise ist das ja auch eine Art menschlicher Urfurcht, die ich hier gerade verspüre, dachte er. Vielleicht ist dieses Gefühl in unserer DNA verankert. Seit jener Epoche, in der wir selbst noch in solchen Regionen lebten. Seit jener Zeit, in der wir selbst noch kleine Echsen waren.

»Den meisten Leuten geht das hier so«, sagte eine Stimme hinter ihm. Ein kleiner, stämmiger Mann mit weißer Kochmütze stand in der Tür zur Aussichtsplattform. Siebeneisen fragte sich, ob er wieder einmal laut gedacht hatte. Darauf musste er unbedingt achten, es konnte nicht angehen, dass er unentwegt vor sich hinbrabbelte. Er entschied, sich seine Verblüffung nicht anmerken zu lassen.

»Sie sind Túpac, oder?«

»Und Sie der Señor Siebeneisen, der sich nach mir erkundigt hat, nehme ich an. Der Mann, der das Hotel fast nicht lebend erreicht hätte.« Túpac lachte, als er Siebeneisen die Hand reichte. »Ich bin froh, Sie kennenzulernen!«

»Das sollten Sie auch!« Siebeneisen schüttelte grinsend die Hand des Chocolatiers. »Wahrscheinlich können nicht viele Leute von sich behaupten, den hinterhältigen Angriff eines zwei Kilo schweren, spielwütigen Ozelotjungen überlebt zu haben. Aus so einem Kampf kommen die wenigsten heil heraus.« Túpac war ihm auf Anhieb sympathisch. Der Mann hatte eine wunderbar charismatische Ausstrahlung, wie er da mit breitem Lächeln vor ihm stand.

»Wenn ich drüber nachdenke, ist mir eigentlich kein Fall bekannt, dass jemand so eine Attacke überlebt hätte«, sagte er jetzt. »Von den meisten finden wir nur noch einen Schuh oder so etwas… mehr nicht.« Der Chocolatier klopfte Siebeneisen aufmunternd auf die Schulter. »Aber das mit dem Raubtier wollten Sie mir eigentlich überhaupt nicht erzählen, oder? Deswegen wollten Sie mich bestimmt nicht sprechen. Was kann ich denn für Sie tun?«

»Haben Sie zwei Minuten? Ist im Moment Seminarpause?«

»Die Teilnehmer verkosten gerade. Acht Sorten mit acht unterschiedlichen Kakaoanteilen. Das wird eine Zeitlang dauern.« Er nahm Siebeneisen am Arm und führte ihn zum Geländer der

Veranda, ganz nahe heran an die grüne Wand. »Seien Sie unbesorgt«, sagte er, als er den Gesichtsausdruck des anderen sah, »hier passiert uns nichts. Atmen Sie mal tief durch!«

Siebeneisen zog die Luft tief in die Lunge. Sie roch wunderbar. Schon beim ersten Zug glaubte er, ganz unterschiedliche Nuancen wahrzunehmen. Beim zweiten musste er an einen Blumenladen denken.

»Gut, oder? Es gibt hier Pflanzen, die erst nachts zu riechen beginnen. Das lockt ganz bestimmte Nachtfalter zur Bestäubung an. Wenn wir in drei Stunden nochmals hier hinausgingen, würde es ganz anders duften. Dann wären andere Pflanzen an der Reihe.«

»Das riecht herrlich. Absolut wunderbar.« Zum ersten Mal, seit er den Nebelwald betreten hatte, konnte Siebeneisen ihm etwas abgewinnen.

»Erinnert mich an meine Kindheit. Bei uns in Peru wachsen die gleichen Pflanzen.«

»Sie sind aus der Nähe von Cusco, oder?«

»Stimmt.« Túpac sah ihn interessiert an. »Woher wissen Sie das?«

»Ein gemeinsamer Bekannter hat es mir erzählt. Er war es auch, der mir verraten hat, wo ich Sie finden kann. Hemmschneider. Von Santa Cruz. Galapagos.«

»Hemmito? Großer Gott! Wie haben Sie den denn kennengelernt? Der verlässt sein Haus doch schon seit Jahren nicht mehr.«

»Stimmt. Außer, er sieht einen Fremden in seinem Hof herumlaufen. Dann ist er ganz schnell draußen.«

»Das glaube ich gerne!« Túpac lachte. »Ich stelle mir gerade vor, wie er Ihnen den alten Wallenstein auf den Hals gehetzt hat. Und wie das ausgegangen ist. Sehen Sie deshalb so aus?« Túpac deutete mit dem Zeigefinger auf seinem eigenen Gesicht Siebeneisens beeindruckende Pflastersammlung an.

»Die? Nee, die stammen von einem Kaktus. In den ich gefallen bin. Als mich eine…« Siebeneisen merkte, wie blöd das klänge, wenn er jetzt von der Riesenschildkröte erzählen würde, wo doch sein Gesprächspartner gerade eben erst von dem Ozelotangriff erfahren hatte. »Egal… Ich kenne Hemmschneider jedenfalls von seinem Hof. Er hat mich dort gestellt, als ich mir einen Stein angesehen habe. Den hat er selbst behauen, mit Hammer und Meißel. Ich war aber davon ausgegangen, dass es sich um den Grabstein des letzten Inkaherrschers handelte. Und dass sich irgendwo unter dem Stein Atahualpas Mumie finden würde.«

»Atahualpas Mumie? Sie suchen Atahualpas Mumie?« Das Lächeln aus Túpacs Gesicht verschwand im Bruchteil einer Sekunde. Siebeneisen sah in eisgraue Augen, die ihn zu durchleuchten schienen.

»Ja, so ist es. Ich bin Teilhaber einer Agentur, die sich auf so etwas spezialisiert hat. Auf das Finden eigentlich nicht auffindbarer Gegenstände. Oder…« Siebeneisen merkte, dass er eine Mumie vielleicht nicht gerade als einen Gegenstand bezeichnen sollte. »… oder Dingen eben. Wir verfolgen gerade eine Spur, die uns zu dieser Mumie führt. Hoffen wir zumindest.«

»Zur Mumie des letzten Inkaherrschers?«

»Ich glaube, ich sollte Sie erst einmal beruhigen.« Siebeneisen ahnte, woher der plötzliche Stimmungswandel Túpacs kam. »Wir verfolgen keinerlei kommerzielle Interessen. Einen Fund würden wir selbstverständlich sofort ordnungsgemäß melden, damit die Mumie einen Platz in einem Museum findet. Natürlich in dem Land, in das sie gehört«, fügte er noch schnell hinzu. Und konnte beobachten, wie sich die Muskeln im Gesicht des Chocolatiers allmählich wieder entspannten.

»Dann sind Sie… Wissenschaftler?«

»Nun ja. Eher nicht. Zumindest bin ich kein Grabräuber. Und

auch kein Antiquitätenhändler. Da brauchen Sie sich keine Sorgen zu machen.«

Túpac sah ihn ernst an. Nicht mehr so durchdringend wie gerade eben, aber immer noch ernst. »Wissen Sie… meinem Volk ist alles genommen worden. Die Konquistadoren haben damals innerhalb weniger Wochen so gut wie alle unsere Kunstwerke eingeschmolzen. Und was sie nicht zu Goldbarren gemacht haben, wurde nach Spanien verschifft. Man kann sich wahrscheinlich nicht vorstellen, wie viel unseres Erbes allein auf dem Meeresgrund liegt, in den Wracks gesunkener spanischer Galeonen.«

»Ja. Ich weiß. Deswegen kann ich gut verstehen, dass Sie so reagieren. Aber es geht uns wirklich nicht um Geld. Wir fänden es nur wichtig, wenn die Mumie Atahualpas nicht irgendwo einfach so herumliegen würde. In einem Museum – möglicherweise in einem speziell für sie erbauten – hätte sie doch eine ganz andere Bedeutung für die Nachfahren der Inka.«

»Sie wissen, was man über mich und meine Familie sagt? Und über die anderen, die im Dschungel von Vilcabamba leben?«

»Ja, Hemmschneider hat mir das erzählt.« Siebeneisen sah Túpac in die Augen. »Glauben Sie selbst denn daran? Glauben Sie, dass Sie Inka sind? In einer reinen, einer direkten Linie?«

Túpac schaute an Siebeneisen vorbei in die Dunkelheit des Nebelwaldes. Für einen Moment schien sein Blick jegliche Konzentration zu verlieren, als sei seine Aufmerksamkeit ganz und gar auf etwas gerichtet, das nur er selbst sehen konnte. »Ich weiß es nicht«, sagte er dann, »ich weiß es nicht. Kann man so etwas fühlen? Spüren? Als ich mich damals verlaufen habe, war ich erst fünf. Ich konnte nicht erklären, wo ich herkam, und niemand wusste von der Existenz meines Dorfes. Also hat mich auch niemand dorthin zurückgebracht. Erst als man es sozusagen wiederentdeckt hat und ich die Bilder im Fernsehen sah, erkannte ich es. Das war aber etliche Jahre später. Ich war schon ein junger Mann.«

»Sind Sie zurückgegangen?«

»Sofort, am nächsten Tag. Meine Eltern waren außer sich vor Freude. Niemand hatte gedacht, dass er mich je wiedersehen würde. Kurz darauf sind wir dann umgezogen. Wir durften nicht in unserem Ort bleiben, weil unser Ort plötzlich eine archäologische Sensation geworden war.«

Túpacs Blick schweifte erneut weg von seinem Gesprächspartner hinein in den Wald, was Siebeneisen die Gelegenheit gab, eine Reihe kleiner Mücken zu erschlagen, die sich in der Nähe seiner Pflaster niedergelassen hatten. Merkwürdigerweise schien ihr plötzlicher Tod ganze Nachschubschwärme anzulocken. Siebeneisen wedelte jetzt mit beiden Händen vor seinem Gesicht herum. Der bezaubernde Duft des nächtlichen Nebelwaldes war ihm mit einem Schlag völlig egal. Stattdessen kam von irgendwoher der Gedanke in sein Bewusstsein geschlichen, dass der Mensch an Orten wie diesem eigentlich nichts verloren hatte. Dass die ach so hochentwickelte Spezies *homo sapiens* am Ende nichts weiter war als eine von Millionen Arten in der großen Verwertungskette der Natur.

»Und wieso haben Sie auf Galapagos gesucht?« Túpacs Worte holten Siebeneisen in die Gegenwart zurück. »Auf einer Inselgruppe mitten im Meer? Denken Sie nicht, dass die Idee ein wenig abseitig war?«

»Ähm, ja. Jetzt. Jetzt denke ich das auch. Aber wir hatten einen Hinweis. Eine Landkarte. Nein, eigentlich nur eine Skizze. Wir dachten, sie zeige Galapagos. War aber wohl nicht so.«

»Bestimmt nicht. Die Inka liebten den Wald. Sie fühlten sich nicht wohl in weiten, offenen Flächen. Die Vorstellung, wochenlang auf dem Meer unterwegs zu sein, war für sie sicherlich keine angenehme. Ich glaube nicht, dass je jemand daran gedacht hat, so weit hinauszufahren.« Túpac schien nachzudenken. »Bis auf ein oder zwei Ausnahmen vielleicht. Sie haben bestimmt gehört, dass man Scherben von Inka-Gefäßen auf den Inseln gefunden hat, oder? Möglicherweise gab es ja tatsächlich Expeditionen dorthin. Aber eine Herrschermumie? Kann ich mir nicht vorstellen.«

Sie schwiegen einen Moment, zwei Männer in ihrer eigenen Gedankenwelt. Aus dem Wald strömten die Geräusche der Nacht. Auf- und wieder abschwellendes Summen und Sirren, Tschilpen und Rufen und Schreien und Keckern, Knistern und Knacksen und stetiges Tropfen. Es war, als erwache der Nebelwald erst jetzt, in der schwarzen Dunkelheit, allmählich zum Leben.

»Haben Sie die Skizze bei sich? Dürfte ich sie sehen?«

»Aber klar. Sie ist im Zimmer. Ich hole sie schnell.«

Siebeneisen verließ die Aussichtsplattform und ging in sein Zimmer, um die Skizze zu holen, die er vor einer halben Ewigkeit im Canyon der Alten von der Felszeichnung gemacht hatte. Als er zurückkam, stand Túpac noch immer am Geländer und sah hinaus in den Dschungel.

»Hier. Das ist sie.«

»Danke.« Túpac hielt die kleine Zeichnung ins Licht. Er sah sie länger an. Dann gab er sie Siebeneisen zurück. »Ich kann Ihnen leider nicht sagen, was das darstellt«, sagte er. »Aber ich kenne Leute, die das möglicherweise wissen. In meinem Ort, in den Ruinen, da gibt es eine sehr ähnliche Zeichnung. Sie ist in einen alten Quader geritzt. Ich habe jahrelang nicht mehr an sie gedacht, bin mir aber sicher, dass es die gleichen Symbole sind. Ganz bestimmt. Wenn Sie auf Ihrer Suche weiterkommen wollen, reisen Sie am besten nach Peru. Nach Ancaquiaro. Das ist der Ort, in dem mein Vater jetzt lebt. Besuchen Sie ihn. Ich gebe Ihnen die Adresse. Er wird Ihnen weiterhelfen können.«

32

AM RIO GRANDE, TEXAS.

Das war ziemlich doof, dachte Serg. Warum ging das alles so durcheinander? Gerade eben hatte dieser Moosbichler davon erzählt, wie er seinen ersten Bison gejagt hatte, und gleich im Anschluss schrieb er über seine Ankunft in New York, mit dem Schiff. Das passte doch alles so nicht! Als ob er vom Lagerfeuer in der Prärie ganz krass in einer Zeitmaschine in die eigene Vergangenheit zurückgeschleudert worden sei. Machte der das absichtlich so? War das irgend so eine komische Kunstform, dieses ständige Hin und Her?

Serg wollte eigentlich nur wissen, wie die Sache mit dem Gold weiterging. Der Moosbichler hatte nämlich erzählt bekommen, wo der Schatz der Inka versteckt war. Das heißt: Er hatte es erzählt bekommen, aber dann leider wieder vergessen. Konnte sich nicht mehr an den Ort erinnern. Nannte ihn auch nicht Schatz, sondern – wie nochmal gleich? Vermächtnis? Ja, genau. Scheißintellektuellensprache, dachte Serg. Er nahm Razzos merkwürdig bemalten Schuhkarton vom Boden und holte das Heft mit den Ketchupflecken heraus. Zach hatte im Diner die Flasche umgeworfen, als er so sauer geworden war.

»Die Zeit spielt mir Streiche es wird immer schlimmer. Vieles fellt mir nicht mehr ein, was ich gestern noch unvergesslich zu wissen klaubte. Seit mehreren Tagen schon versuche ich mich an den Namen

des Ortes zu erinnern, den mir Zittrige Lanze damals gennannt hat, als er vomm Vermechtnis des letzten Inka sprach. Der Ort, auf den die Karte im Canyon weist! Mit A begann er, so viel weiß ich noch. Und drei weitere A waren im Namen. Er kommt mihr nicht mehr in den Sinn!«

Serg hatte versucht, die Fortsetzung dieser Passage zu finden. Die Stelle, an der Moosbichler besagter Ort möglicherweise wieder eingefallen war. Auf den nächsten Seiten des Heftes aber schrieb er lang und breit über seine Abreise aus Bayern und die Schiffspassage nach Amerika. Das spielte alles viel früher und hatte nichts mit der Schatzsuche zu tun. Und dann ging es anschließend wieder komplett anders weiter, mit irgendwelchen Beschreibungen von Amsteldammt oder wie diese Stadt in Deutschland hieß. Serg war verzweifelt.

»Kennt jemand von euch einen Ort, der mit A anfängt und dann noch drei A hat?«, fragte er in die Runde. »Also vier insgesamt? Ein Ort mit vier A?«

Er bekam keine Antwort.

Nach einer Nacht im Auto saßen Serg, Zach und Razzo auf der Veranda der Trading Post und warteten auf einen Mann namens Pershing. Zach vermutete, dass dies nicht sein richtiger Name war. Garantiert ein Pseudonym, dachte er und sah die schmale Piste hinunter, die vom Parkplatz der Trading Post durch das trockene Gras nach Süden lief und dort zwischen zwei Hügeln verschwand, so heißt doch kein Mensch, und erst recht kein Mexikaner. Dieser Pershing war ein Bekannter eines Mannes, mit dem Zach am Vorabend auf der Veranda ins Gespräch gekommen war. Er hatte zufällig beobachtet, wie der Typ zwei Bikern kleine Päckchen zugeschoben hatte und ihn kurz darauf angesprochen. Nein, er wolle keinen Stoff, hatte er ihm gesagt, er brauche Papiere. Pässe. Der Typ hatte telefoniert und anschließend erklärt, dass Pershing auf dem Weg sei. Er könne ihnen helfen, an neue Papiere zu kommen. Neue Identitäten, mit denen sie in Mexiko untertauchen konnten. Zach hatte ihre Reisepässe neben sich auf dem Boden liegen. Er war bereit. Jetzt musste Pershing nur noch auftauchen.

Am Vorabend, beim Bezahlen, war Zach auf die Idee gekommen, die U.S. of A. schon hier, in diesem Kaff, zu verlassen. Nicht erst in El Paso, wie er das eigentlich geplant hatte. Wenn sie in El Paso über die Grenze gingen, würde ihre Ausreise registriert werden. Logisch, das war so, da saßen Grenzbeamte der USA, die täglich tausende Menschen kontrollierten. Irgendein Uniformierter würde ihre Pässe scannen und die Daten auf einer Festplatte ablegen. Dort warteten sie dann darauf, dass sich irgendwann möglicherweise irgendwer für sie interessierte.

Genau das war der Punkt. Irgendwann, wenn er bis dahin keine Spur von ihnen entdeckt hatte, würde Frank nämlich auf die Idee kommen, einen seiner Leute im Innenministerium anzurufen. Irgendeine kleine Nummer, jemanden, der ihm möglicherweise einen Gefallen schuldig war. Der wiederum würde selbst bei einem oder zwei Leuten anklopfen. Und kurz darauf würde Frank wissen, dass seine drei flüchtigen Angestellten an dem und dem Tag um die und die Uhrzeit die USA verlassen und nach Mexiko eingereist seien. Zach glaubte zwar nach wie vor nicht, dass Franks Einfluss bis in den Nachbarstaat reichte. Trotzdem hatte er sich am Vorabend nicht wohl gefühlt bei dem Gedanken. Dieser Pershing sollte ihnen neue Papiere besorgen. Mit denen würden sie dann von hier aus über die Grenze gehen. So bald wie möglich. Offiziell würden sich er, Razzo und Serg damit natürlich weiterhin in den USA aufhalten. Wo Frank sie allerdings niemals finden würde.

»Will sonst noch jemand 'ne Limo?«

Zach versuchte, aus seinem Schaukelstuhl zu kommen. Wieso fiel bei diesen Stühlen der Sitz derart schräg zur Rückenlehne ab, dass man aus eigener Kraft und ohne fremde Hilfe kaum wieder auf die Beine kam? Wer baute so was? Und wieso half ihm nicht jemand, wenn er schon ständig Getränke organisierte? Zach sah zu den anderen hinüber. Serg blätterte geistesabwesend in seinen Wild-West-Heftchen, Razzo fuhr beim Lesen mit dem Zeigefinger die Zeilen entlang und formte dabei lautlose Worte. Der alte Mexikaner mit dem Zapatabart am anderen Ende der Veranda hatte sich den Hut in die Stirn gezogen und schien zu schlafen. Aus dem Innern der Trading Post drang Musik. Zach erkannte Jason Isbell, »Goddam Lonely Love«, einen seiner absoluten Lieblingstitel. Wenn er nicht so unruhig gewesen wäre, hätte er mitgesungen.

»Du? Boss?« Razzo sah zu Zach, der noch immer im Schaukelstuhl hing. Er drückte die Kuppe seines Zeigefingers fest auf die Seitenstelle, zu der er gekommen war. Es sah aus, als wolle er die Worte dort an der Flucht hindern.

»Hm.«

»Wegen Jenn. Also … Das war nicht so, denke ich.«

»Jenn?« Zach hatte sie komplett vergessen. Razzos Ex. Die vom Eröffnungsabend im San Pio. Cocktailkleid, Strapse, Aussehen wie eine einundzwanzigjährige Hostess aus Estland. Jetzt ließ sie sich von Frank knallen, das war 'ne andere Nummer. Zach musste an Beine denken, an lange Beine, an Samt und Seide und viel Haut. Er verscheuchte die Details, bevor sie sich zu einem Gesamtbild vereinen konnten.

»Was war nicht so mit Jenn?«

»Dass sie und Frank, dass die beiden. Du weißt schon.« Razzo hielt noch immer seinen Zeigefinger in das Heft. Er lächelte.

»Dass die beiden? Aha. Und woher willst du wissen, dass es

nicht so war?« Zach rutschte in seinen Stuhl zurück und positionierte seine Beine rechts und links der Sitzfläche. Vielleicht kam er so besser hoch.

»Sie hat's mir gesagt. Jenn. Sie hat es mir gesagt.« Razzo strahlte.

»Sie … Sie hat es dir gesagt?« Zachs Muskeln versteiften sich. Ein merkwürdiges Gefühl zwängte sich zwischen die Schaukelstuhllehne und seinen Rücken und krabbelte flink hinauf Richtung Nacken. »Wann hat sie dir das gesagt?«

»Gestern.«

»Gestern?«

»Ja. Am Telefon. Ich hab sie angerufen.«

Zach war schneller auf den Beinen als ein texanischer Campingplatztoilettenbesucher beim Anblick einer Klapperschlange zwischen sich und der Klotür. »Du hast was getan? Du hast sie angerufen?«

»Äh, ja. Hier gibt es ein Funknetz. Hätte ich ja nicht gedacht, so mitten in der Wüste. Zwei Balken. War deutlich zu verstehen, die Jenn.«

»Scheiße!« Innerhalb von Sekundenbruchteilen war sich Zach über die Konsequenzen des eben Gesagten im Klaren. Razzo ruft seine Ex an, Frank bekommt das mit und verfolgt den Anruf. Dazu brauchte er noch nicht einmal einen Kontakt, das ließ sich mit einer einfachen Software von jedem Laptop aus machen. Scheiße! Anschließend musste Frank bloß ein paar Leute in Houston alarmieren, oder drüben in El Paso. Dann konnte er sich zurücklehnen und in aller Seelenruhe abwarten, bis seine Typen Vollzug meldeten. »Wann hast du sie angerufen? Wann?« Zach zwang sich, ruhig zu bleiben. Nicht wieder so ein Ausbruch wie neulich im Diner. Bleib ruhig, sagte er sich, bleib einfach ganz ruhig.

»Gestern, Boss.« Razzo sah ihn an. Er lächelte noch immer. Weil er noch immer nicht erkannte, was er da sagte, dachte

Zach, das würde noch ein paar Minuten dauern, bis das da oben in diesem Schädel ankam.

»Wann gestern?«

»Gestern Abend. So um neun vielleicht. Die Jenn war gerade beim Abendessen. Deswegen hatte sie nicht allzu viel Zeit.«

Garantiert nicht, dachte Zach. Vor allem, weil sie Frank nicht zu lange allein im Restaurant sitzen lassen wollte. Er wird sie sofort gefragt haben, mit wem sie telefoniert hatte. Gestern Abend um neun, überlegte Zach. Das war fast zwölf Stunden her. Franks Leute konnten jeden Moment hier sein. Zach ergriff Panik. Sie konnten nicht länger auf diesen Pershing warten. Sie mussten aufbrechen. Jetzt, sofort, ohne die neuen Papiere. Sie mussten ganz schnell weg von hier.

»Packt eure Sachen!«, rief Zach den beiden zu, als er zum Auto hinüberlief, »packt eure Sachen und kommt. Wir müssen los!«

»Aber… wir wollten doch…«, sagte Serg.

»Nicht so schnell, Boss…«, meinte Razzo.

»Einen Ort mit vier A, der auch mit A beginnt?«, fragte der alte Mexikaner, der offenbar aufgewacht war und mit seinem Kreuzworträtsel begonnen hatte. »Weiß ich. Ihr sucht… hey, Amigos! Wollt Ihr das nicht wissen? Amigos!«

Die Staubwolke, die das anfahrende Auto aufwirbelte, hüllte beinahe die komplette Trading Post ein. Auch den Mexikaner mit seinem Kreuzworträtsel.

33

CUSCO, PERU, ZWEI TAGE SPÄTER.

Die Echse sah aus wie Wallenstein. Schwefelgelbe Farbe, eiskalter Blick, eine Haut wie nach unzähligen Gran-Canaria-Sommerurlauben und lebenslangem Solarium-Abo, das alles stimmte. Bloß ging Wallenstein nicht auf zwei Beinen. Bloß trug Wallenstein keine leuchtendblauen Cowboystiefel. Und er konnte nicht reden.

Siebeneisen stand neben der Echse, die ihm aufgerichtet bis zur Brust reichte. Sie hatte den Kopf geneigt und zischelte beim Sprechen. Ihr zerknitterter Brustkorb hob und senkte sich schwerfällig bei jedem Atemzug, was aussah, als pumpe jemand mit einem uralten, verschrumpelten Blasebalg aus Leder. Zwischen den Sätzen tropfte Speichel aus ihrem Maul. Siebeneisen verstand, was die gestiefelte Echse ihm erzählte. Zumindest glaubte er, es zu verstehen. Sobald er aber über die Worte des Reptils nachdenken wollte, waren sie zu einem unverständlichen Brei aus Lauten geworden, als habe sie jemand durch eine Nudelmaschine gedreht. Vielleicht liegt das an der Lautstärke, dachte Siebeneisen, vielleicht ist es hier einfach viel zu laut, das ist die Musik, warum stellt die nicht mal jemand leiser? Er bemerkte, dass es sich um Pur handelte, der Sänger dilettierte gerade durch den Refrain von »Abenteuerland«, eines ihrer allerschlimmsten Stücke. Siebeneisen versuchte, »Macht das doch endlich leiser!« zu rufen, doch es gelang ihm nicht. Er blieb stumm, kein Laut kam ihm über die Lippen, er rief lauter, immer lauter, er schrie und hörte doch nichts. Die Echse, die aussah wie Wallenstein, lächelte ihn an. Die Musik schien sie nicht zu stören. Sie standen nebeneinander an einer Eichenholztheke, die aussah wie die im Fetten Hecht in Oer-Erkenschwick. Hinter dem Tresen arbeitete der Zweitprüfer aus Siebeneisens mündlichem Abitur. Er belegte halbe Brötchen mit Finkenfilets und grinste heimtückisch.

»Euer Essen ist gleich so weit«, sagte Django, »dauert nur noch einen kleinen Moment. Bis dahin habe ich aber leider ein paar Fragen für euch… Zettel raus, Name drauf!« Wallenstein kicherte, wobei ein Sprühregen Speichel über den Tresen flog und sich wie Kondenströpfchen auf die hochgedrehten Zapfhähne legte. Siebeneisen dachte noch so etwas wie »Nicht schlimm, gibt ja sowieso nur Flaschenbier«, aber damit wollte er sich nur ablenken, von den Finkenbrötchen und der Prüfung, sein Herz raste, immer schneller, eine eiserne Hand schien sich um seinen Brustkorb zu legen und zu drücken, unerbittlich zu drücken, und dann…

…und dann saß Siebeneisen aufrecht im Bett. Sein Atem ging flach und schnell; einen Moment lang hatte er keine Ahnung, wo er sich befand, wo dieses Bett stand, warum er in diesem Bett lag, nichts wusste er. Als ihm einfiel, dass er in Cusco war, Cusco in Peru, in einem Hotel in der Altstadt, kamen seine Kopfschmerzen um die Ecke und fielen über ihn her wie damals Pizarros Konquistadoren über ein Dorf wehrloser Amazonasbewohner. Siebeneisen stöhnte auf. Er kniff die Augen zusammen und ließ sich zurück auf sein Kissen sinken. Nur mit Mühe gelang es ihm, die schnappschussartigen Bilder aus dem Traum zu verdrängen, bevor sie sich festsetzen konnten.

Himmel, dachte er, wie konnte man nur so einen Schwachsinn träumen? Django! Wallenstein! Pur! Er versuchte, an Lawn zu denken, was in solchen Momenten meistens half. Dieses Mal nicht. Sein Kopf drohte zu explodieren. Außerdem hatte er auch im wachen Zustand das Gefühl, zu wenig Luft zu bekommen. So gut er konnte, konzentrierte er sich auf das Atmen. In der Ecke des Zimmers entdeckte er einen Schemen, der aussah wie eine große Echse auf zwei Beinen.

Siebeneisen hatte schon einmal mit der Höhenkrankheit zu kämpfen gehabt. Auf der Suche nach einem von Schattens Miterben war er durch den halben Himalaya marschiert, um den Mann über das Testament seiner verstorbenen Großtante zu informieren. Auch damals war Siebeneisen völlig unvorbereitet aufgebrochen, auch damals hatte es ewig gebraucht, bis er sich akklimatisiert und an den geringeren Sauerstoffgehalt in der großen Höhe gewöhnt hatte. Dabei waren Kopfschmerzen, Atemnot, Albträume und ein beschleunigter Herzschlag nur die harmlosen Komponenten von AMS, wie die Höhenkrankheit unter Bergexperten genannt wurde. Über die anderen wollte Siebeneisen lieber überhaupt nicht erst nachdenken.

Vor wenigen Stunden noch war alles in Ordnung gewesen. Sein Flug aus Quito nach Lima war ebenso angenehm ruhig verlaufen wie der Weiterflug nach Cusco. Was natürlich auch am Komfort der Business Class gelegen hatte. Wenn Wipperfürth und Schatten ihn nicht kontrollierten, würde er sich solche Reisen künftig so angenehm wie möglich gestalten, das hatte Siebeneisen längst beschlossen. Deswegen war er am Flughafen von Cusco auch nicht in einen der klapprigen Linienbusse gestiegen, sondern hatte sich von einem schweigenden Taxifahrer in die Altstadt fahren lassen. Túpacs Übernachtungsempfehlung entsprach genau seinem Geschmack. Das Hotel Monasterio war ein ehemaliges umgebautes Kloster aus dem späten 16. Jahrhundert mit geschmackvoll eingerichteten Zimmern. Von seinem Fenster aus konnte er hinunter auf die Plaza Mayor sehen, einen Platz, auf dem sich tagsüber halb Cusco zum Taubenfüttern zu treffen schien. An diesem trüben und dunstigen Nachmittag wurde er bereits von einer Reihe Straßenlaternen erleuchtet.

Er beschloss, einen kleinen Spaziergang zu unternehmen. Eigentlich hatte er sich auch nur kurz ausruhen wollen, nach dem Check-in. Da waren die Kopfschmerzen noch deutlich schwächer gewesen; er hatte gehofft, sie würden nach einem kurzen Nickerchen verschwunden sein. Waren sie nicht. Das hatte er nun davon, dachte er, da wäre er besser gleich auf Stadterkundung gegangen. Siebeneisen zog sich an, schloss sein Zimmer ab und verließ das Hotel.

Über dreihundert Jahre, von etwa 1200 bis zur Zerstörung durch Pizarros Konquistadoren Mitte November 1533, war Cusco die Hauptstadt des Inkareiches. Ihr Name bedeutete so viel wie »Nabel der Welt«, und es heißt, in beiden Amerikas habe es nichts Vergleichbares gegeben. Die spanischen Chronisten waren aus Madrid und Sevilla sicherlich einigen Prunk gewohnt. Sie schienen aber trotzdem überfordert, den Glanz Cuscos in ihren Aufzeichnungen einigermaßen realistisch zu beschreiben.

Die Inka verehrten die Sonne, *Inti*. Sie behaupteten, von ihr abzustammen und deshalb allen anderen Völkern überlegen zu sein. (Alle anderen Völker glaubten das auch, bloß die Spanier leider nicht.) Gold galt den Inka als Schweiß der Sonne, es hatte für sie keinerlei materiellen, sondern ausschließlich symbolischen Wert. Außerdem gab es mehr als genug davon; angeblich wurden aus den anderen Regionen des gewaltigen Reiches hunderte Tonnen jährlich nach Cusco gebracht. Dort verzierten Baumeister die Tempel mit dem Edelmetall, und in den Werkstätten der Stadt entstanden atemberaubende Kunst- und Kulturgegenstände. Gold war überall in Cusco, die Stadt musste gestrahlt haben wie die Sonne selbst, aber Pizarro machte mit alldem kurzen Prozess. Die Kunstschätze wurden zu transportablen Barren eingeschmolzen, Paläste und Tempel abgerissen. Aus den Steinen ließ er über den Ruinen der heiligen Inkastätten die ersten Kirchen der Stadt bauen. Innerhalb weniger Jahre war die Hauptstadt des Inkareiches nicht mehr wiederzuerkennen.

Fünfhundert Jahre später schleppte sich Siebeneisen keuchend durch gepflegte Kopfsteinpflasterstraßen. Während Cusco an den Rändern wie viele andere südamerikanische Städte in unschöne Industriegebiete und slumähnliche Viertel ausfranste, war das alte Zentrum faszinierend gut erhalten. Siebeneisen blieb mehrmals stehen, um sich umzusehen. Weil ihre Bewohner viel Zeit und Farbe für sie aufwandten, wirkten etliche historische Herrenhäuser wie Vorzeigemodelle aus einem Freilichtmuseum. Wahrscheinlich sahen sie heute besser aus als in jenen Tagen, als man den Kindern hier noch Gutenachtgeschichten von Großvater Fernandez erzählte, der damals in seiner komischen Rüstung aus einer fernen Welt herangesegelt war.

Siebeneisen wollte sich sämtliche architektonischen Überreste der Inka anschauen. Viele gab es da nicht mehr; Spanier, Feuersbrünste und Erdbeben hatten beinahe ganze Arbeit geleistet. In der Callejón de Siete Culebras, der Gasse der sieben Schlangen, entdeckte er auf mehreren Steinquadern alte Symbole. Vom legendären Sonnentempel standen noch einige kümmerliche Reste. Und in der Calle Hatunrumiyoc betrachtete er lange die Außenmauer eines ehemaligen Herrscherpalastes, die aus gewaltigen Steinblöcken zusammengesetzt war. Kein Stein war geformt wie der andere, jeder hatte unmögliche Ecken und Kanten und saß doch passgenau zwischen anderen Quadern, die ebenso unregelmäßig geformt waren. Die hohe Mauer wirkte wie ein gigantisches Geduldsspiel, das eine Bande Riesenkinder erfolgreich gelöst hatte.

Siebeneisen sah nach rechts und links in die Gasse, und als er niemanden entdeckte, legte er beide Hände auf die Quader und strich sanft an ihren Kanten entlang. Mit einer beinahe überwältigenden Intensität musste er plötzlich an Lawn denken. Fast schien es, als fühle er ihre Gegenwart durch den Kontakt mit den Steinen, als berührten die Finger seiner Freundin die gleichen Stellen zur gleichen Sekunde, in einer anderen Ära allerdings und in einer anderen Welt. Siebeneisen erschrak kurz, musste dann aber lächeln. Seit er Lawn kannte, hatte er aufgehört, über Dinge nachzugrübeln, die er sich sowieso nicht würde erklären können.

Das Knurren im Magen war da viel einfacher zu verstehen. Siebeneisen hatte seit dem Frühstück nichts mehr gegessen, und das war noch in der Nebelwaldlodge in Ecuador gewesen. So viel zu der anderen Zeit und der anderen Welt, dachte er, während er aus der engen Calle Hatunrumiyoc lief und sich an der nächsten Ecke nach einem Lokal umsah. Ein Stück die Straße hinunter entdeckte er ein beleuchtetes Schild, auf dem unter dem Schriftzug INTI die Silhouette eines alten Inkapalastes gezeichnet war. Das war genau richtig, dachte er. Etwas Einheimisches, Lokales, Peruanisches, ein bisschen Tradition, dazu ein oder zwei Bier, dann würde das schon werden mit den Kopfschmerzen. Erst als er näher kam, entdeckte er, dass da nicht INTI, sondern INDIA stand, der angebliche Inkapalast eine Maharadschafeste war und das peruanische Lokal ein indisches Restaurant. Na gut, dachte er, dann eben indisch.

Es standen mindestens fünfzig, vielleicht auch sechzig gedeckte Tische in dem Raum, den Siebeneisen betrat. Auf der linken Seite saß ein einsamer Gast unter einem Fernseher, in dem gerade *Sukravara alasi kobara* lief, ein junger Mann, vermutlich aus Europa oder den USA, der in einem Reiseführer las und seinen Rucksack neben sich auf einen der Stühle gestellt hatte. Sonst war niemand zu sehen. Inder mögen es gerne etwas ausladend, dachte Siebeneisen, der sich in der Weite des Raumes nicht für einen Tisch entscheiden konnte. Er setzte sich und stand wieder auf, weil er sich direkt unter eine gut funktionierende Klimaanlage positioniert hatte, er suchte sich einen anderen Tisch und entschied sich dann doch wieder um, als er registrierte, dass das Fenster unmittelbar hinter ihm gesprungen war und Cuscos kalte Höhenluft hineinzog. Der dritte Stuhl, auf dem er saß, stand dann so nah an der Küchentür, dass ihm diese mit Schwung gegen die Lehne krachte, als der Kellner erschien. Er trug einen pompös gewickelten Turban, der wie das Nest eines Lämmergeiers auf seinem Kopf thronte. Mit seinem dunklen Schnurrbart erinnerte er Siebeneisen an irgendwen. Der Kellner baute sich schweigend vor ihm auf und deutete ein Kopfnicken an.

»Könnte ich bitte die Karte sehen?« Siebeneisen hatte einen langen Moment abgewartet, ob außer dem Nicken noch etwas von dem Angestellten kommen würde.

»Entschuldigung, Sir, aber wir haben heute nur ein vegetarisches Tagesmenü?«

»Dann nehme ich wohl das vegetarische Tagesmenü.« Siebeneisen ignorierte die seltsame fragende Betonung und überlegte, ob und wo er den Kellner schon einmal gesehen hatte. Der Mann verschwand in der Küche und kehrte beinahe augenblicklich zurück. Offenbar war das vegetarische Tagesmenü bereits komplett fertig. Er verteilte es auf Siebeneisens Tisch: einen halben Küchenschrank voller kleiner Schalen und Schälchen mit diversen Currys, Chutneys und eintopfartigen Gemüsemischungen, alle in einer Konsistenz, die auch von zahnlosen Methusalemen problemlos verzehrt werden konnte. Ein würziger Duft stieg Siebeneisen in die Nase. Er wusste allerdings auch, dass er bei diesen Schalen und Schälchen besser vorsichtig war, schließlich war er schon einmal in Indien gewesen. Die Köche des Subkontinents waren bekannt dafür, ein sehr eigenes Verhältnis zu Schärfe entwickelt zu haben.

»Was davon ist denn scharf und was nicht?« Er zeigte auf die zwölf bis fünfzehn Schälchen, die mittlerweile vor ihm standen. Der Kellner war gerade dabei, einen Beistelltisch heranzurücken; offenbar kam da noch mehr.

»Scharf, Sir?«

»Ja, scharf. Was davon kann ich essen, ohne in Flammen aufzugehen?«

»Ist nicht scharf, Sir? Nicht scharf?«

Siebeneisen betrachtete den Kellner mit zunehmender Neugier. Auch die Art, wie er jeden Satz betonte, als sei er eine Frage, kam ihm merkwürdig bekannt vor. Die Mimik dagegen war sowieso typisch indisch. Wenn der Kellner eine Frage bejahte, machte er mit dem Kopf eine seltsam schlingernde Bewegung, die wie ein Nein aussah.

Siebeneisen sah kurz zu dem anderen Gast hinüber, der sein Tagesmenü offenbar unbeschadet überlebt hatte. Der junge Mann stopfte gerade ziemlich eilig seine Sachen in den Rucksack. Der Reiseführer fiel ihm herunter, aus dem Buch rutschten dabei Dutzende Notizzettel, Blätter und Prospekte und verteilten sich auf dem Boden. Er sammelte hektisch alles ein und verließ im Laufschritt das Restaurant. Siebeneisen vermutete, dass er einen Bus erwischen musste. Oder das Essen nicht vertragen hatte.

Er selbst nahm sich drei Löffel Reis und einen halben Löffel von dem Curry, das am unschuldigsten aussah, Kichererbsen mit Tomaten in einer cremigen Soße. Anschließend zog er eine

Schüssel mit Joghurt vom hinteren Ende des Tisches zu sich heran. Das hatte er bei seiner Reise nach Indien vor ein paar Jahren gelernt: Erwischst du ein zu scharfes Curry, lösch den Brand immer nur mit Joghurt – mit Wasser verteilst du ihn bloß. Er probierte. Es schmeckte erstaunlich mild. Er wartete einige Sekunden. In manchen indischen Gerichten zündete die integrierte Pyrotechnik erst mit Verzögerung. Wie bei diesem hier. Zuerst passierte nichts, dann immer noch nichts, dann aber begann es in Siebeneisens Mundhöhle zu brennen, und drei Sekunden später stand alles in Flammen. Er schaufelte hastig drei Esslöffel Joghurt hinter dem Curry her, aber natürlich kam diese Löschmaßnahme zu spät. Siebeneisen merkte, wie ihm Tränen in die Augen schossen. Rechts und links an seinem Schädel schien sich das Chili in die Aufhängungen des Unterkiefers zu fräsen. Sein Gesicht verzog sich zu einer Grimasse, mit der man wahrscheinlich kleine Kinder hätte erschrecken können. Siebeneisen schob das Curry an das andere Ende des Tisches.

Der Kellner kam aus der Küche. Er drapierte jetzt fünf verschiedene Sorten Brot auf dem Beistelltisch, wobei er jede Sorte namentlich vorstellte:

»Naan?

Chapati?

Roti?

Puri?

Und Appam?

Ich hole noch Luchi und Paratha?«

»Sagen Sie, haben wir uns schon einmal getroffen?« Siebeneisen glaubte mittlerweile nicht nur, den Kellner von irgendwoher zu kennen. Er hatte jetzt auch das Gefühl, das alles hier schon einmal erlebt zu haben, exakt so, wie es sich im Moment abspielte. Als sei das komplette Abendessen ein einziges Déjà-vu. Als sei er in seiner eigenen Vergangenheit gelandet.

»Sir? Ich glaube nicht, Sir? Es sei denn, Sie waren schon einmal bei uns? Wir sind schon über zwanzig Jahre für den Gast da?«

»Ach so. Dann muss ich mich wohl getäuscht haben.« Oder es ist die Höhenkrankheit, grübelte er, während er ein erstaunlich mildes Blumenkohlcurry zu seinem Reis aß, Sauerstoffmangel konnte ja auch angeblich dazu führen, dass man sich Dinge einfach einbildete. Deswegen hatte Reinhold Messner garantiert auch immer diese Yetis gesehen, wenn er in 6800 Metern Höhe herumspazierte.

Seine Kopfschmerzen waren während der letzten Minuten deutlich stärker geworden. Er musste an die frische Luft, dachte Siebeneisen, am besten schnell, am besten gleich. Er ließ sich die Rechnung bringen.

»Die Höhe, Sir?«, meinte der Kellner, als er sah, wie sein Gast sich an die Stirn fasste. Siebeneisen konnte sich gerade noch zurückhalten. Fast hätte er ihm ein »Ja, was denn sonst?« an den Kopf geschleudert, als er merkte, dass der Inder das mit der Höhe nicht gefragt, sondern lediglich festgestellt hatte.

»Ja, die Höhe, genau«, bestätigte er. Er legte einen passenden Geldschein auf den Tisch und stand auf. Der Kellner verbeugte sich.

Auf dem Weg zum Ausgang entdeckte Siebeneisen einen kleinen Zettel am Boden, den der andere Gast übersehen hatte, nachdem ihm der Reiseführer aus der Hand gerutscht war. Er hob die Visitenkarte auf. Sie gehörte einem gewissen Florian Paul aus Oer-Erkenschwick, der mittlerweile wahrscheinlich in einem Überlandbus nach Lima oder La Paz oder Santa Cruz saß.

Oer-Erkenschwick! Siebeneisen verspürte etwas, das er sofort als Heimweh identifizierte, einen feinen Stich, einen Schub Melancholie, eine Lage Wehmut auf seiner Seele. Wie klein die Welt doch ist, dachte er, während er eine Welle der Erinnerungen zurückzuhalten versuchte, die über ihn schwappen wollte. Einen Moment lang blieb er stehen und betrachtete die Visitenkarte. Dann war der Kloß im Hals weg, und Siebeneisen manövrierte sich zwischen all den feierlich gedeckten, leeren Tischen hindurch zum Ausgang. Er war so in Gedanken verloren, dass er ein gerahmtes Foto an der Wand übersah, auf dem sein Kellner in achtfacher Ausführung lächelte. »Von deinen Brüdern in Jodphur«, stand unter den absolut identisch aussehenden Männern, die sich vor dem Palast eines Maharadschas im nördlichen Indien versammelt hatten. »Wir vermissen Dich!«

Draußen war es mittlerweile bitterkalt geworden. Dass Cusco 3400 Meter über dem Meeresspiegel lag, machte sich nicht nur in Siebeneisens Schädel, sondern auch an der Temperatur bemerkbar. Er beschloss, trotzdem nicht auf direktem Weg zum Hotel zurückzulaufen, sondern einen Zickzackkurs durch die Altstadt zu nehmen. Morgen würde er nach Vilcabamba aufbrechen, und wer wusste schon, wohin ihn die Reise von dort führen würde. Gut möglich, dass dies heute Abend seine einzige Chance bleiben würde, sich ein wenig umzusehen.

Cusco gehört zu jenen Städten, in denen man sich schnell verlaufen kann, wenn man nicht aufpasst. Die meisten ihrer Straßenkarrées sind gleich groß und werden von beinahe identischen Geschäften gesäumt (in der für ihr Kunsthandwerk gerühmten Kolonialstadt sind das vor allem Läden mit raubkopierten PlayStation-Spielen, Läden mit raubkopierten PlayStation-Spielen und Läden mit raubkopierten PlayStation-Spielen). An den Kirchen kann man sich ebenfalls nicht orientieren, freundliche Hinweise wie »hinter der Kirche links« helfen nichts, weil es 64 sehr ähnlich aussehende Gotteshäuser gibt, hinter denen es nach links geht. Siebeneisen merkte all das nach einer halben Stunde, da stand er nämlich erneut vor dem indischen Restaurant. Er sortierte seine rudimentären Spanischkenntnisse und fragte ein altes Mütterchen nach dem Weg zum berühmtesten Gebäude der Stadt. Es befand sich gleich um die nächste Ecke.

Die Spanier hatten La Compania de Jesús ebenfalls auf den Grundmauern eines zerstörten Inkapalastes errichtet. In den Reiseführern stand, dass die Kirche der Jesuiten damals prunkvoller und schöner gewesen sei als die Kathedrale ein paar Straßen weiter, was zu einem wütenden Streit geführt hatte, den selbst der Papst am anderen Ende der Welt nicht wirklich schlichten konnte. So waren Eroberer, dachte Siebeneisen, kaum hatten sie die anderen niedergemetzelt, bekamen sie sich gegenseitig in die Haare. Die Kirche allerdings war tatsächlich prächtig. Zwei identische Türme flankierten den Eingang, am anderen Ende des Kirchenschiffes ragte eine Kuppel in den Himmel. Auf dem Platz vor dem Gebäude hatte sich eine Menschentraube um eine Gruppe Musiker versammelt, die aufspielten, als habe Tom Waits den Schneid südamerikanischer Militärmärsche entdeckt. Siebeneisen musste sofort an den Panflötenschmus denken, der sich in deutschen Fußgängerzonen gerne als typische Andenmusik gerierte. Wie oft am Tag erklang irgendwo dieses unsägliche »El Condor Pasa«, untermalt von sphärischen Klangteppichen aus dem Computer? Da war das hier doch schon etwas ganz anderes! Er stellte sich zwischen die Zuhörer und hörte gebannt mehrere Minuten lang zu. Als die Band fertig war, trat ein altes, blindes Paar in die Mitte des Kreises und sang mit zittrigen Stimmen eine herzzerreißende Ballade. Keiner der Zuhörer ging, ohne ein paar Münzen in den Hut der beiden zu werfen.

Auf dem Weg zu seinem Hotel kam ihm das abendliche Cusco vor, als habe ihm jemand den Ton abgedreht. Leere Kopfsteinpflasterstraßen lagen im Licht der Laternen, die sanft illuminierten Kolonialbauten strahlten goldfarben. In den engen Gassen schien ihn der Hall der eigenen Schritte zu überholen.

Dann stand er vor seinem Hotel und stellte fest, dass man ihm das Portemonnaie geklaut hatte.

34

SONNTAGS IM MASKIERTEN WASCHBÄR, NEW ORLEANS.

– *erste Sichtung März letzten Jahres*
– *Junge (11): Es hat in der Luft geflimmert!*
– *Ray Wydell (Sportlehrer): Ball ist weggerollt, ohne dass Schüler in der Nähe waren*
– *Hausmeister hört Säuseln in Umkleideräumen (defekte Klimaanlage?)*

Lawn las in der Datei, in die sie ihre Notizen eingegeben hatte. Sie konnte sich nicht konzentrieren. Vor einer guten Stunde war sie von einem Einsatz in den Bayous zurückgekehrt. Aus der Nähe von Houma, einer kleinen Stadt am Rande eines großen Nichts aus Sumpf und Brackwasser, die aussah wie aus *True Detective*. Der Schulleiter der South Bayou Elementary School hatte sie kontaktiert und behauptet, in der Turnhalle spuke es. In den vergangenen Monaten hätten immer wieder Schüler bei ihm vorgesprochen und von einem Schemen berichtet. Was der Schulleiter natürlich nicht ernst genommen hatte. Zuerst. Bis dann auch Lehrer und Hausmeister behaupteten, die Erscheinung bemerkt zu haben.

Und wie komme ich da jetzt weiter? Lawn hockte mit untergeschlagenen Beinen vor ihrem Laptop im Maskierten Waschbär, trank einen Cappuccino und versuchte, sich zu konzentrieren. Immer dann, wenn sie dachte, die Lösung fast greifen zu können, lenkte Bandito sie ab.

Der Waschbär saß am Tisch nebenan. Auf einem Stuhl, aufrecht, die Vordertatzen auf der Platte. Er aß Weintrauben. Bandito griff mit beiden Pfoten nach einer Traube und löste sie vorsichtig aus der Rebe. Er steckte sie ins Maul, ließ sie nach hinten rollen, zerdrückte die Traube mit dem Gaumen, kaute laut schmatzend und schluckte die Frucht schließlich. Erst dann, als wolle er jede Sekunde Geschmack auskosten, suchte er sich die nächste Frucht auf seinem Teller aus, die er genauso vorsichtig löste. Weintrauben waren Banditos Lieblingsmahlzeit. Er mochte sie noch lieber als die Shrimps aus Lawns Étouffée.

Banditos Schmatzen war nicht das einzige Geräusch, das Lawn immer wieder ablenkte. Am anderen Ende des Waschsalons war Frampton dabei, mit einem Messer Aufkleber des Kirchenchors Cäcilia Kleinbessersheim abzukratzen, die die Rentner an die Fenster gepappt hatten. Er war damit schon den ganzen Morgen beschäftigt. Tibbs half ihm. Das Mädchen mit dem Mireille-Matthieu-Haarschnitt trug zu Rock und Boots ein T-Shirt, auf dem *Jesus is my homeboy* stand. Die beiden waren mittlerweile ganz offiziell ein Paar. Frampton war zu schüchtern, darüber zu sprechen, aber nachdem Lawn die beiden eines Morgens auf einem Trockner überrascht hatte (nicht beide – nur Tibbs hatte auf dem Trockner gesessen, einen Stiefel noch am Bein, der andere am Boden, gleich neben Framptons heruntergelassener Jeans), hatte Frampton nicht weiter herumdrucksen können, sondern mit hochrotem Kopf erklärt: Ja, Tibbs und er, seit ein paar Wochen schon, wollte er längst auch schon gesagt haben. Er hatte dabei gewirkt wie ein Fünfzehnjähriger. Und wurde noch verlegener, als Lawn ihn umarmt und geküsst hatte.

Ansonsten war niemand im Waschsalon, bis auf eine hochgewachsene schwarze Frau mit Afro-Look-Frisur und strengen Gesichtszügen, die von einer gewaltigen pinkfarbenen Sonnenbrille aufgelockert wurden. Sie trug einen verwaschenen Jeansanzug mit Schlaghosen, möglicherweise ein Original aus den Siebzigern und wahrscheinlich mittlerweile unbezahlbar. Einige Minuten zuvor hatte ein anderer Kunde sich vor ihr verneigt und ihre Hand geküsst. Die beiden hatten kurz miteinander gesprochen, bevor der Mann mit seinem Wäschesack gegangen war. Jetzt hatte die Frau die Sonnenbrille nach oben in die Haare geschoben und starrte mit seltsam leerem Blick in die rotierende Wäschetrommel vor ihr, als befinde sie sich in einer Art Trance. Gut möglich, dass sie noch nicht einmal Mortimer bemerkte, der soeben zur Tür hineinkam und sie sofort registrierte. Doch wie immer sagte er nichts, zu niemandem, wie immer zog er schweigend sein Jackett aus, wie immer setzte er sich sofort ans Piano. Er begann zu spielen, »Voodoo Child« von Jimmy Hendrix, dessen Wah-Wah-Intro er auf den Klaviertasten imitierte, bevor er leise die ersten Zeilen sang.

»Wollen wir mal schauen, was Herrchen so treibt?« Lawn sah zu Bandito hinüber. Der Waschbär hatte soeben die letzte Weintraube verputzt. Jetzt blickte er mit einem verwunderten Gesichtsausdruck auf die zurückgebliebenen Stängel auf dem Teller, als könne er beim besten Willen nicht verstehen, wohin die Trauben verschwunden waren. Bei Lawns Worten spitzte er die Ohren, sprang von seinem Stuhl und ihr auf den Schoß.

»Du weißt ja, dass Herrchen mit Wippi nach Peru ist, oder?« Auch Lawn hatte sich angewöhnt, mit dem Waschbären wie mit einem Menschen zu reden. Nicht wie mit einem Erwachsenen, eher wie mit einem fünf- oder sechsjährigen Kind. Natürlich wusste sie, dass Waschbären die menschliche Sprache nicht deuten konnten. Manchmal aber, beim Anblick seiner Mimik oder den hochgestellten Ohren, hatte sie den Eindruck, dass Bandito mehr von dem verstand, als man glaubte.

»Warte, wir öffnen mal Wippis Fotos, da können wir sehen, wo die zwei sind.« Bandito schaute auf den Bildschirm, Lawn navigierte zu Wipperfürths Instagram-Account. Sie vermutete, dass Wipperfürth mit seinem aufgeblasenen Ego bei jeder sich bietenden Gelegenheit Schnappschüsse auf seine Seite geladen hatte. Mittlerweile folgten ihm drei andere Mitglieder der Fotocommunity. Sie äußerten sich niemals zu seinen Fotos, wurden von ihm in der Kommentarspalte aber detailliert über Motiv, Kameraeinstellungen und die künstlerischen Aspekte der jeweiligen Aufnahme belehrt.

»Schau mal, da ist Herrchen. Im Bus. Hier.« Lawn hatte die aktuellen Fotos gefunden. Sie vergrößerte das erste und zeigte es Bandito: Schatten im Bus, schlafend, den Mund weit aufgerissen. Hinter ihm war ein feixendes Kind zu sehen. Der Waschbär betrachtete das Foto regungslos. Er neigte lediglich nach einer Weile den Kopf, als würde er seinen Halter erkennen und bedauern. Lawn klickte weiter.

Das nächste Foto zeigte Wipperfürth. Ein Selfie, über das er irgendeinen Bearbeitungsfilter gelegt hatte. Die Farben leuchteten überzogen künstlich, die Aufnahme wirkte, als sei sie 1956 gemacht und bei der Entwicklung von einem Laborgehilfen im Säurebad vergessen worden, was Wipperfürth aber wahrscheinlich für eine eigene, unverkennbare Bildsprache hielt. Immerhin konnte man noch erkennen, dass das Foto an einer Tankstelle entstanden war. Ein Bus vor einer Zapfsäule stand da, ein paar Leute um ihn herum, Wipperfürth grinste in die Kamera und zeigte auf das Schild mit dem Literpreis, 543,99, um welche Währung auch immer es sich handelte. Bandito sah regungslos auf den Bildschirm. Lawn klickte sich durch die nächsten Fotos.

Schatten im Bus, immer noch schlafend, mit zwei Hühnern auf dem Schoß. Neben ihm ein Typ mit einer Art Sombrero auf dem Kopf.

Wipperfürth in Entdeckerpose, irgendwo im Nirgendwo.

Schatten im Bus, jetzt wach, mit zwei Säuglingen auf dem Schoß. Neben ihm ein Poncho. Beziehungsweise ein Passagier, der sich so in seinen Poncho gewickelt hatte, dass man ihn selbst nicht sah. Die Mutter der Säuglinge?

Wipperfürth mit dem Busfahrer, offenbar bei einer Diskussion, eine Straßenkarte in der Hand, den Zeigefinger dozierend erhoben.

Schatten im Bus, schlafend, mit zwei riesigen Meerschweinchen auf dem Schoß. Auf dem Sitz neben ihm ein Mensch, der noch dicker war als er und der seinen Kopf im Schlafen auf Schattens Schulter gelegt hatte.

Wipperfürth vor der geöffneten Motorhaube eines Busses, fachmännisch auf eine bestimmte Stelle zeigend, umringt von Einheimischen mit bunten Strickpudelmützen.

Schatten im Bus, schlafend und in seiner Tropenuniform, das Moskitonetz am Hut vor dem Gesicht, sieben oder neun grinsende Kinder vor, hinter und neben ihm, das V-Zeichen machend.

Wipperfürth mit Panflöte am Mund. Alle Umstehenden mit entsetztem Gesichtsausdruck.

Schatten im Bus, schlafend oder bewusstlos, mit einem Käfig Wellensittiche auf dem Schoß. Auf dem Sitz neben ihm vier übereinandergestapelte Autoreifen.

»Na, die sind ziemlich lange unterwegs, oder?« Lawn war am letzten der Fotos angelangt, das Wipperfürth erneut in Heldenpose zeigte. Dieses Mal spähte er hinab in eine Schlucht und schirmte dabei die Augen mit der flachen Hand gegen die Sonne ab. Der Bus war im Hintergrund zu sehen, offenbar mit einer Reifenpanne. So, wie es aussah, hatten die beiden ihr Ziel noch nicht erreicht.

Und Siebeneisen? Ihr Freund hatte sich ein paar Tage nicht mehr gemeldet. Das letzte Mal hatte er sie aus dem Nebelwald angerufen, da war er gerade von einem Ozelotjungen beschmust worden. Würden Wipperfürth und Schatten seine Reise planen, wäre Lawn nach drei Tagen Funkstille allmählich nervös geworden. Die beiden aber waren gerade zum Glück ausschließlich mit sich selbst beschäftigt, da drohte Siebeneisen keine Gefahr, so merkwürdig sich das anhörte. Wahrscheinlich war er längst in Vilcabamba und forschte nach dem Versteck der Mumie.

Lawn sah zu Bandito, der in ihrem Schoß eingeschlafen war. Wenn er auf dem Rücken lag und alle viere von sich streckte, sah er aus wie ein großes Murmeltier. Vorsichtig hob sie den Waschbären hoch, stand auf und legte ihn zurück auf den Stuhl. Er schlief tief und fest, seine Schnurrhaare zitterten mit jedem Atemzug.

»Frampton?« Lawn ging zu ihm hinüber. »Wo hast du denn die Kladden unseres Cowboys? Ich hab heute nix anderes vor. Würde gerne ein bisschen in denen lesen. Vielleicht finde ich ja was, das unsere Jungs weiterbringt.«

Frampton löste sich von Tibbs. Für einen Moment zumindest. »Die Kartons stehen hinter dem Tresen. Neben dem Wein aus der Pfalz. Müsstest du …« Der Rest des Satzes verschwand irgendwo zwischen Tibbs' Lippen. Bis auf wenige kleine abgezogene Fitzel pappten die Aufkleber noch immer an den Fensterscheiben.

Die nächsten Stunden versank Lawn in den Aufzeichnungen des bayerischen Cowboys. Sie las von Büffeljagden und Nächten unter dem endlosen Himmel der Great Plains, von langen Stunden im Sattel und der Einsamkeit, die den Bayern vor allem während der ersten Jahre fern der Heimat regelmäßig überfiel. Von seiner Frau Elisabeth in Philadelphia erfuhr sie, von skrupellosen Eisenbahnbaronen und Siedlern, die euphorisch im Planwagen Richtung Westen zogen und zwei Stunden später tot in der Prärie lagen. Lawn las die Geschichte des amerikanischen Westens aus der Sicht eines Einwanderers, in wilden Zeitsprüngen, aber ungemein fesselnd. Nur über den Verbleib der Inka-Mumie erfuhr sie nichts. Passagen, in denen Moosbichler von Zittriger Lanze berichtete, gab es nur sehr wenige. Und wenn es um seinen Kollegen in der Roadshow von Buffalo Bill ging, handelten die Einträge nur von Dingen, die für ihre Suche nach der Mumie keine Rolle spielten. Der Indianer schien ein besonderes Talent dafür gehabt zu haben, auf den Europatourneen Ärger auf sich zu ziehen. Mehrere Male hatte er sich bei Stadtrundgängen vor der Abendvorstellung verlaufen, ein anderes Mal war er von Polizisten in Irland verhaftet worden, weil er in voller Federschmuckmontur in einem Pub in der Duke Street erschienen war (Moosbichler glaubte, ein Ereignis wie dieses werde eines fernen Tages sicherlich einen Schriftsteller bewegen, zumindest eine Kurzgeschichte darüber zu schreiben). Einmal, schrieb Moosbichler, in Spanien, hatte Zittrige Lanze sogar die Abfahrt der anderen verpasst.

»Wir anderen haben das fiehl zu spät gemerkt. Unser Zuhg mit dem Zirkuszelt den Planwagen und den Kostümen befand sich bereits auf dem Weg nach Sevillja aber, Zittrige Lanze war noch immer in Madritt. Man muss Cody zugute halten das er keinen Aufwand schäute wenn es um einen seiner Männer ging. Im Sommer wenn wir in der Preerie, für die US-Kawallarie als Scouts unterwegs waren musste er manchen Lakota töten. Hier aber in Europa ließ er beim nächsten Halt des Zuges Pferde satteln. Im Gallopp ritten wir zurück in die Stadt wo wir, Zittrige Lanze im Gewahrsam der Pollizei fanden. Er hatte getrunken und brabbelte allerlei Unsinn den er offenbar, in den Spehlunken der Stadt aufgeschnappt hatte.

Los ocho dragónes, *daran kann ich mich bis heute erinnern, das rief er immer wieder, als Cody und ich ihn auf sein Ferd hoben,* Los ocho dragónes! *Wahrscheinlich war das ein spanischer Trinkspruch.«*

»Das sind alte Texte, oder?«

Lawn zuckte derart zusammen, dass ihr Moosbichlers Kladde aus der Hand fiel und Bandito im Stuhl neben ihr wach wurde. Die Afro-Amerikanerin im Jeansanzug stand schräg hinter ihr.

»Haben Sie mich erschreckt!«

»Oh, Entschuldigung. Das wollte ich nicht. Ich dachte, Sie hätten gemerkt, dass ich hinter Ihnen stehe. Tut mir leid!« Die Frau lächelte. Die pinkfarbene Sonnenbrille in ihren Haaren sah aus wie etwas, das man an Oktoberfestschießbuden als Trostpreis bekommt.

»Kein Problem. Ich war wohl ziemlich abgetaucht.« Lawn spürte, wie ihr Puls sich allmählich wieder beruhigte. »Ja, das sind alte Texte. Ein Einwanderer aus Deutschland hat sie vor langer Zeit geschrieben. Seine Memoiren sozusagen. Auf Deutsch und Englisch. Wenn man das liest, hat man das Gefühl, in eine längst vergangene Epoche zurückzukehren.«

»Sehr interessant.« Die Frau lächelte. Es war ein wissendes Lächeln, das Lawn seltsam irritierte.

Wer ist diese Frau?, dachte sie. Irgendwie kam sie ihr bekannt vor.

»Manche meinen, die Vergangenheit sei nie wirklich vergangen«, sagte die Frau jetzt. »Sie behaupten, unsere Vorstellung von der Zeit als etwas Lineares sei nicht immer und überall die einzige Möglichkeit. Diese Leute sind der Meinung, Vergangenheit, Gegenwart und Zukunft würden sich manchmal treffen. Verstehen Sie?«

»Ja, das verstehe ich durchaus.« Lawn hatte Mühe, dem Blick

der Frau standzuhalten. Irgendetwas ist mit ihr, dachte sie, irgendetwas hat sie an sich, und irgendwoher kenne ich sie auch. »Ich bin Lawn«, sagte Lawn, »Lawn Ribaud.« Sie reichte der Frau die Hand.

»Ich bin Epiphany. Epiphany N'gila«, antwortete die. »Die meisten Leute in der Stadt nennen mich Prinzessin Taraifa. Das kann man wenigstens gefahrlos aussprechen.« Sie lachte schallend.

»Freut mich«, erwiderte Lawn. Es fiel ihr kurz schwer, sich zu konzentrieren. Prinzessin Taraifa! Deswegen war ihr die Frau so seltsam bekannt vorgekommen – das war die berühmteste Voodoo-Priesterin der Stadt! Nach einem optischen Komplett-Make-over allerdings. Zuletzt hatte Lawn sie auf einer Party gesehen. Damals hatte die Prinzessin traditionelle afrikanische Kleidung getragen, in einem Sessel gethront und sich von ihren Anhängern die Fingerringe küssen lassen. Jetzt sah sie eher aus, als habe Quentin Tarantino sie für einen Gangsterstreifen gecastet, der 1972 in Harlem spielte und in dem es in erster Linie um Drogenhandel und Prostitution in Rollerdiscos ging, mit der Musik von Sly and the Family Stone als Soundtrack.

»Darf ich mir das mal ansehen? Ich habe ein Faible für alte Aufzeichnungen.«

»Aber natürlich. Bitte.« Lawn gab der Voodoo-Priesterin die Kladde. »Wir haben noch mehr davon. Viel mehr. Machen Sie es sich einfach bequem. Möchten Sie etwas trinken? Frampton hat ziemlich gute Weine aus Übersee im Angebot.«

»Nein, meine Liebe, nein, nein. Ich möchte mir das hier nur schnell ansehen. Ist das hier die Seite, die sie zuletzt gelesen haben?«

»Ja. Die. Warum fragen Sie?« Lawn war noch immer leicht beunruhigt. Es gab keinen direkten, eindeutigen Grund dafür, es war eher ein unbestimmtes Gefühl tief in ihr drin. Aber vielleicht war das ganz normal, wenn zwei Frauen aufeinandertrafen, von denen die eine besondere Wahrnehmungsfähigkeiten besaß und die andere … Ja, was denn eigentlich? Im Grunde wusste Lawn nicht viel über Prinzessin Taraifa. Sie kannte lediglich die Gerüchte. Es hieß, sie praktiziere eine milde, wohlwollende Form von Voodoo und habe sich darauf spezialisiert, chronisch Kranken zu helfen. Allerdings gab es auch Leute, die andere Dinge von ihr behaupteten. Auf jeden Fall war sie eine charismatische Persönlichkeit, dachte Lawn. Zum Beispiel jetzt, in diesem Moment. Die Prinzessin saß über Moosbichlers Notizheft gebeugt und schien gleichzeitig in einer anderen Welt zu sein. Ihr Oberkörper schaukelte vor und zurück, ihre Lippen bewegten sich lautlos, ihr Atem ging ruckartig. Und plötzlich endete all dies, und die Prinzessin kehrte zurück in den Maskierten Waschbär, wo auch immer sie gerade gewesen war.

»Ich habe Ihnen vorhin eine Weile beim Lesen zugesehen, meine Liebe«, sagte sie. »Dabei ist mir aufgefallen, dass sich Ihre Aura plötzlich komplett verändert hat. Als habe Ihr Unterbewusstsein etwas bemerkt. Nur Ihr Unterbewusstsein. Äußerlich wirkten Sie völlig unverändert.«

»Wirklich?« Lawn war fasziniert. Und ein wenig irritiert. Sie konnte sich nicht erinnern, bei irgendeiner Passage der Aufzeichnungen etwas gespürt zu haben. Jedenfalls nichts, was sie alarmiert hätte.

»Deswegen wollte ich das auch lesen.« Die Prinzessin nahm Moosbichlers Kladde vom Tisch. »Ich weiß nichts über diesen Cowboy, der das geschrieben hat. Aber ich habe auch etwas gespürt. Wie Sie, meine Liebe. Und ich bin mir sicher, dass es die gleiche Stelle war.«

Epiphany N'gila nahm Lawns Hände in ihre eigenen. »Ich weiß nicht, was es damit auf sich hat. Die acht Drachen haben zu mir gesprochen. *Los ocho dragónes*. Was immer Sie in der Lektüre dieses Mannes suchen: *Los ocho dragónes* sind die Lösung seines Geheimnisses!«

35

Cusco, Peru, einen Tag später.

Kaum stand Siebeneisen vor dem Schreibtisch, kamen ihm Zweifel.

War das hier wirklich eine so gute Idee?

Hätte er das nicht anders lösen können?

Wäre es nicht besser gewesen, mit diesen elenden Kopfschmerzen im Hotel zu bleiben? Und von dort aus die Deutsche Botschaft in Lima anzurufen und die Sparkasse Oer-Erkenschwick, damit die seine Kreditkarte sperrte?

Musste er wegen eines gestohlenen Portemonnaies wirklich in eine südamerikanische Polizeistation hineinspazieren? Und dann auch noch in eine, in der jeder aussah wie herausgezoomt aus einem düsteren Südamerika-Polit-Thriller von Costa-Gavras?

Der wachhabende Offizier – Siebeneisen war sich sicher, dass der Mann eine Armeeuniform trug, keine der Polizei, aber was wusste er denn schon? – hörte sich regungslos an, was sein Besucher zu berichten hatte. Ein großes Formular lag vor ihm auf dem Tisch. Er stellte die üblichen Fragen: Name, Nationalität, Alter, welches Hotel, welche Straße, Grund der Anzeige, wer, wo, wann? Siebeneisens Antworten trug er mit größter Sorgfalt zeitlupenhaft in das Formular ein. Anschließend las er sich alles, was er geschrieben hatte, sehr genau durch, als könnten sich tatsächlich Fehler im notierten Geburtsjahr oder bei »Hotel

Monasterio« eingeschlichen haben. Einen Augenblick bitte, sagte er schließlich und verschwand hinter einer Tür.

Siebeneisen versuchte, seine Kopfschmerzen zu ignorieren, das Dröhnen und Drücken in seinem Schädel, und den anderen Polizisten im Zimmer gleich mit. Der saß bewegungslos hinter dem zweiten Schreibtisch und hatte offenbar beschlossen, Besucher vorsichtshalber mit Blicken festzunageln, nur für den Fall, dass sie es sich anders überlegten. Am anderen Ende des Raumes untersuchte ein Mann in einer Art Paradeuniform seine Fingernägel. Niemand sprach. Alle sechzig Sekunden rückte der Zeiger einer Uhr mit einem lauten Geräusch zwei Millimeter vor. Eine dicke Fliege rammte ihren Kopf gegen die Fensterscheibe, immer wieder, fiel hinunter, rappelte sich auf, flog erneut gegen die Scheibe, fiel wieder auf die Fensterbank. Siebeneisen musste an die Eröffnungsszene eines berühmten Westerns denken, dessen Namen ihm nicht einfallen wollte. Der, der an einem Bahnhof begann. In dem der Junge mit der Mundharmonika spielte.

Und dann zerriss ein lautes »*Buenos dias!*« die Stille, und eine uniformierte Frau betrat den Raum. Der Kollege hinter dem zweiten Schreibtisch entließ Siebeneisen augenblicklich aus den Fesseln seines Blickes. Der Mann in der Paradeuniform nahm Haltung an und salutierte. Die Fliege fiel nach einem letzten Rammstoß auf die Fensterbank, rappelte sich auf und drehte sich auf ihren sechs Beinen so, dass sie in den Raum sehen konnte. Es hätte bloß noch gefehlt, dass der Zeiger der Uhr stillgestanden hätte. Der aber rückte nach kurzen Schrecksekunden dann doch mit lautem Geräusch wieder zwei Millimeter vor, was auch Siebeneisen aus seiner kurzen Schockstarre riss.

»Mein Name ist Felicitas Almeida«, sagte die Frau und drückte Siebeneisen zur Begrüßung die Hand. Sie sah aus, als präsentiere sie ihre Uniform normalerweise auf Laufstegen, als Teil der neuen Herbstkollektion von Dolce&Gabbana vielleicht, Prêt-à-porter-Military-Look oder etwas in dieser Richtung. Völlig perplex folgte Siebeneisen ihr in ihr Büro, nachdem er ihr mitgeteilt hatte, dass sein Name, nun ja: Siebeneisen sei. Sie bat ihn, Platz zu nehmen. Vor ihr lag eine Mappe mit den Formularen, die ihr Kollege vorhin ausgefüllt hatte. Sie sah ihn an. Weswegen war er gleich nochmal auf die Wache gekommen?

Normalerweise hätte Siebeneisen bei dieser Frage darauf hingewiesen, dass er das eben bereits alles dem Kollegen geschildert habe und man das in dessen Formularen alles nachlesen könne, aber normalerweise wurde man solche Dinge auch nicht von Miss Peru gefragt. Also erzählte Siebeneisen, was es zu erzählen gab. Kopfschmerzen, Stadtbummel, Abendessen, Musik auf der Plaza, zurück zum Hotel, Geldbörse weg.

»Hm«, machte Felicitas Almeida.

»Ja, hm. Ich weiß schon. Auf der Plaza, oder?«

»Hmhm«, machte Felicitas Almeida. Sie zog ihre Augenbrauen nach oben, bis sie kurz wie die Silhouetten zweier Schwalben aussahen. Ihre Augen waren Spiegel. Ihr dezemberschwarzes Haar schimmerte im Licht, das durch ein kleines Fenster fiel.

»Hätte mir auch in der Kölner Fußgängerzone passieren können, ich weiß. Hätte mir überall passieren können. Portemonnaies gehören nun mal nicht in hintere Hosentaschen.«

»Hmhm«, machte Felicitas Almeida. Sie stützte ihr Kinn auf ihre zusammengefalteten Hände und sah dadurch noch ein Stück bezaubernder aus. Du Idiot, dachte Siebeneisen in diesem Moment, jetzt erzähl der das doch nicht alles. Das lässt dich doch noch dümmer erscheinen, als du dich sowieso schon angestellt hast. Er lächelte verlegen. Er wusste nicht so recht, wo er hinsehen sollte. Am einfachsten natürlich in die Augen gleich gegenüber, aber das konnte er nicht, das wollte er nicht, wieso saß er hier, wieso stellten die hier Kommissarinnen ein, die aussahen, als seien sie hauptberuflich Models für Dessous?

»Also. Ihr Geld und Ihre Papiere können Sie sich abschminken.« Zumindest inhaltlich holte ihn Felicitas Almeida im richtigen Moment auf den Boden der Tatsachen zurück. »Da brauchen wir uns keine Hoffnungen zu machen. Passiert hier übrigens ständig. Hatten Sie denn nicht einen Teil Ihres Geldes im Hotelsafe gelassen? Oder einen Teil Ihrer Papiere? Eine zweite Kreditkarte eventuell?«

»Äh also …« Siebeneisen hatte natürlich nicht. Obwohl so etwas natürlich in jedem Reiseführer stand. Und er so etwas dort natürlich gelesen hatte.

»So etwas steht eigentlich in jedem Reiseführer.«

Zum wiederholten Mal auf dieser Reise argwöhnte Siebeneisen, dass er manchmal laut aussprach, was er eigentlich nur denken wollte.

»Haben Sie denn wenigstens Kopien von Ihren Papieren gemacht? Von Ihrem Reisepass? Vielleicht eine digitale Kopie in der Cloud gespeichert? Oder sich selbst als E-Mail geschickt?«

Sie macht das mit Absicht, dachte Siebeneisen. Es gefällt ihr, wie ich mich winde. Sie hat Spaß dabei.

»Es klingt vielleicht so, als hätte ich Spaß bei dieser Art von Fragen. Wir haben hier aber eigentlich Wichtigeres zu tun, als uns um beklaute Touristen zu kümmern. Vor allem um jene, die ohne jegliche Vorsicht nachts durch die Stadt laufen und sich dabei sämtliche Papiere klauen lassen, also wirklich a-l-l-e Papiere. Und alle Kreditkarten. Und das komplette Bargeld.«

Siebeneisen beschloss, ein wenig kleiner zu werden. Langsam, ganz langsam, rutschte er an der Lehne seines Stuhles nach unten. Das mit den Dessous war überhaupt nicht mehr wichtig.

»Wir können die Deutsche Botschaft in Lima für Sie anrufen. Die kabeln Ihnen Geld, sobald Sie Ihre Identität überprüft haben. Die Kollegen draußen im Vorzimmer würden sich darum kümmern. Wie viele Sol haben Sie denn noch?«

»Acht.« Siebeneisen war mittlerweile gefühlt bis zum Boden gerutscht. »Ähm… eher fünf.« Das waren umgerechnet 1,40 Euro, dachte er. Er fühlte sich wie ein Achtjähriger, der zugeben musste, dass er von seinen zehn Euro Taschengeld 9,90 Euro verloren hatte. Sein Kopf stand kurz vor der Explosion oder fühlte sich zumindest so an.

»Ein bisschen was zum Essen und Trinken wird Ihnen das Hotel bestimmt leihen. Haben Sie Ihren Ausflug nach Machu Picchu denn schon bezahlt?«

»Machu Picchu?« Siebeneisen tauchte aus der Versenkung auf. »Wieso Machu Picchu?« Für einen Augenblick dachte er, die Kommissarin habe ihn verwechselt. Mit einem anderen Diebstahlopfer. Mit einem, das sich noch viel dämlicher angestellt hatte als er.

»Oh, Entschuldigung. Ich bin ganz selbstverständlich davon ausgegangen, dass Sie deswegen in Cusco sind. Um von hier nach Machu Picchu zu fahren.«

»Würde ich gern. Leider fehlt mir die Zeit. Ich muss in einen anderen Ort. Nach Ancaquiaro.«

»Ancaquiaro?« Zum ersten Mal sah die Kommissarin ihn interessiert an. »Was wollen Sie denn da?«

»Eine Verabredung. Ich will mich mit dem Vater eines Bekannten treffen.«

»Ach so.« Die Kommissarin nickte. Als sei es das Selbstverständlichste auf der Welt, dass ein beklauter Deutscher auf dem Weg in ein 180-Einwohner-Kaff in den Anden ist, um dort den Vater eines Bekannten zu treffen. »Haben Sie sich denn schon überlegt, wie Sie dort hinkommen wollen? Ist ein ganz schönes Stück von Cusco entfernt.«

»Ehrlich gesagt hatte ich noch keine Zeit, mir darüber Gedanken zu machen. Seit ich in Ihrer wunderschönen Stadt angekommen bin, bin ich froh, genügend Luft zum Atmen zu finden. Um den Bus nach Ancaquiaro wollte ich mich kümmern, wenn die Sauerstoffversorgung meines Gehirns wieder halbwegs gewährleistet ist.«

»Mit dem Bus werden Sie da kein Glück haben.« Die Polizistin lächelte. Wahrscheinlich stellte Sie sich vor, wie er sich gerade so fühlte, dachte Siebeneisen. Möglicherweise hatte sie irgendwo mal darüber gelesen, dass Fremde Probleme bekamen, wenn sie in der sauerstoffbefreiten Luft ihrer Heimatstadt herumlaufen mussten.

»Wieso? Fahren die nur an bestimmten Wochentagen?«

»Nein, die fahren gar nicht. Jedenfalls nicht nach Ancaquiaro. Aber ich mache Ihnen einen Vorschlag.« Die Kommissarin schloss die Mappe mit dem Fall Siebeneisen und legte sie auf den Stapel »Touristen, Diebstahl aus eigener Dummheit«. »Wir sind hier auf dem Revier auch für die Region Vilcabamba zuständig. Ich war da seit Ewigkeiten nicht mehr auf Streife. Wird mal wieder Zeit. Ich nehme Sie einfach mit. Morgen früh? Soll ich Sie gegen 7:30 Uhr im Hotel abholen?«

Felicitas Almeida war eine verbissene Autofahrerin. Als sie am nächsten Morgen vor dem Hotel Monasterio den Motor startete, legte sie beide Hände auf das Lenkrad des Jeeps und sollte sie in den kommenden Stunden nur dann dort wegnehmen, wenn sie hupen musste. Den Rest der Zeit hielt sie das Lenkrad umklammert wie etwas, das sie an der Flucht aus dem Polizeigewahrsam hindern wollte. Siebeneisen hatte die halbe Nacht wach gelegen und sich ausgemalt, über was er sich mit Miss Peru unterhalten würde auf der Fahrt nach Ancaquiaro. Jetzt stellte er fest, dass er ebenso gut überhaupt nicht neben ihr sitzen könnte, so sehr wurde er ignoriert.

Leicht nach vorne gebeugt und mit vor Anstrengung gerunzelter Stirn lenkte Señora Almeida den Jeep zwischen Schlaglöchern herum und durch Ziegenherden hindurch immer tiefer in die Berge hinein. Sie trug eine nachtblaue Uniform, die aus einer Hosenanzugslinie von Armani oder Yamamoto hätte stammen können. Obwohl der Tag trüb und das Licht milchig war, kniff sie die Augen zusammen. Siebeneisen hatte den Verdacht, dass sie kurzsichtig war, aber keine Brille tragen wollte. Aus Gründen.

Die Anden bilden gewissermaßen das Rückgrat des kompletten Kontinents; mit 7500 Kilometern zwischen Venezuela und dem südlichen Chile sind sie der längste Gebirgszug der Welt. Ihre majestätische Pracht ist selbstverständlich das logische Resultat von unvorstellbaren Kräften und unfassbar langen Zeiträumen, aber was zählen schon geologische Fakten in einem Land, in dem sich Geister mit ein paar Tropfen verschüttetem Tee besänftigen lassen und viele Menschen noch immer daran glauben, der Flug des Kondors kündige die baldige Rückkehr der alten Inkaherrscher an? Perus Berge sind heilig, sie sind Plätze religiöser Wunder und Orte mystischer Verklärung. Was die Straßenbauer leider nicht davon abgehalten hatte, die zwei, drei Straßen durch diesen Teil des Gebirgszuges niemals um einen Berg herum anzulegen, sondern immer auf der einen Seite hinauf und auf der anderen wieder hinunter. Siebeneisen hatte gelesen, dass auf einen peruanischen Gebirgsstraßenkilometer 19 Kurven kommen. Weil suboptimale Beläge, plötzlich auftauchende Laster sowie eine Straßenbreite von vielleicht drei Metern hinzukamen, war so eine kleine Spritztour für den Beifahrer nichts, bei dem er kontemplativ in die Landschaft hinausschauen konnte. Vor allem nicht auf Streckenabschnitten, an denen es unmittelbar neben der Straße lotrecht vierhundert Meter in die Tiefe ging.

Vor allem nicht mit einer Frau am Steuer, die alles in allem den Eindruck machte, als sehe sie vor der Windschutzscheibe maximal zehn Meter Piste.

Als sie vier Stunden beziehungsweise drei Leben später in Ancaquiaro hielten, kam Siebeneisen nicht aus dem Auto. Was nichts damit zu tun hatte, dass er sich innerlich leicht verknotet fühlte. Dass er die Tür nicht öffnen konnte, lag an den Kindern, die draußen an seiner Seite des Jeeps klebten. Der erste Fünfjährige, der ihr Auto am Ortseingang entdeckt hatte, war schreiend und lachend hinter ihnen hergerannt, und seine Freunde hatten sich ihm angeschlossen, und denen wiederum die halbe 3a der Grundschule Ancaquiaro in identischen Schuluniformen und dann überhaupt jedes Kind zwischen drei und dreizehn, und jetzt waren sie da draußen und forderten lautstark *Schoolpens!* oder *Money!* oder beides. Siebeneisen beschloss, erst einmal sitzenzubleiben. Felicitas kontrollierte ihr Aussehen im Rückspiegel und zog den Lippenstift nach. Während Siebeneisen nach ihrem halsbrecherischen Ritt aussah, als habe er gerade vier Fahrten mit der Wilden Maus auf der Herbstkirmes in Oer-Erkenschwick hinter sich, wirkte Miss Peru frisch und erholt wie nach zwei Stunden sonntäglicher Siesta.

»Ist das auch die Calle Emperador?« Er fischte den Zettel mit der Adresse aus der Hosentasche, die Túpac ihm aufgeschrieben hatte. »Hausnummer habe ich leider keine. Wird eher ne kleine Seitenstraße sein, denke ich.«

Felicitas ließ den Lippenstift in einer geheimen Tasche ihrer Uniform verschwinden. »Das hier …«, sagte sie und zeigte nach draußen, »ist die einzige Straße. Das hier ist Ancaquiaro. Seitenstraßen gibt es nicht. Hausnummern auch nicht. Kommen Sie, wir fragen nach dem Mann, den Sie suchen.«

Die Kommissarin öffnete die Tür. Siebeneisen wollte das

auch, schaffte es aber nicht wegen der Kinder, die jetzt mit ihren kleinen Fäusten gegen die Seitenscheibe trommelten und *Moneyschoolpenmoneymoney!* riefen. Als sie sahen, dass die Frau, die auf der anderen Seite ausstieg, eine Polizeimütze aufsetzte, verschwanden sie in Lichtgeschwindigkeit.

Siebeneisen hatte sich den Ort anders vorgestellt. Mehr wie Machu Picchu, dessen Ruinen auf einer Felskuppe inmitten eines sattgrünen Dschungels klebten. Ancaquiaro erinnerte eher an ein Kaff aus einem Italowestern mit Lee van Cleef: eine schnurgerade, staubige Hauptstraße, geduckte Lehmhäuser auf beiden Seiten, eine kleine Kirche, weiß gestrichen. In Ponchos und Tücher verhüllte Alte hockten schweigend vor den Häusern, eine Schweinefamilie lief grunzend über die Straße. Von irgendwoher kam Musik, ein Radio, das auf Mittelwelle eingestellt war und die dumpfen Signale eines Senders von wer weiß wo empfing. Es hätte auch 1927 sein können.

»Warten Sie kurz? Ich frage mal nach Señor Fernandez.« Die Kommissarin lief zu einer Gruppe verstaubter Großmütterchen hinüber, die mit den Rücken an der Hauswand auf dem Boden kauerten und ihr interessiert entgegensahen. Wahrscheinlich kam selten Besuch nach Ancaquiaro. Wahrscheinlich kam noch viel seltener Besuch, der aussah, als sei er auf dem Weg zu einem Fotoshooting. Siebeneisen stellte fest, dass seine Begleitung zur nachtblauen Uniform Schuhe mit hohen Absätzen trug. Das erklärte zumindest einige ziemlich ruckartige Schalt- und Bremsvorgänge während ihrer Fahrt in die Berge. Das zahnlose Grinsen der Alten erklärte es wahrscheinlich auch.

»Ich weiß, wo wir hinmüssen!« Die Kommissarin hatte dazu keine zehn Sekunden benötigt. Sie zeigte auf ein Haus auf der gegenüberliegenden Straßenseite und sagte etwas zu den Alten, die nun alle zu Siebeneisen hinübersahen. Zwei der Frauen begannen zu kichern. Wie kleine Mädchen hielten sie sich die Hände vor den Mund. Siebeneisen winkte ihnen zu, was das Gekicher noch verstärkte. Er beschloss, besser nicht zu ihnen hinüberzugehen.

»Ich schau schon mal, ob er zu Hause ist!«

»Ok! Sagen Sie einfach Bescheid, wenn Sie mich brauchen. Ich trinke einen Mate-Tee mit den *Chicas* hier!«

Hoffentlich haben die irgendwo einen Stuhl, dachte Siebeneisen noch, aber da hatte sich Felicitas Almeida in ihrem abendblauen Designerhosenanzug schon zu den Großmütterchen in den Staub gesetzt.

Hector Fernandez war ein kleiner, älterer Mann, den Siebeneisen auf Mitte Siebzig schätzte. Wie sämtliche anderen Einwohner von Ancaquiaro trug auch er einen Poncho, dessen Farbe den Ton des allgegenwärtigen Staubs angenommen hatte. Sein graues Haar war zu einem Zopf geflochten, der auf seinem Rücken bis hinunter zu den Hüften reichte. Sein Gesicht war voll und breit, mit den dunklen Augenringen darin sah er aus wie ein trauriger Panda. Er schien nicht im Mindesten überrascht, dass ein Europäer an seine Tür geklopft hatte.

»Señor Siebeneisen, nehme ich an?«

»Äh… ja. Ja, der bin ich.« Siebeneisen war da schon deutlich verwirrter. »Hat Ihr Sohn Sie schon davon unterrichtet, dass ich vorbeikommen würde?« Einen kurzen Moment lang stellte sich Siebeneisen einen Reiter vor, der aus dem Nebelwald hervorbrach, in gestrecktem Galopp durch entlegene Andentäler preschte und Tage später völlig erschöpft in Ancaquiaro ankam, wo er mit den Worten »Ein Fremder wird dich aufsuchen!« vom Sattel rutschte.

»Hat mich angerufen«, sagte Túpacs Vater in einem Tonfall, als klopfe er Siebeneisens antiquierte Formulierung auf einen versteckten Sinn ab. Er nickte zu einer Anrichte, auf der ein Smartphone lag. »Wollte aber nicht sagen, um was es geht. Sie hätten eine Skizze und Fragen dazu.«

»Ja, eine Skizze.« Siebeneisen fingerte vergeblich nach seinem Portemonnaie. Er brauchte eine Sekunde, bis er begriff. Die Zeichnung war dann wohl auch weg. »Ähm … Ach so … Ich glaube, ich muss sie Ihnen aufmalen. Mir haben sie nämlich die Brieftasche gestohlen. In Cusco.«

Fernandez gab ein verächtliches Schnauben von sich. Es klang, als passe die Information von der gestohlenen Brieftasche hundertprozentig zu dem Eindruck, den er sowieso schon von der Stadt hatte – seit die Spanier damals angerückt waren, war Cusco auch nicht mehr das, was es einmal gewesen war. Er öffnete eine Schublade der Anrichte und kramte Notizblock und Kugelschreiber hervor.

Siebeneisen versuchte, die Felszeichnung aus dem Canyon der Alten so exakt wie möglich zu Papier zu bringen. Die Schlangenlinien, die Dreiecke, den lang gezogenen Strich. »Ungefähr so sieht eine Zeichnung aus, die wir in einem Canyon in Arizona entdeckt haben«, sagte er, während er die Spitzen der Dreiecke mit einigen zusätzlichen Strichen betonte. »Wir vermuten, dass sie von einem Mann angefertigt wurde, der wusste, wo die Mumie des letzten wahren Inkaherrschers versteckt wurde.«

»Atahualpa?« Fernandez sah Siebeneisen durchdringend an. »Sie sagten: die Mumie des letzten wahren Inkaherrschers. Also meinen Sie Atahualpa?«

»Ja. Genau den. Wenn ich richtig informiert bin, waren seine Nachfolger doch eher Marionetten der spanischen Eroberer, oder?«

Fernandez schnaubte noch einmal. Dieses Mal klang es, als halte er Atahualpas Nachfolger für armselige Weicheier, die man besser überhaupt nicht erst erwähnen sollte. Er nahm den Notizblock und betrachtete die Symbole.

»Ihr Sohn hat angedeutet, dass Sie mir möglicherweise mehr dazu sagen könnten. Er meinte, ähnliche Zeichen seien in Ihrem alten Dorf in einen Stein geritzt gewesen.«

Fernandez legte den Notizblock auf die Anrichte. Er sah Siebeneisen in die Augen.

Das, was dann passierte, kennt man aus etlichen Hollywoodproduktionen: Zwei Männer allein in einem Raum (oder einer Burg, einem Wigwam, einer Höhle, je nachdem, in unserem Fall in einem Hausflur) führen ein Gespräch, dessen Inhalt für die weitere Handlung von entscheidender Bedeutung ist. Exakt in jenem Moment aber, in dem der entscheidende Satz fallen soll, werden sie von einer tumultartigen Geräuschkulisse von draußen unterbrochen, wo soeben den heimkehrenden Spähern zugejubelt wird (oder den Mammutjägern, dem Suchtrupp, oder den Resten der Siebten Kavallerie). Im Blockbuster *Auf der Spur des letzten Inka* kam der Lärm von den Schülern der 3a der Grundschule Ancaquiaro, die von allen anderen Kindern des Ortes unterstützt wurden. Das Gejohle und Gekreische schien vom Ortseingang zu kommen und näherte sich langsam dem Zentrum.

»Was ist denn da los?« Siebeneisen sah Fernandez fragend an. Der Peruaner öffnete wortlos die Tür. Beide traten hinaus auf die Straße.

Zuerst sahen sie nur einen großen Pulk aufgeregter Kinder in Schuluniformen, die so viel Staub aufwirbelten, dass man kaum etwas erkennen konnte. Die Kinder schienen um eine Person herumzuhopsen und zu laufen, oder um zwei. Siebeneisen schaute kurz auf die gegenüberliegende Straßenseite, wo die Kommissarin noch immer mit den Alten zusammensaß, und auch die blickten verwundert die Straße hinunter.

Der Pulk war mittlerweile näher gekommen. Man konnte erkennen, dass die Kinder um zwei Männer herumsprangen, die sich in ihrer Mitte befanden. Als habe ein Stamm zwei Eindringlinge gefangengenommen und führe sie jetzt ins Dorf, dachte Siebeneisen. Und dann dachte er erst einmal überhaupt nichts mehr, sondern stand fassungslos neben Hector Fernandez auf der Dorfstraße von Ancaquiaro.

Die beiden Männer, die da vor ihm im Triumphzug in den Ort geleitet wurden, waren Wipperfürth und Schatten.

36

»Verlaufen? Ich glaube nicht, dass man das so nennen kann. Wir haben uns nicht verlaufen. Wir wurden in die Irre gelockt.«

»Diesen Weg hättest du sehen müssen! Völlig zugewachsen. Und steil. Es ging immer nur bergauf! Eigentlich hätten wir da umkehren müssen. Aber Wippi hat darauf bestanden, dass wir es versuchen. Ich weiß ehrlich gesagt nicht, wie ich das überlebt habe.«

So, wie du aussiehst, war es wirklich knapp, dachte Siebeneisen. Sie saßen an einem Tisch in Hector Fernandez' kleinem Garten hinter dem Haus. Túpacs Vater hatte eine Mauer um einen tapferen Chinarindenbaum und einige Cocabüsche gezogen, Steinplatten verlegt und diesen Tisch mit Stühlen daraufgestellt. Ihr Gastgeber war offenbar ein eifriger Sammler von Kakteen, ein ganzes Regal voller kleiner und kleinster Exemplare lehnte an der Mauer. Siebeneisen erinnerte es an das Standardmodell eines schwedischen Möbelhauses, von dem er bislang nicht wusste, dass es auch auf dem südamerikanischen Kontinent aktiv war. Ob das Regal hier »Pablo« hieß? Oder eher »Pedro«? Hoch oben im Baum zwitscherte ein Vogel vor sich hin. Der Staub der Dorfstraße befand sich auf der anderen Seite des Hauses, schien aber weit, weit entfernt.

Sie saßen dort schon länger, weil Wipperfürth und Schatten schon länger von ihren Abenteuern erzählten. Begonnen hatten sie ihren Bericht mit dem Weg aus dem Maskierten Waschbär zur Bushaltestelle in New Orleans. Nachdem Siebeneisen sie mit etlichen Zwischenfragen immer wieder zum Kern der Geschehnisse zurückgeholt hatte, waren sie mittlerweile immerhin an jenem Punkt ihrer Reise angelangt, an dem sie den Bus verlassen hatten und zu Fuß weitergegangen waren.

»Natürlich hatte ich bereits einen Verdacht, als uns der Busfahrer aussteigen ließ. Laut meiner Planung hätten wir noch vier Serpentinen weiter fahren müssen.« Wipperfürth nahm einen Schluck von dem Kaffee, den Túpacs Vater gekocht hatte. Genießerisch ließ er die Flüssigkeit im Mund umherschwappen. Siebeneisen wappnete sich, um einen Monolog über Kaffeeanbau im peruanischen Hochland direkt unterbrechen zu können. Er musste jetzt etwas fragen, schnell.

»Du hattest einen Verdacht? Und hast die Serpentinen mit dem Finger auf der Landkarte nachgezogen, während ihr in die Berge gefahren seid?«

»Wenn man so eine Strecke gut vorbereitet und die Details im Straßenverlauf verinnerlicht, braucht man dafür keine Karte. Dann hat man das im Gefühl.«

»Ach so. Und dann habt ihr den Busfahrer gebeten, euch mitten im Nichts aussteigen zu lassen?«

»Natürlich hatten wir das schon zuvor vereinbart. Und mitten im Nichts war das nun wirklich nicht. Von genau dieser Stelle führt ein gut ausgebauter Weg nach Machu Picchu. In detaillierten Karten wird sie mit Bambatalla bezeichnet. Man erspart sich dann viele Kilometer Bus. Vom preiswerteren Ticketpreis einmal ganz abgesehen.«

»Allerdings hattest du versprochen, dass die Strecke eben verläuft! Und die Schlingpflanzen hattest du vorher auch mit keinem Wort erwähnt!« Schatten klang etwas dumpf. Was mit seiner Erschöpfung zu tun hatte. Aber auch mit dem Moskitonetz um seinen Kopf. Er trug seinen Stoffhut mit integriertem Insektenschutz, den er hinuntergelassen hatte. Das Netz reichte röhrenförmig um seinen Hals und war unten mit einer Schleife geschlossen. Wahrscheinlich fürchtete er, von aggressiven Stechmücken attackiert zu werden.

»Mein lieber Schatten, so schlimm war es nun wirklich nicht. Und der Pflanzenwuchs an Wanderwegen lässt sich nun mal auch auf der allerbesten topographischen Karte nicht erkennen.« Wipperfürth stellte seine Tasse ab.

»Dann tut man aber auch nicht so, als wisse man hundertprozentig, dass es sich bei dem Weg um eine ebene, mindestens vierzehn Meter breite Schneise handelt. Wenn es theoretisch auch ein siebzig Zentimeter schmaler Trampelpfad sein könnte. Dann tut man eben nicht so.« Hinter seinem Netz klang Schatten, als spreche er aus einer Kiste heraus. Sobald er einatmete, dellte sich der dunkelgrüne Stoff nach innen, atmete er aus, beulte sich das Netz wieder nach vorne. »Mal ganz abgesehen davon, dass man auch einmal ins Zweifeln geraten könnte, wenn man acht Stunden über einen solchen Pfad trampelt und noch immer kein Machu Picchu zu sehen ist.«

Siebeneisen merkte, wie sich seine Gedanken allmählich davonmachten. Er ließ es zu. Das mit Wipperfürth und Schatten würde jetzt erst mal so weitergehen. Wahrscheinlich hatten sie jede Minute des Weges solche sinnlosen Debatten geführt. Zumindest stritten sie, seit sie in Ancaquiaro angekommen waren.

Während die beiden nach ihrer Ankunft in Bad und Toilette verschwunden waren, hatte ihr Gastgeber sich Siebeneisens kleine Skizze noch einmal kurz angesehen. Doch, tatsächlich, das sei exakt die Karte, die auch in einem alten Tempelstein in den alten Ruinen ihres Ortes geritzt gewesen sei, hatte er gesagt.

Und wisse er denn auch, auf welchen Ort die Karte hinweise?

Hector Fernandez wusste es.

Er hatte es Siebeneisen gesagt.

Und Siebeneisen hatte sofort überlegt, wo um alles in der Welt sie da mit der Suche beginnen sollten.

»Kannst du dich an die Abzweigung erinnern? Wo wir mittags waren? Da hätten wir bestimmt abbiegen müssen. Der andere Pfad führte auch bergab.«

»Du meinst die Stelle, an der ich zwanzig Minuten auf dich warten musste? Weil du dich in dieser Liane verfangen hattest?«

Es ging noch immer weiter, dachte Siebeneisen, vom Palaver der anderen wieder ins Hier und Jetzt befördert. Dass er auch am Tisch saß, schien die beiden null zu interessieren. Auch nach seinen Erlebnissen hatten sie sich noch nicht erkundigt. Nach ihrem Stand der Dinge hätte ihr Freund zu diesem Zeitpunkt eigentlich mit einem Chocolatier im ecuadorianischen Nebelwald zusammensitzen müssen, und nicht mit ihnen 3000 Kilometer weiter südlich in einem Garten. Das war typisch, dachte Siebeneisen. Den beiden war er spätestens in jenem Moment völlig egal, in dem sie sich selbst mit Kleinigkeiten wie Moskitos oder einem steilen Weg herumschlagen mussten. Wahrscheinlich gingen sie stillschweigend und wie selbstverständlich davon aus, dass er sich ihrer Meinung angeschlossen hatte und nun ebenfalls glaubte, die Mumie des letzten Inkaherrschers befinde sich in Machu Picchu.

»Ich war übrigens auch nicht in Machu Picchu«, sagte er. Irgendwie juckte es ihn in den Fingern.

»Dann können wir morgen ja alle zusammen hin!« Wipperfürth war sofort Feuer und Flamme. »Bestimmt lässt sich hier im Ort ein geeignetes Fahrzeug auftreiben. Garantiert gibt es doch den einen oder anderen netten Einheimischen, der Besucher aus der Fremde gegen gutes Geld zu den Ruinen fahren möchte.« Er überlegte einen kurzen Moment. »Die üblichen Löhne können hier ja nicht allzu hoch sein, nehme ich an.«

Hector Fernandez kam mit einer neuen Kanne Kaffee in den Garten. Er füllte die Tassen seiner Besucher und verteilte den Rest auf die kleinsten seiner Kakteen.

»Wir können uns das gerne anschauen«, sagte Siebeneisen. »Nur müssen wir dort nicht nach der Mumie suchen, das hatte ich euch ja schon gesagt.«

»Vermutet. Du hattest das vermutet.« Wipperfürth versuchte, Fernandez nicht in die Augen zu schauen. Offenbar fürchtete er, ihr Gastgeber könnte seine Bemerkung gerade eben verstanden haben. Siebeneisen wiederum hätte Wipperfürth an den Hals springen können. Diese ewige Besserwisserei! Er sah kurz zu Schatten und hoffte, von ihm Unterstützung zu bekommen. Von Schatten war nur dunkelgrünes Gaze zu sehen. Das Moskitonetz sah aus wie eine Dschungelburka.

»Also, passt mal auf.« Siebeneisen zwang sich, ruhig und unaufgeregt zu sprechen. »Wir sitzen ja nicht zufällig an diesem Tisch und in diesem Garten. Das hier ist ja kein Caféhaus. Unser Gastgeber ist der Vater jenes Mannes, den ich im Nebelwald von Ecuador aufgesucht habe. Er arbeitet dort als Chocolatier in einem Dschungel-Resort. Ihr erinnert euch vielleicht daran, dass ich Schokolade essen gehen wollte.«

Wipperfürth machte eine Grimasse, als habe man ihm statt frischem Kaffee Terpentin nachgeschenkt. Schatten verzog keine Miene. Das heißt: Möglicherweise ja doch, nur konnte man es nicht sehen. Siebeneisen ahnte, dass die beiden bisher keinen Gedanken daran verschwendet hatten, wo sie eigentlich waren.

»Beide, Vater und Sohn, stammen aus einem Ort, der erst vor wenigen Jahren entdeckt wurde. Einem Ort, an dem sich die Inka vor fünfhundert Jahren vor den Spaniern versteckten. Beide, Vater und Sohn, sind so viel Inka, wie es heute überhaupt noch geht.«

Siebeneisen beobachtete Wipperfürth, wie er verstohlen zu ihrem Gastgeber schielte. Wahrscheinlich würde er demnächst behaupten, dass er dessen Herkunft natürlich sofort erkannt habe.

»Ihr habt wahrscheinlich beide die Skizze aus dem Canyon in Arizona vor Augen.« Siebeneisen hielt den Zettel in der Hand, auf den er vor einer Stunde die Symbole aus der Erinnerung gezeichnet hatte. »Die gleiche Karte befindet sich auf einem Stein in den Ruinen des alten Inkaortes. Und Hector Fernandez hier hat mir gerade eben auch verraten, was auf dieser Karte zu sehen ist. Wo wir die Mumie Atahualpas finden.«

In Wipperfürth und Schatten kam ruckartig Leben. Beide richteten sich in ihren Stühlen auf.

Das, was dann passierte, kennt man aus etlichen Hollywoodproduktionen: Vier Männer allein in einem Raum (oder einer Burg, einem Wigwam, einer Höhle, je nachdem, in unserem Fall in einem Garten) führen ein Gespräch, dessen Inhalt für die weitere Handlung von entscheidender Bedeutung ist. Exakt in jenem Moment aber, in dem der entscheidende Satz fallen soll, werden sie von einer tumultartigen Geräuschkulisse von draußen unterbrochen, wo soeben den heimkehrenden Spähern zugejubelt wird (oder den Mammutjägern, dem Suchtrupp, oder den Resten der Siebten Kavallerie). Im Blockbuster *Auf der Spur des letzten Inka* kam der Lärm auch dieses Mal von den Schülern der 3a der Grundschule Ancaquiaro, die von allen anderen Kindern des Ortes unterstützt wurden. Das Gejohle und Gekreische schien vom Ortseingang zu kommen und näherte sich langsam dem Zentrum.

»Was ist denn jetzt schon wieder los?« Siebeneisen sah Fernandez fragend an. Der Peruaner zuckte mit den Schultern. Dann hörten sie Schritte im Haus, und Stimmen, dann kamen die

Schritte näher und die Stimmen auch, und dann stand die Kommissarin im Garten.

Und neben der Kommissarin stand Lawn.

»Da seid ihr ja alle!« Sie schmunzelte, sie schmunzelte ihr Grübchenschmunzeln, genau wie damals, als Siebeneisen sie zum ersten Mal gesehen hatte. Ein Hauch Patschuli lag in der Luft.

»Was guckt ihr denn alle so? Ich bin es doch nur! Packt eure Sachen. Wir müssen nach Chile. Ich weiß, wo die Mumie Atahualpas versteckt ist. Wir fahren in die Atacama!«

37

AM RIO GRANDE, TEXAS.

»Atacama!«, rief der alte Mexikaner, als Zach drei Minuten später in einer erneuten Staubwolke vor der Trading Post bremste, um die Pässe zu holen, die er neben dem Schaukelstuhl auf der Veranda vergessen hatte.

»Bitte was?« Zach lief an dem Mann vorbei, entdeckte die Pässe, nahm sie vom Boden und war schon wieder zurück am Auto. Sie mussten sehen, dass sie hier wegkamen, und zwar schleunigst. Franks Männer konnten jeden Moment hier sein.

»Ihr sucht doch einen Ort mit vier A, der auch mit A beginnt. Atacama, Amigos, die Atacama-Wüste in Chile sucht ihr.«

»Ich richte es aus!« Zach schwang sich zurück auf den Sitz, schlug die Tür zu, gab Vollgas und schlitterte in einem Bogen zurück auf die Piste. Hinter ihnen hüllte die nächste Staubwolke die Trading Post ein. Und den Mexikaner mit seinem Kreuzworträtsel.

»Was wollte der denn?« Razzo und Serg lasen ausnahmsweise nicht in ihren Westernheftchen. So, wie Zach fuhr, war das auch nicht möglich.

»Keine Ahnung. Hat irgendwas von Atacama-Wüste gesagt. Ein Ort mit vier A.«

»Ah! *Yess! Yes, yes, yes!*«

Zach sah im Rückspiegel, wie Serg die geballte Faust in die Luft reckte. Mehrmals. Auch Razzo strahlte jetzt. Es hatte bei ihm nur zwei, drei Sekunden gedauert. Die beiden auf dem Rücksitz klatschten sich ab. »Was ist denn mit euch los? Lenkt mich jetzt bitte nicht ab, verdammt noch mal! Nicht jetzt!« Zach riss das Steuer nach links und sofort wieder nach rechts, weil die Piste eine plötzliche Doppelkurve hinlegte. Vor ihnen lag der Fluss. »Festhalten!«

Er drückte das Gaspedal durch. Nicht lange fackeln, dachte er, nicht zögern, einfach machen. Jetzt. Sofort. Wenn ich erst zu überlegen anfange, ob das funktioniert, mache ich es nicht. Wenn die Mexe da mit Pferden durchgehen, schaffen wir das auch. Er gab weiter Gas.

Der Wagen schoss eine sanfte Senke hinunter und krachte ungebremst in den Fluss. Serg und Razzo auf dem Rücksitz flogen durcheinander und schrien, für einen Moment war draußen überall Wasser, aber dann merkte Zach, wie die Reifen Griff fanden, aber dann fuhren sie auf der anderen Seite schon wieder heraus aus dem Rio Grande, und fuhren auf der Piste, die jetzt eine andere Staatsangehörigkeit besaß, und fuhren hinein nach Mexiko.

»*Yeehaw!*«, brüllte Zach und hieb mit der flachen Hand auf das Lenkrad, *»yeehaw! Vamos, muchachos, vamos!«*

»Das war gut, Boss.« Razzo klang schon wieder sediert. Möglicherweise war sein Körper überhaupt nicht in der Lage, so etwas wie Adrenalin auszuschütten.

»Das war richtig gut, Boss.« Serg wiederum hörte sich an, als überlege er noch, warum sie da gerade durch einen Fluss gefahren waren und sich darüber derart freuten.

»Willkommen in Mexiko, Männer!« Zach wiederum fühlte sich, als sei ihm Gestein von der Größe eines formidablen Hügels vom Herzen gefallen. Mexiko! Jetzt einfach ein paar hundert Meilen ins Land hinein, und sie waren endgültig in Sicherheit! Dann würde Frank sie nicht finden, niemals. Sie waren noch gerade so davongekommen, dachte er. Dann fiel ihm der Moment kurz vor ihrem stuntmäßigen Grenzübertritt ein. »So, jetzt könnt ihr mir das in Ruhe erklären. Warum ihr euch vorhin so gefreut habt. Wieso ihr diese Atacama gesucht habt. Erzählt mal.«

Zwanzig Minuten später stand ein Mietwagen auf einer Piste im Norden Mexikos, und neben dem Mietwagen ging ein Mann auf und ab. Eine geraume Zeitlang lief er durch den Staub, immer hin und her, zehn Meter nach vorne, zehn zurück, und manchmal auch im Kreis um den Mietwagen herum. Der Mann hatte die Hände tief in den Hosentaschen und den Kopf gesenkt, manchmal kickte er mit dem rechten Schuh kleine Kakteenstückchen aus dem Weg. Hin und wieder blieb er stehen und schaute in die Wüste hinein. Unwissende Beobachter hätten vermuten können, der Mann habe eine Panne und warte auf Hilfe. Oder er sei an dieser Stelle verabredet und halte nach der Staubfahne Ausschau, die ein Auto aus der anderen Richtung ankündigte, als sei das hier eine Folge von *Breaking Bad*. Vielleicht wollte der Mann hier, fernab der Zivilisation, einen Drogendeal abwickeln, hätte man denken können. Dass er einfach bloß nachdachte, hätten unwissende Beobachter wahrscheinlich nie vermutet.

Zach kniff die Augen zusammen und ging alles noch einmal im Geiste durch, und zwar der Reihe nach, damit sich da kein Denkfehler einschlich.

1. Die beiden Trottel, mit denen er unterwegs war, hatten herausgefunden, wo der legendäre Schatz der Inka versteckt war. Durch puren Zufall. Durch mehr Glück, als man sich überhaupt vorstellen konnte. In Chile lag der Schatz. In der Atacama-Wüste.
2. Dieser Schatz würde all ihre Probleme ein für alle Mal lösen. Sie mussten ihn noch nicht einmal vollständig heben. Ein

Kofferraum voll mit Gold würde bis ans Ende aller Tage genügen. Für alle drei.

3. Razzo hatte die alten Hefte von einem *Yard Sale* in New York. Hatte sie in einem Karton bekommen. Konnte sich erinnern, noch mehr dieser Kartons gesehen zu haben. Solche alten Dinge lagen ja oft unbeachtet jahrzehntelang auf irgendwelchen Speichern herum, aber wenn sie jemand kaufte oder geschenkt bekam, wenn, dann las er garantiert auch in ihnen. Ergo war es gut möglich, dass auch andere mittlerweile von dem Schatz wussten.
4. Die anderen allerdings standen wahrscheinlich nicht in dieser beschissenen Ödnis irgendwo im Norden Mexikos, meilenweit entfernt von Gut und Böse. Was, wenn das mit dem Schatz in deren Heften viel deutlicher beschrieben war? Wenn die Aufzeichnungen klarer waren als in den Heften, die Razzo bekommen hatte? Möglicherweise waren die anderen ja bereits längst in der Atacama. Wenn's ganz blöd lief, hatten sie das Gold schon entdeckt.
5. Wenn man 1–4 kombinierte, gab es nur eine Schlussfolgerung. Sie mussten so schnell wie möglich in die nächste Stadt mit Flughafen, Flugangst hin oder her. Und von dort so schnell wie möglich in diese Wüste.

Zach riss die Autotür auf, schnallte sich an, startete den Motor und fuhr los. Hinter ihm schliefen Razzo und Serg. Beide hatten ein seliges Lächeln im Gesicht.

38

SAN PEDRO DE ATACAMA, EIN PAAR TAGE SPÄTER.

Vielleicht stellt man sich die Atacama am besten so vor: Eine Wüste so groß wie Österreich, die Schweiz und Bayern zusammen, 180 000 Quadratkilometer leeres Land unter einem ewig blauen Himmel. Ziemlich flach, aber mit dem einen oder anderen Vulkan drin. Ein oder zwei Hauptstraßen, ein paar Nebenstrecken, sonst nichts. Kaum Menschen. Ein paar längst aufgegebene Minen, fast keine Orte. Stattdessen Salzpfannen voller rosafarbener Flamingos. Geysire. Guanacofamilien. Und Dünen natürlich, richtige Bilderbuchdünen. Sanft geschwungen und zweihundert Meter hoch, auf ihrem Kamm aber nur fünfzehn Zentimeter breit, und der Wind streichelt unentwegt diesen Grat entlang und wirbelt eine flache, zarte Wolke winziger Sandkörnchen auf, die wie ein Schleier über der Düne schweben. Und obwohl in diesem Land sonst alles so groß und mächtig ist, scheut sich der Mensch doch für einen Moment, mit dem Fuß auf diesen Kamm zu treten. Als würde er damit die perfekte Symmetrie verletzen. Als zerstöre er so ein Kunstwerk der Natur. Das Herunterlaufen sieht zuerst höllisch gefährlich aus. Nach drei, vier Schritten fühlt es sich an wie Schweben.

Und jetzt stelle man sich vor, wie das ist, wenn die Nacht über dieser Wüste liegt und man selbst in dieser Wüste steht und nach oben sieht. Abends machen das in San Pedro de Atacama alle so. San Pedro ist der Hauptort in der großen Wüste, und eigentlich ist es sogar der einzige. Deswegen fahren alle, die in die Atacama reisen, früher oder später auch hierhin. Abends, wenn die Erlebnisse des Tages erzählt sind und der schwere Cabernet Sauvignon seine wärmende Wirkung entfaltet hat, kommen sie aus ihren Hotels, dick verpackt gegen die Kälte. Ihre Taschenlampen fräsen schmale Lichtkegel in die Nacht. Dann stehen sie in der Dunkelheit, allein oder zu zweit. Stehen dort und versuchen, ein Stück Ewigkeit zu erhaschen.

Es gibt Leute, die fahren nur deshalb in die chilenische Atacama-Wüste, weil sie hier die ganze Nacht den Kopf in den Nacken legen können. Nirgendwo sonst auf der Welt ist die Luft so klar und die Sicht so atemberaubend, nirgendwo sonst haben die Forscher größere Sternwarten errichtet, um dort draußen neue Galaxien zu finden und vielleicht auch Antworten auf die ewigen Fragen nach dem Wieso und Warum. Wenn es dunkel wird in der Atacama, kann der Mensch den Blick nur nach dem Glitzern dort oben richten. Dann sieht der Himmel über der Wüste aus, als habe jemand ein Sieb über die Welt gestülpt, durch dessen Millionen kleine Löcher das Licht vom Ende des Universums funkelt.

»Hast du so etwas schon mal gesehen? So etwas Schönes?« Lawn kuschelte sich an Siebeneisen. Sie zählten Sternschnuppen.

»Nein. Noch nicht einmal etwas Vergleichbares. Wie viele mögen das sein?«

»Wie viele Sterne? Keine Ahnung. Hat nicht mal jemand behauptet, es gebe da draußen so viele wie Sandkörner auf der Erde?«

»Ach so? Dann höre ich mit dem Zählen mal auf.«

Lawn kicherte über Siebeneisens letzte Bemerkung. Die beiden standen eng umschlungen im Garten ihres Hotels ein Stück außerhalb des Ortes. Beide hielten ein Glas Rotwein in der jeweils freien Hand.

»Ob die anderen sich das auch ansehen?« Lawn trank einen Schluck.

»Wipperfürth und Schatten? Kann ich mir nicht vorstellen. Wahrscheinlich versuchen sie gerade, den Lastwagenverkehr vor ihrem Zimmer zu ignorieren.«

»Oder sie sind dabei, den anderen Gästen etwas über den Preisanstieg in der lateinamerikanischen Hotellerie zu erzählen. Oder über den Geheimpakt zwischen chilenischen Tankstellenbesitzern und den Ajatollahs.«

Nach ihrer Ankunft in San Pedro de Atacama einige Stunden zuvor hatten sich die vier getrennt. Für den Rest des Tages und die Nacht. Nach einem Streit, der im Grunde schon am Flughafen in Peru begonnen hatte, kurz nachdem Siebeneisen von einem Angestellten der Botschaft Ersatzpapiere ausgehändigt worden waren.

Zuerst hatte sich Wipperfürth lautstark über den Preis echauffiert, den sie für ihre Tickets nach Chile bezahlen mussten. Siebeneisen hatte das ignoriert. Der Flug war beinahe komplett ausgebucht; natürlich gab es da keine Schnäppchenpreise für Last-Minute-Reisende. Wipperfürth aber hatte davon natürlich nichts hören wollen und verkündet, auf die Ausgaben müssten nun eben schnell Einnahmen folgen. Mehrere Reihen Passagiere waren deswegen kurz nach dem Start zu zehn Dollar Einsatz und einer gemeinsamen Runde *Wer wird Millionär?* überredet worden, das man über die kleinen Bildschirme am Sitz mit anderen Fluggästen spielen konnte. Die chilenischen und peruanischen Passagiere hatten sich über den komischen Kauz amüsiert und mitgemacht. Alle waren ziemlich weit gekommen. Bis auf Wipperfürth, der nicht bedacht hatte, dass die lateinamerikanische Version des Spiels natürlich mit kontinentspezifischen Fragen gespickt war. Die erste Runde hatte er noch mit Hängen und Würgen überstanden (Wie heißt die Hauptstadt von Uruguay? a) Bogota, b) Montevideo, c) Buenos Aires, d) Rio de Janeiro). Bei der zweiten Frage war er ausgeschieden. Weil er nicht wusste, dass man in Brasilien Portugiesisch sprach.

Wirklich entfaltet hatte sich das Drama dann aber erst bei der Hotelsuche nach ihrer Ankunft. Auch San Pedro war nämlich so gut wie ausgebucht, und die letzten freien Zimmer wurden zu Höchstpreisen vermietet. Lawn und Siebeneisen hatten für eine teure, aber immerhin halbwegs bequeme Unterkunft plädiert, ein Doppelzimmer mit Frühstück, funktionierende Heizung, heißes Wasser, ein Restaurant, in dem man ein Abendessen und ein Glas Wein bekam. Wipperfürth hatte das alles nicht gewollt. Immer neue Gegenargumente waren ihm eingefallen. Und gleichzeitig immer neue für die Unterkunft seiner Wahl, eine Jugendherberge direkt an der Überlandstraße, über die der komplette LKW-Verkehr der Atacama dröhnte, Acht-Bett-Zimmer, Dusche im Hof, aber, aber: für einen Bruchteil des Preises, den das Hotel kosten sollte.

»Und du?«, hatte Siebeneisen Schatten gefragt, der sich die Diskussion unbeteiligt anhörte, »was meinst du denn? Sag doch auch mal was! Wo möchtest du übernachten?«

»Wippi ist ja ein erfahrener Logistiker …«, hatte Schatten begonnen. Der Rest war irgendwo in der Luft hängen geblieben. Ein paar Meter hinter Lawn und Siebeneisen, die sich umgedreht hatten und bereits auf dem Weg zur Hotelrezeption waren.

»Hast du schon eine Idee, wo wir nach der Mumie suchen könnten?« Sie sahen noch immer nach oben, in diesen unglaublichen Himmel hinein. Siebeneisen dachte an einen Satz, den er irgendwann einmal gehört hatte: Der Mensch ist nichts als der

Staub der Sterne, so oder so ähnlich hatte er gelautet. Er trank einen Schluck Wein.

»Es muss ja offenbar irgendetwas mit den acht Drachen zu tun haben, von denen du erzählt hast.«

»Ganz bestimmt. Die Taraifa war sich absolut sicher. *Los ocho dragónes*. Wie gut, dass wir das sofort nachgesehen haben.«

Lawn hatte Siebeneisen bereits im Garten von Hector Fernandez erzählt, wie sie auf die Atacama als Versteck der Mumie gekommen war. Zusammen mit der Voodoo-Prinzessin hatte sie *los ocho dragónes* einfach gegoogelt. Die Spanier hatten die Berge bei San Pedro so genannt, weil sie ihre Gipfel und Schrate an die Rücken von acht Drachen erinnerten. Die Bezeichnung war längst verloren gegangen und fand sich auf keiner Landkarte mehr, aber das Internet vergisst ja bekannterweise nichts. Lawn hatte die Lösung in einem Forschungsbericht der Universität Sevilla entdeckt.

»Wäre allerdings etwas aufwändig, wenn wir jeden einzelnen Berg untersuchen müssten.« Siebeneisen hatte die acht Drachen am Horizont gesehen, als sie vom Flughafen in die Stadt gefahren waren. Ohne weitere Hinweise wäre das aussichtlos, das waren alles große, hohe Gipfel. Auf dem Weg hatten sie übrigens auch ein längst ausgetrocknetes Flusstal überquert und waren an mehreren kurzen, wellenförmigen Schluchten vorbeigefahren. Die Karte im Canyon der Alten war ziemlich korrekt. Wenn man wusste, wo auf der Welt man suchen musste.

»Vielleicht finden wir ja noch etwas heraus. Lass uns nach dem Frühstück mal in den Ort gehen und ein paar Leute fragen. Morgen ist auch noch ein Tag.«

Sie hakte sich bei Siebeneisen ein und zog ihn ins Zimmer. Über ihnen, am Himmel über der Atacama, verglühten die Sternschnuppen.

»Guten Morgen allerseits!« Am nächsten Tag marschierten Wipperfürth und Schatten in den Frühstücksraum. Beide trugen ihre dschungelgrünen Tarnoutfits und sahen aus, als seien sie auf dem Weg zu dringenden Reparaturarbeiten an der Brücke über den River Kwai. Wipperfürth hatte einen Spaten in der Hand, der schnaufende Schatten eine Spitzhacke geschultert, mit der er gleich hinter der Tür an einer hohen Zimmerpflanze hängen blieb. Die anderen Gäste schauten irritiert, als er versuchte, die Hacke aus dem Grün zu befreien. Gut möglich, dass er dabei schrecklich ins Schwitzen geriet. Das konnten die anderen Gäste aber glücklicherweise nicht sehen, weil Schatten sein Moskitonetz heruntergelassen hatte.

»Das ist doch jetzt bitte schön nicht wahr!«, zischte Siebeneisen und zog Wipperfürth auf einen Stuhl an ihrem Tisch, bevor der noch eine Rede halten konnte oder was sonst auch immer er geplant hatte. Schatten war jetzt auch am Tisch. Er ließ sich keuchend auf den vierten Stuhl fallen.

»Seid ihr denn von allen guten Geistern verlassen? Hier so reinzumarschieren?«

»Jetzt beruhige dich mal.« Wipperfürth inspizierte Lawns und Siebeneisens Teller und alles, was an Omeletts, Toast, Obst und Käse auf ihnen lag. Offensichtlich spekulierten er und Schatten darauf, dass Lawn und Siebeneisen genügend Essen vom Büfett an den Tisch brachten, um auch sie satt zu bekommen. Im günstigen Jugendherbergszimmerpreis war das Frühstück leider nicht inklusive.

»Ich soll mich beruhigen?« Siebeneisen kam sich vor wie Hiob aus dem Alten Testament, dem damals ebenfalls alle Plagen der Welt zur Prüfung geschickt worden waren. »Ihr könnt doch hier nicht mit Schaufel und Spitzhacke aufmarschieren! Was sagt ihr denn, wenn jemand wissen will, was ihr damit vorhabt? Erzählt ihr dem dann gleich, dass ihr nach einer Mumie buddeln wollt?«

»Rege dich bitte nicht so auf.« Wipperfürth zog den Duft des Omeletts in die Nase, der von Lawns Teller aufstieg. Lawn wiederum legte ihre rechte Hand auf Siebeneisens Unterarm. Das half meistens. »Wir konnten das Werkzeug ja nicht einfach draußen stehen lassen.« Wipperfürth neigte sich über den Tisch und senkte die Stimme. »Wir sind hier in Lateinamerika. Das wäre doch nach drei Minuten verschwunden gewesen.«

»Ich will auch nicht wissen, wo ihr die Sachen herhabt. Ich will es überhaupt nicht wissen.«

»Von der Großbaustelle vor unserer Jugendherberge.« Nachdem er den Frühstücksraum des Hotels offenbar für insektenfrei befunden hatte, versuchte Schatten, den Moskitonetzkopfschutz nach oben zu wickeln. Als ihm das nicht gelang, setzte er den Hut ab. Ein Sturzbach Schweiß strömte aus seinem Haar. »Sonntags arbeitet da nur ein Teil der fleißigen Männer. Die haben uns das Werkzeug ihrer Kollegen freundlicherweise zur Verfügung gestellt. Für eine geringe Gebühr.«

Siebeneisen wehrte sich gegen die Bilder, die vor seinem inneren Auge aufzogen, endlose Diskussionen an einer Baustelle, zwei Männer in Tarnkleidung und Spaten beziehungsweise Spitzhacke auf dem Weg durch den Ort, der eine unter einem Moskitonetz, Einheimische, die sich bekreuzten, als die beiden vorbeigingen. Zum Glück kam in diesem Moment der Restaurantchef an ihren Tisch.

»Herzlich willkommen zu unserem Frühstücksbüfett!« Er legte eine kleine Mappe zwischen Wipperfürth und Schatten, aus der ein Kassenbon herausschaute. »Es freut uns, dass auch Nicht-Hotelgäste unser Angebot nutzen. Die 35 US-Dollar pro Person hab ich schon mal quittiert. Zahlen können Sie dann gerne, wenn Sie mit allem fertig sind.«

39

Die Stelle war winzig. Kaum zu sehen. Noch nicht einmal ein Fleck eigentlich, eher ein Punkt. Zach drückte mit dem Zeigefinger auf die kleine rote Delle an seinem Bein, ein, zwei Sekunden lang, dann hob er den Finger. Nichts. Die Haut sah exakt so aus wie zuvor. Komisch, dachte er. Er versuchte, den Juckreiz zu ignorieren und drückte erneut. Nichts. Er war sich sicher, das irgendwo gelesen zu haben: Flohstiche verlieren kurz die Farbe und werden weiß, wenn man den Finger fest auf sie presst. Demnach waren diese zwanzig oder dreißig Dinger da an seinen Beinen also keine. Aber wieso juckten diese Punkte denn dann wie Hölle? Das waren doch garantiert Stiche! Scheiße, dachte Zach. Er zog die Hose wieder hoch und versuchte, den Juckreiz auszublenden. Am liebsten hätte er durch den Stoff hindurch gekratzt. Er kletterte die Leiter hinunter. Verdammte Scheiße, dachte er, es ist immer etwas anderes.

Die Etagenbetten unter ihm waren so leer wie der Rest des Zimmers. Alle anderen waren schon aufgestanden und lärmten wahrscheinlich längst irgendwo draußen herum. Zach fühlte sich wie gerädert. Er hatte kaum ein Auge zugetan. Obwohl er am Abend zuvor völlig erschöpft in sein Bett gestiegen war, hatte er nicht einschlafen können. Die Stunden davor hatten ihn schrecklich mitgenommen.

Was ein Scheißtag war das gewesen! Zuerst die elende Fliegerei in diese verfluchte Wüste. Endlos hatte das gedauert. Es hatte schon eine Ewigkeit gebraucht, bis sie ihre Tickets überhaupt bezahlt hatten. Mit Razzos Kreditkarte, die er – was hatte die Frau am Schalter gesagt? Wie viele Jahre nicht verwendet hatte? Immerhin hatten sie die Tickets am Ende bekommen. Anschließend waren sie dann stundenlang durchgerüttelt worden. Stun-den-lang. Zach wurde gleich wieder schlecht, wenn er nur daran dachte. Auch, als ihm die Kaschemme im Industriegebiet von Calama wieder einfiel. Calama lag 150 Kilometer von San Pedro entfernt, da waren sie gelandet. Und anschließend zu dieser Spelunke gefahren. Was für Typen da abhingen! Selbst in Brooklyn gab es die nicht mehr. Zwanzigmal lebenslänglich an einer einzigen Theke, garantiert. Zum Glück hatten sie bekommen, was sie suchten. Der Colt sah aus, als hätte sich schon Jesse James mit ihm duelliert. Aber auf der Flucht durfte man nicht wählerisch sein, dachte Zach.

Und dann war am Ende dieses gebrauchten Tages gestern dieses Kaff hier völlig ausgebucht gewesen. Gefühlte tausend Stunden in diversen Flugzeugen und anschließend nur Kopfschütteln an sämtlichen Hotelrezeptionen, das konnte auch nur ihnen passieren. Das letzte, allerletzte freie Zimmer hatte ihnen ein Paar aus Louisiana vor der Nase weggeschnappt, während er das Taxi bezahlt hatte.

Geblieben war diese Jugendherberge. An der Hauptstraße, über die alle zwei Minuten ein mit Schrott oder sonst was beladener Lastwagen durch die Schlaglöcher krachte. Mit einer Baustelle nebenan. Noch in der Morgendämmerung hatten die Arbeiter losgelegt, als wollten sie mit den Arbeiten an der lange geplanten U-Bahn-Linie beginnen. Zach lauschte. Jetzt, wo alle wach waren, herrschte natürlich Stille. Er kickte eine dicke Kakerlake aus dem Weg, die träge auf seinen rechten Schuh zugekrabbelt kam. Das Insekt schlug mit einem hellen Plopp gegen die Wand, fiel zu Boden und blieb liegen.

Die Baracke hier war sowieso die Krönung. Zach war sich sicher, niemals in einer mieseren Absteige übernachtet zu haben. Das Gebäude sah aus, als sei es vor hundert Jahren als Kuhstall erbaut worden, und roch auch so. Und dann war nur noch Platz in einem Acht-Bett-Zimmer gewesen. Sie hatten es sich mit zwei völlig Bekloppten teilen müssen, die olivgrüne Anstaltskleidung trugen.

Die beiden waren sehr spät von wo auch immer gekommen, als Serg und Razzo bereits tief schliefen und schnarchten. Anschließend hatten sie lautstark zu debattieren begonnen. In einer fremden Sprache, Russisch oder Holländisch, er hatte kein Wort verstanden. Einer der beiden glaubte offenbar, er sei Mediziner. Er hatte dem anderen einen Vortrag gehalten, dabei Sergs und Razzos Schnarchlaute imitiert und weitere Schnaub- und Luftschnappgeräusche erzeugt, als wolle er unterschiedliche Apnoe-Arten beschreiben. Dass solche Menschen ohne Betreuer verreisen durften! Am Ende hatten dann alle geschnarcht. Alle außer ihm. Er hatte gegen die Decke gestarrt, sich von Flöhen oder was auch immer beißen lassen und überlegt, wo sie nach dem Inkaschatz suchen könnten.

Zach war sich sicher, dass sie auf der richtigen Spur waren. Dieses Kaff hier war der einzige nennenswerte Ort in der Atacama. Natürlich konnten die Inka den Schatz theoretisch überall in dieser verdammten Wüste vergraben haben. Aber selbst wenn sie das irgendwo in den Bergen getan hatten, die er aus dem Taxi heraus am Horizont gesehen hatte, oder irgendwo in dieser gottverdammten Leere um den Ort und die Berge herum, selbst dann würde man hier mit der Suche beginnen müssen. Wenn irgendjemand etwas wusste, wenn jemand Gerüchte gehört hatte oder sonst etwas, dann würde man ihn an diesem Ort finden.

Zach entdeckte Razzo und Serg im Innenhof, einer staubigen Fläche, in deren Mitte jemand einen mickrigen Baum gepflanzt hatte, der aussah, als sei er 1987 vertrocknet. Die beiden saßen an seinen Stamm gelehnt und lasen in den Notizheften dieses Cowboys. Sehr gut, dachte Zach, sie nutzen die Zeit. Möglicherweise stand in einer dieser Kladden ja noch ein Hinweis, der ihnen helfen konnte. Ein Anflug von schlechtem Gewissen überkam ihn, als er die beiden betrachtete. Tagelang hatte er sich aufgeregt, wenn sie in diesen Heften gelesen und die Welt um sich herum vergessen hatten. Beschimpft hatte er sie. Verflucht hatte er sie. In diesem Diner morgens hatte damals nicht viel gefehlt, und er hätte sie auch noch verprügelt. Und jetzt waren sie einem historischen Schatz auf der Spur, der all ihre Probleme lösen würde, weil die beiden diese Aufzeichnungen so aufmerksam gelesen hatten. Beinahe zärtliche Gefühle überkamen Zach. Ab jetzt würde er nett zu den beiden sein, richtig nett. Klar hatten sie ihm das hier alles eingebrockt, ihre Flucht aus New York, Franks Jagd auf sie, an alldem waren Razzo und Serg schuld. Aber sie hatten auch dafür gesorgt, dass sein weiteres Leben ein einziger Urlaub werden würde. Sie mussten nur noch diesen Schatz ausfindig machen.

»Gehören die euch? Wo habt ihr die denn her?« Beim Näherkommen hatte Zach die beiden Spaten entdeckt, die neben den beiden am Stamm des Baumes lehnten.

»Von den Bauarbeitern, Boss.« Razzo hatte eine Zeitlang benötigt, bevor er wusste, was Zach mit »die« meinte. »Die gehören den Bauarbeitern.«

»Und ihr habt sie ausgeliehen? Das war aber ziemlich clever.«

»Danke, Boss.« Dass etwas, was er getan hatte, von Zach mit dem Attribut »clever« bedacht wurde, schien Razzo so unwahrscheinlich, dass er Zach völlig entgeistert anstarrte. »Die haben die uns gebracht, oder, Serg?«

»Ja, Boss.« Serg markierte mit dem Zeigefinger die Stelle, bis zu der er gelesen hatte. »Kamen rüber und haben uns die geliehen, die Schaufeln. Einfach so. Wollten auch kein Geld. Als ob die schon jemand für uns mitbezahlt hätte. Gut, oder?«

Irgendetwas an der Sache kam Zach komisch vor, aber als er darüber nachdenken wollte, setzte das fürchterliche Jucken wieder ein. Wahrscheinlich, weil die Sonne jetzt auf seine Beine schien und es nicht mehr so eiskalt war wie im Gebäude. Bevor er darüber nachdenken konnte, bückte er sich und kratzte an den Stellen auf den Oberschenkeln. Einen Moment lang war der Juckreiz verschwunden. Dann kehrte er zurück, schlimmer als je zuvor.

»Dich hat wohl was gestochen, was, Boss?« Während Razzo schon wieder in seine Kladde versunken war, hatte Serg Zach beobachtet.

»Ja, mich hat was gestochen. Aber offenbar ja nur mich.« Zach merkte, wie der Juckreiz sich allmählich über seine kompletten Beine ausdehnte. Heilige Scheiße, dachte er, das wird ja immer schlimmer. »Lasst uns mal in den Ort gehen. Vielleicht bekommen wir eine Idee, wo wir mit unserer Schatzsuche beginnen können.«

40

»Am besten ist es wohl, wenn wir uns aufteilen.« Wipperfürth stemmte die Hände in die Hüften und ließ sich von Schatten fotografieren, der auf seine Anweisung dabei schnaufend in die Knie ging, um die heroische Pose besser ins Bild bannen zu können. Zusammen mit Lawn und Siebeneisen standen die beiden auf der Calle Antofagasta und befanden sich im Zentrum des allgemeinen Interesses. Eine Gruppe Kinder und Straßenhunde hatte sich um sie versammelt und betrachtete sie mit großen, fragenden Augen, aber auch Erwachsene blieben immer wieder stehen und schauten neugierig. Vor allem die beiden komplett grün gekleideten Männer faszinierten die Menschen der Wüstenoase San Pedro, wo die nächsten Dschungelcamps mal mindestens tausend Kilometer entfernt und Tropenhüte mit integrierten Moskitonetzen gänzlich unbekannt waren. Dass die beiden Straßenbauwerkzeuge geschultert hatten, machte sie noch interessanter. Wipperfürth drehte sich immer wieder ruckartig um, weil die Kinder seine zahlreichen Gürteltaschen für Taschenlampenersatzbatterien und medizinische Ersthelferversorgung befingerten, und er fürchtete, von ihnen beklaut zu werden. Schatten linste währenddessen verstohlen hinüber zu einer Apotheke. Siebeneisen war schon aufgefallen, dass sein Freund sich ständig ruckartig an den unterschiedlichsten Körperstellen kratzte. Wahrscheinlich war die Jugendherberge nicht die sauberste Unterkunft in San Pedro.

»Können wir machen. Teilen wir uns auf.« Siebeneisen zog

Lawn sanft am Arm. Nicht, dass Schatten noch auf die Idee kommen würde, ihn dabeihaben zu wollen, wenn er dem Apotheker seine Leiden beschrieb. »Wir gehen mal da lang.« Er nickte Richtung Ortsmitte. »Ihr könnt ja dann die andere Seite nehmen.« Er überlegte einen Moment. »Wahrscheinlich wäre es gut, wenn wir keinen Verdacht erregen. Erkundigt euch lieber nicht nach der Mumie von Atahualpa. Fragt besser vorsichtig nach den acht Drachen. Ob damit bloß die Berge gemeint sind, oder ob man hier noch etwas anderes so nennt.«

»Selbstverständlich werden wir uns nicht nach der Mumie erkundigen!« Wipperfürth tat so, als sei das ein Ding der Unmöglichkeit, er und Schatten auch nur ein Sterbenswörtchen über die Mumie, wie konnte man denn auf so eine Idee kommen? »Wer sich wie ich derart lange und so intensiv mit Geschichte und Kultur des Kontinents beschäftigt hat, kann sich in den entscheidenden Momenten komplett auf seine Intuition verlassen«, fügte er trotzig hinzu und zog Schatten am Ärmel seines Tropenhemdes. Sie setzten sich Richtung Ortsausgang in Bewegung, wobei Schatten seinen Freund nach wenigen Metern zum Eingang der Apotheke dirigierte. Ein Pulk von Kindern und Hunden lief hinter ihnen her.

Lawn und Siebeneisen gingen die Straße in die andere Richtung hinunter, bis sie zu einem kleinen Platz kamen. Ein neues Museum stand auf der einen Seite, eine alte, weiß verputzte Kirche auf der anderen. Auf einer Bank unter einem Baum saß der Ältestenrat von San Pedro und beobachtete sie. Vier uralte, völlig verhutzelte Männer mit Gesichtern wie topografische Landkarten, eingewickelt in Lamadecken, Hüte auf den Köpfen, Stöcke in den Händen. Alle vier trugen schwarze Sonnenbrillen, in denen sich der blaue Himmel über der Atacama spiegelte.

Die könnten etwas wissen, dachte Siebeneisen, die sehen

aus, als säßen sie schon länger dort. Er dachte an Ancaquiaro, und wie problemlos die Kommissarin dort die gesuchte Auskunft von den alten Frauen erhalten hatte. Jetzt würde natürlich alles auf die richtige Taktik ankommen. Er sollte wahrscheinlich interessiert-naiv klingen, besser nicht zu forsch, bloß nicht überheblich. Und auf gar keinen Fall dürfte er sich anmerken lassen, wie wichtig die ganze Sache für ihn war. Siebeneisen überlegte. Am besten war es wohl, er verwickelte die Alten erst einmal in ein unschuldig anmutendes Gespräch. Ein bisschen was von Deutschland erzählen, nach den Enkelkindern fragen, ach, wirklich, so viele schon und so groß, solche Sachen – auf diese Weise müsste sich das Vertrauen der Männer doch gewinnen lassen. Auch Krankheitsthemen könnten eventuell funktionieren. Er müsste wahrscheinlich schummeln und ein Rückenleiden erfinden, so etwas kam doch auch immer gut, wenn man mit älteren Menschen ins Gespräch kommen wollte. Langsam schlenderte er auf die Bank zu und lächelte den Männern entgegen, deren Blicke hinter ihren Sonnenbrillen verborgen blieben. Zwei Schritte vor ihnen blieb er stehen, räusperte sich und wollte gerade ansetzen, als …

»*Hola, muchachos!*«, sagte Lawn neben ihm. Ihr Spanisch klang zauberhaft. »Wie geht's euch denn heute, Männer? Habt ihr schon mal von den acht Drachen gehört?«

»Die acht Drachen, Señorina?« Einer der Alten drehte sich halb um und zeigte mit dem Ende seines Krückstocks zur Kirche hinter sich. »Links neben dem Altar. Sind nicht zu übersehen.« Die anderen drei nickten wortlos. Alle vier lächelten selig.

»Na toll! Und wenn sie beschlossen hätten, der vorlauten *Gringa* nichts zu sagen?«

»Das hätten die nie getan. Hast du gesehen, wie sie sich gefreut haben, als ich sie angesprochen habe? Wahrscheinlich redet sonst niemand mehr mit ihnen.«

Lawn und Siebeneisen öffneten die schwere hölzerne Tür der alten Missionskirche und traten ein. Nach der gleißenden Wüstensonne draußen tat das gedämpfte Licht im Innern des Gebäudes den Augen gut. Die Luft war abgestanden und deutlich kühler als draußen. Durch die schmalen Fenster weit oben in den Mauern fielen Balken aus Licht auf grob gezimmerte Sitzbänke. Außer ihnen war niemand in der Kirche.

»Dann schauen wir mal. Komm!«

Sie liefen durch den Mittelgang nach vorne und sahen sie sofort. Die acht Drachen waren in einen großen Stein gemeißelt, grobe Figuren mit klobigen Köpfen und Feuerzungen. Der Stein wiederum war in die Wand gelassen. Links neben dem Altar, wie sie ja seit eben wussten und nun auch nicht übersehen konnten.

»Hm. Seltsame Motive für eine christliche Kirche, oder?« Siebeneisen war nahe an den Stein herangetreten und betrachtete die acht Drachen. Einige befanden sich auf seiner Brusthöhe, andere in über drei Meter Höhe.

»Nicht, wenn man auf die andere Seite sieht.« Lawn zeigte am Altar vorbei zur Wand gegenüber, wo sich ein ganz ähnlicher Stein befand. Auf ihm waren acht Reiter zu sehen, Schwerter und Speere in der Hand.

»Der Heilige Georg«, sagte Siebeneisen. »Der Drachentöter, gleich in achtfacher Ausführung.« Er lief hinüber auf die andere Seite des Altars. »Ist allerdings ein ganz anderer Stein, siehst du das? Der ist längst nicht so alt.« Er fühlte über die eingemeißelten Reiterfiguren. »Den hat man garantiert erst viel später hier eingefügt.« Er überlegte. »Vielleicht sollte der Stein hier den anderen da drüben logisch erklären? Vielleicht wollte man es so aussehen lassen, als sei ein Stein mit acht Drachen ganz normal?« Siebeneisen drehte sich um und kam zurück, als sei ihm in genau diesem Moment etwas eingefallen. »Findest du nicht, dass das alles ein bisschen merkwürdig ist? Das hier ist eine spanische Missionskirche. Und wir suchen die Mumie eines Inkaherrschers.«

»Und wenn sie damals genau den gleichen Gedanken hatten?« Lawn fühlte mit der Hand über die steinernen Drachen. »Wenn die Inka glaubten, dass die Spanier die Mumie dort am wenigsten suchen würden, wo man sie überhaupt nicht vermuten würde? Warte mal...« Lawn zog und drückte an einem der kleinen steinernen Drachenköpfe.

»Was denn?«

»Ich hatte für einen Moment den Eindruck, der sitze irgendwie locker«, sagte Lawn. Sie zog und drückte erneut. Der Stein bewegte sich tatsächlich. Nicht viel, keinen Millimeter, aber er bewegte sich. Wenn man genau hinsah, konnte man eine haarfeine Spalte erkennen, die um den kompletten Drachen herumlief. »Kann es sein, dass das ein Schließmechanismus ist?« Lawn trat einen Schritt zurück und betrachtete die Wand. »Vielleicht ist der Stein eine Tür?«

»Die Form hätte er. Was ist denn mit den anderen Drachen?« Siebeneisen stellte sich neben seine Freundin und untersuchte die Figuren. »Kommen mir auch seltsam vor.« Er drückte auf den Drachen herum. Einige schienen tatsächlich beweglich zu sein. Allerdings passierte nichts.

»Vielleicht muss man alle gleichzeitig drücken? Alle acht?«

»Gut möglich. Dann brauchen wir aber Hilfe. Mindestens zwei Leute.« Siebeneisen legte seine beiden Hände auf zwei der acht steinernen Drachen.

»Da kommen wir ja gerade rechtzeitig«, sagte eine Stimme an der Kirchentür.

41

Siebeneisen und Lawn drehten sich ruckartig um.

»Wie habt ihr uns denn so schnell gefunden?«

»Also… Wir… Als wir aus der Apotheke… Wir sind euch einfach nachge…« Auf Schattens grüner Kleidung waren großflächige weiße Flecken zu sehen. Der Apotheker schien ihn von oben bis unten eingepudert zu haben.

»Selbstverständlich ist eine Missionskirche ein guter Ausgangspunkt, um das Geheimnis der acht Drachen zu lüften. Das weiß man ja wohl.« Wipperfürth marschierte durch den Mittelgang auf sie zu, als sei er der Bote eines fernen Königs und überbringe die Nachricht von der Mobilmachung Saurons. Er hatte den rechten Arm ausgestreckt und zeigte auf den Stein mit den acht Drachen. »Und hier sehen wir ja auch schon, dass ich mich auf meine Intuition verlassen kann. Dass ich in der Lage bin, die feinen Signale meines Körpers zu erkennen und zu deuten. Dort sind die *ocho dragónes*, dort sind sie!«

»Tatsächlich?« Es gab Momente mit Wipperfürth, in denen fehlten Siebeneisen die Worte. Beziehungsweise: In denen schossen ihm derart schauervolle Bilder durch den Kopf, dass dort überhaupt kein Platz für Worte mehr war.

Und dann?

Dann stand Wipperfürth vor dem Stein mit den Emblemen und verneigte sich tief. Als wisse er, und nur er, dass man sich so verhalten müsse, wenn man acht gemeißelte Drachen erblickt. »Und? Habt ihr schon eine Idee?«

»Wir? Wieso sollten wir eine Idee haben?« Wenn es eine Möglichkeit gegeben hätte, Wipperfürth jetzt, in exakt diesem Augenblick, für immer aus seinem Leben zu bannen – Siebeneisen hätte sie ergriffen.

»Na, dann lasst mich mal sehen.« An den leicht zuckenden Muskeln in seinem Gesicht konnte man erkennen, dass Wipperfürth verbissen nachdachte. Siebeneisen beobachtete ihn. Auch in seinem Gesicht bewegten sich Muskeln. Allerdings aus anderen Gründen. Lawn neben ihm legte ihre Hand auf seinen Unterarm.

»Nun, für den Laien ist es natürlich nicht einfach, die Ikonografie einer komplexen Kultur wie die der Inka auf den ersten Blick zu durchschauen.« Wipperfürth tat so, als bestehe die einzige Schwierigkeit im Moment darin, den anderen besagte Ikonografie zu erklären. Er sah zu Schatten hinüber. Schatten hatte sich auf eine der Holzbänke fallen lassen. Er machte nicht den Eindruck, als könne er Wipperfürth unterstützen.

»Sollen wir dir mal einen Hinweis geben? Wir als Laien?« Siebeneisen trat zu dem eingemauerten Stein und tippte an einen der Drachen. »Ein Schließmechanismus. Vermutlich muss man alle acht Drachen gleichzeitig drücken.«

»Natürlich«, sagte Wipperfürth, »natürlich muss man das. Was denn auch sonst.«

Wer je im Fernsehen eine Dokumentation über »Traditionen und Brauchtümer Spaniens« gesehen hat, dem sind die sogenannten Castells wahrscheinlich bestens vertraut. Bei diesen Wettbewerben, bei denen Nachbarorte oder Nachbarviertel gegeneinander antreten, versuchen die Männer der jeweiligen Gruppe, einen möglichst hohen und möglichst stabilen menschlichen Turm zu bauen. Dabei positionieren sich die kräftigsten Teammitglieder nebeneinander und lassen die leichteren auf ihre Schultern steigen. Noch schmalere Mitglieder wiederum klettern anschließend noch eine Etage höher, aber das war beim *Team Mumienjäger* zum Glück nicht nötig: Es mussten ja nur acht steinerne Drachen bedient werden, und die oberen Figuren befanden sich ja auch nicht in schwindelerregender Höhe. Dennoch funktionierte ihr Castell nicht problemlos.

»Ich kann nicht mehr! Ich breche durch!« Mit gespreizten Beinen stand Schatten schwitzend an der Wand der Kirche, mit ausgestreckten Armen und den Händen an zwei der kleinen Drachen. Auf seinen Schultern saß Lawn, die kaum mehr als fünfzig Kilo wog und ihre Hände weiter oben auf zwei andere Drachen gelegt hatte.

»Mein Steißbein! Oh, wie schmerzt mir die alte Wunde!« Das war Wipperfürth, neben Schatten, ebenfalls breitbeinig, ebenfalls mit den Händen an zwei Drachen. Siebeneisen auf seinen Schultern drückte mit einer Hand auf einen weiteren. Mit der anderen versuchte er, an den achten zu kommen. Die Figur befand sich knapp außerhalb seiner Reichweite.

»Richte dich mal ein bisschen auf. Ich muss höher kommen!«

»Mein Steißbein! Der Bruch reißt wieder auf!«

»Quatsch! Doch nicht, wenn du dich aufrichtest! Außerdem ist der seit fünf Jahren verheilt!« Siebeneisen reckte sich und kam doch nicht weit genug. Schließlich merkte er, dass er die ganze Zeit etwas zu weit links an der Wand herumtastete. Er korrigierte sich nach rechts.

Dann bekam er mit der Hand den achten Drachen zu fassen.

Dann drückte er.

Dann gab der eingefügte Stein nach, der tatsächlich eine Tür war, und die Tür schwang zur Seite.

Dann fiel das Castell von *Team Mumienjäger* nach vorne. Und die zwei Stufen zu einem unterirdischen Gang hinunter, die sich hinter der Geheimtür befanden.

»Jetzt zeigt sich, wer eine Expedition wie die unsere ausreichend vorbereitet angetreten ist!«

Sie hatten sich aufgerappelt und standen hinter Wipperfürth, der aus einer der vielen Taschen an seinem Gürtel eine Taschenlampe geholt hatte. Ihr Schein war allerdings kaum zu sehen. Durch die Geheimtür hinter ihnen fiel so viel Licht in den kurzen Gang, dass man alles auch ohne Wipperfürths LED-Leuchte erkennen konnte. Zumindest bis zur nächsten Tür, die vielleicht drei Meter vor ihnen den Weg versperrte.

»Kommt ihr mit?« Während Wipperfürth noch mit dem Ausleuchten des Ganges beschäftigt war und Schatten Spaten und Spitzhacke aus der Kirche holte, ging Lawn zur Tür und öffnete sie.

Der niedrige, kleine Raum hinter ihr war leer. Bis auf einen flachen, länglichen Steinblock in der Mitte, auf dem ein Kissen lag, und auf dem Kissen eine Halskette.

»Ein Steinsarg!« Schatten war der Erste, der etwas sagte. »Seht nur! Der steinerne Sarg des letzten Inkaherrschers!«

»So, wie es geschrieben steht.« Wipperfürth drängelte sich an ihnen vorbei in den Raum. Er verbeugte sich und kniete anschließend nieder wie ein Ritter, den Kopf tief geneigt. Seine Lippen bewegten sich lautlos. Möglicherweise hatte er irgendwo ein altes Inkagebet aufgeschnappt, das er nun stumm rezitierte.

»Sieht mir aber eher nach einem kompakten Felsen aus …« Siebeneisen ignorierte Ritter Wipperfürth und ging um den Stein herum. Er bückte sich und strich mit beiden Händen an den Seiten des Quaders entlang. Das ist massiv, dachte er, da ist keine Fuge, da ist auch kein Deckel. Das ist ein rechteckiger Stein, sonst nichts.

»Es steht völlig außer Frage, dass dies der Sarkophag Atahualpas ist.« Wipperfürth erhob sich aus seiner Ritterpositur. »Die Hinweise. Der Ort. Die Geheimtür. Das Kissen mit der königlichen Kette.« Er zeigte auf das Schmuckstück auf dem Kissen. Die Kette war nicht aus Metall gefertigt, sondern aus Schnüren, in die man hunderte kleine Knoten geknüpft hatte. Sie sah alles andere als königlich aus. Aber alt.

»Ich würde das eher nicht anfassen!« Lawn hatte bemerkt, dass Wipperfürth die Hand nach der Kette ausstreckte. »Du weißt doch, was mit Carter passiert ist, nachdem er das Grab Tutanchamuns geöffnet hat, oder?«

Wipperfürth riss die Hand zurück, als habe er im allerletzten Augenblick bemerkt, dass er nach einem nuklear verseuchten Gegenstand greifen wollte.

»Der Fluch des Pharaos!« Schatten versuchte, seinen massigen Körper hinter die anderen zu schieben. »Daran haben wir nicht gedacht! Bestimmt haben das auch die Inka so gemacht! Garantiert sind auch die Ruhestätten ihrer Herrscher gegen Eindringlinge geschützt!« Er duckte sich hinter Lawn in den Gang. Neben den Puderflecken erschienen dunkle, feuchte Stellen auf seiner Kleidung.

»Jetzt bleibt mal ruhig.« Siebeneisen war mittlerweile einmal um den Steinquader herumgegangen, der seiner Meinung nach ein Steinquader war. »Lasst uns mal gemeinsam überlegen, was wir hier gefunden haben könnten.«

»Da komme ich ja gerade rechtzeitig«, sagte eine Stimme im Gang hinter ihnen.

42

Die vier drehten sich ruckartig um. Im Gang aus der unterirdischen Kammer hinauf zur Kirche stand ein Mann. Ein alter Mann. Er trug einen langen grauen Bart und ein Messgewand. In jeder Hand hielt er eine brennende Taufkerze. Alles in allem erinnerte er ein wenig an den Bibliotheksmönch aus der Verfilmung von *Der Name der Rose*.

»Mein Großvater hat damals bestimmt die gleichen Überlegungen angestellt wie Sie gerade eben. Darf ich …?«

Der Priester versuchte, mit seinen Kerzen an Schatten vorbei in den kleinen Raum zu kommen. Als es ihm nicht gelang, trat er zwei Schritte zurück und wartete, bis Schatten mit seinem Spaten in der Kammer war. Dann folgte er ihm.

»Ihr Großvater?« Siebeneisen fand seine Sprache am schnellsten wieder.

»Ja. Er hat diese Kammer hier entdeckt. Vor langer Zeit. Vor weit über hundert Jahren.« Der Priester nickte ihnen freundlich zu und platzierte die Kerzen auf zwei Ständer, die in den Ecken des Raumes standen. Es wurde deutlich heller. »Ich bin Padre Antonio. Herzlich willkommen im Keller unserer bescheidenen Kirche.«

»Das heißt, wir sind nicht die Ersten?« Schatten schien die Begrüßung überhaupt nicht registriert zu haben. Er starrte den Pater fassungslos an. Man hätte bei seinem Anblick erschrecken müssen, wenn da nicht der Hut mit dem wallenden Moskitonetz gewesen wäre.

»Die Ersten?« Der Pater lächelte. »Nein, das sind Sie nicht. Mein Großvater war der Erste. Vermutlich. Er hat mir diesen Raum gezeigt, als ich noch ein Kind war.«

»Dann sind Sie der Wächter der Mumie!« Wipperfürth hatte den Pater mit unverhohlener Neugier taxiert. Jetzt zeigte er mit dem Zeigefinger auf ihn. »Sie sind hier, um sie zu beschützen! Damit niemand sie rauben kann!« Er hielt seine Spitzhacke quer vor seinen Körper und drängte die anderen mit dem Stiel nach hinten. »Vorsicht! Der Mann ist garantiert bewaffnet!«

Für einen Augenblick sah der alte Priester Wipperfürth konsterniert an. Dann schüttelte er leicht den Kopf, als habe er soeben beschlossen, dieses offenbar verwirrte Menschenkind von nun an in seine Gebete aufzunehmen. »Mein Großvater war sicherlich ebenso überrascht wie Sie, am Ende der langen Suche nur dies hier zu finden.« Der Priester blickte zu der geflochtenen Halskette, die auf dem Steinquader lag.

»Wie meinen Sie das?« Wipperfürth versuchte noch immer, die anderen zurückzudrängen. »Soll das heißen, die Kette da ... das sei ... Moment mal! Und wo ist dann die Mumie?«

»Mumie?« Ein Ausdruck des Erstaunens fiel auf das Gesicht des Priesters. »Ich fürchte, eine Mumie existiert nicht. Aber vielleicht wissen Sie ja mehr als ich. Oder mein Großvater.«

»Ich glaube, wir müssen Ihnen jetzt erst einmal ein paar Dinge erklären, Herr Pfarrer.« Siebeneisen fand, dass genug spekuliert worden war. »Meine Freunde hier und ich führen ein Unternehmen, das sich auf das Auffinden eigentlich nicht auffindbarer Dinge spezialisiert hat. Im Erfolgsfall geben wir diese Gegenstände ihren Besitzern zurück. Beziehungsweise, wenn die sich nicht mehr ermitteln lassen, an ein entsprechendes Museum.« Siebeneisen ließ seinen Blick über die anderen im Raum schweifen. Das waren jetzt mindestens drei oder vier Sätze gewesen, ohne dass Wipperfürth oder Schatten ihn unterbrochen hätten – möglicherweise Saisonrekord. Den er ja eventuell noch verbessern können würde. »In den alten Aufzeichnungen eines ausgewanderten Bayern haben wir Hinweise auf die Mumie des letzten Inkaherrschers Atahualpa entdeckt. Hinweise, die uns bis in diesen Raum hier gebracht haben.«

Siebeneisen überlegte, ob er das so weit logisch und nachvollziehbar erklärt hatte. Ihm war klar, dass er etliche Details unterschlagen hatte. Und zahlreiche Zwischenstopps. Bei Wipperfürth oder Schatten hätte eine solche Erklärung eine halbe Stunde länger gedauert, weil die beiden von Pontius zu Pilatus gekommen wären. Nein, befand er, das müsste verständlich gewesen sein. »Dementsprechend irritiert sind wir nun, wenn Sie uns sagen, dass es überhaupt keine Mumie gibt.«

»Das kann ich gut nachvollziehen«, sagte der Priester und kam damit Wipperfürth zuvor, der bereits mit erhobenem Dozierzeigefinger auf seinen Einsatz gewartet hatte. »Natürlich müssen Sie enttäuscht sein. Das wäre an Ihrer Stelle bestimmt jeder.« Der alte Mann lächelte. »Allerdings ist mir nicht bekannt, dass mein Großvater in seinen Tagebüchern tatsächlich eine Mumie erwähnt hat. Ich kann mich nicht mehr detailliert erinnern, die Bücher befinden sich seit vielen Jahrzehnten nicht mehr in meinem Besitz. Meines Wissens aber hat er lediglich vom Vermächtnis des letzten Inka geschrieben, oder? Und das muss ja nicht zwangsläufig eine Mumie sein.«

Das Schweigen, das sich nach den Sätzen des Priesters in dem kleinen Raum unter der Kirche von San Pedro de Atacama ausbreitete, wäre von Menschen mit poetischer Ader oder sonstigem schriftstellerischem Talent als »allumfassend« bezeichnet worden; »es erfüllte den letzten Winkel« hätten sie geschrieben oder sogar von einer »Grabesruhe« berichtet. Tatsächlich hatten Padre Antonios Worte den anderen die Sprache verschlagen –

still war es deswegen aber keineswegs. Schattens hektisches Schnaufen zum Beispiel war deutlich zu hören. Auch das Geräusch, das entstand, als Lawn Siebeneisen fest an sich drückte. Wesen mit hochentwickeltem Gehörsinn konnten vielleicht sogar das Geräusch der vielen kleinen Rädchen wahrnehmen, die sich in Wipperfürths Kopf in Bewegung setzten. Wipperfürth nämlich erinnerte sich soeben an einen bestimmten Moment im Maskierten Waschbär. An jenen Moment, in dem er mit Schattens Unterstützung Siebeneisen davon überzeugt hatte, einer der größten archäologischen Sensationen auf der Spur zu sein: der Mumie Atahualpas.

»Sie sind Moosbichlers Enkel?« Siebeneisen war der Erste, der das Schweigen brach.

Der Priester nickte.

»Was?? Sie sind…?« Schattens Reaktion ließ darauf schließen, dass der Groschen bei ihm erst soeben gefallen war. »Und warum sind Sie… also… wieso treffen wir Sie ausgerechnet… Wir sind hier mitten in der Atacama!«

»Mein Großvater hat irgendwann spät im Leben beschlossen, die Geschichte dieses Indianers zu überprüfen, den er bei Buffalo Bill kennengelernt hatte. Zittriger Pfeil war sein Name, glaube ich.«

»Zittrige Lanze. Er hieß Zittrige Lanze!« Wipperfürth, natürlich. Als ob es etwas geändert hätte, Lanze statt Pfeil. Der alte Priester überging die Bemerkung souverän.

»Also verfolgte er alle Hinweise, die er besaß. Am Ende stand er dort, wo wir jetzt stehen.«

»Und dann ist er…« Siebeneisen musste an den alten Bayern denken, hier unten in der Kammer, vor einer Ewigkeit. Seine letzte Reise, und dann dieser Nackenschlag. So etwas steckte man im hohen Alter nicht einfach so weg.

»Und dann hat er sich verliebt«, ergänzte Lawn den Satz. Sie trat lächelnd an den Geistlichen heran. »Oder, Padre? Er hat sich verliebt und ist hiergeblieben. In Chile, in der Atacama, in San Pedro. Und bald darauf wurde Ihre Mutter geboren, nicht wahr?«

»Mein Vater«, sagte der Priester und lächelte sanft. »Aber sonst war es so, wie Sie vermuten.«

»Sie heißen also auch Moosbichler?«, fragte Wipperfürth im Tonfall der Heiligen Inquisition. Als ob es einen Unterschied gemacht hätte, wenn der alte Mann irgendwann den Namen seiner Mutter angenommen hätte und nun Antonius de Alcántara hieße.

»Antonius Moosbichler.«

Wipperfürth nickte, als ob ihm da soeben etwas bestätigt worden war, was er längst vermutet hatte. »Und das da? Das ist das Vermächtnis des letzten Inka? Diese Halskette?« Vor ein paar Minuten hätte Wipperfürth bei einer solchen Bemerkung die Kette noch angefasst. Nach Lawns Hinweis auf Howard Carter und den Fluch des Pharao war er vorsichtiger.

»Diese Halskette ist ein Quipu.« Der Priester nahm die geknüpften Schnüre in die Hand. Wipperfürth wich zurück. Schatten verschwand im Eingang des Ganges.

»Ein was?«

»Vielleicht wissen Sie ja, dass die Inka keine Schrift in unserem Sinne kannten. Trotzdem waren sie in der Lage, wichtige Dinge festzuhalten. Sie haben solche Schnüre verwendet. Eine Knotenschrift, gewissermaßen.«

»Mit deren Hilfe haben sie gezählt, oder?« Siebeneisen erinnerte sich, von diesem System gelesen zu haben.

»Ja, ursprünglich haben sie damit ihre Buchhaltung erledigt, wenn man das so sagen darf. Im Laufe der Zeit aber wurde das System immer mehr verfeinert. Man begann, unterschiedliche

Materialien für die Schnüre zu verwenden. Und verschiedene Farben. Kleine und große Knoten. Diverse Abstände zwischen den Knoten. All das hatte eine Bedeutung. Man muss das wie eine Art Code betrachten.«

»Und wer die Bedeutungen der Größen und Farben und so kannte, konnte den Quipu lesen?«

»Nein. Jedes Quipu musste mit einem persönlichen Kommentar übergeben werden. Das war sozusagen der Schlüssel, mit dem man den Quipu dann entziffern konnte. Erst dann konnte man die komplette Geschichte lesen. Hatte man den persönlichen Kommentar nicht, gaben die Schnüre nicht mehr preis als wirre Informationen.«

»Klingt wie etwas, das Edward Snowden allen Internetnutzern empfehlen würde.« Für eine US-Amerikanerin war Lawn sehr auf ihre Privatsphäre im Internet bedacht. Bei ihren beruflichen Recherchen verwendete sie eine Anonymisierungssoftware.

»Und Sie können das?« Siebeneisen zeigte auf die Schnüre in Moosbichlers Hand. »Sie können den Quipu lesen?«

»Ja, das kann ich. Mein Großvater hat es mir beigebracht.« Der Priester setzte sich auf den Steinquader. Die vergangenen Minuten schienen ihn ein wenig mitgenommen zu haben. Lawn und Siebeneisen nahmen links und rechts neben ihm Platz. Das verhinderte immerhin, dass die beiden anderen sich an ihn drücken konnten.

»Ja, doch, ich kann ihn lesen.« Beinahe zärtlich sah Padre Antonio auf die Knotenschnüre in seinen Händen. »Möchten Sie das Vermächtnis des Inka erfahren?« Er sah zuerst Lawn und dann Siebeneisen an. Und dann Wipperfürth und Schatten, die sich vor ihn gestellt hatten und sich auf Spaten und Spitzhacke stützten.

»Da kommen wir ja gerade rechtzeitig«, sagte eine Stimme im Gang hinter ihnen.

43

Die fünf Menschen in der unterirdischen Kammer drehten sich ruckartig um, und Zach erkannte die beiden Irren aus der Jugendherberge. Großer Gott! Das fehlte noch! Sie trugen ihre bescheuerten Tropenklamotten und hielten ebenfalls Schaufeln in der Hand. Der Hagere zumindest; der Dicke hatte sich mit einer Spitzhacke ausgerüstet. Zach verstand plötzlich, weshalb die Kinder im Ort sie zu der Kirche geführt hatten. Die vermuteten natürlich, dass die Männer mit den Werkzeugen alle zusammengehörten. Das war mal ein Glück, dachte Zach, sonst hätten sie diese Kirche wahrscheinlich niemals betreten. Er musterte die anderen aus der Truppe in der Kammer vor ihnen: Ein dritter Typ, eine Tusse und ein Pope, der aussah wie Gandalf, der Zauberer. Nun denn. Mit dem Colt in der ausgestreckten Hand betrat er den Raum.

»Ihr stellt euch jetzt alle an die Wand da hinten. Und zwar so, dass ich eure Rücken sehen kann. Die Hände ausgestreckt über den Kopf.«

»Wer sind Sie denn? Was wollen Sie hier?«

War ja klar, dachte Zach, der eine der beiden Irren quatschte gleich los. Aber da war er bei Zach gerade richtig. Der hatte wegen dieses Idioten und seiner pseudomedizinischen Vorträge die ganze Nacht über nämlich kein Auge zugetan.

»Halt die Fresse! Du solltest froh sein, wenn ich dir Sabbelkönig nicht gleich als Erstem eine verpasse!« Zach stieß den Typen mit Schwung Richtung Wand. Bei dem Dicken reichte eine kurze Bewegung mit dem Kopf. Der dritte Typ und die Tusse standen eh schon wie gewünscht an der Wand. Sah ganz so aus, als hätten sie mehr Grips in der Birne als die beiden anderen Vollpfosten. »Razzo? Serg?« Zach drehte sich um. Die beiden standen noch immer weit hinten im Gang. »Kommt ihr jetzt bitte auch allmählich mal?«

»Ok, Boss.« Die beiden schlurften in die Kammer.

»Braucht ihr 'ne persönliche Einladung? Haltet die Typen da mal in Schach!« Zach nickte in Richtung der vier. Er entsicherte und sicherte den Colt, mehrmals nacheinander, vielleicht würde sich das für sie anhören, als seien alle Angreifer bewaffnet. Die vier erweckten nicht den Eindruck, als wollten sie auf Helden machen. Wenn doch, hatten Razzo und Serg immer noch ihre Spaten. »Und unser Pastor erklärt mir jetzt mal, was er gerade über dieses Ding hier sagen wollte.« Zach nickte dem alten Priester zu, der noch immer das Quipu in der Hand hielt. »Na los, Alterchen, erzähl uns mal was: Wo ist der Schatz der Inka versteckt?«

»Der … der Schatz der Inka?« Antonius Moosbichler sah zum wiederholten Mal an diesem Vormittag aus, als habe er im ersten Moment Probleme, die Fragen seiner Besucher zu verstehen. »Der Schatz?«

»Jetzt stell dich bitte nicht blöder, als du bist.« Zach hatte sich gerade mit dem Lauf des schweren Colts an seinem Knie gekratzt. Jetzt hob er ihn wieder auf Brusthöhe des Priesters, der noch immer auf dem Steinquader saß. »Na los, fang an. Du hast deinen Freunden doch eben erzählt, dass du die Schnürchen da lesen kannst. Was sagen sie uns denn?«

»Also …« Der alte Pater zögerte. »Ich … also …«

»Na?« Langsam, ganz allmählich, verließ Zach die Geduld. Was aber auch mit diesem verfluchten Juckreiz zu tun hatte. Seit sie die Jugendherberge verlassen hatten, war er mit jeder Minute schlimmer geworden. Mittlerweile hatte er sich über seine kompletten Beine ausgebreitet. Soeben war er an seinen Füßen angekommen.

»Also… Sie müssen wissen, dass dies hier sehr alt ist. Die Sprache der Inka war anders. Längst nicht so direkt wie unsere heute… also…«

»Lies vor!« Zach kratzte sich mit dem Lauf der Waffe an seinem rechten Fuß und richtete den Colt anschließend wieder auf die Brust des Priesters. Eigentlich müsste ich ihm das Ding an seinen verdammten Schädel halten, dachte er, bei den *Sopranos* zielen sie auch immer auf den Kopf, nie auf die Brust. Dann aber bedrohten sie bei den *Sopranos* auch keinen altersschwachen katholischen Popen, der wahrscheinlich völlig unschuldig war.

»Also, wenn Sie meinen. Ich sage Ihnen, was die Schnüre erzählen. Sehen Sie: die erste hier, die rote – auf der befinden sich vier einzelne Knoten, jeder mit einem Abstand von etwa drei Zentimetern zum nächsten, ganz anders als bei der nächsten Schnur, an der die Abstände zwischen den Knoten…«

»Willst du mich verarschen?« Zach fuchtelte mit der Waffe vor dem Gesicht des Priesters herum. Das Bewegungsmuster des Laufs wurde entscheidend beeinflusst von der hektischen Kratzbewegung, die er gleichzeitig mit der linken Hand auf der Rückseite seines rechten Oberschenkels ausführte. »Ich will nicht wissen, was der dritte Knoten an der siebten Schnur von links bedeutet! Du sollst uns erzählen, wo der Schatz vergraben liegt!« Den letzten Satz brüllte Zach derart laut, dass er in seinen eigenen Ohren widerhallte. »Und ihr rührt euch nicht!«, donnerte er nun Richtung Wand, an der Schatten leise zu wimmern begonnen hatte.

»Rührt euch nicht!«, wiederholte Serg.

»Nicht rühren!«, ergänzte Razzo.

»Schon gut, schon gut …« Moosbichler packte den Quipu, als seien die Schnüre etwas, an dem er sich festhalten könne. »Hier steht:

»Am Ende des Pfades,
in den Bergen, tief im Wald,
das Glitzern der Sonne
hinter dem Wasserfall.«

Zach sah den alten Priester irritiert an. »Das war's? Das war alles? Und was sollen wir damit anfangen?«

»Das weiß ich nicht. Aber das sind die Worte, die hier geknüpft wurden.«

»Boss? Boss, ich …«

»Jetzt nicht! Jetzt bloß nicht!« Zach drehte den Lauf des Colts Richtung Razzo. »Halt bloß die Klappe!« Zach fühlte, wie der letzte Rest Geduld aus ihm heraussickerte. Sein Geist machte einen kleinen Abstecher nach Bora Bora, weil Bora Bora weit entfernt war und außerdem sehr schön sein sollte, wie er gehört hatte, ein Ort der Ruhe und Stille, der nach Kokosnusssonnenmilch duftete, den inspizierte sein Geist soeben, aber Zach konnte ihn packen und zurück in die Kammer unter der Kirche schleifen. »Hast du eine Idee, weshalb wir hier sind?« Er zog das Gesicht des alten Priesters zu sich hinauf. Was nur funktionierte, weil er ihn am Bart zog, der am Gesicht hing. »Der da …« Zach nickte Richtung Razzo, der mit seinem Spaten im Raum stand wie ein lebendes Modell für einen besonders trotteligen Gartenzwerg, »der da hat es geschafft, dass die halbe New Yorker Mafia hinter uns her ist. Wir sind auf der Flucht. Seit Wochen. Wir werden gehetzt. Sie sind uns auf den Fersen. Und jetzt kommst du und willst mir was von Wasserfällen erzählen?«

»Das sind die Worte, die geknüpft sind!« Moosbichler versuchte, den Kopf ganz still zu halten. Seine Stimme war brüchig geworden. Er hatte Angst.

»Boss?« Razzo unternahm einen neuen Anlauf. »Boss? Ich meine ja nur… Ich weiß, was das bedeutet. Der Spruch, meine ich. Das ist Machu Picchu. In Peru. Das ist gemeint. Und die Sonne, Boss? Das ist das Gold. Die dachten, das Gold seien Tränen der Sonne, die Inka.«

»Was faselst du da?« Zach ließ den Bart des Priesters los und drehte sich zu Razzo.

»Das Gedicht, Boss. Das, was er vorgelesen hat. Mit dem Ort ist Machu Picchu gemeint. Der liegt in den Bergen. Am Ende des Inka-Pfades. Und einen Wasserfall gibt es dort bestimmt auch. Wir haben davon gelesen, Serg und ich. Stimmt doch, Serg?«

»Doch, Boss. In den Heften. Da stand das. Der, wo die Hefte voll geschrieben hat, der hat dieses Machu Picchu genau so beschrieben. Das Gold ist dort, Boss. Ganz bestimmt.«

»Rührt euch nicht!« Zach brüllte Richtung Wand, wo Wipperfürth und Schatten vor Aufregung hin und her zu wackeln begonnen hatten. »Scheiße! Was machen wir dann hier, wenn ihr eh wusstet, dass das Gold in diesem Machu Picchu liegt!« Zach kratzte sich mit dem Lauf des Colts in der Kniekehle. Er hatte das Gefühl, jeden Augenblick zu platzen.

»Wussten wir ja nicht, Boss. Der hat ja nur über die Inka geschrieben, und wie die früher gelebt haben, im Wald, in den Bergen und so. Der Heftschreiber hat das so beschrieben wie der Priester, Boss.«

Zach versuchte, Razzos Gestammel und die Informationen des Priesters zu ordnen. Seine Beine juckten derart, dass er sich am liebsten hineingeschossen hätte. Machu Picchu, klar. Natürlich. Diese Drecksruinen lagen doch ziemlich nah bei der Inkahauptstadt Cusco. Wie hätten die damals den Schatz auch hierhin in die Wüste bekommen sollen? Natürlich war das alles in Machu Picchu versteckt. Hinter einem Wasserfall. Und sie würden es sich holen, das Gold. Sehr bald schon. Zach zog den alten Priester nach oben und stieß ihn zu den anderen an die hintere Wand der Kammer. »Jetzt passt gut auf, ihr Fünf. Wir gehen jetzt und schließen hinter uns ab. Am Flughafen sagen wir jemandem Bescheid, dass ihr hier unten drin seid, damit man euch nicht erst nächstes Jahr findet. Sobald wir in den Flieger steigen. Spätestens heute Abend kommt die Putzfrau und lässt euch frei.« Zach gab Razzo und Serg mit dem Colt ein Zeichen, in den Gang zu gehen. Die beiden rührten sich nicht. Er wiederholte die Bewegung. In Sergs Augen flackerte ein schwaches Licht des Verstehens auf. Er nickte Zach zu. Auch Razzo schien kapiert zu haben. Statt nacheinander die Kammer zu verlassen, stießen sie mit voller Wucht am Ausgang zusammen.

Zwei Spaten, die in einer engen, unterirdischen, steinernen Kammer auf den Boden scheppern, verursachen eine infernalische Geräuschkulisse. Sie sind erschreckend laut. Sie sind viel lauter als ein kleiner Kunstharzwürfel, der aus einer Hosentasche fällt, über den Boden schlittert und an jenem Felsquader liegen bleibt, in dem eigentlich die Mumie des letzten Inkaherrschers hätte ruhen sollen.

44

»Ich hab es gewusst! Oh, wie ich es gewusst habe!« Wie ein gefangener Tiger lief Wipperfürth in der kleinen Kammer auf und ab. »Oder, Schatten? Habe ich es nicht immer gesagt? War mir nicht immer absolut klar, dass die Mumie … ähm … das Gold des letzten Inkaherrschers in Machu Picchu versteckt ist? Aber natürlich wollte mal wieder niemand auf mich hören, niemand!«

»Sie haben die Tür oben zugeschlagen.« Siebeneisen kam aus dem Gang zurück in die Kammer. »Jetzt können wir nur hoffen, dass die Putzfrau drei Freundinnen mitbringt und den Trick mit den acht Drachen herausbekommt, sonst sitzen wir in der Falle.«

Die anderen waren kurz zuvor verschwunden. Siebeneisen hatte einen Moment abgewartet, bevor er den drei Gangstern gefolgt war, bis zur zugeschlagenen Steintür am Ende des Ganges. Er ignorierte Wipperfürths Lamento und Schatten gleich mit. Lawn nickte ihm zu, bei ihr schien alles in Ordnung zu sein. Antonius Moosbichler saß auf dem Steinquader. Siebeneisen ging zu dem alten Mann. »Geht es Ihnen gut, Pater?«

»Ja, es geht mir gut, danke.« Moosbichler sah zu ihm hinauf. Das Licht der Kerzen fiel auf ein feines Lächeln.

»Wir haben ganz schön Glück gehabt. Das da eben hätte viel schlimmer ausgehen können.« Siebeneisen klopfte dem alten Mann sanft auf die Schulter. »Habt ihr mitbekommen, wie der Anführer ständig gezuckt hat? Der hat doch garantiert ein neurologisches Problem. Hoffen wir mal, dass diese Typen auch wirklich jemandem Bescheid geben. Sonst sieht es düster aus.« Siebeneisen setzte sich neben den Priester. Er betrachtete den kleinen, gläsernen Würfel, den der Typ mit dem schwarzen Bart beim Hinausrennen verloren hatte. Irgendein Blechring mit eingravierten Buchstaben. Sah aus, als stamme er aus einem Kaugummiautomaten.

»Da müssen wir uns keine Gedanken machen.« Moosbichler lächelte sanft.

»So? Macht Ihre Putzfrau auch hier unten sauber und kommt sowieso jeden Tag um fünf?« Siebeneisen steckte den kleinen Würfel in die Hosentasche.

»Nein, natürlich nicht. Es gibt aber einen zweiten Ausgang. Unter dem Stein, auf dem wir sitzen, befindet sich ein Gang. Er führt hinauf in die Sakristei.« Das Lächeln des alten Padre hatte jetzt etwas Schelmisches.

»Dann können wir sie ja noch aufhalten! Schnell!«

Bis zu diesem Augenblick hatte Wipperfürth gewirkt, als sei er am Boden zerstört und sowieso tief beleidigt. Jetzt plötzlich wurde er munter wie ein Spieler des Hamburger SV, dem der vierte Trainer der Saison mit der Versetzung in die zweite Mannschaft gedroht hatte.

»Ach, das müssen wir nicht. Dafür gibt es keinen Grund. Lassen wir sie nach Peru fliegen.« Moosbichler lächelte noch immer.

»Damit sie den Schatz des Inka finden? Ja glauben Sie denn, solche Typen würden den an ein Museum geben?« Wipperfürth baute sich vor dem alten Priester auf. »Das sind Gangster, wie man unschwer erkennen konnte!«

»Sie werden dennoch nicht finden, was sie suchen.«

»Ach so? Und wieso sind Sie sich da so sicher?«

»Ich habe den Text des Quipu ein wenig verändert.« Moosbichler lächelte nicht länger. Er strahlte. »So etwas passiert, wenn man einen Revolver auf die Brust gesetzt bekommt.«

»Sie haben was?« Auch Lawn und Siebeneisen drängten sich jetzt um den alten Pater.

»Am Ende des Pfades,
in den Bergen, tief im Wald,
das Glitzern der Sonne
hinter dem Wasserfall –

So habe ich die Geschichte des Quipus vorhin gelesen, oder? Eigentlich lautet sie aber anders. Nämlich so:

Gehe deinen Weg,
durch Wald und über Berge,
sieh hinter dem Schleier
die Schönheit der Welt.«

»Wie bitte?« Siebeneisen sah Moosbichler erstaunt an.

Der alte Priester nickte.

»Das ist das Vermächtnis des letzten Inka? Der Rat, die Schönheit der Natur zu entdecken? Mit ihr im Einklang zu leben? Das ist alles?«

»Das ist alles. Eigentlich aber ist es sehr viel, oder?«

Siebeneisen überlegte. Natürlich hatte Moosbichler recht. Im Grunde ließ sich die komplette Anwesenheit des Menschen auf diesem Planeten mit diesem Satz zusammenfassen. Und seine Überlebenschancen.

»Die grüne Bewegung!« Das kam jetzt von Wipperfürth, natürlich. Siebeneisen drehte sich zu ihm um, als fürchte er, einen »Atomkraft – nein Danke!«-Button am grünen Hemd seines Mitreisenden zu entdecken.

»Aber wenn das die Übersetzung ist, und die andere ist falsch, dann …«

»Dann entdecken die Drei wohl gerade das Geheimnis der Natur, da draußen. Mehr werden sie nicht finden.« Moosbichler war aufgestanden. Mit einer Kraft, die man dem alten Mann nicht zugetraut hätte, drückte er gegen den Stein, der sofort zur Seite schwang.

45

SONNTAGS IM MASKIERTEN WASCHBÄR,
EINIGE WOCHEN SPÄTER.

Also, noch einmal, so schwer konnte das doch wirklich nicht sein. Siebeneisen sah in den Spiegel über dem Waschbecken, atmete tief durch und überflog noch einmal die Anleitung, die er sich ausgedruckt hatte.

»Schritt 1: Legen Sie das breite Ende über das schmale.« Siebeneisen legte das breite Ende über das schmale.

»Schritt 2: »Legen Sie das breite Ende hinter das schmale.«

Siebeneisen legte das breite Ende hinter das schmale.

»Schritt 3: Führen Sie das breite Ende um das schmale herum.«

Siebeneisen befolgte auch diesen Schritt. Hätte man auch einfacher formulieren können, dachte er und hielt sein Werk fest. Jetzt Schritt 4: »Ziehen Sie das breite Ende hinauf Richtung Hals und Kinn, stecken Sie den Finger in die Schlinge, die Sie gebildet haben, und stecken Sie das breite Ende durch die Schlaufe, während Sie den Finger wegziehen. Halten Sie dann das schmale Ende fest, und ziehen Sie leicht am breiten Ende.«

Siebeneisen stutzte. Er las den Text noch einmal. Dann zog und steckte und zog er, und als er fertig mit allem war, hing die Krawatte wieder knotenlos um seinen Hals.

Das durfte doch nicht wahr sein! Das war doch Mist! Siebeneisen merkte, wie ein inneres Kribbeln einsetzte, als krabbelten zehntausend Ameisen durch seinen Körper, die ihre Beinchen zuvor in Juckpulver getunkt hatten. Für einen Moment überlegte er, ob er dieses elende Teil mittendurch schneiden sollte, jetzt, hier, gleich. »Meinst du wirklich, dass ich die anziehen muss? Die Krawatte?«

»Natürlich musst du das!« Lawn tauchte in der Toilettentür neben dem Waschbecken auf. Sie trug ihr LBD, wie sie es nannte. Das *Little Black Dress* war so schwarz und so zierlich geschnitten, dass es einer Waldfeenprinzessin gepasst hätte. Sie sah hinreißend aus. Als sie kurz zuvor durch den Waschsalon geschwebt war, hatte Mortimer ihr entrückt nachgesehen und dabei das Intro von Eric Claptons »Wonderful Tonight« gespielt.

»Auch, wenn ich beim Anziehen einen Herzinfarkt erleide?«

»Komm mal her.« Lawn stellte sich hinter ihn. Im Spiegel konnte Siebeneisen sehen, wie sie die Krawatte glattzog. Keine fünfzehn Sekunden später war der Knoten geknüpft. »Gut schaust du aus.« Lawn betrachtete ihn. »Perfekt. Gehen wir rein? Die warten garantiert schon alle. Der Konsul ist bestimmt auch schon da.«

War er. Federico Mascalopone saß auf einem Stuhl und wartete regungslos auf den Beginn der Veranstaltung, zu der er eingeladen hatte. Er hatte sich so positioniert, dass das Licht im Fenster von der Seite auf sein Gesicht fiel. Washingtons Klatschpresse betonte gerne, Italiens schönster Diplomat verfüge über ein als klassisch zu bezeichnendes Profil, das an die marmornen Büsten der präkonstantinischen Imperatoren erinnere. Mascalopone gefielen solche Berichte. Er gab sich alle Mühe, ihnen recht zu geben.

Überhaupt plante der Konsul jeden seiner öffentlichen Auftritte minutiös vor. Hemd, Krawatte, Einstecktuch, Manschettenknöpfe, selbst das Rasierwasser, alles stimmte er höchstpersönlich aufeinander ab. Heute trug er außerdem seinen Lieblingsanzug, ein dunkelblaues, maßgefertigtes Meisterstück seines Haus- und Hofschneiders in Mailand. Doch, Federico Mascalopone kam stets gut vorbereitet zu offiziellen Anlässen der italienischen Botschaft. Bereits vor Wochen war sein Stab von ihm angewiesen worden, einen geeigneten Ort für die heutige Verleihungszeremonie auszusuchen. Erstaunlicherweise hatte sein Büro sich schwergetan, einen repräsentativen Raum in New Orleans zu finden, sämtliche offiziellen Räume waren bereist vermietet gewesen. Am Ende hatten die Mitarbeiter des Diplomatischen Korps mehr oder weniger verzweifelt mit einem Kollegen jenes Mannes telefoniert, der geehrt werden sollte. Der Kollege hatte eine »einzigartige, historische Einrichtung« im French Quarter der Stadt vorgeschlagen. Auch, weil das logistisch günstig sei. Auch, weil keine Raummiete anfallen würde. Die Mitarbeiter des Konsuls waren notgedrungen auf den Vorschlag eingegangen. Deswegen saß der Konsul an diesem Sonntagvormittag leicht indigniert auf einem Stuhl zwischen mehreren Waschmaschinen. Deswegen hatte er einen Waschbären auf dem Schoß liegen, der leise schnarchte.

Im Verlauf der vergangenen Wochen hatte Bandito eine beinahe zenbuddhistische Fähigkeit entwickelt, den Trubel um ihn herum komplett zu ignorieren. Vor langer Zeit waren die Sonntagvormittage im Maskierten Waschbär die entspanntesten Stunden der kompletten Woche gewesen. Seit aber Bandito zum Star der Stadt geworden war, brach an den heiligen Sonntagvormittagen die gleiche Hölle über den Waschsalon herein wie an den übrigen Wochentagen auch. Manchmal fuhren innerhalb kurzer Zeit fünf oder sechs Ausflugsbusse vor, deren Passagiere den tanzenden Waschbären sehen wollten. Frampton hatte mit der Zeit einen festen Ablauf entwickelt, um die Tagesausflügler möglichst rasch wieder aus dem Laden zu bekommen. Auf jeden

Fall, bevor sie zu singen beginnen konnten, zumindest das hatte er ziemlich schnell abstellen können.

Frampton hatte größere Mengen einfachen Landwein von der Mosel geordert. Die richtig guten Produkte von diesem Pfälzer Winzer behielt er mittlerweile unter Verschluss, berechnete aber mittlerweile dauerhaft zehn Dollar pro Glas. Beziehungsweise Plastikbecher. Sobald alle saßen und ihren Wein in der Hand hielten, legte Mortimer mit einer Ragtime-Melodie los, zu der Frampton das Tier in den Salon brachte. Seine Freundin Tibbs nahm dann Banditos Vorderläufe in die Hände und tanzte mit ihm zwei, drei Minuten lang zwischen den Waschmaschinen und Trocknern umher. Anschließend gab es noch eine Zugabe, »I wanna hold your hand« oder die Titelmelodie aus *My Beautiful Laundrette* oder eine andere 2:20-Single aus Mortimers umfangreichem Repertoire, Hauptsache kurz, und schon kassierte Frampton ab und komplimentierte die Busladung Touristen nach einer Viertelstunde wieder hinaus. An diesem Sonntagmorgen hatte er ein Schild mit der Aufschrift »Geschlossene Gesellschaft« an die Tür gehängt. Weil er ahnte, dass dies im Zweifelsfalle nichts nützen würde, lehnten drei Zwei-Meter-Männer mit verschränkten Armen an der Wand daneben. Auf der nächsten Steuererklärung würden sie unter dem Posten »Werksschutz« auftauchen.

Und jetzt stand Frampton auf den drei Stufen am hinteren Ende des Raumes und sah sich um. Bis auf Siebeneisen und Lawn waren alle da. Der Konsul. Seine Mitarbeiter. Stammgäste aus der Nachbarschaft. Die Leute vom Catering, die ein großes Buffet aufgebaut hatten, Antipasti vom Feinsten, dazu Verdicchio di Matelica und Franciacorta, die hatten sich wirklich ins Zeug gelegt. Mortimer spielte Jazzvariationen der italienischen Nationalhymne. Und Tibbs? Flirtete mit den Botschaftsangestellten. Auf ihrem Shirt war ein gewisser Mario Balotelli zu sehen, offenbar ein Fußballer, der allerdings eher wie ein verbotoxter Gladiator aussah, aber Italiener, das war klar, die Leute aus der Botschaft sprachen sie permanent darauf an. Schatten und die Opernsängerin hielten sich dezent im Hintergrund. Sie saßen eng nebeneinander am anderen Ende des Waschsalons. Hin und wieder kicherten sie, als erzählten sie sich Witze. Frampton war ziemlich sicher, dass sich zwischen den beiden etwas anbahnte. Seit Schattens Rückkehr war Juanita Corazon beinahe jeden Abend aufgetaucht. Meistens verließen sie den Waschsalon, »um etwas zu flanieren«, wie Schatten es formulierte. Manchmal nahmen sie Bandito an der Leine mit, verpackt in sein »*Killa from da Ghetto!*«-Leibchen. Frampton konnte sich gut vorstellen, wie die Leute auf die Drei reagierten. Selbst in einer von extravaganten Gestalten bevölkerten Stadt wie New Orleans war dieses Trio eine außergewöhnliche Erscheinung.

Der Einzige, der an diesem sonst perfekten Sonntagvormittag einen eher verbiesterten Eindruck machte, war Wipperfürth. Er hatte den Konsul bei dessen Ankunft zwar überschwänglich begrüßt, ihn sofort zur Seite gezogen und ihm irgendwelche Vertraulichkeiten ins Ohr geflüstert, war anschließend aber ziemlich schnell an den Rand des Geschehens gedrängt worden. Jetzt lehnte er am Tresen im hinteren Teil des Waschsalons und addierte Zahlenkolonnen auf einem kleinen Block. Am Vortag hatte der Briefträger ihm ein Einschreiben überreicht. Es stammte von der Universitätsverwaltung, die ihm ein Bußgeld von mehreren hundert Dollar in Rechnung stellte und sich in energischem Wortlaut nach dem Verbleib von 87 Büchern erkundigte, deren Ausleihfrist Wipperfürth um mehrere Monate überzogen hatte. Seitdem versuchte er, den Strafzuschlag herunterzurechnen. Unter anderem mit dem Argument, dass sich einige der ausgeliehenen historischen Bücher nicht auf dem aktuellen Forschungsstand befänden.

Und dann öffnete sich die Tür zur Toilette, und alle Anwesenden standen auf und applaudierten, und Mortimer spielte eine waghalsige Improvisation, die sich aus Verdis »Triumphmarsch«, dem Refrain von »El Condor Pasa« und einer Melodie zusammenfügte, die Freunde des deutschen Schlagers als »I bin a bayrisches Cowgirl« von Nicki identifiziert hätten.

»Da sind Sie ja, meine lieben Freunde!« Der Konsul erhob sich von seinem Stuhl, als er Lawn und Siebeneisen sah. Einen Moment lang hielt er Bandito hilflos in den Händen, wie etwas, von dessen Existenz er soeben völlig überrumpelt worden war. Der Waschbär erwachte und schaute erstaunt, als er so ausgestreckt in der Luft hing, aber da war schon einer der Botschaftsangestellten da und übernahm ihn. Und dann gab es eine längere Pause, als Federico Mascalopone die 644 Haare auf seinem dunklen Anzug entdeckte, die der Waschbär dort hinterlassen hatte.

Während der Konsul an sich herumnestelte, schaltete einer seiner Mitarbeiter einen Beamer ein. An der Wand über den Waschmaschinen erschien Julius Caesar als Comicfigur. In den Asterix-Bänden war der Imperator mit einer besonders eindrucksvollen Adlernase ausgestattet.

»Oh, *scusi*!«, sagte der junge Mitarbeiter. Er drückte hastig auf diverse Laptoptasten. Das nächste Foto zeigte ebenfalls Cäsar, dieses Mal aber als Porträtkopf; die Arbeit aus Grünschiefer stammte aus dem 1. Jahrhundert und befand sich im Besitz der Antikensammlung Berlin. Der Konsul, der wegen der Waschbärhaare auf seinem Maßanzug nichts bemerkt hatte, richtete sich auf und schritt in die Mitte des Raumes, wo Siebeneisen mit Lawn stand.

»Meine lieben Freunde!« Nach dem haarigen Missgeschick hatte Mascalopone Mühe, die Contenance zu wahren. Sein Lächeln sah nun aus, als begrüße er seine Schwiegereltern, die völlig unerwartet in seiner Villa auf den Hügeln bei Siena erschienen waren, gerade, als er sich nach einem ausgiebigen Mittagessen mit seiner Frau zurückziehen wollte. Als er die Arme in jovialer Geste ausbreitete, schimmerten auch dort weiße Waschbärhaare.

Die nächsten Minuten waren gespickt mit Floskel-Bausteinen, die irgendwer aus dem Stab des Diplomaten zu einer fünfzehnminütigen Rede gestapelt hatte: Große Dankbarkeit, bravouröse Leistung, Erbe Italiens, Wiege der europäischen Kultur, historischer Moment, all solche Dinge. An einer bestimmten Stelle seiner Rede nickte der Konsul seinem Laptop-Mitarbeiter zu. Der drückte auf eine Taste. Cäsar verschwand. Zu sehen war stattdessen nun ein wandfüllender Ring in einem Kunstharzwürfel.

»Ihren Fund, verehrter Siebeneisen, kennen Historiker aus der Überlieferung schon lange; bereits Tacitus hat ihn erwähnt. Aber ganz ehrlich? Wer hätte denn erwarten dürfen, nein: Wer hätte erwarten können, dass dieser Ring jemals gefunden werden würde? Der Ring des Imperatoren, das Geschenk, das Kleopatra ihm einst machte zum Beweis ihrer Liebe? Jener Ring, den der große Cäsar noch trug, als er an den Iden des März hinterrücks gemeuchelt wurde?«

Der Konsul machte eine kleine Pause und ließ seinen Blick durch den Waschsalon schweifen. Er ignorierte den hektisch winkenden Wipperfürth, der weiter hinten im Raum lautlos die Worte »Nicht vergessen!« formte und sprach weiter.

»Nur durch Ihre Aufmerksamkeit, verehrter Signor Siebeneisen, ist dieses einzigartige Zeugnis der europäischen Geschichte nun wieder in seiner Heimat. Ich darf Ihnen versichern, dass die ganze italienische Nation Ihnen dankbar ist – und verleihe Ihnen hiermit den Römischen Patrizierorden Erster Klasse!« Der Konsul zog ein grün-weiß-rot gestreiftes Band aus der Tasche seines Jacketts, an dessen Ende ein voluminöses Metallgebilde hing. Er trat auf Siebeneisen zu und legte ihm den Orden um den Hals. Frampton begann zu klatschen, und sofort schlossen alle anderen sich dem Applaus an, und wer noch saß, stand in diesem Moment auf. Durch die Fenster konnte Frampton sehen, wie die Hünen vor der Tür einem Mann den Zutritt verweigerten. Es war dieser Papageienbesitzer. Sein durchgeknallter Vogel saß auf seiner Schulter und hielt einen Zahnstocher mit einer kleinen italienischen Trikolore im Schnabel, den er wahrscheinlich in einem Eissalon hatte mitgehen lassen.

Siebeneisen verbeugte sich. Lawn neben ihm strahlte. Der Konsul ließ sich einige Blätter reichen, auf denen die Details des Fundes vermerkt waren. Die nächsten Minuten sprach er von Gravuren und Übersetzungen und Metallanalysen, aber Siebeneisens Gedanken waren längst anderswo. Er dachte an die zurückliegende Reise und die Regieanweisungen von Schicksal und Zufall. Er dachte daran, dass Geschichte nicht immer geradlinig verlief, in einzelnen, deutlich voneinander abgegrenzten Episoden und Epochen. Nein, Geschichte war viel komplizierter. Alles war miteinander verschlungen, die Vergangenheit eines Ortes mit der eines anderen. Und beide zugleich mit der Gegenwart.

Sie hatten die Aufzeichnungen eines Bayern entdeckt, der im 19. Jahrhundert nach Amerika ausgewandert war. Von einem Indianer hatte dieser bayerische Cowboy vom Vermächtnis des letzten Inkaherrschers erfahren – ein Geheimnis, das Jahrhunderte zuvor von einem spanischen Konquistador preisgegeben worden war. Besagtes Vermächtnis wiederum hatte sich dann nach einer Jagd über zwei Kontinente nicht als Mumie herausgestellt und auch nicht als Goldschatz, sondern als Lebensphilosophie. Und dann? War ihnen durch schieren Zufall ein Ring, den Gaius Julius Cäsar einst von Kleopatra bekommen hatte, vor die Füße gefallen. Im Keller einer spanischen Missionskirche in der chilenischen Atacamawüste. Vielleicht hing tatsächlich alles zusammen, dachte er. Vielleicht gibt es keinen Anfang und kein Ende, bloß unzählige Querverbindungen über die Epochen hinweg.

»... und deshalb darf ich Ihnen im Namen unseres Staatspräsidenten eine Einladung in den Besucher-Palazzo der Regierung in Venedig überbringen.« Der Konsul hatte jetzt eine Art Urkunde in der Hand. Möglicherweise war es auch ein Buchungsvoucher. »Ein Palast der Medici, hervorragend in Schuss. Die Küche wird vom nahen Alle Testiere betrieben. Wir würden uns freuen, wenn sie mindestens vier Wochen bleiben könnten.«

Siebeneisen merkte, wie er errötete. Und wie Lawn seine Hand ergriff.

»Venedig? Das trifft sich gut, Exzellenz«, sagte er und stellte fest, dass seine Stimme leicht zitterte, großer Gott, dachte er, das darf doch jetzt bitteschön nicht wahr sein. »Wir ... also ... wir ...«

»Wir wollten sowieso nach Venedig, Exzellenz.« Lawn vollendete Siebeneisens Satz.

»Wir haben ...«

»... nämlich vor ...«

»... dort zu heiraten.«

Immerhin: Es war Siebeneisen gelungen, den Satz zu vollenden.

Der Konsul lächelte. »Das weiß ich bereits, liebe Freunde. Einer Ihrer Kollegen hat es mir unter dem Siegel der Verschwiegenheit verraten. Wir haben natürlich sofort telefoniert. Deswegen ist es mir eine große Freude, Ihnen mitteilen zu dürfen, dass der Präsident seine Einladung auf weitere Personen ausgeweitet hat. Auch die anderen beiden Teilhaber Ihrer Agentur …«

Für einen kurzen Moment dachte Siebeneisen, dass die Zeit sich zusammenziehe. Einfach so, wie die Falten eines Akkordeons, aber dann streckte sie sich schon wieder, und schwupp: Schon waren mehrere Jahre vergangen. Beziehungsweise vier Sekunden. Die Wipperfürth und Schatten allerdings genügt hatten, um sich vor ihn und Lawn in Positur zu bringen und im Applaus zu baden. Die beiden verbeugten sich fortwährend, winkten und zeigten mit ausgestreckter rechter Hand auf einzelne Personen im Publikum, als hätten sie soeben ihre Kandidatur im amerikanischen Präsidentschaftswahlkampf verkündet. Und von hinten schob sich die Corazon zwischen all den klatschenden Menschen nach vorne. Sie nickte Mortimer zu, und Mortimer spielte das Intro von Dean Martins »That's Amore«, dem alten Gassenhauer mit der unsterblichen Anfangszeile: *»Wenn der Mond Dir aufs Auge klatscht wie ein Stück Pizza – dann ist es Liebe.«* Juanita Corazon holte Luft, verdrehte die Augen und legte los.

Starr vor Schreck stand Bandito für einen Moment regungslos zwischen den Waschmaschinen. Dann lief er zu seiner Decke hinter dem Tresen, rollte sich zusammen und war nach wenigen Sekunden eingeschlafen.

46

NEW YORK CITY, EINIGE JAHRE SPÄTER.

»Razzo? Wie kommst du denn jetzt plötzlich auf den?« Jenn stieg aus dem Bett. Sie trug einen schwarzen Tanga. Sonst nichts. Draußen, hinter den Panoramafenstern des Apartments, glitzerten die Lichter Manhattans.

»Wollte die ganze Zeit schon fragen. Hast du je wieder was von dem gehört?« Frank saß aufrecht im Bett, den Rücken gegen ein Kissen. Er hatte eine Zigarre im Mund, die nicht brannte. Jenn hasste das, Zigarren im Schlafzimmer.

»Nein, nie wieder. Das heißt… Einmal hat er angerufen. Ist ewig her. Da war er irgendwo in Texas, glaube ich. Am Rio Grande oder so.« Jenn ging zum Fenster und sah hinunter auf die Stadt. Ob sie jemand sehen konnte, fast nackt, hier oben im 54. Stock? »Das war ein komisches Gespräch. Er wollte wissen, ob ich entführt worden sei.« Jenn beschloss, dass sie durchaus jemand sehen konnte. Sie drehte sich um und lehnte sich mit dem Po an die kühle Scheibe. »Ich hab dir ja mal gesagt, dass Razzo jahrelang allen erzählt hat, wir seien ein Paar, oder? Fing schon im dritten oder vierten Schuljahr an.«

»Ja. Hast du.« Frank verschränkte die Arme hinter dem Nacken. Er dachte an den Abend, an dem er Razzo und die anderen zum letzten Mal gesehen hatte. »Ich fand das alles reichlich seltsam damals. Dass die plötzlich verschwunden waren. Alle drei. An dem Tag, als wir das San Pio eröffnet haben. Zach hat noch nicht mal seinen Lohn abgeholt. Als ob sie abgehauen wären, weil sie Angst vor etwas gehabt hätten. Weißt du noch?«

»Ja, natürlich. Das war sowieso ein denkwürdiger Abend. Meine beiden Schwestern waren zu Besuch. Und irgendwer hat doch dann diese Biertischbank hinter die Tür zum Vorratsraum geklemmt…«

»Genau! Wegen der kam man vom Restaurant aus nicht mehr hinein. Wir mussten um den kompletten Block und durch die Hintertür. Keine Ahnung, was das sollte.«

»Und der Fußboden hat sich im Laufe des Abends mehr oder weniger aufgelöst…«

»Und der Hersteller des Klebers hat am Ende mehr Entschädigung zahlen müssen, als das San Pio überhaupt gekostet hat. Viel mehr. Das war ein guter Deal damals, dieses Restaurant.« Frank schloss die Augen. Komisch, an welche Dinge man sich manchmal erinnert, sinnierte er. An den Eröffnungsabend hatte er jahrelang nicht mehr gedacht. An Zach, Razzo und Serg auch nicht. Dass sie nicht mehr auffindbar waren, hatte er damals erst Wochen später realisiert. Sie würden ihre Gründe gehabt haben, die drei.

»Und war nachher nicht auch dieser komische Ring verschwunden?« Jenn schlug die Decke zurück und legte sich neben Frank. »Dieses Teil aus Italien?«

»Das vom Flohmarkt?« Frank erinnerte sich dunkel an einen kleinen Kunstharzwürfel, den sie für ein paar Euro bei einem Trödler in Florenz gekauft hatten, aus einer Laune heraus. Er hatte ihn damals auf ein Regal hinter die Bar gelegt. »Stimmt. Das haben wir aber auch erst nach einer halben Ewigkeit gemerkt, dass der fehlte.«

»Ich fand den sowieso hässlich.« Jenn schlug ihr Bein über Franks Oberschenkel. »Sah aus wie aus einem Kaugummiautomaten.«

47

Cusco, Peru, etwa zur gleichen Zeit.

Die Schlange der Tagelöhner reichte bis um die Ecke. Der Patron musterte sie, während er in seinem Pick-up an ihnen vorbeifuhr. Die drei *Gringos* standen fast am Ende der langen Reihe. Sie sahen verwahrlost aus, waren aber ziemlich kräftig. Die verstehen wahrscheinlich kein Wort Spanisch, dachte der Patron. Das war gut, dann würden sie nicht mit den anderen reden. Die würden nur arbeiten. Fliesen legen konnten sie hoffentlich.

Er hielt neben den Männern. Mit einer Kopfbewegung forderte er sie auf, hinten in seinen Pick-up zu steigen. Dann fuhr er durch das noch schlafende Cusco. In zehn Minuten war Schichtbeginn.

Zum Schluss

Der Name des Autors steht zwar vornedrauf (und neuerdings auch vor der .epub-Endung des Dateinamens), aber natürlich sind mehr Menschen an einem Roman beteiligt. Viel mehr! Von der ersten, vagen Idee bis zu jenem Moment, an dem Sie diese Seite hier lesen, sind es so viele, dass ich jetzt garantiert den einen oder anderen vergesse – wofür ich mich schon mal vorab entschuldige. Ein dickes Dankeschön jedenfalls geht

an meinen Freund Jörg Schneider, der sich zum dritten Mal 500 ausgedruckte DIN-A4-Seiten gepackt und die Zeit genommen hat, das Manuskript als erster Testleser zu prüfen.

an Anna-Lisa Hollerbach, die nach *Donnerstags im Fetten Hecht* und *Freitags in der Faulen Kobra* auch *Sonntags im Maskierten Waschbär* sorgfältig-liebevoll lektoriert hat (und es dabei mit mir nicht immer leicht hatte – Autoren sind so …).

an meinen Literaturagenten Michael Gaeb, der mich vor etlichen Jahren davon überzeugt hat, dass die (damalige) Reportagenfigur Siebeneisen eigentlich eine Romanfigur ist.

an all die Leute, die mich während meiner Reisen zu den Figuren im Buch inspiriert haben, allen voran die wunderbaren Menschen von New Orleans.

Erst der Hecht, jetzt die Kobra – endlich geht die Reise weiter!

448 Seiten. ISBN 978-3-7341-0171-7

Und wieder ist der unfreiwillige Weltenbummler Siebeneisen zu einer Reise aufgebrochen – auf der Suche nach den Teilen einer Ganesha-Statue, die James Cook vor 250 Jahren aus der Schatzkammer eines Maharadschas in Sicherheit gebracht hat. Denn ein Meisterdieb versucht, die Stücke in seinen Besitz zu bringen, und nur Siebeneisen kann ihn stoppen. Ein Wettrennen um den Globus beginnt: von Tonga nach Neuseeland, Hawaii und Kanada. Und während sich Siebeneisen mit allerlei Widrigkeiten herumschlagen muss und seine Freunde ihn aus dem Teehaus »Zur Faulen Kobra« unterstützen, wird im Palast des Maharadschas ein ganz anderer Plan verfolgt.

Lesen Sie mehr unter: **www.blanvalet.de**